启明文丛

思想者的语言

黄燎宇 著

三联书店

图书在版编目（CIP）数据

思想者的语言 / 黄燎宇著. -- 北京 ：生活·读书·新知三联书店，2013.11（启明文丛）
ISBN 978-7-108-04538-6

Ⅰ. ①思… Ⅱ. ①黄… Ⅲ. ①文学评论－德国－文集 Ⅳ. ①I516.06-53

中国版本图书馆CIP数据核字(2013)第099534号

策划编辑 刘 靖
责任编辑 李静韬
封扉设计 罗 洪 崔建华
责任印制 卢 岳
出版发行 生活·讀書·新知 三联书店
(北京市东城区美术馆东街22号)
邮 编 100010
网 址 www.sdxjpc.com
经 销 新华书店
印 刷 北京市松源印刷有限公司
版 次 2013年11月北京第1版
2013年11月北京第1次印刷
开 本 635毫米×965毫米 1/16 印张24.5
字 数 282千字
印 数 0,001-6,000册
定 价 42.00元
(印装查询：010-64002715；邮购查询：010-84010542)

目　录

自序　1

第一编　文学阵地战　托马斯·曼研究　7

试论《魔山》中的纳夫塔　8

《魔山》是怎样一本书　22

《浮士德博士》是怎样一本书　29

托马斯·曼的文学观——从《绿蒂在魏玛》谈起　41

横看成岭侧成峰——论托马斯·曼笔下的艺术家形象　54

市民阶级的心灵史——《布登勃洛克一家》　74

沉重的时刻，沉重的艺术——评托马斯·曼的席勒小说　90

《魔山》：一部启蒙启示录　106

反讽大师托马斯·曼　125

第二编　文学游击战　其他德国文学家研究　129

卡夫卡的弦外之音——论卡夫卡的叙事风格　130

斯多葛式的人生——《雷曼先生》译序　144

瓦肯罗德与艺术问题　156

情爱的形而上学——评瓦尔泽小说《恋爱中的男人》　176

艺术魂·英雄魂·民族魂——论马丁·瓦尔泽　199

莱辛的深刻，莱辛的天真——对《智者纳旦》的冒险解读 212

第三编 文学超限战 德国文化现象研究 229

反讽与脱俗 230

“文学教皇”的自传 238

作家·批评家·老冤家 254

文字游戏的翻译——如何翻译谐音 273

看《书虫》有感 279

近看语言大师 284

似曾相识说启蒙 296

学习德语，文学何为 309

《批评家之死》风波 321

一个“精神纵火犯”的诞生
——马丁·瓦尔泽的“九八演讲”与德国正常化问题 332

两面出击的斗士——海涅与犹太人问题 352

代后记 中国，启蒙何为? 375

自　序

我在翻译课上总要提醒学生注意体育锻炼。我告诉他们，要翻译和研究德国文学，要翻译和研究像托马斯·曼（Thomas Mann）和马丁·瓦尔泽（Martin Walser）这样的德国作家，就必须擅长两项运动：一是长跑，一是赛车。长跑，是为了练肺活量，以对付超长超难、超复杂的词句；赛车是为了对付弯道，不把自己培养成思想赛车手，就很难快速通过接二连三的思想急弯。为了防止学生们把我的话当作耳旁风，为避免“运动说”从他们的左耳进再从他们的右耳出，我一面请他们竖起耳朵听几个瓦尔泽短句，一面要求他们课后翻译托马斯·曼的著名论文《弗洛伊德在现代思想史上的地位》选段，其中的第六自然段里面有一个由190个单词组成的句子。前者让他们眨巴着眼睛等待答案，后者让他们在宿舍、在教室或者在图书馆度过了因为难熬所以难忘的一天（我还没敢让他们翻译由350个单词组成的《约瑟四部曲》的首句）。他们终于发现，搞文学需要很大的肺活量，同时需要很多的沟回。

我宣讲“运动说”，一方面是为了表达自己对德语文学的敬意和感激。德语文学让我受益良多，似乎已经多到产生副作用的地步：日复一日地受到德语和德语文学的熏陶，我自己也不知不觉地、身不由己地成了一出跨文化的喜剧，尝到一点“两头不认”或者“两头不靠”的滋味。我同样一篇文章，如果把德文版给德国人看，他们说我有异教徒的活泼，把中文版给同胞们看，他们又说我有德意志的严谨。尽管我一向看重语言的纯洁，一向要求自己写中文像中文、写外文像外文，但我没法阻止德国人听出我有中国腔、中国人听出我有德国腔。我只好认命。另一方面，我想借助“运动说”解释在众多的德意志文学伟人中间，我为何对两个人情有独钟，我为何对他们如此喜欢和崇拜，以致义无反顾地去“学术傍大”。在本文集里，直接论述他们的文字占据了半壁江山（关于托马斯·曼的有九篇，瓦尔泽有五篇），而且其他文章也或多或少受到他们的精神辐射，或者说沐浴着他们的精神光芒。我认为，尽管托马斯·曼和瓦尔泽是两个从性格气质到为人、为文都很不相同的作家，尽管文学晚辈瓦尔泽似乎永远欣赏不了文学前辈托马斯·曼，但是这两人都继承了诗哲不分家的德意志传统。在他们笔下，文思与哲思完成了 unio mystica（神秘合一）。他们的语言由此具有思想密度大、思想弯道多的特点，他们是典型的德国作家。

说到这里，我感觉有必要作两点补充。为了避免读者把我视为坐井观天的文学亲德派，我得强调诗哲一家的传统并非为德国所垄断。真正的文学，都是诗哲一家；真正的文学语言，都是思想者的语言。从这个意义上讲，托马斯·曼和瓦尔泽的所谓德国特色，其实就是文学本色。德国文学与其他文学的差别，也许仅在于诗哲神秘合一的现象更为普遍。为了防止被人指责混淆文学和哲学的界限，把文学之美完全等同于思想之美，我得指出二位大师的其他艺术魅力。譬如，他们的字里行间时时有爱神出没，他们都喜欢耍花腔（李洱的同名小说迫使我们严肃思考，是否有必要把花腔认定为反讽的同义词），他们都喜欢搞文字游戏，都痴迷于语言，有时甚至达到异化程度。托马斯·曼说过："一个真正热爱文字的人，宁愿与世人为敌也不肯牺牲一个字眼。"他的文字不仅给他四面树敌，有时还因为伤人过度导致伤者找他决斗。瓦尔泽的异化还表现为"化敌为友"。想当初，他带着报复心理写《批评家之死》。写着写着，突然发现自己用来还击其宿敌的人物形象非常可爱，所以一度萌发将把该书献给小说主人公的现实原型即德国头号批评家马塞尔·赖希－拉尼茨基（Marcel Reich-Ranicki）……他几乎成为当代版的皮格马利翁。

文学同行一眼就可以看出，我是作"外部研究"的。但"外部研究"却是一个需要说明甚至辩解的特征。自从维勒克的二分法问世以来，从事传记—心理研究、社会—历史研究或者思想史研究的文学研究者，普遍感觉自己沦为二等公民，甚至站到了被告席。这自然要归咎于《文学理论》产生的巨大影响，以及"内部研究"论和康德的文学自主论的精神渊源。读了维勒克，我才知道自己搞的叫"外部研究"，才知道搞"外部研究"的最好主动陈述一下自己的理由。有鉴于此，我不打自招地作三点申辩：

第一，崇拜大师，必然要走向传记—心理研究。艺术贵独创、贵个性。谁要真心喜欢一部作品，就很难做到对其创造者不感兴趣，也很难做到不参拜自己喜欢的文学名人的故居、档案馆或者墓地。喜欢读托马斯·曼和瓦尔泽作品的，十有八九还是想去吕贝克、博登湖以及苏黎世湖畔看一看。即便在埃米尔·施泰格（Emil Staiger）一言九鼎的苏黎世，人们不仅没有忽略、反倒热衷于"文学背后的一切”。这里有托马斯·曼档案馆，这里的各大图书馆热衷于收藏名家的手稿和遗物，将凯勒、C. F. 迈耶、卡内蒂等人留下的物质遗产奉若至宝，苏黎世人也为几位世界级文豪安息在苏黎世湖边而无比自豪。突然间我觉得维勒克就是文学研究领域的马丁·路德，因为他让文学研究分裂为自治派与他治派两大对立阵营。而且我觉得搞传记—心理研究的是天主教徒、搞文本批评的是新教徒，因为新教徒潜心于上帝之言，对《圣经》文本之外的东西不屑一顾，天主教徒则重视仪式、图像、音乐以及圣人遗骸。至于要求文学研究者聚焦文本的施泰格，我甚至觉得他有瑞士宗教改革派的遗风，他至少与茨温利如出一辙。这位宗教改革家就曾下令把教堂内的管风琴劈成柴火，防止人们耽于音乐享受。

第二，我们做的是海外日耳曼学（Auslandsgermanistik）。这一身份决定我们对德国文学的研究不可能像本土日耳曼学者（Inlandsgermanist）那么超功利，那么“无关利害”。夸张点讲，我们带着十三亿人的嘱托。我们的同胞不仅需要我们研究德国文学，他们还需要我们借助文学作区域问题，即德国问题研究。因此，我们不仅有“国学情结”，不仅要捕捉那若有若无的“德国魂”、“德国心灵”和“德国精神”（正如海外汉学家们纷纷寻觅和定义“中国魂”、“中国心灵”和“中国精神”），我们也要探讨大大小小的德国问题。碰到托马斯·曼和瓦尔泽这类忧国忧民而且擅长使用长焦和广角镜头的作家，我们更难抵御“外部研究”的诱惑。何况他们在德国本土也早就成为“外部研究”和跨学科研究的对象。涉及启蒙与浪漫、市民精神与艺术精神、德国历史的特殊性与德国社会的正常化等话题时，人们很难绕过他们二位。

不太纯粹的学术气质是我喜欢“外部研究”的第三个原因。

我读圣贤书的时候常常竖起耳朵听闻窗外事，有时还一边听一边产生发言冲动。在这种时候，我就本能地去文学中寻找答案。我信仰文学。我甚至有点文学帝国主义倾向。我相信文学在文化生活中的核心地位，相信可以用文学来了解天下事，演绎天下事，影响天下事。一言蔽之，文学无所不能。在文学帝国主义者眼里，文学总是一片大有作为的广阔天地。在我看来，文学创造者多半是文学帝国主义者，因为他们用文学影响思想、人生、社会，而文学研究者也容易走向文学帝国主义，因为他们在研究过程中自然会发现文学是知识和智慧的源泉，发现文学中蕴藏着巨大的思想能量。正因如此，文学有时还沦为"殖民地"，被外来者大量开垦。恩格斯和弗洛伊德就是大名鼎鼎的"文学殖民者"。前者借助巴尔扎克小说，全面而透彻地研究法国社会，所以将巴尔扎克小说誉为最宝贵的历史文献；后者研读索福克勒斯、莎士比亚和陀思妥耶夫斯基的作品，从中窥破一桩骇人听闻的人性秘密。这些"殖民者"的所作所为无疑凸显了文学的价值。

最后想告诉读者的是，我很庆幸自己在从事文学研究。"文学学"（这个有助于培养结巴的词汇在我们的文学研究界已获得稳固地位）是一门"快乐的科学"，这不仅因为其研究对象天然具有娱乐功能，更为重要的是，作为艺术，文学有一个非理性的内核。这一内核决定我们的"文学学"只能是一半科学、一半文学。这后一半决定了文学研究活动的特殊性。它不仅需要文学研究者（"文学学学者"或"文学学研究者"？）大量运用直觉、想象、诗性思维，需要他投入情感，需要他与研究对象之间产生亲和力，它还使他享有更多的言论自由或者说表达自由。他不必像其他研究者那样强迫自己带上客观性和中立性的面罩或者镣铐；他可以主观，可以展露个性，可以表现其审美好恶；他的话可以正着说也可以反着说，可以直着说也可以绕着说；他在研究过程中可以三心二意，节外生枝，把注意力从研究对象转移到研究媒介即语言本身；他可以闻乐起舞，让音乐节奏决定文字的排列组合；他可以用托马斯·曼的语言来议论托马斯·曼，用瓦尔泽的语言来议论瓦尔泽，由此体会伴装大师的文学双胞胎带来的快乐，而如果“文学学”的原教旨主义者对此有看法，他还可以搬出形式与内容的辩证法，他还可以打出小施勒格尔的旗帜，因为小施勒格尔说过：“诗只能接受诗的评判。一个艺术判断，如果它本身不是一件艺术品，它在艺术王国就不能享有公民权利。”

以上是我在学习和研究文学尤其是德语文学的过程中获得的一点粗浅然而真实的体会。我希望有更多的读者来阅读和谈论德语文学，也希望德语文学给更多的读者带来知识、智慧和快乐。

第一编

文学阵地战

试论《魔山》中的纳夫塔[*]

长篇小说《魔山》(1924年)是托马斯·曼最重要的作品之一。小说讲述了主人公汉斯·卡斯托普在一家山顶疗养院的经历。在这七年中，他接触了形形色色的人物，经历了不少稀奇古怪的事情，对诸种体验进行了紧张的思索。正因如此，小说蕴含着丰富的哲学内容，能够给人以深刻的启发。但是，《魔山》在问世之际却引起了轩然大波，批评界对它的态度截然对立。一方是心悦诚服的赞赏，一方是咬牙切齿的批判。值得一提的是，1929年瑞典文学院在给托马斯·曼的诺贝尔文学奖授奖证书中对《魔山》只字不提，把《布登勃洛克一家》(1901年)宣布为授奖作品。事实上，没有《魔山》的重大影响，我们就很难想象托马斯·曼会获得诺贝尔奖的提名。

这种极端的褒贬不一的现象不能简单归咎于文人相轻这类的主观因素，更重要的原因在于作品本身的矛盾性。《魔山》的批评者普遍认为，该书在艺术上是失败之作，因为以分析和抽象为特征的唯理主义倾向占压倒优势，从思想上看则有相对主义甚至虚无主义倾向。对于后一种批评，托马斯·曼尤其敏感。他在一封信中写道："我只是想告诉大家(这是我已经公开宣布过的)，我不想被人看成相对主义和虚无主义者。"[1] 随着时间的推移和检验，《魔

---

* 本文原刊于《外国文学评论》1991年第1期，曾获第二届冯至德语文学研究奖二等奖。

1 艾丽卡·曼编：《托马斯·曼书信集》，第1卷(1889—1936年)，美因河畔的法兰克福，1988年，第250页。

山》已经被公认为一流的文学作品，构成了托马斯·曼研究中的主要课题。

在汗牛充栋的研究文献中，《魔山》中主要人物之一、耶稣会教士纳夫塔这个人物似乎一直受到研究者的冷落。人们倾向于根据纳夫塔的片言只语和托马斯·曼在某些场合对他表示出的否定态度，把这个人物简单地宣判为军国主义者、蒙昧主义者和法西斯主义者。这些说法不无道理，但我认为有必要对这一艺术形象进行深入细致的分析。我们知道，在小说的后半部分，纳夫塔一直是核心人物之一。作为思想家，他给了小说主人公汉斯·卡斯托普层出不穷的启发，是一个多层次的、内涵丰富的人物。勾勒纳夫塔的精神轮廓，不仅对托马斯·曼的思想起着管中窥豹的作用，而且有助于理解《魔山》为什么有虚无主义之嫌。

一

《魔山》的确是一部令人着魔的作品。人们掩卷深思时，都有一种回肠荡气、余味无穷的感觉，对其中的思维深度和力度感叹不已。书中人文主义者塞腾布里尼和纳夫塔的门诊构成了推动全书思维运动的主要动力。在这场无休无止、似乎胜负难分的唇枪舌剑中，纳夫塔略占上风。正如汉斯·卡斯托普——二者辩论的见证人——所说，他“争吵时几乎总有道理”（503）[1]。这个纳夫塔给人印象最深的是他那思想敏锐、头头是道的雄辩才能。他好像无论在什么问题上都有庖丁解牛的功夫。他可以理直气壮地推出

1 该书引文全部来自托马斯·曼：《魔山》，美因河畔的法兰克福，费舍尔口袋书出版社，1967年。括弧内为页码，下同。

歌德是耶稣会教徒，启蒙思想家是发明刑讯的鼻祖，文学是生活的蛀虫，现代科学导致虚无主义之类的论点；他上句话还在令人信服地证明教会代表着真正的贵族法则，下句话又同样自圆其说地给教会戴上民主思想的桂冠……凡此实例，不胜枚举。正当读者为他的一个巧妙念头拍案叫绝时，他又突如其来地甩出相反的、毫不逊色的观点，如此循环往复，最终把读者卷入他那接二连三、不可抵挡的思想旋涡之中，简直让人“不可能分清哪里是上帝，哪里是魔鬼，哪里是死亡，哪里是生活”（553）。

人们不禁要问：纳夫塔究竟凭借什么法宝在精神领域左冲右突，天马行空？为此，我们必须探讨他的思维方式。关于纳夫塔，托马斯·曼通过塞腾布里尼之口作了一个耐人寻味的评论：“他的形式是逻辑，他的本质是混乱。”（429）逻辑导致混乱？什么样的混乱？为了解答这些问题，我们有必要从哲学认识论的角度展开讨论。

我们知道，对于人类认识而言，无穷性是最大的障碍。这个世界在宏观和微观两个方向都是无穷的。因此，任何事物都具有无法穷尽的层次、方面、角度。而对于作为认识主体的人类而言，“山重水复疑无路”是一种常态心境，“柳暗花明又一村”不过是一种倏忽即逝的感觉。在此，我们或多或少地品尝到人类认识活动所具有的悲剧意味，就是说，认识客体的无穷存在决定了认识主体的永恒运动。对待这一无情事实的态度正是所谓悲观主义和乐观主义哲学的分水岭。其中既有悲观的结论，也有知难而进的哲学思维，而后者就是以永恒运动来对付无穷存在的思维的。对此，我们知道两套有趣的思路。一种认为可以通过人类生活的无限延续来实现绝对真理，就是说，以历史的无限来与自然的无限较量，其结果是最发达的人类头脑也难以想象的：是前者战胜后者，还是后者战胜前者？是两败俱伤还是两相和好？是……还是……以浪漫派哲学家弗里德里希·施勒格尔为代表的另一派观点更为雄心勃勃。施勒格尔甚至不考虑在历史进程中实现绝对真理，他把思维的无穷运动与客体的无穷存在这两个无穷的厮杀战场从历史移到现时，从人类整体移到人类个体，从而提出了一个旨在个体中实现绝对真理的方案，但宣布："一切有价值的，都必须是它自己，同时又是它的对立面。"[1] 这就意味着思维将在肯定与否定、判断与补充之间无穷循环，其结果必然是"在许许多多的圆圈里，越来越开阔，越来越宏大。一旦达到目标，它又要重新开始，在混乱和体系之间交替进行，使混乱成为体系，然后又达到新的混乱"[2]。很显然，他主张在动态中求认识。但是，认识就其本性而言是应该在静态之中产生的。换言之，当我们进行判断的时候，我们的思维必须"暂停"。看来，施勒格尔的主张令人困惑，人们只能冷眼静观其实践结果之后才能评判是非。

由此，我们情不自禁地想起了纳夫塔。他的理论和实践似乎都受到了施勒格尔的启发。他刚一出场便宣告了自己的思维方式："二元论，反题，这是运动的，充满激情，辩证的，富于精神的法则。精神把世界看成对立的两半。"（396）于是，纳夫塔便毫不犹豫地把任何事物都劈成两半，然后再一鼓作气地采用二分法，似乎要把事物分至无穷小，把固态的"一"化为液态或气态的"多"。试看纳夫塔是如何论证文学是生活的蛀虫的：塞腾布里尼声称，文学可以通过"分析与形式结合"的奇迹来摧毁激情，有净化灵魂的作

1 周国平主编：《诗人哲学家》，上海，上海人民出版社，1987年，第97页。
2 同上。

用；纳夫塔当即反驳说，文学的形式并非生活的形式，认识的最高境界就是看破红尘，看破红尘就意味着丧失信仰和激情，从而抽走了生活中的血液和阳刚力量，其结果就是冷冰冰的虚无主义，虚无主义就是魔鬼，等等（553）。思想魔术师纳夫塔扔出一个个令人眼花缭乱的魔圈，使读者赞叹，惊讶，困惑，最后是若有所思。人们在尝遍这酸甜苦辣之后，不得不承认其中有些道理。因此，从这个角度看，纳夫塔带来的"混乱"或多或少地有些积极意义。这是一种大胆的、冒险的思维试验，它使人在清晰与混乱之间疲于奔命。也正是在这一点上，我们隐隐约约地看到了纳夫塔与托马斯·曼的相似之处，因为后者的思想中就不乏这类魔圈。虽然托马斯·曼不愿意公开承认他与纳夫塔的关系，但是他心中明白，半遮半掩地说《魔山》"在思想上抛弃了许多心爱的东西和一些危险的好感"[1]。至于他为什么这么做，我们往后再谈。

上述分析表明，纳夫塔的"混乱"是一种有益的思维试验，是认识客体的复杂性在认识主体的投影。但是，也正是在上述例子中，我们发现他的"混乱"也部分地来自人为因素，从而带上了消极色彩。这点还得从理性起源和存在方式谈起。

从认识的发生过程看，感性是第一性的、原始的，理性是第二性的、派生的。理性认识一方面是感性认识的深化，从而高于感性认识，另一方面则因其派生性质而不得不"等待"感性，处于一种静止的、被动的地位。这正如叔本华所说："理性的本性是女性，它只能在有所取之后才能有给予。"[2] 同时，由于世界是无穷的，理性只能借助感性作为中介与无穷性沟通，理性必须随时与感性结

1 12卷本《托马斯·曼文集》，第11卷，柏林，建设出版社，1956年，第731页。
2 叔本华：《作为意志和表象的世界》，石冲白译，北京，商务印书馆，1982年，第89页。

合，以便丰富和纠正自身。否则，理性认识将沦为独断论和教条主义，成为一戳即破的纸老虎。只有认识到认识的可靠性随着感性与理性、实践与理论的反复循环而增加，我们才会明白马克思主义认识论为什么强调实践的意义，康德为什么要用摧毁一切的纯粹理性批判提醒人们“认识不能脱离经验”[1]；我们也因此才能理解为什么“诗人哲学家”（审美领域是感性与理性融合的中立地带）对“体系哲学家”的控诉和批判不绝于耳，为什么叱咤风云的政治家（政治就是理论的实践领域）总是对书斋理论抱以嘲讽态度。总之，人的理性不具有绝对的可靠性，滥用理性是一种简单化的做法。

从存在方式看，理性认识由概念和逻辑构成。众所周知，概念和逻辑是保存和传达认识的必要前提。但是，概念和实在之间横亘着一条不可弥合的鸿沟，而数学式的、纯形式的逻辑在简化思维的同时也简化了实在，为谬误提供了可乘之机。因此，人类认识遇到了感性和理性设置的双重障碍。人类不仅被感性、直观所蒙蔽，以为太阳东升西落，以为木棍在水中会变弯等等，而且还会受到理性、逻辑的愚弄，得出了诸如白马非马，飞鸟不动，阿基利斯永远追不上乌龟这类聪明绝顶、荒唐绝顶的命题。人们因而只好眼睁睁地看着形形色色的悖论和诡辩招摇过市、横行霸道而无可奈何。具有讽刺意味的是，受理性和逻辑愚弄的则是文化人。一个目不识丁的农夫绝不会喝下理性的“迷魂汤”。他要么嘲笑兜售者，要么把后者当作疯子加以同情。关于这后一种情况，叔本华告诫说：“这些东西比感性直观中的假象更容易产生，却更难于理解。”[2] 在此，《魔山》的读者会产生强烈共鸣，因为纳夫塔

1 李泽厚：《批判哲学的批判》，北京，人民出版社，1986年，第274页。
2 《作为意志和表象的世界》，第116页。

正是滥用理性的高手。他一方面懂得利用概念与实在之间的多重的、复杂的关系——如上述例子所示，认识、信仰、激情、生命力、虚无主义、魔鬼等概念的含义不是单一的，把它们连接起来之后就不免会出现交叉，使推论走入岔道，最终得出大相径庭的结论；另一方面，他也知道纯逻辑的好处，从广延世界的无穷性，推出任意两点之间的距离等于零，进而否认世界上有运动存在。因此，摸出纳夫塔的套路之后，我们照样可以打他那样的“迷踪拳”，表演一些使人如坠五里云雾的花招：纳夫塔是虚无主义者，因为他否定一切价值；纳夫塔不是虚无主义者，因为他否定一切价值就表明他毕竟还有某种信仰，否则便无所谓肯定与否定，只有无言的冷漠。又如，一切事物都是相对的，可是这句话本身就是绝对的。可以想象，在这种层出不穷的思维游戏的尽头必然会出现哑口无言，人们似乎得顺乎自然地进入“大辩若讷”的状态，似乎一切绝对真理都是只可意会、不可言传的超语言的实在。

综上所述，纳夫塔的雄辩包含两点认识论方面的启示：第一，尊重无限性这一客观事实，在流动思维中去把握实在。这种积极的思维尝试为获得绝对真理提供了理论上的可能性，而绝对真理在现实中仍旧是不可企及的。第二，不能迷信理性和逻辑的绝对权威，必要时要敢于依靠感性、直观，以便对付前者随时可能释放的“烟幕弹”。

二

我们的分析不能就此为止。托马斯·曼这么一个具有强烈现实感和自我批判精神的作家不会把自己的创作变成某一纯粹哲学理论的真空试验，换言之，纳夫塔这一艺术形象必定包含有具体的社会历史内容。我们看到，纳夫塔用极端的辩证法和极端的理性主义为绝对的精神自由开辟了道路，而那绝对的自由又使理性彻底沦为他的雄辩工具。如果他喜欢白色，那么他就令人信服地论证白色的好处；如果他欣赏黑色，那么他就理直气壮地历数黑色的优点。于是，所有的黑白是非全依他的意志而定。这里油然而生一个问题：纳夫塔的意志是什么？这就是问题的实质。如果他那炉火纯青的唇枪舌剑只是为了从事一场有趣的、大胆的思维试验，如果他只是想在雄辩中求得智性快乐，那么，他就是一个可爱的人物，充其量是无辜的罪人，就不应该受到任何厌恶和谴责。可是，一旦仔细推敲和玩味他那色彩斑斓的思想，就会嗅出某种不祥的气息。事实上，纳夫塔是“项庄舞剑，意在沛公”，他的雄辩目的在于铲除一切真理的存在，把认识搞得一团漆黑，进而浑水摸鱼。因此，我们有必要看看纳夫塔雄辩中的不祥气息是什么。

纳夫塔身上还有一种与其极端理性主义相比毫不逊色的特征，这就是他所言传身教、令人望而生畏的浪漫英雄主义。他是一个外表孱弱，清心寡欲的学者，但却对于一切血淋淋的、粗犷残忍的事物抱有浓厚的兴趣。他漫无节制地讴歌勇敢、冒险、激情、健壮这类堪称阳刚之美的品质，斩钉截铁地主张信仰狂热和贵族式的傲慢。他以理想主义和英雄主义作为衡量人之高低贵贱的最高准绳，他唯一能欣赏的是那种胸怀鸿鹄之志并且敢于为之抛头颅、洒热血的人。因此，纳夫塔势必要对启蒙思想品德所坚持的伦理观和幸福观大加讨伐。他对这一思想的代表塞腾布里尼冷嘲热讽，说后者的人道主义无非是让人“长寿，快活，富足，健康”（488），而这种抽掉生活中的一切深沉、神秘的因素的做法无异于

"阉割生活"（486），这简直是"脊椎动物的道德"（488），是"沉湎于小生活的市民性"（488）。不难想象，他对一切被称为常人幸福的东西都嗤之以鼻，循规蹈矩、乐天知命、温情脉脉、天伦之乐都被他看成低级庸俗的同义语。这种执意要谱写悲壮人生的思想堪称崇高，令人肃然起敬。但是，审美辩证法教导说，从崇高到滑稽只差一步，而凡事必走极端的纳夫塔自然昂首挺胸地迈出了这一步。于是，他认为下雨天不应该打伞，因为这是文明时代普遍胆怯和弱不禁风的象征；于是，他在手枪决斗中对着自己的脑袋开了一枪，因为他想以此向朝天放枪的塞腾布里尼表明，自杀比让人枪杀需要更大的勇气。

由是观之，纳夫塔似乎是那种不计功利，刻意追求审美壮观的浪漫主义精神的产儿。这种英雄主义人生观虽然在他这里显得夸张乃至滑稽，但从根本上讲也无可厚非。人生千姿百态，全凭个人选择。人生观大致可归为两类：务实或者理想、审慎或者热情，前者安逸平静，却又枯燥无味，后者如火如荼，却又险象环生。这里没有是非高下之分，一切服从个人的价值取向。但是，正如纳夫塔的极端理性主义不啻是一种哲学试验一样，他这种受到极端理性美化的极端英雄主义也并不局限于审美的、个人的范围。纳夫塔的可疑之处就在于，他这两件法宝都是服务于某种社会政治目标的工具。这就是下面在讨论的内容。

纳夫塔也是以破旧立新的革命者的姿态出场的。他在漫无边际的雄辩中对自由资本主义社会的物质和精神生活作了全面的批判。他否定法国大革命，认为它带来的无非是资本主义的资产阶级国家，其灵魂是万恶的金钱和私有制；尔虞我诈、弱肉强食的豺狼法则支配着这种社会的经济生活；而教育又是资产阶级专政的工具。纳夫塔攻击得最起劲的是欧洲资产阶级文艺复兴到启蒙运动的几百年间发展和巩固起来的古典人道主义理想。他以先知的口吻预言“基督教共产主义”（427）将代替现存的资本主义制度，强调个体生命必须无条件地服从这一伟大目标。于是，他把“纪律，奉献，否定自我，强奸个性”（422）列为新时代的教育理想，把那出生入死，以服从为天职，具有钢铁般的意志，从里到外都整齐划一的军人美化为时代的楷模，从而一股脑儿否定了塞腾布里尼所竭力捍卫的“自由、人权、个性”（421）。他还美化战争，说这是减少人口数量、提高人口质量的最佳手段。同时他又贬低文化教育，鼓吹蒙昧主义。他一方面以中世纪诗人沃尔夫拉姆·封·埃申巴赫是文盲为例，证明学校教育毫无用处；另一方面又对中世纪的普遍愚昧的状况大加赞赏，认为那些目不识丁的农民才是真正领悟了生活的实质，而人文主义教育的目的无非在于培养一批只会舞文弄墨的废物。最后，他否认科学和理性有独立的价值和权威，把奥古斯丁的名言“我信仰，以便我认识”奉为颠扑不破的真理。在他看来，理性必须服从信仰，科学必须服从哲学，人类的利益必须成为科学活动的起点和终点。他甚至预言20世纪正准备放弃盲目的科学进步，回复到伽利略时代那种哲学至上的观念。纳夫塔还从作为当时尖端科学化身的飞行员起飞前祈求上帝保佑这一符合人之常情的现象，推出科学无法摆脱非理性的结论。

面对这种奇谈怪论，人们自然要追问这个巧舌如簧的纳夫塔究竟是什么样的人物。粗略一看，他完全是一个杂糅而成的怪物。他是犹太人，耶稣会教士，还自诩为无产阶级的代言人。他声称：“无产阶级继承了格列高利的事业，他对上帝的热忱也活在他们心中。他们跟他一样，不怕流血。他们的任务就是，为了世界的幸福，为了达到拯救的目标——建立一个无阶级，无国家，被上帝哺育的世界——而实行恐怖。”（424）这种奇怪的混合只能从《魔山》作者所处的特殊的思想和历史背景来解释。当时正值“十月革命”胜利和第一次世界大战结束，德国社会出现复杂的、动荡不安的形势。这一系列的新事物使植根于19世纪浪漫精神土壤的托马斯·曼感到震惊和困惑，迫使他在反省历史和观察现实的平行过程中进行苦苦思索，《魔山》就是这一思想探索的艺术结晶。必须指出，托马斯·曼把基督徒和无产阶级混为一谈是一种仓促草率的做法，因为他只看到两者在形式上的共同之处，比如对超个人事业的信仰以及那种敢于粉身碎骨的信仰热忱。

从本质上讲，纳夫塔既非基督徒，也非共产主义者，而是一个法西斯分子的雏形。虽然托马斯·曼当时对于刚刚露头的法西斯洪水猛兽还无可名状，甚至还不知其去向，因而莫名其妙地给这个法西斯先锋戴上了貌合神离的两顶帽子，但是，我们透过纳夫塔通篇践踏个性自由、鼓吹战争和暴力、贬低科学和理性的言论，不是可以看到一个几乎完整的法西斯思想家的形象吗？更加令人叹服的是，托马斯·曼通过这一艺术形象准确地概括了法西斯主义的两个精神根源、表现形式以及它们之间的辩证关系：这就是前述的极端浪漫主义和极端理性主义。这两种貌似有天壤之别的东西在法西斯意识形态中互相促进乃至融为一体。极端浪漫主义借助于理性论证，上升为最高精神法则；极端理性主义听任激情的煽动，蜕变为十足的非理性主义。我们看到，纳夫塔一方面颂扬激情、意志等非理性成分，并以此贬低理性；另一方面又通过滥用理性而滑向非理性，他以这种内外夹击的高超手腕彻底摧毁理性。纳夫塔的所作所为显露出法西斯主义危险的惊人的两面：即它同时体现为极端的理性和极端的非理性，它同时具有最抽象的思辨和最狂热的激情。因此，德国浪漫主义，这个把抽象思辨和艺术激情完美地聚集于一身的精神艺术流派，在第三帝国变成了廉价的精神兴奋剂。对此，身为浪漫主义继承人的托马斯·曼深感痛心。他最早在《德国和德国人》(1945年)这篇系统研究德国民族悲剧的论文中写道："德国浪漫主义由于下降到可悲的通俗水平，希特勒的水平，所以就变成了歇斯底里的野蛮和交织着狂妄与罪恶的陶醉和痉挛……"[1]

托马斯·曼对于法西斯的精神作出如此精辟的概括，这主要还得归功于他的历史敏感性和人道主义追求。20年代初期的德国，主要源于浪漫派的各种非理性思潮开始蔓延，对古典人道主义理想嬉笑怒骂在德国知识分子中愈来愈成为时髦。托马斯·曼从这些文人清谈中得到一种危险的预感。他在1919年的一篇日记中就已写道："我们谈到这种由犹太理性激进主义和斯拉夫基督狂热组成的、一触即发的混合物。一个还有自我保护本能的世界以一切可以调动的力量和戒严般的迅速来对付这种人。"[2]在随后的几年中，托马斯·曼也不断以演说、论文等形式警告德国公众注意非理性狂潮的巨大危险。他在《德意志致辞》(1930年)一文中还提醒说："狂热主义变成了救世原则，情绪激动成为癫痫病式的迷狂……理性蒙上了面纱。"[3]当

1 赫尔曼·库茨克编：《托马斯·曼散文集》，第2卷"论时事政治"，美因河畔的法兰克福，1983年，第296页。

2 埃克哈特·黑夫特里希和汉斯·维斯林合编：《托马斯·曼年鉴》，第1卷，美因河畔的法兰克福，维多利奥·克洛斯特曼出版社，1988年，第21页。

3《托马斯·曼散文集》，第2卷，第117页。

然，这种理性的声音被疯狂的叫嚣所吞没。在举世皆醉的情况下，唯我独醒是绝对无能为力的。

最后还必须讨论的是，来自浪漫精神传统的托马斯·曼为什么能够走向人道主义。托马斯·曼既是浪漫主义者也是怀疑主义者，他本人对此也毫不讳言。但是，这个“误入艺术领域的市民”[1]和“良心有愧的艺术家”[2]，这个从不放弃“对生活的义务感”[3]的思想家，他与纳夫塔的根本区别就在于，他拥有适可而止的智慧。作为浪漫主义者，他迷恋于美的形象，渴望激情的陶醉，但他同时又警惕地注视着笼罩了美和激情的死亡阴影；作为怀疑主义者，他擅长于寻找事物的“另一面”，从不迷信任何精神偶像，但他也深知怀疑主义距离虚无主义只有一步之遥，而虚无主义很可能为恶行撑腰打气。托马斯·曼在如临深渊之际回顾生活这一普普通通的现象，悟出了中庸之道。他的中庸之道包含两层意思：其一是指严格区分精神与生活，“把激进主义赶入精神领域，对生活采取实践的、伦理的、不偏不倚的态度”[4]。换言之，一旦怀疑主义、浪漫主义溜出象牙塔，与生活作对时，人们就应毫不犹豫地站在生活一边，这是托马斯·曼从那位把实践理性置于纯粹理性之上的思想家康德处得到的启发。其二是指沟通精神生活诸领域并且保持相互间的平衡。这也是《魔山》作者让塞腾布里尼和纳夫塔各执一端，进行辩论的用心所在，因为他希望读者超脱二者之上，谋求一种新的精神内容。他在《论德意志共和国》（1922年）一文中

1 《托马斯·曼中短篇小说集》，美因河畔的法兰克福，费舍尔口袋书出版社，1986年，第372页。
2 同上，第373页。
3 12卷本《托马斯·曼文集》，第11卷，第381页。
4 托马斯·曼：《一个不问政治者的看法》，彼得·德·门德尔松编，附汉诺·赫尔布林的评论，美因河畔的法兰克福，1983年，第424页。

阐述了这种具有乌托邦色彩的思想："我们难道不知道另一个'第三者'吗？它同时是'世俗的和超脱的'，也就是说，既是社会的又是内在的，既富于人道主义又具有贵族精神，并且在浪漫主义和启蒙精神、神秘主义和理性主义之间保持一种美好的、富有尊严的德国式中立。"[1]

这种诞生于善良意志的中庸之道构成了一条贯穿《魔山》的思想红线。这部作品淋漓尽致地展示了"美"的种种魅力，最后却指向一个不容分说的"善"。托马斯·曼的中庸之道给予人们道德和智慧的双重启发：第一，它提醒哲学家注意思想的现实后果，在从"解释世界"过渡到"改造世界"之前要三思而行；第二，它告诫一切勤于思索的人，思维的尽头是世界。阳光不仅能照亮地球，而且能烛亮心灵。谁若一味冥思苦想，就有可能变成思想的奴隶，并最终使"大智若愚"的预言应验。

1《托马斯·曼散文集》，第2卷，第76页。

《魔山》是怎样一本书 *

发表于 1924 年的《魔山》，是托马斯 · 曼的长篇杰作。

《魔山》的主人公汉斯 · 卡斯托普是一个刚刚完成工程师学业的年轻人。他从汉堡来到瑞士达沃斯山顶疗养院探望表兄，计划停留三周，然后去汉堡的一家船坞厂工作。可是，他在疗养院一住就是七年，若不是爆发了第一次世界大战，他或许会无限期地待下去。

卡斯托普滞留在疗养院，表面原因是他的感冒和医生的恶劣医德，事实上是他迷上了这里的生活，这里的人病态而怪诞，因饱暖而思淫欲，有一个叫克拉芙迪娅 · 舒夏的女人更使他心旌摇荡。凭着这股激情，再加上医生的启发，他对人体产生浓厚兴趣，大量啃读生命科学方面的书籍。同住疗养院的人文主义者塞腾布里尼则一再劝他远离舒夏，离开疗养院，还反对他陶醉于音乐和形而上学。卡斯托普却充耳不闻，在"瓦尔普吉之夜"（Walpurgis Night）** 终于和舒夏有了床笫之欢。至此，小说过了一半。

随着第二部分开始，纳夫塔出现了。这是一个令人眼花缭乱的人物。他是犹太人，是耶稣会教士，又自称是无产阶级的代言

---

* 本文原刊于《外国文学》1996 年第 4 期。

** 瓦尔普吉之夜是瑞典传统节日之一，据说在这个晚上，生命和春天的力量将战胜死亡和冬天。——编注

人；他是善于搅乱思想的诡辩家，是虚无主义的宗师，但又鼓吹专政和暴力，笃信一个兼有基督教和共产主义特征的未来理想社会。如果说塞腾布里尼此前是在与舒夏争夺卡斯托普，那么他现在则必须抵消纳夫塔对卡斯托普的影响，使后者信奉由文艺复兴和启蒙运动确立起来的，以“个性、人权、自由”为宗旨的资产阶级价值观。为此，塞腾布里尼和纳夫塔进行了长达二百多页的辩论，涉及政治、宗教、法律、历史、文学、经济、哲学等等。两人都是雄辩大师，纳夫塔略逊一筹。卡斯托普是踏实的、中立的听者，他感到极大的充实和极大的困惑。此时，一个新的人物带来了新的困惑：彼佩尔科恩。这是一个拥有咖啡种植园的荷兰富翁，他在小情人舒夏的陪同下来到疗养院。与雄辩家们相反，他思想简单、语无整句，食与色便是他全部的生活内容和思想内容。他的到来，仿佛给疗养院掀起一股酒神旋风，使宴会、舞会接连不断，而他本人则成为众星捧月式的人物。奇怪的是，塞腾布里尼和纳夫塔也黯然失色，在这个“口吃的国王”跟前，潇洒的辉煌的雄辩家们顿时“矮了一截”，成为“饶舌之辈”。彼佩尔科恩就像一个令理性捉摸不透的自然奇迹。可是，把色看成生命之本的他却因阳痿而自杀了。舒夏也因此离开疗养院。此后，卡斯托普还经历了招魂术和诸多无聊的游戏，在音乐、闲散以及零零星星的辩论声中度日。最后是“一战”的炮火迫使他下山参军。

《魔山》人物众多，内容浩繁，创造出一个气象万千的混沌世界，它令读者激动而困惑，醍醐灌顶而又尴尬失语。这部小说似乎广罗材料，却放逐主题，起码读者难以看出单一而澄澈的主题。因此，人们有可能进而对小说的结构提出质疑。《魔山》出版不久即遭遇这种命运。布莱希特称之为“鲨鱼的胃”，穆西尔讥讽大作家托马斯·曼是“大部头作家”，瑞典文学院也读不懂，故而在诺贝尔文学奖授奖证书中只字不提《魔山》。

其实，《魔山》有其预设的主题和完整的结构。

按照托马斯·曼的初衷，《魔山》应该是《死于威尼斯》的姐妹篇，仍然以“死亡的魅力”为主题。只不过以滑稽风格跟后者的悲剧风格相呼应。这一意图在小说的前半部分非常明显。但是，《魔山》的写作始于1913年，完成是在1924年，这十年之间有过翻天覆地的历史变革，作家本人也经历了精神震荡。他在战后几年发表的演说、文章中表明了他支持共和制，捍卫理性主义的立场；但是，他深深植根于浪漫主义精神传统，而且将叔本华、瓦格纳、尼采这三位号称西方非理性主义文化的鼻祖奉为他的精神和艺术先师，他不可能摇身一变，成为启蒙主义者，也不可能理解和接受接二连三的新事。因此，他的心态比他公开表白的要复杂得多，他只好将心曲吐露在那曲里拐弯、云山雾罩的叙事空间。正在写作的《魔山》便获得更为丰富的材料、更为开阔的视野。没有这种背景，就难以想象比如说纳夫塔和彼佩尔科恩的存在。

解读《魔山》，最大的障碍在其自成一体的概念系统。尽管作者声明这是一部揭示“死亡的魅力”的小说，可是，“死亡”又意味着什么呢？当塞腾布里尼把“韵”也称为死亡的时候，又该作何解释呢？其实，在《魔山》里面，“生”与“死”是两个衍生力极强、覆盖面极广的概念。托马斯·曼善于利用能指与所指之间的滑动关系，是一位语言魔方大师。如果说能指是一个个的魔方方块，那么，所指就是托马斯·曼玩出来的色彩与图形。由于这种魔方游戏，《魔山》里面出现了两个对立的思想家族。与“生”沾亲带故的有形式、白昼、行动、伦理、节制、进步、欧洲、现实主义等等；与“死”息息相通的有销形、黑夜、无为、艺术、放纵、停滞、亚洲、浪漫主义等等。如是观之，“生”与“死”的对立似乎又弱化为唯实原则与唯乐原则的对立。小说所表现的，不仅是两者对立，而且是前者渐弱，后者渐强的趋势：汉堡的吸引力不如达沃斯，塞腾布里尼敌不过舒夏，《远洋轮船》被音乐和形而上学所取代……令人惊讶的是，这种结构在小说的后半部分也依稀可见。纳夫塔很容易归入“死”的范围，彼佩尔科恩难以归类，但随后又是“死”占上风，因为卡斯托普沉湎于音乐和乱七八糟的游戏当中，疗养院众生全都变得麻木不仁、惶惶不安、火气冲天，最终到来的世界大战更使“死”的家族得到解放，得以团圆，得以狂欢。

在《雪》一章中，卡斯托普彻悟“为了善和爱的缘故，我们不能让死主宰思想”。在长达千页的小说中，这是唯一用斜体强调的句子，用心之良苦，可见一斑。但是，这正好反映出托马斯·曼理智与天性的分裂。因为，这一广为传诵的思想并没有得到艺术论证。面对无处不在、无法抵御的“死”，这只是一个孤立的、苍白的宣言。托马斯·曼给人的感觉是一面欢欢喜喜地趋向“死”，一面又满心惭愧地回眸“生”。

内容与形式是有机统一体。小说的思想通过一种高超而彻底的象征艺术得以表现。舒夏代表“死”，所以她不适于婚姻，不能生儿育女，只是性爱对象，所以她是亚洲人（吉尔吉斯），所以她慵懒、散漫、无所顾忌、用餐迟到、进出摔门。塞腾布里尼代表“生”，所以他坚定捍卫理性主义、人道主义传统，所以他一年四季都穿同一套衣服，所以他是欧洲人（意大利），所以他刚跨进卡斯托普的房间门槛就开灯，就带来光明。当卡斯托普在二人之间左右为难时，应回想起黄昏时分泛舟湖上的情景，因为那是一幅由西方的霞光和东方的月色构成的对称画面。类似描写，不胜枚举。这种看似脸谱化的艺术是一种独特的艺术追求，是托马斯·曼从叔本华的哲学体系和瓦格纳的音乐中得到的宝贵启发。这是一种融会具象与抽象的艺术，一种以不变应万变的艺术，一种将线性叙述变为循环运动，将变幻的形象变为永驻的思想的艺术。如果把主题比喻为月亮，把素材比喻为千千万万的水域，那么《魔山》就达到了“一月普照万川水，万川水月一月收”的审美极致。

《魔山》的另一个艺术特色便是那无处不在的反讽。托马斯·曼是一个离不开反讽的小说家。在他这里，反讽不再是修辞学概念。他认为，“客观性就是反讽，叙事艺术的精神便是反讽精神”，反讽“肯定一切而又否定一切”，是一种“极度自由、极度冷静、不为道德倾向所动的求实态度”。不难看出，他的反讽源于怀疑主义的世界观，是一种超然的心态。面对五光十色、众声喧哗的《魔山》世界，反讽的应用成为必然。

主人公本身就是一个反讽形象。小说开篇就声明：“我们想讲汉斯·卡斯托普的故事，这不是因为他的缘故（因为读者将在他身上看到一个虽然讨人喜欢，但也普普通通的年轻人），而是因为故事的缘故，我们觉得这个故事很有讲述的必要。”这就指明了卡斯托普是一个“空心人物”，他只是一个诱饵，一双观察的眼睛，一个思考的大脑。叙述者一再指出他是平凡的人物，只是出于以退为进的反讽策略。事实上，卡斯托普常常是托马斯·曼的化身。他对疗养院各种人物、现象所持的那种好奇而又警惕、欣赏而又反抗的态度，他那些貌似天真、实则狡黠的提问和应答，还有他那自始至终的中立立场，都说明他绝非平庸之辈。

托马斯·曼借助于反讽，把他的内心矛盾，把一切令他感到新奇而又困惑的思想、现象都放进疗养院来展示、碰撞、玩赏。启蒙主义与浪漫主义，个人主义与集权主义，科学与艺术，积极关怀与世俗关怀，英雄主义与平凡人生，苦行生活与享乐主义杂然并存，反讽家则斡旋其间，并保持着悬疑姿态。贝伦斯医生教导卡斯托普要以抒情加科学的眼光看待事物，卡斯托普便沉潜于科学，结果，当他为死去的表兄哭泣时，他不仅想到眼泪的情感意义，而且想起泪水的化学成分——黏蛋白和蛋白质！彼佩尔科恩是一个生命的太阳，一个享乐的磁场，可他偏偏阳痿！纳夫塔是英雄主义者，为了显示更英雄，他在决斗时竟然潇洒地朝自己的脑袋放了一枪！值得钦佩的是，托马斯·曼对自己的作品也采取观乎其外的态度。就是说，他一边写作，一边反省其写作，将单纯的叙事变为夹叙夹议。他或者让书中人物点破叙述者的用心，比如塞腾布里尼指出搞心理分析的医生克洛科夫斯基身着黑装，是为了暗示人们“他最在行的研究领域是黑夜”；或者由叙述者为书中人物加注，比如塞腾布里尼一语双关地把盛行于疗养院的卧疗法称为“平躺着的生存方式”，叙述者生怕人不知，赶紧指出这话“带有恶毒的弦外音”。因此，小说里的秘密都是公开的秘密，而公开的秘密都是引人发笑的秘密。这无所不在的反讽，不仅保证托马斯·曼处于无懈可击的有利地位，而且制造了通篇的雅谑，连最平常、最琐碎的事物也沐浴着幽默的光辉。反讽也成为歌德所说的“调味盐”，终于创造出托马斯·曼所推崇的“辉煌的枯燥”。

《魔山》是一部快快活活的复调小说，它展现了截然不同的价值观念和精神世界，追求的是视域的交叉与融合。但是，读者从中学到的与其说是知识，不如说是智慧。阅读《魔山》，意味着一场精神洗礼，说它怀疑主义也罢，相对主义也罢，虚无主义也罢，反正我们将更加珍惜自己的独立思维，独立个性。托马斯·曼在不惑之年创作的《魔山》，是一部地地道道的不惑之作。

《浮士德博士》是怎样一本书*

1947年1月29日，托马斯·曼终于写完了《浮士德博士——德国作曲家阿德里安·雷维昆的一生，由一个朋友讲述》。这部小说起源于一个雄心勃勃的艺术构思：通过一个音乐家的悲剧来揭示现代文化的命运和德国历史悲剧的根源。托马斯·曼把一部关于音乐和音乐家的小说变成他“最大胆、最阴森恐怖的作品”（241）[1]，这绝非偶然。音乐和音乐家从来都是他关注的对象，他的许多艺术灵感和艺术哲学观念都得益于音乐。此外，他在《德国和德国人》一文中还把音乐定义为德国人最基本的特征。这种让人疑心是否故弄玄虚的观点，不仅唤起了世人的共鸣，而且得到了历史的验证，因为最不问政治的音乐，恰恰在德国背上了最为沉重的政治包袱。第二次世界大战刚刚结束的一段时间里，捷克政府禁止演奏一切德国音乐。虽然托马斯·曼反对捷克人株连巴赫和贝多芬，但他在致封·莫罗的信中也不禁质问为什么德国人“在希姆莱的德国听《菲岱利奥》的时候没有双手掩面冲出大厅”[2]。至于遭受了民族大劫难的犹太人，更是难以消除对德国音乐的怨恨。以色列政

---

* 参见黄燎宇：《托马斯·曼》，成都，四川人民出版社，1999年。

1 艾丽卡·曼编：《托马斯·曼书信集》，第2卷（1937—1947年），美因河畔的法兰克福，费舍尔口袋书出版社，1988年，第241页。

2 同上，第444页。

府在1998年才取消禁止上演瓦格纳歌剧的规定。因此，对于力图用叙事文学来探讨现代文化命运和德国历史悲剧的托马斯·曼来说，音乐家倒是十分理想的人选。

《浮士德博士》注定要成为一部沉重的艺术家小说，其主人公也注定要遭遇凶险的命运。阿德里安·雷维昆，一个出生于普通的乡村家庭，但自小就聪明过人的作曲家，为了摆脱艺术困境，竟然与魔鬼订立卖身契。他取得了艺术突破，但很快又付出了精神和肉体的双重代价：他陷入痴呆，并随之死去。阿德里安·雷维昆孤傲，冷漠，艺术上过于成熟，他不仅与托马斯·曼在四十年前塑造的经典艺术形象——托尼奥·克吕格尔——如出一辙，而且是“青出于蓝而胜于蓝”。他孤傲，傲得来不屑于当指挥（他称之为“身着燕尾服、在乐队面前挥舞指挥棒的歌剧女主角”，132）[1]，不屑于当独奏家（他称之为“玩乐器骗子”，132），甚至不屑于听自己创作的音乐，因为他认为音乐只需要听一次，也就是“在作曲家构思的时候”（263）；他冷漠，冷得来无法容忍音乐中哪怕存在一丁点儿的温暖（他称之为“自身的温暖”、“畜厩的温暖”、“母牛的温暖”，71）；他过于成熟，成熟得来对一切都见惯不惊，无法产生创作激情，最终只好仰天发问：“为什么所有的东西在我眼里都像是对自身的戏仿？为什么我觉得几乎所有，不，是所有的艺术手段和艺术惯例在当今都只配戏仿？”（135）

就在阿德里安·雷维昆“江郎才尽”的时候，魔鬼伸出“援助之手”。在帕莱斯特尼那儿的一间阴冷的房屋里，魔鬼——音乐家内心深处的投射物（雷维昆对魔鬼说，“您知道把我知道的东西告

---

1 该书引文全部来自托马斯·曼：《浮士德博士》，美因河畔的法兰克福，费舍尔口袋书出版社，1987年。括弧内为页码，下同。

诉我”，241）——便出现在他的眼前，对他进行了全面而彻底的开导。魔鬼为他分析了音乐的历史发展现状，指出他所面临的是一个超出个人范围的问题。魔鬼论证说：“每当你斗胆构思一小节的时候，技巧发展的现状都将作为难题摆在你面前。作为整体的技巧，每时每刻都要求你与之相适应，要求你提供它在每一瞬间允许的唯一正确的答案。结果使创作无非变成了应答，成了解答技巧字谜画的游戏。艺术变成了批评。”（240）而这种批评又“不再忍受假象和游戏，不再忍受虚构和沾沾自喜的形式，因为形式控制激情和人的痛苦，并使之分解为角色，转换为画面”（241）。不过，这个坐在雷维昆面前、把一切都分析得头头是道的家伙，最讨厌被人看作“从事瓦解性批评的人”，因为他是一个新式魔鬼。他的使命恰恰在于使人“胜利地超越”批评，使人变得“大刀阔斧”（238），而“大刀阔斧”的意思就是回归“远古时代的、很早以前的、很久都没再尝试的东西”（237），就是回归“野蛮”（245）。这是一种疯狂而危险的尝试。聪明的魔鬼当然知道如何打消雷维昆的顾虑。他为此发表了一系列的高论，说什么“艺术家是罪犯和疯子的兄弟”（237），什么“下地狱并不容易……如果三教九流都来的话，我们早就人满为患了”（248），什么“再也没有比认为疾病只能产生病态的东西更愚蠢的观点”（243），等等。在魔鬼的循循善诱之下，雷维昆与之达成了卖身协议。魔鬼给他二十四年的“天才光阴”（249），提出的条件则是，“你的生活应该处于寒冷状态，所以你不许爱人”（250）。

雷维昆并非第一次和魔鬼打交道，他也不是第一次投身魔鬼。他在莱比锡的时候，曾经被一个可疑的导游骗进了妓院。尽管他在那里只是故作镇定地弹了弹钢琴，但其中一个用手臂碰了碰他面颊的妓女却让他无法忘怀。他后来设法找到这个妓女，在得知她患有性病的情况下仍然与她做了爱，由此染上了梅毒。但是，雷维昆的所作所为，与其说是“色”令智昏，不如说是一场“德国式的”、“艺术家式的”悲剧。《浮士德博士》是一部反省德国民族特性的小说，其核心话题之一便是德国知识分子对“外界”的态度。在托马斯·曼看来，德国人天生便有“乡村”和“古朴”气质，这一点与具有“都市”和“现代”气质的法国人就形成鲜明对比。德国人相信“外界只有 valse brillant（法文，华丽圆舞曲），而德国只有严肃”，但他们对“外界”却是藐视而又恐惧。犹太文化掮客菲特尔贝格干脆把这种态度概括为“对外界沙龙的妒忌”（406）。作为德国知识分子典型的雷维昆，来自于一个仅有两万七千名居民的小城市恺撒斯阿申（Kaisersaschern：虚构地名，意思是“皇帝的灰烬”），从小就呼吸着浓郁的宗教和历史气息，长大之后又只是攻读音乐和神学，使其“古朴”气质变本加厉，就连说话也带上了马丁·路德的腔调。仿佛身着一层“由纯洁，贞洁，智性骄傲，冷嘲做成的铠甲”的他，不可能是一个“风流”形象（147）。然而，这是一副脆弱无比的铠甲，就连女人的一只胳臂也抵挡不住。艺妓埃斯梅拉尔达轻描淡写的职业性挑逗便使他当了真、动了情，把轻轻松松的青楼艳遇变成了决定未来命运的重大事件。他这一生一回的风流并不具有任何风流特征。叙事者塞雷努斯·蔡特勃卢姆由此总结出一条辩证规律：“最骄傲的精神，离动物、离赤裸裸的本能最近。”（148）后来雷维昆自己也明白了这个道理。不过，当他为自己搜索榜样的时候，他想到的当然不是和他有着同样经历的尼采（他的事情本来就是从尼采那里“拷贝”过来的），而是歌德笔下那个崇拜轻浮女子菲利娜的威廉·迈斯特。不过，雷维昆的“风流逸事”不仅折射出德国知识分子因为远离“生活”、远离“世界”而酿成的悲剧，而且是一则“艺术殉道”的寓言。他不是“不顾”，而是“因为”一个梅毒病肉体拜倒在艺妓埃斯梅拉尔达的石榴裙下的。因为在雷维昆的时代，梅毒还带有神秘色彩，有人甚至相信它能够激发人的灵感。据说，奥地利作曲家胡戈·沃尔夫就是为了音乐灵感而自觉染上梅毒的。如果听听魔鬼——“病灶”使雷维昆见到了他（235）——对疾病的赞美，再看看梅毒的扩散和艺术的“突破”在雷维昆身上如何相映成趣，那么，我们完全有理由相信雷维昆听从了“梅毒神话”的召唤。雷维昆身上交织着“德国”和“艺术家”的双重悲剧。

与魔鬼订约之后，雷维昆迸发出空前的艺术活力，清唱剧《人物启示录》就标志着他的第一个创作高峰。这部取材于汇集着杀父、通奸、乱伦故事的 gesta romanum（拉丁文，罗马人故事）的作品，不仅把天使的清脆歌声和地狱的嘈杂糅在一起，不仅全面展现了人的兽性、神性以及内心深处最隐秘的东西，而且在技巧方面呈现一种“自然主义的返祖现象”（374）。它把 glissando（滑奏）用于声乐，使声乐回复到音色尚未得到非自然化处理的“前音乐状态”，又把合唱器乐化，把乐队声乐化，以彻底模糊人与物的界限。担任独唱的，则是一个类似太监的男高音。难怪有人要惊呼这部清唱剧里交织着“血淋淋的野蛮”和“苍白的智性”（273），说它是“最新”与“最旧”的结合（377）。然而，就在雷维昆在音乐领域“大刀阔斧”之际，魔鬼也开始对雷维昆的生命和人际关系实施“全面冷却”（250），毫不客气地夺走了两个为他所爱的人。一个是雷维昆的同性恋朋友、小提琴独奏家兼风流小生吕迪格尔·施威特菲格尔（一个保罗·埃仑堡[1]式的人物），他在代雷维昆向玛丽·戈多求婚的时候竟爱上了戈多，使得苦恋他的有夫之妇伊内丝·洛德向他射出了充满绝望的子弹。魔鬼要求的第二个牺牲品是雷维昆的外甥内波姆克·施奈德魏恩，小名埃肖。天使般可爱的埃肖给雷维昆带来了光明和温暖，感情和快乐。但是，埃肖不久便得了脑膜炎，在经历了地狱般的折磨之后悲惨地死去。埃肖的死，给雷维昆以极大的震撼，他发誓要“收回”一切善良与高贵的东西，要“收回”贝多芬的“第九交响乐”（477）。于是，他创造了“浮士德博士的哀歌”。这部长度与“贝九”相等（75分钟）、以古老的民间故事书《约翰·浮士德博士的一生》为蓝本的交响康塔塔，用水面同心圆般的阵阵哀歌来对抗一浪接一浪的“欢乐颂”。和“人物启示录”一样，“浮士德博士的哀歌”诉说着天堂和地狱的同一性，约翰·浮士德的临终遗言——“因为我将作为坏的和好的基督徒死去”（487）——贯穿整个作品。从形式上看，浮士德康塔塔体现出“回归”与“大一统”的特征。所谓“回归”，是指这部作品回到了蒙泰威尔第以及17世纪的音乐风格。雷维昆还大量地使用了那个时代所钟爱的回音效果，而回音（德文是“Echo”，音为“埃肖”！）则天然具有孤独和忧伤色彩，这对“哀歌”而言是再理想不过的了。所谓“大一统”，是指严谨的结构。在“浮士德博士的哀歌”中，所有的音乐材料都按照单一主题组织起来，自由的音符没有了，也没有赋格曲存在的余地。主题严格贯彻到各个音符，几乎达到“一月普照万川水，万川水月一月收”的境界。但在另一方面，这种严谨又“服务于

1 保罗·埃仑堡（1876—1949年），德国画家，托马斯·曼对他有过同性恋单相思。

更高的目的”，服务于音乐语言的解放（487）。这使经过最严格算计的浮士德康塔塔获得了最为强烈的表现力。雷维昆得以淋漓酣畅地倾泻了他的思想和情感。最后，浮士德康塔塔用轻柔、悠扬的大提琴迎来了沉默和黑夜。对于雷维昆来说，“浮士德博士的哀歌”既是别世之作，又是悔悟之作。刚刚完成这部作品之后，他便召集众人听他讲话——其实是忏悔。他承认自己因为傲慢而走火入魔，承认自己进行了一场“神学赌博”，因为他想通过大恶来验证世上是否存在无边的宽容和无边的善。

《浮士德博士》是由雷维昆的一个朋友来叙述的。托马斯·曼安插这么一个叙事替身，真可谓一举多得。语文学家塞雷努斯·蔡特勃卢姆古道热肠，信奉古典人道主义传统，他那过于正派的为人和观念，常常造成滑稽效果。他的存在，有助于冲淡雷维昆的故事所必然带来的紧张、压抑而又冷森森的气氛。蔡特勃卢姆又是雷维昆终身和忠实的朋友兼配角兼崇拜者。细细考察，不难发现他和雷维昆共同守护着一桩秘密——托马斯·曼的人性秘密。他们不仅分别代表着托马斯·曼的政治人格和审美人格，他们还反映出政治与审美在托马斯·曼身上的关系及力量对比。蔡特勃卢姆对雷维昆的欣赏和忧虑，恰好代表了托马斯·曼对自身心灵某一领域的态度。他和雷维昆都是托马斯·曼进行自我批判的手段。蔡特勃卢姆所起的另外一个作用就在于通过其叙述和评论，“沟通”个人与民族、文化和政治的命运。蔡特勃卢姆是在 1943 年至 1945 年间讲述 1885 年到 1930 年（这是雷维昆精神崩溃的时间，他的死发生在 1940 年）的故事。他时而讲述雷维昆的故事，时而倾听“二战”的隆隆炮声。在他的笔下，朋友的命运和国家的命运并不是偶然地、浮面地交织在一起。他在雷维昆的传记中交代了相关的历史氛围，着重分析了他与“文化主潮”的关系。

依照蔡特勃卢姆的叙述，这个20世纪的浮士德基本上算是时代的产儿。他的音乐启蒙老师文德尔·克雷奇马尔就是一个天才的“返祖理论家”。克雷奇马尔宣称文化与仪式的分离或者叫艺术的世俗化只是一种暂时现象，宣称唯有音乐艺术具有随时从头开始的能力（他的一次著名讲座就以“音乐中的原始因素”为题），等等。诸如此类的见解深深地吸引了雷维昆。在他就读的哈勒神学院里，抽象思辨和民族主义的狂热蔚然成风，有的为自由问题——是“摆脱什么”的自由，还是“从事什么”的自由？——进行争论，有的则庄严宣告“俄国人有深度，但没有形式；西边那些人有形式而无深度；只有我们德国人才二者兼有”（125）。在这些深沉而幼稚的讨论中，我们不难辨别出托马斯·曼在“一战”期间发表的类似“高见”，也不难领会他的自我批判意图。对于慕尼黑版画家克里德维斯举办的文化沙龙，蔡特勃卢姆更是作了详细的描述。他和雷维昆不时光顾这个沙龙，见识了形形色色的可疑思潮与可疑人物。这里有渲染暴力和残酷的文人丹尼尔·楚尔赫，有用种族观点建构文学史的福格勒，有鼓吹社会达尔文主义的古生物学家翁鲁厄。至于“通才”布赖萨赫尔，人们更得刮目相看。此人堪称“纳夫塔二世”，而且他和《魔山》里面那个诡辩家一样，玩的是“项庄舞剑，意在沛公”的把戏，因为他那花里胡哨的诡辩其实有着非常明确的攻击对象——欧洲资产阶级从文艺复兴到19世纪的发展历史。蔡特勃卢姆回忆说，在布赖萨赫尔嘴里，“最可耻的一个词便是‘进步’”（279）。绘画“进步”到透视是可耻的，音乐“进步”到和声是可耻的，宗教从血淋淋的案板“进步”到假惺惺的祭坛也是可耻的。由此可见，雷维昆与布赖萨赫尔之流几乎是“殊途同归”，分别在艺术和政治领域走向中古，走向野蛮，走向新权威主义。这，也许就是艺术和政治、个人与民族的交会点。

但是，人们不禁要问，艺术的野蛮与政治的野蛮可以相提并论吗？消灭自由的音符与扼杀自由的个体是一回事吗？先锋艺术是纳粹政权的开路先锋吗？其实，所谓“先锋派”、“现代派”，所谓“非理性思潮”，全都是非常宽泛乃至很不可靠的标签。被贴上这类标签的艺术家和思想家，彼此之间存在巨大差别，他们与现实政治、与纳粹政权的关系也各不相同，很难一言蔽之。需要补充的是，先锋派本身并不是纳粹德国的宠儿。在音乐方面，希特勒、戈贝尔、戈林等人就倾向于“古典”，所以，贝多芬、瓦格纳、理查德·施特劳斯成为第三帝国音乐厅和歌剧院的保留节目。倘若雷维昆生活在第三帝国，他不仅得不到纳粹官方的欣赏，而且还有可能受到迫害，因为在《人物启示录》首演之后，就有人指责他是“文化布尔什维克”（388）。至于《浮士德博士》在多大程度上廓清了艺术与政治之间这种错综复杂的关系，那的确是一个见仁见智的问题。

如果说《浮士德博士》对艺术的政治后果没有百分之百的把握，那么，这部小说对现代艺术（特别是音乐和文学）的处境和命运所作的诊断却令人服膺。托马斯·曼一向把音乐和文学看成姊妹艺术（这并不是《拉奥孔》影响的结果），他这部音乐小说自始至终都充满对文学的思考，他也力图从现代音乐的发展来折射现代文学的发展。于是，当音乐领域出现乐剧向清唱剧、歌剧向歌剧康塔塔转变的时候，文学领域也开始告别“审美戏剧”，而《浮士德博士》反复宣讲的一个真理就是，现代艺术厌恶而且藐视"假象和游戏"，厌恶而且藐视建立在心理分析、个性刻画以及主观性基础之上的"审美享受"。这一高屋建瓴的观点也得到历史的验证。因为，现代文学的基本特征便是反"主观"、反"虚构"、反"故事"、反"被动接受"等等。也正是在这一大背景之下才有了创造"叙事剧"的布莱希特，有了崇拜"事实想象"的德布林[1]以及立志埋葬"主人公小说"的罗布－格里耶[2]。令人惊讶的是，并不属于现代派圈子的托马斯·曼，不仅准确把握了现代派艺术的特征，而且还预告了现代派的终结，预告了"后现代"的到来。雷维昆还在创作《形象启示录》的时候就已经意识到，他本人以及整个现代艺术所陷入的死胡同。对此，他带着微微颤抖的声音发表了下述见解："在很长一段时间里，音乐都感觉自己是救世的手段，可笑的是，它本身就和所有的艺术一样需要拯救，也就是从一种庄严的孤独——这是文化解放和文化上升为宗教替代品的结果——之中拯救出来，从单独面向被称为'公众'的文化精英的状态中拯救出来，这些精英很快就不复存在了，他们已经不存在了，所以，艺术将彻底陷入孤独，将因孤独而消亡，除非它走向'人民'，就是说——这是很不浪漫的说法——走向人。"（322）他进而指出，走向民众的艺术，应该"欢快而谦虚"，应该"没有痛苦，精神健康，没有庄严面孔，乐观而温顺，与人类亲密无间"（323）。雷维昆描述这种"走向民众"的艺术，不是"后现代"又是什么？但是，雷维昆并没有身体力行他所预告的这种美好的转折，他继续创作他的《形象启示录》和《浮士德博士

1 布鲁诺·希勒勃兰特：《长篇小说理论》，梅茨勒出版社，1993年，第363页。
2 同上，第378页。

的哀歌》。他过于自傲，傲得甘下地狱、甘受诅咒。

最后需要指出的是，《浮士德博士》是一部登峰造极的“蒙太奇”小说。所谓“蒙太奇”，就是“组装”，就是“拿来主义”。《浮士德博士》“拿来”的东西之多之杂，令人咋舌。不论死书活人，不论文字图片，只要有用，便毫不客气加以“录用”。为了雷维昆的梅毒症状，他查阅了多本尼采传记，为了埃肖的脑膜炎，他详细请教过罗森塔尔大夫。雷维昆的传奇经历，多半取材于尼采、沃尔夫、柴可夫斯基的生平，也参照了莎士比亚的十四行诗（代友求婚演变为代己求婚的故事）和陀思妥耶夫斯基的小说（与魔鬼的对话），他那深奥而奇特的音乐理论则来自勋伯格、阿多诺和托赫等人。书中那些令人目不暇接的哲学、神学乃至自然科学材料，也基本上可以断定为“他山之石”。应该承认，在这部鸿篇巨制当中，托马斯·曼的“专利”所剩无几。但是，这一事实无损于他的人格和文学功绩。对于托马斯·曼来说，“蒙太奇”是一种美学原则，其基础是“实证精神”和“游戏冲动”。对于“拿来”的东西，他并不是简单地占有。如果说雷维昆的作品里没有自由的音符，那么，托马斯·曼的小说中也不存在随意垒放或者是未经加工的“他山之石”。此外，托马斯·曼从不隐讳其“蒙太奇”手法，他甚至明言《浮士德博士》是“粘贴”而成的[1]。更加可贵的是，他还主动提醒那些对他的“博学”和“深沉”崇拜得五体投地的外行们别光看热闹。最后，我们引用托马斯·曼为启迪文学门外汉的自我调侃，来结束对“蒙太奇”以及对《浮士德博士》的讨论：“我曾

1 艾丽卡·曼编：《托马斯·曼书信集》，第2卷，第576页。

经先后做过训练有素的医学家和生物学家，做过学问扎实的东方学家、埃及学家、神话学家、宗教史专家、中古文化和文学研究专家，等等。但糟糕的是，每当我为之钻研这些深奥问题的作品一完成、一靠边，我就以令人难以置信的速度把那些为此目的学来的东西忘得一干二净，然后又大脑空空地东游西逛，心头却因为意识到自己的茫然无知而难过。”[1]

1 艾丽卡·曼编：《托马斯·曼书信集》，第 3 卷（1948—1955 年），第 219 页。

托马斯·曼的文学观*

——从《绿蒂在魏玛》谈起

托马斯·曼的长篇小说《绿蒂在魏玛》第八章，写歌德设宴款待远道而来、阔别44年的夏绿蒂。席间，他冷不丁地引用了一句据说来自中国的格言，“伟人乃公众之不幸”[1]。话音刚落，听众中间爆发出歇斯底里的笑声。对于冷眼旁观的夏绿蒂来说，这分明是欲盖弥彰，是要防止有人“跳起来掀翻桌子再吼上一声‘中国人说得对！’”[2]

既然如此，那么歌德信手拈来的“中国格言”到底点破了什么秘密？或者说，伟人歌德为什么成为公众之不幸？他使谁遭受了不幸？对此，小说至少提供了如下事例：歌德是大众的不幸，因为他是不可救药的精神贵族，声称“群众和文化不合拍”[3]。歌德是进步人士的不幸，因为他主张新闻检查，反对出版自由。歌德是歌德信徒们的不幸，因为他永远保持着一种拒人于千里之外的姿态。歌德是亲人的不幸，因为他对亲戚——无论长辈、晚辈或者平辈——都漠不关心，甚至可以整整11年不探望母亲；他的独生子奥古斯特慑于

* 本文原刊于《外国文学评论》1999年第4期。德文版刊于《文学之路：中德语言文学文化研究》，第八卷，张玉书、霍·托美、卫茂平、朱建华和格·布劳恩噶尔特编，维尔茨堡，K&N出版社，2007年。

1 托马斯·曼：《绿蒂在魏玛》，美因河畔的法兰克福，费舍尔口袋书出版社，1987年，第276页。

2 同上，第277页。

3 同上，第207页。

父亲的精神光环，死心塌地当父亲的管家，而且在婚姻大事上也遵从父言。歌德是助手的不幸，因为尽管秘书里默尔学识渊博，而且已过不惑之年，尽管他始终默默无闻地充当大师的活词典，甚至在标点语法方面为他出谋划策，可到头来也只被大师唤作“好孩子”[1]。至于夏绿蒂，歌德也给她造成了多重不幸。年轻时，歌德插足其爱情生活，给她带来了痛苦和迷惑。《少年维特的烦恼》（以下简称“《维特》”）的发表，又使她和丈夫尴尬不已。63岁的她，带着重温旧情的愿望来到歌德的魏玛，而67岁的歌德当面只是敷衍和客套，背后则嗤之以鼻。

也许有人会提出质疑：这是歌德吗？当初是这种情形吗？纠缠于此类问题的人，多半是一个无法和文学建立良好的关系并且和小说中的夏绿蒂处于同样认识水平的人（夏绿蒂就不理解歌德为什么在《维特》中把她的蓝眼睛变成了黑眼睛，还对此耿耿于怀）。他极有可能把《绿蒂在魏玛》和某些通过揭示人性弱点或者暧昧逸事来“颠覆”伟人，进而哗众取宠的名人传记相混淆。但是，我们没有这种“忧患意识”，我们也并不关心《绿蒂在魏玛》是否塑造了一个“真实”的歌德形象。我们感兴趣的是，托马斯·曼通过歌德这一形象究竟想说明什么。当歌德宣布“伟人乃公众之不幸”的时候，托马斯·曼当然不希望读者单纯从字面或从社会学层面去加以理解，也无意把伟人的形象定格于自私、冷漠、傲慢。歌德是文学家，文学正是其生命的符码。他的伟大、他的“祸害”，都源于文学。用文学来演绎歌德其人其事，则是顺理成章的事情。从这个意义上讲，《绿蒂在魏玛》叙述的是一场有关文学的

1 托马斯·曼：《绿蒂在魏玛》，美因河畔的法兰克福，费舍尔口袋书出版社，1987年，第53页。

道德官司。惯于而且善于夫子自道的托马斯·曼就此轻而易举地把这部“歌德小说”变成了艺术家小说。声讨也罢，辩护也罢，指控也罢，开脱也罢，歌德的话以及围绕歌德的谈话，都自然而然地具有托马斯·曼的话语特征。

为了澄清这场关系到歌德、关系到托马斯·曼乃至整个文学界的道德官司，我们有必要对歌德给夏绿蒂造成的几重“不幸”作一番分析和演绎。绿蒂的第一桩“不幸”，是歌德插足她和凯斯特纳的情感生活之后给她带来的诱惑与困惑。由于夏绿蒂在过去的几十年一直没想通歌德为什么“爱别人的未婚妻”[1]，所以和里默尔就此问题进行探讨。两人说得有些玄乎。夏绿蒂说歌德“把感情的布谷鸟蛋放进一个筑好的巢穴”，说他“在寻觅和恋爱方面缺乏自立精神”，说他有“寄生性”[2]。里默尔则总结说“有一种天神寄生、天神下凡的现象，我们的想象对此毫不陌生，天神在漫游途中参与凡人的幸福，对一个被此间选中的女子作更高级的选择，这个众神之王对一个凡夫俗子的女人产生爱的激情，这个凡夫俗子十分虔诚虔敬，对天神的参与并不感到损失和屈辱，反倒感觉被抬举，感觉很光彩……”[3] 里默尔所讲的，就是希腊神话中有关安菲特律翁的故事：宙斯借安菲特律翁出征之机，化装成后者的形象去他家，跟他妻子阿尔克墨涅享受床笫之欢。安菲特律翁回家之后，自然也和妻子云雨一番。结果，阿尔克墨涅生下双胞胎。伊菲克勒斯属于安菲特律翁，赫拉克勒斯属于宙斯。由于这个故事意味深长，解释起来极富弹性，所以从古罗马的普劳图斯

1 托马斯·曼：《绿蒂在魏玛》，美因河畔的法兰克福，费舍尔口袋书出版社，1987年，第78页。
2 同上，第77—78页。
3 同上，第79页。

到法国的莫里哀，再到德国的克莱斯特，许多文学家都钟爱这个题材。托马斯·曼也不例外。虽然他只写过一篇评论克莱斯特剧本的文章，没有用这个故事来创作小说，但他还是把歌德、绿蒂、凯斯特纳三者的关系镶进了这一神话框架。他当然是别有用心的。他不仅把作为第三者的歌德变成了宙斯、变成了神仙，而且还不露声色地把一顶艺术家的帽子塞给了宙斯。歌德是一个无所事事、风流倜傥的闲人，凯斯特纳是一个勤勤恳恳、孜孜不倦的职员。光是这种对比，就足以引出托马斯·曼的艺术家主题。

众所周知，托马斯·曼从创作伊始便反复述说艺术与生活的对立，而对立的根源又在于艺术活动的非功利性，在于艺术家从七十二行中找不出适合自己的一行。这种对立使艺术家成为世人眼中的“闲人”，“局外人”，“多余人”，“无用之人”。《布登勃洛克一家》中那个断送了辉煌家业的汉诺便是这种典型。但是，受过叔本华艺术哲学熏陶的托马斯·曼，脸上是“天生我材有何用”的困惑，心里却是“天生我材另有用”的自信，骨子里把艺术看作一项超凡脱俗、以特殊的方式服务于人类的事业，把艺术家看作一种道德可疑但拥有精神优越性的特殊人种。和忙人凯斯特纳相比，闲人歌德是可疑的。但是，他使凯斯特纳相形见绌，就像宙斯让安菲特律翁自惭形秽一样。已经怀疑自己是否有资格占有绿蒂的凯斯特纳只好以如下方式为自己开脱：“一个人要是在上帝创造的世界上无所事事，享受着充分的自由，他就很容易潇洒起来，他会显得大方、活泼、出众、机智，很让女人喜欢，别人却因为忙碌了一天，被工作问题搞得疲惫不堪，回到爱人身边后已不能按照他自己所希望的那样来表现自己了。”[1] 换言

1 托马斯·曼：《绿蒂在魏玛》，美因河畔的法兰克福，费舍尔口袋书出版社，1987年，第47页。

之，歌德的优越，在于他闲世人之所忙：工作／生计；忙世人之所闲：感情／精神。绿蒂称这种现象“不公正”[1]，但是她不认为谁都能闲出歌德的水平，而且她也感受到歌德的特殊诱惑。在此，我们触及一个通俗然而重大的话题：情人与丈夫的分离。事实上，在克莱斯特的剧本中，虚荣的宙斯就不断暗示阿尔克墨涅情人与丈夫，也就是他和安菲特律翁有本质的不同。如果说阿尔克墨涅听不懂宙斯的意思，天真地回答宙斯：“情人和丈夫！你在说什么”[2]，那么绿蒂心中却是明亮的。只是她作为谨慎务实的市民女子，对于“王子和流浪汉的吻”[3]不免有几分畏惧。否则，她会选择情人，背弃丈夫，成为包法利夫人、安娜·卡列尼娜以及艾菲·布利斯特那种叛逆女性。同样有趣的是，托马斯·曼在一个艺术家的沾沾自喜之中不知不觉地让宙斯，让歌德，让艺术家与花花公子有了牵连，同时又让罗多尔夫们、伏伦斯基们、克朗帕斯们多少沾上一些神气、灵气、才子气。倘若福楼拜、托尔斯泰、冯塔纳在天有灵，不知会作何感想。

如果说歌德的“寄生性”险些把他变成职业诱惑者，那么“知足”的天性则使他显得清心寡欲。里默尔在谈论歌德为何不问政治时，引用了后者的一句名言：“一首诗就好像给世界的一个吻，但接吻是弄不出小孩的。”[4]不料这句话却让绿蒂嚼出了“荤味儿”，因为她首先联想到一个说不出口，却始终缠绕心头的“不幸”：歌德和她之间那点事并没超出一个吻。她那十一个孩子全

1 托马斯·曼：《绿蒂在魏玛》，美因河畔的法兰克福，费舍尔口袋书出版社，1987年，第47页。
2 4卷本《海因利希·封·克莱斯特作品和书信全集》，第1卷，因泽尔出版社，1986年，第341页。
3 托马斯·曼：《绿蒂在魏玛》，第23页。
4 同上，第64页。

部来自“凯斯特纳真正的、诚实的爱情”[1]。就是说，歌德并没像宙斯那样给女人肚子里留下点什么。歌德为什么在此和宙斯分道扬镳？熟悉托马斯·曼早期作品——尤其是《特利斯坦》和《托尼奥·克吕格尔》——的读者对此不会感到惊讶。这两篇艺术家小说分别以怪诞和忧伤的方式宣讲了一个简单的道理：做人和做艺术家，犹如鱼和熊掌，不可得兼。艺术家的生物能量服务于艺术而非生活。托尼奥·克吕格尔慨叹艺术家“刻画而不参与人性”[2]，慨叹他们“超乎人性和不通人性”[3]，甚至类似罗马教皇豢养那些为保持音色而清除尘根的教堂歌手[4]。《特利斯坦》通过一个叫史平奈尔的作家和一个叫克罗特扬的商人的对比，揭示了艺术家那异化的人性：史平奈尔对女人瞟上一眼就得到莫大的满足，克罗特扬则承认：“我正眼看她们，要是我喜欢，要是她们乐意，我就把她们带走。”[5]不过，恰恰是这个令人疑心他是否阳痿的史平奈尔，让克罗特扬的妻子发现世上“还有某种不同于动手动脚的东西，一种更细腻的东西……”[6]，而且他成功地对克罗特扬的妻子进行了精神勾引，和她去瓦格纳音乐中体会特利斯坦和伊索尔德的销魂荡魄。这个满足于女人的“模糊身影”的史平奈尔跟那个满足于“剪影”的歌德又是何其相似！当然，歌德并非只在男女关系中雾里观花，他这种态度几乎表现在他生活的各个方面。比如，他很感激他的母亲把“乐观和讲故事的乐趣”遗传给他[7]，可是当母亲去世时，他

1 托马斯·曼：《绿蒂在魏玛》，第71页。
2 《托马斯·曼中短篇小说集》，第326—327页。
3 同上，第325页。
4 同上，第327页。
5 同上，第284页。
6 同上，第252页。
7 托马斯·曼：《绿蒂在魏玛》，第68页。

已有整整11年没与母亲见面；又如，他把绿蒂，把绿蒂的弟妹、绿蒂的儿女写得或者说得那么可爱，可他在现实生活中又避之唯恐不及。里默尔把这种种现象归纳为“文人知足”[1]，这不过是托马斯·曼惯用的春秋笔法、西洋笔法。我们尽可本着我们的汉民族文化传统和汉语习惯，把歌德的所作所为说成是“叶公好龙”。

“叶公好龙”涉及一个古老而广泛的文学话题：“诗”与“真”的关系。“诗”与“真”，关系到虚构和事实，艺术和生活，形式和材料，创作主体和创作客体等等。说到底，也就是现实、作家、作品三要素。从艺术发生论来看，三者之间的关系当然可以用一个再简单不过的公式来说明：现实加作家等于作品。这一简单的公式常常诱使我们进而把三者想象成一个等边三角形，或者是一对和睦而平等的夫妻牵着一个可爱的孩子。但事实并非如此。人们常常会碰到两种很不理想的情形。一是现实有可能无视艺术家的存在，把作品看作自己单性繁殖的结果，所以看不出自己和作品的本质区别。二是艺术家有可能在艺术创造过程中对作品产生变态的占有心理，做出荒唐乃至恐怖的举动。奥维德《变形记》中的雕刻家皮格马利翁，就对自己创作的牙雕女像爱得不能自拔，苦苦哀求天神赋予雕像以生命。在霍夫曼的中篇小说《斯居德里小姐》里面，也有一个因为舍不得自己加工的首饰而不惜杀死首饰主人的金匠。

初涉文坛的托马斯·曼就遇到了第一种情形。他的第一部长篇小说《布登勃洛克一家》因为将家乡吕贝克的一些人物用作原型，所以发表不久便引来阵阵抗议声和咒骂声。吕贝克人称《布登勃洛克一家》为“影射小说”或者叫“比尔泽小说”（一个叫比尔泽的

1 托马斯·曼：《绿蒂在魏玛》，第67页。

吕贝克少尉写过一本招惹官司的影射小说），骂托马斯·曼“有辱家门”。怒不可遏的托马斯·曼撰写了一篇深思熟虑而且旗帜鲜明的文艺美学论文《比尔泽和我》作为应答。文章阐述了作者身体力行的文艺观念：文学家是在现实中发现，而不是在头脑中发明素材。但是，取材于现实，哪怕是原封不动地取材于现实，也并不意味着可以在现实和艺术之间画等号，因为文学家的介入，必然使二者貌合神离。他写道：“文学家之为文学家，不在于发明的天赋，而在于灌注灵气的天赋。”[1] 这是一种既古典又现代的文艺观。说古典，是因为按照他的意思，文学家都是点石成金的魔术师，或者是吹口气便能化平凡为神奇的神仙。这和崇拜主体、崇拜天才、崇拜自我的浪漫主义精神一脉相传。说现代，是因为它实际上在为很不浪漫的“蒙太奇”鸣锣开道。从其一生的文学实践看，托马斯·曼可谓不折不扣的“蒙太奇”艺术家。而且他年岁越大，越陶醉于“蒙太奇”、越喜欢“装配”小说。不管新闻旧事，不管文字还是图片，不管是听来的还是看来的，只要能在作品中派上用场，他便取而用之。凯伦伊、阿多诺之类的鸿学大儒都充当过他的知识二传手。《魔山》、《约瑟和他的兄弟们》、《浮士德博士》等长篇小说也因此露出大百科式的恢弘气象，他本人也成了“渊博型”作家。尽管控诉他“剽窃”的声音不绝于耳（70 年代以后日益兴盛的档案资料研究，使不少人怀疑托马斯·曼是否为“天下第一抄”），尽管他因为《浮士德博士》里的十二音体系差点被勋伯格推上法庭，尽管有敌对的同行把他的大部头作品比喻成“鲨鱼的胃”[2]，但是，他那几部包罗万象

1 12 卷本《托马斯·曼文集》，第 11 卷，柏林，建设出版社，1956 年，第 11 页。

2 埃克哈特·黑夫特里希和汉斯·维斯林合编：《托马斯·曼年鉴》，第 1 卷，美因河畔的法兰克福，维多利奥·克洛斯特曼出版社，1988 年，第 14 页。

而且篇幅极长的长篇小说却无可争议地摆进了最高文学殿堂，他本人则守护着点石成金的神话。托马斯·曼力图把天才与匠人，把点石成金的魔术师与东拼西凑的装配匠聚于一身，他的努力值得后人思索。现代诗学，如结构主义、解构主义、互文性理论等等，在摧毁天才、主体、个性等“过时”概念之后，却无法解释他们最想解释的问题：什么东西使文学成为文学？不论什克洛夫斯基的“陌生化”，还是热奈特的“阅读态度”[1]，抑或福柯的“反话语”[2]，似乎也不比托马斯·曼的“灵气说”更有说服力。话又说回来，托马斯·曼的双重性给他本人所带来的，不只是得意。作为一个植根于19世纪而且时常深情地回眸那个世纪的文学家，他充满了天才情怀，偶尔也会对自己的“装配”师傅形象感到不安。由于这种矛盾心理，他把《绿蒂在魏玛》中的歌德也弄成了“装配”师傅的模样。他一方面让自以为在为歌德做嫁衣的里默尔感叹道：“别人在卖力、开采、冶炼、积累，国王却候着锻打金币。”[3]另一方面又让歌德在第七章中反思文学创作与“辅助书籍和原始材料”的关系，其结论是，“为写薄薄一本诗歌箴言集，竟钻到一大堆游记和民俗资料中去汲取营养，去寻求支撑，别人会觉得奇怪，很难把你看成天才”[4]。

因此，我们不难推断托马斯·曼如何处理《绿蒂在魏玛》中的人情恩怨。歌德对“素材”同样采取蔑视、采取不认账乃至过河拆桥的态度。作品一完成，“素材”就像是榨过糖水的甘蔗，就像挤完豆浆的豆渣，就像形容枯槁的女人，作家自然要弃之如敝

1 张隆溪：《二十世纪西方文论述评》，北京，三联书店，1986年，第88页、第118页。
2 克劳斯－米夏埃尔·博格达尔编：《最新文学理论导论》，西德意志出版社，1990年，第50页。
3 托马斯·曼：《绿蒂在魏玛》，第49页。
4 同上，第224页。

履，自然要避之唯恐不及。当歌德得知夏绿蒂刚刚下榻大象饭店便引起群众围观时，他把绿蒂称作“过去”，把群众称作“呆子”，抱怨他们“合谋”对付他，给他“制造麻烦和混乱”。更有甚者，他决定让奥古斯特去拜访夏绿蒂。此举具有恶毒而可怕的象征意味：据有口无心的奥古斯特讲，他是第二次在重要场合代表父亲，前一次则是维兰德的葬礼[1]。换言之，在歌德看来，绿蒂和维兰德一样被埋葬了。区别仅在于，一个是精神埋葬，一个是肉体埋葬。对歌德而言，下榻于大象饭店的“夏绿蒂·凯斯特纳，枢密官之遗孀……”[2]与《维特》的女主人公，与那个曾使他如痴如醉、痛不欲生的绿蒂并非一回事。两者充其量貌合神离。他的爱和情感属于艺术而不是现实中的绿蒂。很显然，《维特》女主人公的原型并不了解《维特》的作者那种叶公好龙的本性。夏绿蒂倘若知趣，就应该放弃魏玛之行，就没有必要去张扬、去确认、去巩固自己在文学史上的地位。以此类推，自称是歌德的“知识供应商”的里默尔也没有理由抱怨大师居高临下地把他唤作“好孩子”[3]，他也不应去幻想“每当后世谈及那个伟人的英雄业绩时，都不免要提到作为其朋友和助手的我”[4]。若是没有“沾光”心理，崇拜歌德的魏玛人也不会对大师趋之若鹜，更不会硬着头皮把大师的无聊当作有趣。因此，如果说绿蒂们、里默尔们以及众多的歌德崇拜者遭受了不幸，那么他们不幸的根源不在于歌德，而在其无知和虚荣。不客气地说，他们是自讨苦吃。

---

1 托马斯·曼：《绿蒂在魏玛》，第 248 页。

2 同上，第 9 页。

3 同上，第 49 页。

4 同上，第 36 页。

托马斯·曼在《比尔泽和我》里面还阐述了另外一个重要观点：他是尼采的门徒，兼有艺术激情和批判激情，其天职就是“深刻地认识，优美地造型”[1]。为此他写了一段颇有殉道意味的话：“作为人，你可能是善良的，大度的，亲切的，积极的，你可能会不加批判地把一切事情往好处想；作为艺术家，却有一个魔鬼强迫你‘观察’……一个真正热爱文字的人，宁愿与世为敌也不肯牺牲一个字眼。”[2]就是说，凭借这股子殉道精神，文学家可以超越人情世故，可以笔下无情。他既可以忠实地“临摹”旁人的声音长相，也可以淋漓尽致地讲述他人的隐私。为此托马斯·曼引用了屠格涅夫和歌德的例子。前者在《猎人笔记》中给曾经热情款待他的俄罗斯地主描画了一幅不太愉快的肖像，后者通过《维特》把他和夏绿蒂夫妇的微妙关系暴露在世人眼前，使夏绿蒂夫妇陷入万分的尴尬。尽管托马斯·曼没有对这两个不争的事实作进一步的评论，我们也可以轻松地补充他的话外音：为了产生“不朽”的艺术，俄罗斯地主和夏绿蒂夫妇所遭受的那点“不幸”算得了什么？为了创作那日后获得诺贝尔文学奖的《布登勃洛克一家》，几个吕贝克人的“肖像损失”又算得了什么？既然有这种念头，他托马斯·曼就不会停止“拷贝”工作，碰到名人也决不手软。于是，阿图尔·霍利切戴着史平奈尔的面具走进了《特利斯坦》，卢卡契和豪普特曼又跟着纳夫塔和彼佩尔科恩登上了《魔山》。具有讽刺意味的是，当托马斯·曼的“拷贝”形象出来之后，又少不了有人要叫屈喊冤。

一支笔杆儿，带来多少的不幸与恩怨，托马斯·曼又有多少感想与体验。可悲的是，这些不幸与恩怨并没有被阻挡在自家门外。

---

1 12卷本《托马斯·曼文集》，第11卷，第15页。

2 同上，第16页。

作为一个“日日为诗苦，谁论春与秋”的艺术苦行僧，托马斯·曼首先是“家庭之不幸”。且不谈他的伏案工作制造了何等肃穆而又压抑的家庭气氛（有家人的回忆录为证）。他和妻子儿女的关系也耐人寻味：出身名门又天资不凡的妻子卡佳，一辈子都充当他的经纪人、护士、管家。一度活跃于演艺界和新闻界的大女儿艾丽卡最终则成为他的秘书、随从、翻译。他的儿子个个才华横溢，绝非平庸的奥古斯特所能比，所以他们更要急切地冲出父亲投下的巨大阴影。大儿子克劳斯从不掩饰自己的文学雄心，创作了包括长篇小说《梅菲斯脱》在内的诸多文学作品，但他仍然被看作“托马斯·曼的儿子”，43 岁便自杀身亡。老二戈罗比较明智，离开文学进入历史，但是，不论谁读他那本脍炙人口的《19 世纪到 20 世纪的德国历史》，都知道他在语言上用“简练”对抗父亲的“华丽”。因此，这对兄弟和奥古斯特依然是难兄难弟。尽管如此，托马斯·曼还是不会接受“伟人祸水”的简单结论。所以，他让逐渐觉醒的绿蒂在小说结尾与歌德进行的那场对话中质问歌德：他的四周为何散发着“活人献祭”的味道。歌德回答说：“你用了一个我最喜欢最感亲切而且从来都十分着迷的比喻，这就是那个有关蛾子和发出致命诱惑的火焰的比喻。如果你安排我当那飞蛾猛扑的火焰，那么不论事物如何变化交替，我依然是那燃烧着的、为了发光而捐躯的蜡烛，我也是那一只扎进火焰的蝴蝶，这是一个关于牺牲生活和肉体，使其转化为精神的比喻……我是第一个，也是最后一个牺牲品，我还是献祭人。”[1] 凭借这种翻云覆雨的雄辩功夫，托马斯·曼便轻而易举地把“祸水”的文人变为那种背负十字架或是舍身虎口的圣徒。

1 托马斯·曼：《绿蒂在魏玛》，第 298 页。

上述分析表明，当托马斯·曼提出“伟人乃公众之不幸”这一响亮的命题时，他已经准备好“伟人乃自身之不幸”、“伟人乃公众之大幸”等反题。至于合题，他期待读者与他合作完成。作为一部艺术家小说，《绿蒂在魏玛》充分地显示了托马斯·曼的艺术策略和自我定位。他的歌德是一个“悉取而加之”的形象，所以飘忽不定、变幻莫测。艺术家歌德有残酷、有滑稽，但也不时闪现出诸如使徒圣人，诸如神仙、皇帝的身影。对于艺术家，托马斯·曼既无情揭露，又抱有无限幻想。在他的“白日梦”中，歌德／曼金冠加冕，歌德／曼羽化成仙，就连一个叫绿蒂的文学原型也跟影视明星一样引起满城的轰动和众人的围观，造成了“文学牵动千万家”的空前奇观……不过，托马斯·曼却是非常清醒地陶醉于世俗的辉煌。即便此时他也很清楚精神与大众，艺术与生活无非是同床异梦。正如他的里默尔评论将大象饭店围得水泄不通的魏玛人时所说：“就其原先那种粗糙的信仰而言，大众是蔑视精神的，但如果精神能够用唯一可以让他们理解的方式，也就是通过证明自己对他们有用这种方式促使他们崇拜精神，那我们难道不应该感到高兴吗？”[1] 如果我们想想莫扎特的萨尔茨堡，想想歌德的魏玛以及托马斯·曼的吕贝克，如果我们看到长眠地下的艺术大师们如何在为这些城市带来丰厚的旅游收入，看到心存感激的当地居民又如何把他们奉若神明，我们就会为里默尔的话拍手叫绝，我们也会从这部宣称“伟人乃公众之不幸”的小说当中看出托马斯·曼的“满纸荒唐言，一把辛酸泪”。

1 托马斯·曼：《绿蒂在魏玛》，第35页。

横看成岭侧成峰 *

——论托马斯·曼笔下的艺术家形象

托马斯·曼研究的一个特点，就是对“弹性概念”的宽容或不敏感。如果看看托马斯·曼研究者们如何谈论托马斯·曼笔下的艺术家问题，这种印象便油然而生。艺术家问题是托马斯·曼研究中的一个有着近百年历史的研究课题。面对浩瀚如烟的研究文献，初来乍到者很难找到创新突破口。教士萨伏那洛拉是改头换面的艺术家，王子克劳斯·海因里希是艺术家的“寓意画”，骗子菲利克斯·克鲁尔是艺术家的亲戚……类似的说法比比皆是。人们无需费力地论证，也无需明确界定概念，就可以说出或写出这些观点。对此，专业人士也不会感到陌生和不解。研究界通常只探讨曼式艺术家的形象及其演变，但从不探讨柏拉图意义上的艺术家理念。在这个问题上，托马斯·曼的研究者们似乎全都心照不宣。如果只是写给同行看，这不是问题。然而，在“圈内人”眼里不言而喻的事情，“圈外人”看到就有可能觉得费解。外行期待专家们言简意赅地——最好用一句话——阐释托马斯·曼的艺术家概念。如果有人告诉他，托马斯·曼对艺术家的理解是如此这般，他会非常高兴。但这一朴素的愿望却始终未能实现。

---

* 本文系于笔者的德文博士论文《沾沾自喜与自我怀疑：论托马斯·曼作品中的艺术家问题》（2001 年）第三章第三节的基础上改写而成。德文版刊于《文学之路：中德文学文化年鉴》，第三卷，张玉书、汉－格·坎普尔、霍·托美主编，北京，人民文学出版社，2002 年。

我们说的是托马斯·曼研究中实际存在的——打开天窗说亮话——概念混乱。我们的目的不是想指责学术同行违背学术规范，不界定自己所使用的概念。我们不想自辱家门。相反，我们不想让人指责托马斯·曼研究缺乏学术严谨和精确。我们这么做，与其说出于对行会的忠诚，不如说来自对真理的热爱。为此，我们提醒潜在的批评家注意如下几点：第一，托马斯·曼研究中的概念混乱并非源于研究者的粗心或者随心所欲，而是研究对象决定的；第二，探讨曼式艺术家问题，很难做到不陷入这种概念混乱；第三，混乱的根源不在托马斯·曼，而是需要追溯到尼采；第四点亦即最后一点，这种概念混乱既不可怕也不可耻，它反倒可以活跃思维，所以值得期待。

这些大胆的看法无疑需要进行论证。我们先从尼采在艺术家问题上对托马斯·曼的影响谈起。众所周知，自述十九岁就开始阅读尼采的托马斯·曼毕生都在研究尼采留下的精神遗产[1]。如果没有阅读尼采，他对艺术家的描写定会有所不同。读过《一个不问政治者的看法》的人，都能理解这点。托马斯·曼在此反躬自省，谈到他在精神星空中"永远紧密相连的三颗星宿"[2]（12/72）：叔本华、尼采和瓦格纳。他写道："尼采完全是通过瓦格纳体验和研究了'艺术家'现象，哪怕他体验和研究的不是艺术本身——说艺术也未尝不可，正如我这个无足轻重的晚辈借助

1 保罗·舍雷尔和汉斯·维斯林：《对托马斯·曼作品的考据学研究》，伯尔尼和慕尼黑，1967年，第162页。研究表明，托马斯·曼最先了解的是尼采的晚期作品。参见彼得·皮茨的"托马斯·曼和尼采"，刊于彼得·皮茨主编：《托马斯·曼和传统》，美因河畔的法兰克福，1971年，第225页及随后几页。

2 托马斯·曼的作品全部引自13卷本《托马斯·曼文集》，美因河畔的法兰克福，1974年。括弧内斜杠前后分别为各卷的编号和页码。

尼采对瓦格纳的批判，满怀激情地体验了瓦格纳的艺术作品，在此过程中，我几乎体验到艺术的本质。这一体验发生在对我至关重要的成长时期，因此，即便不能说它决定了我对艺术和艺术家的理解，也可以说它给我的理解打上了烙印或者产生了影响。其结果，就是我不以忠实信徒的眼光，而是以一种怀疑的、狡猾的目光看待艺术和艺术家。”（12/74）遗憾的是，托马斯·曼没有掰着手指历数尼采对他的影响。但这并无必要——他几乎一辈子都在对付尼采的遗产，也不可能，三言两语概括尼采对艺术和艺术家的看法对谁都不容易，托马斯·曼也不例外。这不仅仅是一个数量的问题。关于艺术和艺术家，尼采的话说得太多，话里的意思也太多；他的说法很多并且前后矛盾。他一面教导说，“伟大的艺术家都是伟大的匠人，他们不仅不知疲倦地进行虚构，而且不知疲倦地对虚构的结果进行否定、筛选、改写、归类”[1]；一面又贬低瓦格纳，说他是“音乐中的微型艺术家”[2]，尽管他觉得——当然带有讽刺意味——瓦格纳“在虚构微型艺术、在细节加工方面可敬可爱”，他本应顺理成章地把瓦格纳纳入他所定义的大艺术家的行列。再举一例：他在《人性的，太人性的》第153条语录中断定，艺术，譬如贝多芬的《第九交响曲》，让思想家心情沉重，因为艺术为他送回他昔日的恋人，无论这恋人是宗教还是形而上学；[3]但他在第160条语录中又声明说，艺术不是给物理学家和哲学家创造的，因为艺术源于对其内心世界的无知。[4]类似的

1 3卷本《尼采选集》，第1卷，科隆，1974年，第380页。

2 同上，第3卷，第255页。

3 同上，第1卷，第378页。

4 同上，第383页。

例子不胜枚举。[1]尼采常常令人困惑地对同一个对象发表不同的看法，相信每一个细心读过尼采的人都有过这种困惑。这种局面持续了很久，直到——至少在托马斯·曼研究中如此——出现彼得·皮茨这样一位治学勇气可嘉的学者，来解释这个急需解释的文本特点。皮茨撰写的《尼采和托马斯·曼笔下的艺术和艺术家存在》是一部补白之作。该书既没有从尼采的疾病也没有从他的作品的起源或是二律背反思维中去寻找上述问题的原因，而是把问题归因于他的透视主义[2]。更为重要的，是他的如下论断：尼采的认识论透视主义在托马斯·曼这里以审美透视主义的形式发扬光大。托马斯·曼的思维内容和思维方式都与先师相似，这早已众所周知。对于他的思维方式，恩斯特·宁德尔在其《托马斯·曼的艺术理论》中进行了阐述。该书雄心勃勃，但它很不明智也很不符合规矩地立足于对托马斯·曼的论说文的分析——主要是分析《一个不问政治者的看法》。尽管如此，他还提出了一个在言简意赅方面难以被超越的观点："在托马斯·曼对艺术的思考中，每一个定律都对应着一个反定律。"[3]皮茨的观点使研究界获益匪浅，主要因为人们终于知道托马斯·曼作品中那种令人痴迷、令人困惑，同时又令人难以言表的东西是什么，而且人们现在有理由站在哲学的高度重新审视诸如多义性这类早已存在的概念。

---

1 彼得·皮茨比笔者更好地表达了阅读尼采的奇特体验："尼采在《悲剧的诞生》中写到，'因为只有作为审美现象，存在和世界才能得到永恒的辩解'。这一说法在《人性的，太人性的》里面仿佛被彻底推翻，因为这里说的是，宗教和艺术的'麻醉'效果妨碍人们克服其苦难，因为它们对人类的苦难进行'重新诠释'。他一方面满怀热情讴歌音乐和文学，一方面又指责艺术家是演员，尤其指责文人'谎言太多'。当谎言最终被解释为'权力意志'的作用，并由此得到积极评价时，这一批评又一次转为肯定。"参见彼得·皮茨：《尼采和托马斯·曼笔下的艺术和艺术家存在——现代审美透视主义研究》，波恩，1963年，第1页。

2 Perspektivismus，又译作透视论，唯视角论。

3 恩斯特·宁德尔：《托马斯·曼的艺术理论》，波恩，1972年，第158页。

由此看来，透视主义这一概念在关于托马斯·曼的思想和创作的讨论中不可或缺。只是我们对有关透视主义或是其认知优势的专业哲学讨论心存畏惧。一是因为抽象思辨并非每个人的强项；另一方面，托马斯·曼研究界已经多次用专业哲学的话语对透视主义的概念进行探讨。这里要特别提到彼得·皮茨和汉斯·维斯林，因为这两位语文学家分别就这一概念表达了值得倾听的见解。皮茨认为，透视主义具有高度的认知价值，原因是：

> 在透视主义的视域中，矛盾和对立获得新的意义。研究一种现象的时候，人们不可能面面俱到。因此，透视主义观察法首先设定对立的两极，由此造成了二律背反的思维假象。但实际上作为两极的对立双方已经划定整体的范围，而两极之间可能存在许多其他视角。由于反题包含有距离正题最远的思想，所以它最适合为丰富多样的可能性划定界限。因此，这两极并非绝对的对立，而更像是处于两极的关联事物，它们都与一个哪怕无法固定的整体密切相关。矛盾的双方不仅具有解构和相对化功能，对于必将成为一种积极的认识和表达方式的透视主义而言，它们同样不可或缺。[1]

维斯林在他那本被誉为“托马斯·曼研究的扛鼎之作”（赫尔穆特·科普曼语）[2] 的专著中也探讨过透视主义。尽管时隔近二十年，他的观点却与皮茨相似：“透视主义认知法不言而喻地否定了

1 彼得·皮茨：《尼采和托马斯·曼笔下的艺术和艺术家存在》，第8页及下页。
2 赫尔穆特·科普曼编：《托马斯·曼手册》，斯图加特，1995年，第972页。

个别判断的普遍适用性。个别判断被相对化。谁把自己所能掌握的所有单个判断综合起来，谁就接近真理……透视主义意味着一种可能性，人们由此可以试验性地变换角度，拿各种视角进行比较，用一个视角来对付另外一个视角。”[1]

我们既不能反驳维斯林，也不能反驳皮茨对透视主义所作的阐释。目前也不存在重新讨论透视主义的必要。但如果我们在此涉及这一话题，那是因为我们忠于一以贯之的学术原则。对我们而言，把透视原则用到透视概念本身、从新的角度来考察透视概念，是再自然不过的事情。我们感兴趣的，是尼采透视主义的来龙去脉，是尼采为何走向透视主义的问题。众所周知，尼采呼吁使用透视观察法，旨在掀起一场划时代的认识论革命，这场革命应该为西方的形而上学传统画上句号。这位用铁锤进行思考的哲人，想敲碎人们对无法体验的、永恒不变的一元论真理的信仰，不管这个真理叫“理念”、“物自体”，还是别的什么名字。为了打碎这个信仰，尼采强调理智的生活关联性。他是叔本华一类的唯物主义者，所以从生物学即维持生命的角度观察人：叔本华教导说，认识原本只是为意志服务，认知者其实从未忘记自己的利益、意愿和目的，[2]尼采又说：“我们的‘认识’不可能超出恰好维持生命的范畴。”[3]当然，在颠覆传统认知概念方面，尼采比叔本华更彻底，或者说更极端。尼采与叔本华不同，他不承认有进行纯粹认识的主体或者说澄澈的世界之眼——查拉图斯特拉就对“未受玷

1 汉斯·维斯林：《自恋和幻想的存在形式》，美因河畔的法兰克福，1995年，第31—32页。

2 阿图尔·叔本华：《作为意志和表象的世界》，第1卷，第1分卷，罗尔夫·托曼主编，科隆，1997年，第281页。

3 弗里德里希·尼采：《权力意志——重估一切价值的尝试》，由彼得·加斯特挑选和整理，伊丽莎白·弗尔斯特·尼采协助，附有瓦尔特·格布哈特的跋，斯图加特，1996年，第343页。

污的认识"进行嘲笑[1]，他也不相信有什么例外[2]。在他看来，最为迫切的事情，莫过于提醒人们注意西方哲学所走过的错误道路，提醒人们注意这条错误道路上的一个重要里程碑"物自体"[3]。他把形而上学家们顶礼膜拜的神圣之物视为眼中钉、肉中刺。因此，他对迄今为止的哲学作出如下诠释："哲学史上最大的虚构就是认识这一概念。人们想知道事物本身是什么样子：可是你们看，这世上不存在什么物自体！但即便存在'本身'，存在绝对之物，那也是无法认识的！"[4]（原文加黑）尼采知道，形而上学哲学家在他制造的真理废墟上会感到恐惧；他知道，如果世上不存在"本质"或者"实质"这类事物，他们——不仅仅是他们！——就无法继续思考，甚至无法继续生活。所以他来到废墟，教导人们转换思维，把透视法当作拯救方案向人介绍。他不仅建议人们把"本质"或者"实质"看作透视的结果、看作事物特征的总和，而且建议弥合数量和质量之间的鸿沟："我们的'认识'仅限于确定数量，但是我们无法阻止把这种数的差别感觉为特质。对我们来说，特质是一种从透视得来的真理；不是什么'自身'。"[5]

很难说尼采的修辞艺术是否会令形而上学哲学家或专业哲学家折服，稍后我们也会说说尼采属于哪一类哲学家。但可以肯定的

---

1 弗里德里希·尼采：《查拉图斯特拉如是说—— 一本写给所有人、同时也不写给任何人看的书》，附有阿尔弗雷德·博伊姆勒的跋，斯图加特，1975年，第132—133页。

2 叔本华还明确地把普通人跟天才区分开来。他认为，天才有能力让认识不再服务于意志。他为自己的观点找到了一个漂亮的比喻："认识能力对于普通人来说是一盏照亮其生活道路的明灯，然而对于天才来说，他的认识能力是照亮世界的太阳。"参见《作为意志和表象的世界》，第1卷，第1分卷，第284页。

3 康德，物自体的发明者，毫无疑问地属于查拉图斯特拉所说的"寻找背后的世界的人"。参见《查拉图斯特拉如是说》，第30页及随后几页。

4 《权力意志》，第380页。

5 同上，第381页、第384页。

是，文学家和具有文学气质的人都为尼采的透视主义呼吁欢欣鼓舞[1]。他们满足并且喜欢真理的多样性，满足并且喜欢量与质之间的流动界限。这是因为——这正是我们要议论的——他们和尼采的精神习性相通，因为他们是天生的透视主义者，因为他们用透视的眼光观察世界的时候感觉良好，犹如鹰击长空、鱼翔浅底。为了证明这一点，我们先引用尼采的《快乐的科学》的第361条语录：

> 演员问题曾使我长久地感到不安；过去我不清楚（现在有时依然如此）是否只能由此去把握“艺术家”的概念。“艺术家”概念很危险，而且一直被人们以不可原谅的善意来对待。心安理得地作假，如饥似渴地把伪装当权利，把所谓的“个性”弃之一旁，或抑制，或抹杀；内心渴望进入角色，戴上面具，制造假象；各种适应能力过度发达，已不再满足于为眼前的直接利益服务：这一切也许不仅仅局限于演员范畴？……在下层家庭中，这种本能最易习得，因为他们不得不在接二连三的压力和强制之下、不得不在严重的依赖中艰难度日，因为他们不得不量入为出，不断地适应新的环境，而且还须不断换着方式表现自己、装扮自己，他们逐渐有了见风使舵的本领，自己几乎变成了任人摆布的舵。他们也成了捉迷藏艺术大师，这种深入内心、深入骨髓的捉迷藏艺术在动物身上被称为拟态——这种世代累积的能

1 例如罗伯特·穆齐尔曾说，自从他在尼采的透视主义中发现了一种世界观的支柱之后，他就不再因为没有把康德读完而感到羞愧。参见布鲁诺·希勒布兰特：《作家们如何看尼采》，哥廷根，2000年，第104页。

力最后变得专横、无理智、狂放不羁，还学会作为一种本能去支配其他本能，并制造出演员或“艺术家”（捣蛋鬼，牛皮大王，剧院丑角，弄臣，马戏团小丑，也包括传统的仆役：吉尔·布拉斯；这些人物可以说是艺术家的前身，常常还是“天才”的前身）。同样的，在上层社会里，类似的压力也催生了类似的人物：只不过在多数情况下这种演戏的天赋受到另一种本能的约束，譬如“外交官”就是这种情况。我以为，一个优秀的外交家，如果可以任其发挥，一定可以做一个优秀的舞台演员，但前提是任其发挥。犹太人堪称适应环境的典范。说到犹太人，按照上述思路，我们不妨把他们看作为了培养演员而举行的一场贯穿世界历史的活动，不妨把他们看作演员的摇篮。事实上，我们这个时代有一个问题刻不容缓：当今世界的优异演员中间，哪一个不是犹太人？犹太人是天生的文人，他们实际上主宰着欧洲的新闻界，他们正是借助其演戏才能发挥影响：因为文人本质上就是演员——他扮演“专家”、“行家”。最后还得谈谈“女人”：请大家思考一下女人整个的历史。难道演员不是她们最首要、最外在的身份吗？请大家听听对女人实施催眠术的医生怎么说；最后，她们爱上了他们，她们让他们对自己实施催眠！结果呢？她们即使在献出自己的时候也在“表现自己”。女人太有艺术气质了……[1]

1 尼采：《快乐的科学》，美因河畔的法兰克福和莱比锡，1982年，第253页。

由于我们很不寻常地摘引了整个章节，由于我们担心给人留下迂阔或者掉书袋的印象，所以我们在对尼采语录进行阐释之前预先声明一点：我们有充分的理由在此马拉松式地引经据典。首先，尼采在撰写这条语录的时候心里想着瓦格纳，嘴上却没说，因为瓦格纳还活着，他们两人尚未公开决裂，所以这条语录可以视为尼采对瓦格纳的深入研究的中期总结。所以，它对艺术家问题至关重要，参与讨论的谁都绕不过去；它也并非偶然地成为文学研究者最喜欢引用的尼采片段。托马斯·曼专家中间至少有三位在其论著中引用过这一段落，他们是卡尔·黑尔布林、汉斯·维斯林和吉多·施泰因[1]。其中维斯林和黑尔布林尤其值得关注，因为他们做的事情超出了单纯摘录的范围。前者充分利用自己在档案馆的工作优势，告诉大家托马斯·曼在这段尼采语录旁边打了个感叹号[2]，后者试图通过尼采对瓦格纳的研究探寻这一思想的起源：

> 早在《不合时宜的看法》第四篇中，他已经需要绞尽脑汁——其结果当然是出人预料并且使人目眩——才能解释《纽伦堡名歌手》[3]和《特里斯坦与伊索尔德》这两部如此相互矛盾的作品如此紧密相连。一个艺术家，如果不自我否定，如果他没有在两部作品中都成为完美

---

1 参见卡尔·黑尔布林：《现代文学中的艺术家形象——托马斯·曼研究》，伯尔尼，1922年，第133页；汉斯·维斯林：《自恋和幻想的存在形式》，第23页；吉多·施泰因：《托马斯·曼——骗子菲利克斯·克鲁尔的自白》，帕德博恩—慕尼黑—维也纳—苏黎世，1984年，第23页。按照埃尔温·科彭的说法，弗罗德尔必定也在他维也纳的博士论文《世纪之交的德国颓废文学》中引用过这段话。参见埃尔温·科彭：《颓废派的瓦格纳崇拜——世纪之交的欧洲文学研究》，柏林和纽约，1973年，第11页。

2 汉斯·维斯林：《自恋和幻想的存在形式》，第316页。

3 该译名流传最广，也最有争议。有人主张译为《纽伦堡工匠歌手》。笔者认为，译为《纽伦堡大师级歌手》或者《纽伦堡师傅级歌手》也不错，因为Meister是歌手们的职称。

的艺术家，他怎么可能创作出这两部作品？要实现两部作品在艺术构思上近乎怪诞的转变，没有过人的适应能力行吗？[1]

我们整段摘录尼采语录的另一个原因或者说主要原因在于，无论是尼采还是托马斯·曼的透视主义，无论是哲学透视主义还是美学透视主义，只有完整摘录才能全面理解这一概念。这段文字令托马斯·曼备受鼓舞也不足为怪。作为训练有素的托马斯·曼的读者，我们也有可能在阅读这段文字时打上一两个甚至三个惊叹号。我们在此可以体会心照不宣和蓦然回首的快乐。我们不禁击节赞赏，因为尼采如此犀利、如此毫不留情地攻击演员——当然是文攻，因为他为了阐释演员问题，把一个 —— 借用的表达方式——“充满琳琅满目的、变色龙般的创造物的鱼缸”（11 / 281）展现在人们眼前：演员和艺术家，文人和外交家，犹太人和女人，动物和下层人，等等。可是，什么叫演员、艺术家、外交家？什么叫文人、女人、犹太人、下层人？这些概念究竟意味着什么？这当中随便拿出一个概念都让人浮想联翩，何况这么多？如果掩卷沉思，我们会发现自己忽而豁然开朗，忽而头晕目眩，忽而山穷水尽，忽而海阔天空。我们来不及一一验证这些概念之间的逻辑关系，仿佛无形之中有一只手在推着我们疾步行走。必须承认，这种思考方式和写作方式并非人人都喜欢，也不必让每一个人都喜欢。对于我们这些已经“（托马斯）曼化”的研究者而言，尼采这种写作风格具有一种“关系魅力”，我们喜欢并且享受这种风格。冷静而严谨的逻辑学家和职业

1 卡尔·黑尔布林：《现代文学中的艺术家形象》，第133页。

思想家则可能对我们进行反驳：谁说犹太人绝对具有适应能力？谁说他们最具有适应能力？即便他们有极强的适应力，就能简单地称其为演员吗？犹太人和文人何时被一根脐带绑到了一起？很明显，尼采对一个新抛出的概念尚未定义或者加以限定，就围绕另一个概念翩翩起舞，他是一只思想的蝴蝶，他只会在人们的头脑中制造混乱……对于这种种异议和尼采哲学给专业哲学家造成的不适，我们表示理解。必须承认，就尼采在这篇语录中的行文看，他的思想确实有些太敏捷，太浮光掠影，跳跃太大。他是非哲学家的思考方式。由于不少文人或是怀有哲学情结[1]，或是喜欢“诗人思想家”和“诗人哲学家”这类其实很可疑而且饱受争议的称号，我们有可能招致对尼采不敬的骂名。为了避免挨骂，我们必须指出一个也许鲜为人知的事实：“纯粹”的哲学家始终难以将尼采视为同行，而“纯粹”的哲学家主要研究宇宙论、本体论和认识论，如康德及其门徒，如黑格尔及其门徒。他们在哲学史上至少比上述的两栖类占有数量优势。对此，非等闲之辈如伯特兰·罗素在其《西方哲学史》中进行了非常客观的论证：“尼采虽然是个教授，却更像是个具有哲学气质的作家而非学院派哲学家（罗素的名词和形容词用得很讲究）。他在本体论或认识论方面没创造任何新的专门理论；他之所以重要，首先因为他在伦理学方面的建树，其次是因为他是一个敏锐的历史批评家。”[2]

---

1 我们感到不解和诧异，为什么总有文人一看到登峰造极的文学成就，便叨念起“哲学家”，他们说但丁是哲学家，说莎士比亚是哲学家，说歌德是哲学家，等等。可以把这看作唯心主义美学的残余吗？但是，如果人们彻底坚持文学自治的思想，本来不会想到以哲学的方式把伟大的文学家贵族化。另外，我们非常快乐地得知并且要继续说，当美国人想给他戴上一顶受人尊重的“沉重的哲学家”的帽子，托马斯·曼带着微笑、摇着头拒绝了。参见艾丽卡·曼编：《托马斯·曼书信集》，第 3 卷（1948—1955 年），美因河畔的法兰克福，费舍尔口袋书出版社，1979 年，第 55 页。

2 伯特兰·罗素：《西方哲学史及其与政治社会发展的联系》，维也纳，欧罗巴出版社，1999 年，第 767 页。

罗素很客观，而且目光犀利，所以他认识到，即便尼采在专业哲学圈内影响甚微，他在具有文学和艺术气质的人中间却很有市场。[1]托马斯·曼也可以赞同罗素的意见。众所周知，托马斯·曼从非哲学的视角观察尼采，把他当作文体家和文化批评家。对此，专注于哲学问题的尼采信徒连连摇头。布鲁诺·希勒布兰特就是一例。他批评托马斯·曼在“从我们的经验看尼采哲学”（1947年）这篇受到广泛关注的讲演中，对闪烁在查拉图斯特拉的雄辩之中的哲学思想只字不提。他不仅对托马斯·曼的哲学才能表示怀疑，他还公然宣称，这位蜚声世界的小说家既不理解尼采其人，也不理解尼采的哲学[2]。托马斯·曼对尼采的“非哲学”解读显然让希勒布兰特看着很生气。

我们既赞成罗素的看法，又乐意步托马斯·曼的后尘，所以我们认为尼采首先是文人和——但愿九泉之下的尼采别生气！——艺术家。在此我们小心翼翼地提出一个问题：尼采这里是否同样存在审美透视主义？在他这里是否有必要、是否有可能区分哲学透视主义和审美透视主义？直白地说，尼采就是文人和艺术家，他是文人的思维，他的思维富于联想和跳跃，富于类比和隐喻。尼采选择词汇，更看重其内涵而非外延。换句话说，他说“犹太人”，指的不一定是或者首先不是闪族的一员或者犹太教信徒。他常常意在内涵，并且拿内涵做游戏。内涵则来自词语的社会和文化历史积淀。我们可以胸有成竹地推测，倘若尼采听说中国人的适应能力强，他很可能在上述这篇语录

---

1 伯特兰·罗素：《西方哲学史及其与政治社会发展的联系》，维也纳，欧罗巴出版社，1999年，第773页。

2 布鲁诺·希勒布兰特：《作家们如何看尼采》，哥廷根，2000年，第95页及以下几页。我们根本无意反对希勒布兰特先生。我们只想问，他为什么如此轻蔑地谈论托马斯·曼，如果他承认，没有哪位重要作家认真地考虑过尼采哲学的中心思想——永恒回归的思想。参见《托马斯·曼书信集》，第3卷，第40页。

中轻轻松松、毫无顾忌地把中国人也扯上几句。毫无疑问，尼采的思考和写作旨在以文学方式对哲学思想进行渗透并拯救哲学。尤尔根·席韦对尼采的著名论文《论非道德意义上的真理和谎言》作出如下评论："尼采用游戏代替存在和真理这类形而上学概念。固守形而上学传统的哲学家试图在内容层面把握最终概念和所指。尼采则不同，他用一些多义的能指做游戏，将语言问题全部转移到了表达层面。他突破了将科学、哲学与文学分开的制度性障碍，以实现无拘无束的文本游戏自由、文字游戏自由或者——更准确地说——能指游戏自由。"[1]

尼采写作之妙，在于他让游戏和严肃的认识水乳交融。譬如，我们很容易把犹太人和文人的亲缘关系看作尼采的即兴虚构，事实上他却道出一段文化史现实。想想19世纪30年代之后出现在德语文坛并叱咤风云的大批犹太作家，我们就会明白这个道理。这些犹太裔作家嬉笑怒骂，才华横溢，而且在嬉笑怒骂中尽显才华。当然，他们的所作所为也推动了"文人"一词的贬义化。尼采时代之前有亨利希·海涅和路德维希·伯尔讷，尼采时代之后的德国犹太文人照样活跃，照样叱咤风云。维也纳的卡尔·克劳斯、柏林的库尔特·图霍尔斯基和阿尔弗雷德·克尔都是很好的证明。既然犹太人在经历了驱逐和大屠杀以后也迅速地重返德语文坛，既然他们中间最终出现了像马塞尔·赖希-拉尼茨基这样一个为尼采的想象提供最佳佐证的文人，谁还好意思嘲笑尼采，把他发现的脐带贬低为远离现实的审美游戏的产物和脑袋发热产生的幻觉？[2] 赖希-拉尼茨

1 尤尔根·席韦：《语言的力量——从古代到现代的语言批评史》，慕尼黑，1998年，第189页。

2 第三帝国的屠犹事件给德国的文化生活造成了悲惨的断裂。所以，塞巴斯蒂安·哈夫纳将20世纪前30年称为"伟大的德意志—犹太文化热恋期，它不仅在文学、而且在音乐美术科学上、但首先还是在文学上带来高度的繁荣，如今我们只能充满妒忌地缅怀这段时光"。参见延斯·耶森主编：《众人评说马塞尔·赖希-拉尼茨基：文章和评论》，慕尼黑，德意志口袋书出版社，1985年，第238页。

基主要以文学评论为业（提醒一点：尽管有阿尔弗雷德·克尔的呼吁和努力，文学批评依然未能上升为第四类文学体裁），他完全清楚批评家职业的从属性[1]，理论上他和所有同行一样面临被诋毁的危险，毒舌或者报仇心切者很可能骂他是“被耽误的作家”，但是他非常明智地保持自律，远离纯文学创作。也就是这位赖希－拉尼茨基，最终成为德国“读者最多、最令人生畏、最引人注目，所以（？）也最招人恨的文学批评家”（约阿希姆·凯泽语）[2]，人们还给他扣上了罗马教皇的三重冠——他是“文学教皇”。赖希－拉尼茨基无疑是一个小小的奇迹，引起很多人的关注和思考。彼得·施耐德在赖希－拉尼茨基八十大寿之际在柏林《镜报》对其高唱赞歌，其间还透露了文学教皇一桩鲜为人知的、有助于人们理解他为何成功的秘密：“赖希－拉尼茨基空前的成功，有赖于他的一个特殊天赋：他具备卓越的演员素质。”[3] 就是说，赖希－拉尼茨基集文人、犹太人和演员于一身，他是一个三位一体的奇迹——照尼采看来这大概不算什么奇迹。我们非常走运，因为我们见过赖希－拉尼茨基的表演，听过他的声音，也读过他的文字，所以我们由衷地钦佩尼采的敏锐和先知般的洞察力。同时我们也想通过这种文人话语阐述两个道理：第一，如果把尼采更多地视为美学家而非哲学家，那将十分有益；第二，像尼采这样无所顾忌地使用词语和概念，并不会对真理构成真正的损害，理解文学文本的时候，明智之举莫过于镇

---

1 批评家赖希－拉尼茨基将自己定为中介者和译者。他说过：“介绍新的文学作品，是文学批评家的首要责任。……批评家试图把非理性的语言译为理性的语言。”他还承认，批评家的词汇和说法“永远无法道破”艺术作品的奥秘，参见《众人评说马塞尔·赖希－拉尼茨基》，第 187 页。

2 同上，第 222 页。

3 德国《每日镜报》，2006 年 6 月 2 日。

定自若地面对弹性概念或者——借用《死于威尼斯》里面的话——“高高兴兴地不求甚解”（8/449）。当然，如果有人指责我们只知道传播审美常识，我们也并不意外。尽管传播常识是令人难堪的事情，但为了把尼采的透视主义去神秘化，为了在他的艺术家思维中找到透视主义的根源，我们别无选择。

生徒如其师。就思维和写作方式而言，托马斯·曼和他的精神先师尼采如出一辙，他们都是透视主义者。有迹象表明，托马斯·曼青出于蓝而胜于蓝。他似乎比尼采更起劲、更自觉地对形形色色的人物、事件和现象进行精神串联。他在1930年撰写的《生活简历》几乎抛出一套透视主义纲领：“我喜欢关系这个词。对我来说，这个概念和意义的概念完全重叠，不论人们对这一概念的理解如何具有相对性。所谓意义，无非就是关系网络。”（11/123）托马斯·曼说到做到。他的确在他的作品中编织了一个神奇的关系网络。他搞大组合，把万事万物都串联起来，他为笔下的艺术家也为自己寻找藏身之处。给他的艺术家提供面具的有：神职人员（《佛罗伦萨》）、君主（《国王殿下》）、骗子（《骗子克鲁尔的自白》[1]）、魔术师（《马里奥和魔术师》）、独裁者（《希特勒老兄》）、古埃及的侏儒（《约瑟和他的兄弟们》）、狗（《国王殿下》和《主人与狗》），等等。托马斯·曼的组合热忱不仅表现在他的叙事作品中，也不仅仅表现在他塑造的艺术家形象上。托马斯·曼写随笔的时候也不言而喻地搞概念大串联。马克斯·里希纳带着行家眼光通读了托马斯·曼的随笔，随后感叹说，这整个是一个“童话般的梦境”，在这个梦境中，“在无重力的环境里，庞大的概念自由滑翔，

1 亦可译为《牛皮大王的自白》。

然后幸福地成双成对。这是因为他们远离那个据说事物要发生激烈碰撞的空间"[1]。当魔术师托马斯·曼以列奥·纳夫塔的形象出现在《魔山》时，他证明自己是概念组合游戏的世界冠军。在《魔山》里面，纳夫塔与同样喜欢概念串联、只是其串联能力可能稍逊一筹的塞腾布里尼进行了长达200多页的论战。其间，纳夫塔把他想扯到一起的东西全都扯到了一起：歌德与耶稣会教士，黑格尔与天主教徒，僧侣与军人，神甫与无产者，圣人与罪人，上帝与魔鬼，等等，让站在一旁听两人辩论的年轻造船工程师汉斯·卡斯托普受到极大的诱惑，恨不得一头坠入"道德无序的混沌"（3/646）。托马斯·曼是思想关系大师，关系魅力正是曼氏散文的一大魅力。在这个问题上，托马斯·曼研究者达成了高度共识[2]，尽管有些"圈外人"无法欣赏这一曼氏艺术特色[3]。但令人遗憾的是，这种关系魅力与透视主义的联系没有引起人们的注意或者说没有引起足够的重视，研究者们没想到从透视主义的角度来阐释托马斯·曼作品中的艺术家概念和艺术家形象。其实人们早就发现托马斯·曼的艺术家概念非常灵活，几乎是过于灵活。他不仅直接地、不仅在那些

1 赖因哈德·鲍姆加特：《托马斯·曼作品中的反讽概念和反讽描写》，慕尼黑，1964年，第86页。

2 关于托马斯·曼的关系魔法，维尔纳·弗里岑在《托里奥·克吕格尔》一书中找出了一个堪称经典的例子。参见《托马斯·曼手册》，第866页。

3 托马斯·曼的联想式或者组合式思考和写作的方式，也为他带来了尖锐的批评。例如，汉尤·凯斯廷就认为，托马斯·曼的概念——如《浮士德博士》一书中的"音乐性"、"魔性"与"德意志性"——大同小异，完全可以等音替换，他对概念内容的界定总是通过"最大胆、最鲁莽的概念联想"来实现。参见海因茨·路德维希·阿诺尔德主编：《文本和批评：托马斯·曼专刊》，慕尼黑，1982年，第43页。马丁·瓦尔泽分析《魔山》时也愤愤然，他发现托马斯·曼纯粹在玩词语组合，发现曼玩弄语言跟那个在赛跑中玩弄兔子的刺猬如出一辙——他无处不在。参见《文本和批评：托马斯·曼专刊》，第7页及随后几页。即使是像汉斯·R. 舒尔特这样中立的学者也说，托马斯·曼的思考方式，即那种内在概念上的透视主义和结构主义，对我们来说是陌生的。参见汉斯·R. 舒尔特和格拉尔德·查普尔主编：《托马斯·曼——研讨会文集》，波恩，1978年，第103页。

让职业艺术家成为情节中心的小说，即标准的艺术家小说中谈论缠绕他心头的艺术家问题，他还间接地、在很不起眼的地方谈论艺术家问题。C. A. M. 诺布尔在其 1970 年发表的专著中就指出托马斯·曼的艺术家概念不同寻常，令人费解。他如下一番话可能道出了众人的心声："与多数作家相比，托马斯·曼的'艺术家'概念所指的内容更为丰富。对于他，艺术家不仅仅是艺术创作者，每一个孤独、敏感而痛苦的人，每一个非同寻常的、置身社会边缘的存在都是他眼里的'艺术家'。"[1] 这类印象和看法没有错，但是对于探寻曼氏艺术家概念的奥秘没有多大的帮助。提出如下问题也许更有用：托马斯·曼借助万事万物来映照自己，他这是哪来的自由？他以这种方式拿各种现实或者说名称搞大串联，他这是哪来的特权？通过上面的讨论，我们已经参观了他的文学作坊，所以我们不难找到问题的答案。这答案就是：托马斯·曼习惯变换视角观察艺术家，他始终在寻找艺术家与非艺术家在性格、生活哲学以及世界观方面的交叉点；他在哪里发现一个或多个相似之处，就在哪里创造一个艺术家的寓意画。他对艺术家问题的描写具有难以言表的细腻和诗意。如果允许用大白话来解释，我们就可以对他的艺术进行如下总结：艺术家天生是演员，而那个名叫萨伏那洛拉的教士也爱做戏，所以教士成为艺术家，艺术家也成为教士；艺术家是无用之人，那个名叫希特勒的独裁者似乎也百无一用，所以希特勒跟艺术家成为同胞兄弟；艺术家的生活可谓高处不胜寒，一国之君也如此，所以君主成了艺术家，艺术家成了君主；艺术家专事制造错觉，骗子想给人错觉，魔术师想对人实施

1 C. A. M. 诺布尔：《托马斯·曼的疾病，犯罪和艺术创作》，伯尔尼，1970 年，第 39 页。

催眠，所以骗子、魔术师、艺术家沾亲带故；艺术家只有过禁欲生活才能保持多产，名唤小戈特利布的埃及侏儒只有在不结婚的情况下才能保有小小的智慧，所以侏儒像艺术家，艺术家像侏儒。说到艺术家和狗的关系，我们不得不如临深渊如履薄冰。为了避免被人讥笑为过度敏感的犬学专家，我们只好把两位业内的重量级权威人士推到前台：一个是汉斯·鲁道夫·瓦热，一个是赫尔曼·库茨克。前者在评论托马斯·曼的政治转变时谈到两条狗的象征意义，他提到犬种特征过度发达的苏格兰长毛牧羊犬帕西法尔（《国王殿下》）和“充满活力的、来自民间的、朴素的、不受心理问题困扰的”混血狗宝山（《主人与狗》）；后者则知道艺术家托马斯·曼怎样想到写狗，“帕西法尔是作家的知己，是‘精神’，宝山则是其反面，是‘生活’”[1]。说到这里，我们突然诧异起来：托马斯·曼怎么没有把妓女塑造成一个藏而不露的艺术家小说的女主人公？我们认为，阿诺尔德·豪泽在《艺术和文学的社会史》里所描述的妓女就跟曼氏艺术家有着惊人的相似。他是这样写的：

> 妓女在激情的风暴中保持冷静，她冷眼旁观自己唤起的肉欲，在别人沉迷于感觉并且飘飘欲仙的时候，她却感觉自己孤独，无动于衷，一句话，她是艺术家的影子人。颓废派艺术家对妓女的理解就以这一情感和命运共同体为基础。艺术家们知道自己如何出卖自己，知道自己如何出卖自己最神圣的感情，知道自己多么轻易地

---

1 赫尔曼·库茨克：《托马斯·曼：作为艺术作品的生活，一部传记》，慕尼黑，1999年，第294页。

抖搂自己的秘密。[1]

根据这段文字，我们可以继续做前面的翻译练习：妓女在激情的风暴中保持冷静，艺术家也是如此，因为他必须在创作中保持清醒，才能鼓舞和激发观众，正如《国王殿下》中的公爵夫人多罗特娅，她让老百姓心跳，让他们心潮澎湃，她自己的心却从不剧烈跳动，所以艺术家可以变成妓女，妓女也可以变成艺术家。而且，妓女和艺术家的相似还不只一点，譬如，妓女可以在此时此刻出卖自己的身体和感觉，下一个时刻她又可以神情坦然地逛街购物。曼氏艺术家也没什么两样。托马斯·曼曾在《一个不问政治者的看法》中写过如下一段类似艺术家人格宣言的话："有一种现象很可能发生，而且很自然：艺术家此时此刻还在作品中牺牲、奉献、糟蹋自己的情感，在下一个时刻他又可以若无其事地来到人前，他并不认为此前的行为会对自己的社会形象产生哪怕丝毫的损害。"（12/16—17）所以，艺术家又一次变成了妓女，妓女也再一次变成了艺术家……我们的透视主义探索之旅在不知不觉之中到达终点。出于对大师的深深敬意，我们必须郑重声明：托马斯·曼从未把话讲得如此简单直白。他的高明之处，恰恰在于让艺术家的身影在非艺术家存在和活动的地方悄然闪现——他会悄悄地、不露声色地提醒读者注意前者与后者的相似，因为他会跟读者挤眉弄眼，他的嘴角可能还挂着一丝微笑。

---

1 阿诺尔德·豪泽：《艺术和文学的社会史》，慕尼黑，1990年，第950页。我们可以十拿九稳地说，托马斯·曼的透视主义启发了豪泽，使他得以如此天才地描绘出妓女的形象，因为他正好在上下文中论述托马斯·曼，他证明自己是了解曼氏透视主义的内行。下面这句话就是证明：如果托马斯·曼把所有麻烦的、暧昧的、声名狼藉的人，如果他把所有软弱的、病态的、退化的人，把所有的冒险家、骗子、罪犯甚至希特勒也刻画成艺术家的精神同胞，他就对艺术提出了迄今为止最可怕的指控。

市民阶级的心灵史 *

——《布登勃洛克一家》

一

1897年5月，出版商萨缪尔·费舍尔致信旅居意大利罗马的托马斯·曼："如果您肯给我机会出版一部大型散文作品，哪怕是一本篇幅不那么长的长篇小说，我将非常地高兴。"[1]这位年仅二十二岁、只发表过几个短篇的文学青年欣然允诺。在随后的三年里，他从罗马写到慕尼黑，完成了一部以他的故乡——濒临波罗的海的吕贝克——为背景的长篇小说，取名《布登勃洛克一家》[2]。小说于1901年出版，出版不久便显露峥嵘，反响甚大[3]，销量随之出现戏剧性攀升[4]。从马赛到哥本哈根，从阿姆斯特丹到柏林，都有读者发出惊叹："和我们这里的情况一模一

---

* 本文原刊于《外国文学评论》2004年第2期，后被选作新版《布登勃洛克一家》译序。参见《布登勃洛克一家》，傅惟慈译，南京，译林出版社，2009年。德文版刊于《视域融合：知识传播的阐释学——哈特穆特·埃格特七十华诞纪念文集》，由汉斯·理夏德·布里特纳赫、马蒂亚斯·哈尔德、阿尔穆特·希勒、乌尔苏拉·科赫尔编，维尔茨堡，K&N出版社，2007年。

1 唐纳德·普拉特：《托马斯·曼：德国人和世界公民》，慕尼黑，德意志口袋书出版社，1998年，第39页。

2 最初取名为《江河日下》。

3 就连品味高雅的里尔克也很快（1902年4月）加入赞扬者的行列。参见约亨·福格特：《托马斯·曼的〈布登勃洛克一家〉》，慕尼黑，威廉·芬克出版社，1983年，第148—150页。

4 以下数据很说明问题：1903年出第二版，1910年出到第五十版，累计销售达五万册，1919年便出到第一百版，1930年累计销售达到一百万册。到20世纪80年代，累计销售已超过四百五十万册。

样。"[1] 1929年11月，瑞典文学院宣布托马斯·曼获该年度诺贝尔文学奖，但保守的评委们对《魔山》这样的长篇杰作和《死于威尼斯》等优秀中篇视而不见，特别强调托马斯·曼获奖是因为他写出一本《布登勃洛克一家》[2]。时至今日，《布登勃洛克一家》已成为名副其实的百年文学经典……初出茅庐便写出不朽的长篇，文学史上仿佛又增添了一个一不留神搞出伟大作品的奇迹。然而，托马斯·曼不相信奇迹。他在惊喜之余开始思考一个问题：起点不高、期望不大的《布登勃洛克一家》[3]凭什么打动世人？他冥思苦想，终于在年近半百之时豁然开朗：《布登勃洛克一家》是一部"市民阶级的心灵史"，他的一生，其实只讲述了一个故事，那就是"市民变化的故事"[4]。

为概括《布登勃洛克一家》的"中心思想"而绞尽脑汁的外国读者，十有八九不会因为读到托马斯·曼这一高屋建瓴的自我总结而茅塞顿开，因为"市民"恰恰是一道阻碍外国读者进入托马斯·曼艺术世界的概念屏障。我们认为问题的根源在于德文词Bürger。Bürger源自Burg（城堡），字面意思是"保护城堡的人"，也就是"城堡居民"或者"城市居民"，即"市民"。在西欧，市民自诞生之日起就是一个阶级，就存在对立面。一部欧洲近代史，

1 托马斯·曼：《关于我：自传文集》，美因河畔的法兰克福，1994年，第36页。

2 托马斯·曼对此不以为然。他在致纪德的一封信中写道："一本《布登勃洛克一家》绝不会给我带来促使和推动文学院为我颁奖的声望。"见艾丽卡·曼编：《托马斯·曼书信集》，第1卷（1889—1936年），美因河畔的法兰克福，1988年，第298页。

3 托马斯·曼回忆说，他拿新出炉的《布登勃洛克一家》选段把亲戚朋友逗得哈哈大笑，笑声过后众人一致认为该小说缺乏广阔的世界景观，拿来练笔或者自娱自乐倒是不错，当时他对这种看法表示认同。后来在斯德哥尔摩的宴会上他对瑞典女作家、1909年诺贝尔文学奖得主瑟尔玛·拉格洛夫的话，又产生了共鸣，因为后者告诉他，她写《叶斯达·伯陵的故事》时，心里只有心爱的侄儿侄女们，压根儿没想到会因此一举成名。

4 托马斯·曼：《关于我：自传文集》，第35页和第49页。

就是市民阶级反对贵族阶级的历史，就是前者高举着自由、平等、知识，以及劳动光荣的旗帜，与固守政权、固守旧有社会观念和社会秩序的后者进行对垒的历史。这场斗争在18世纪、19世纪才尘埃落定，西欧各国的市民阶级相继登上历史的宝座，在政治、经济、文化各方面引领时代。然而，尽管有着相似的历史经历，德国市民阶级的自我意识却和他们的近邻有所不同。Bürger一词便是例证。Bürger的内涵意义不同于英语的burgher（家道殷实，思想保守的中产阶级市民）或者citizen（公民）或者二者之和，也不同于法语的bourgeois（资产者）或者citoyen（公民）或者二者之和，让英文和法文译者不胜烦恼[1]。与德国人同文同种同历史的英国人和法国人尚且如此，中国读者的处境也就可想而知了。如果因为阅读托马斯·曼的作品查阅一本合格的现代德汉词典，我们有可能被Bürger词条搞得头晕目眩：市民，公民，市侩，中产阶级，资产阶级……我们习惯把“市民”看成“城市居民”或者“市井俗民”的缩写，既不理解德国“市民”的关系为何如此复杂，也不明白德汉词典中的解释怎么就没有一个百分之百地适合托马斯·曼的语境[2]。撞上宁为玉碎、不为瓦全的翻译家，这个词恐怕只好音译为“毕尔格”。Bürger的隐含意义如此丰富、如此驳杂，这多少反映出社会意识的历史变迁。这中间有两点值得注意：第一，从

---

1 H. T. Lowe-Porter在其《布登勃洛克一家》英译本中交替使用“burgher”和“citizen”。参见H. T. Lowe-Porter翻译，*Buddenbrook*，New York，1984年，第148页和第372页。Geneviéve Blanquis的法文译本用的是“bourgeois”，但同时用脚注说明“Bürger”囊括“bourgeois”和“citoyen”的意思。参见*Les Buddenbrook, Le déclin d'une famille, Roman traduit de l'Allemand par Geneviéve Blanquis*，Librairie Arthéme Fayard，1965年，第458页。

2 中译者一般都在“市民”和“资产阶级”之间徘徊。譬如，傅惟慈译的《布登勃洛克一家》采用前者，刘德中等译《托马斯·曼中短篇小说集》则是采用后者。但是译者们没有加任何注释。

18世纪后期到19世纪的德国市民阶级（das Bürgertum），实际上是一个精英阶层，是由医生、律师、工厂主、大商人、高级公务员、作家、牧师、教授以及高级文科中学教员组成的中上层。相同或者相似的价值观念和生活方式是联系形形色色阶级成员的纽带。据考证，德国市民阶级在19世纪——历史学家们称之为das bürgerliche Zeitalter（市民时代）——中叶仅占总人口的5%，如果把匠人、小商人、小店主这类小市民也计算在内，也不超过15%。[1]尽管德国市民阶级都是殷实之家，我们所熟悉的政治话语也一直把他们统称为资产阶级，使人联想到这个阶级的本质特征是占有并崇拜财富，但是德国市民阶级很难接受单纯的资产阶级称号。个中原因在于，他们引以为豪的恰恰是财富和文化的水乳交融。约翰·沃尔夫冈·封·歌德（虽然他的姓名之间添了一个代表贵族身份的"封"字，他仍然被视为德国市民阶级的伟大代表）的一句箴言便充分表达出他们的文化精英意识："若非市民家，何处有文化。"[2]第二，从19世纪开始，Bürger这一概念便不断受到贬义化浪潮的冲击。德国浪漫派对市民阶级的社会理想和道德理想进行了讽刺和批判，把市民统统描绘成手持长矛的形象，使Bürger和Spießbürger（市侩，小市民）[3]结下不解之缘；掀起"波希米亚革命"的艺术浪子们纷纷向吉卜赛人看齐[4]，浪迹天涯、无牵无挂

1 尤尔根·科卡主编：《19世纪的市民阶级》，第1卷（欧洲的统一性和多样性），第10页。

2 全诗为："若非市民家，何处有文化，骑士会农夫，市民遭活剐。"参见恩斯特·博伊特勒编：《歌德的温和讽刺短诗集·第11组》，第2卷，苏黎世，阿尔特米斯出版社纪念版，第412页。

3 Spießbürger是对中世纪那些没有坐骑的长矛（Spieß）卫士的蔑称。

4 巴黎的艺术浪子们之所以和波希米亚扯上关系，是因为法国人把他们崇拜的吉卜赛人叫作"波希米亚人"（bohemiens），吉卜赛人被称为"波希米亚人"，则是因为法国人认为他们来自遥远而神秘的波希米亚。

的“波希米亚”让稳定而体面的“布尔乔亚”遭到严重的审美挫折；资本主义的蓬勃发展和1848年到1849年的民主革命的失败，使无产阶级革命导师认清了德国市民阶级的本质，Bürger不仅成为保守、软弱、缺乏革命性的化身，而且和来自法国的Bourgeois（资产者）融为一体；20世纪60年代，随着学生运动和新左派思潮的兴起，“市民”和“市民性”再次成为批判对象，市民阶级的文化优势也沦为笑柄，左派人士故意画蛇添足，张嘴就是Bildungsbürger（文化市民）[1]。就这样，Bürger从一个原本褒义的概念逐渐演变成为一个中性的、见仁见智的概念。

托马斯·曼有着根深蒂固的阶级意识和阶级感情。和许多艺术家不同，他年纪轻轻就表达出强烈的阶级归属感。人们也许会因为中篇小说《托尼奥·克吕格尔》（1903年）感人至深地刻画了市民的灵魂和艺术家的灵魂，如何在他心中对峙和争吵而疑心他的阶级立场发生了动摇，但是这一顾虑将被他随后发表的《阁楼预言家》（1904年）打消。在这篇小说中，他不仅把自己塑造成一个头戴礼帽、蓄着英式小胡子的中篇小说家（这是19世纪德国市民的标准形象），而且带着讥讽和怜悯描写在阁楼上面折腾的“波希米亚”。对于他，“市民”是一个值得骄傲的称号，市民阶级是一片孕育哲学、艺术和人道主义花朵的沃土，歌德和尼采都是在这片土壤上成长起来的文化巨人，所以他托马斯·曼要保持市民阶级的特色，要捍卫市民阶级的尊严，所以他强调，“市民变化的故事”讲的只是市民如何变成艺术家，而非如何变成资产阶级或者

---

1 如前所述，Bürger本身就有“文化人”的含义，Bildungsbürger自然成为一个带有讽刺意味的冗词。

马克思主义者。他也如愿以偿地被视为20世纪的歌德[1]，被视为德国传统市民文化的集大成者。

必须指出的是，1900年前后的托马斯·曼还没有系统地反思市民问题，也没有以市民阶级的总代表自居，所以他的《布登勃洛克一家》本能地把市民阶级划分为三六九等（这在第四部第三章描写的市民代表大会上可谓一览无余[2]），代表曼家的布登勃洛克一家（以下简称布家）属于高等市民。这不足为怪。这是社会存在决定社会意识的又一例证。我们知道，托马斯·曼生在吕贝克的一个城市贵族家庭。诞生于1226年的吕贝克，其实是一个高度自治的城市共和国，德意志民族神圣罗马帝国皇帝所赐予它的“帝国直辖市”地位，甚至保持到1937年。吕贝克是一个拥有辉煌历史的商业城市，在14世纪曾为盛极一时的汉莎同盟的总部所在地（现在的德国航空公司就取名为“空中汉莎”）。但是，在工业化和技术化浪潮席卷德意志大地的19世纪中后期，吕贝克的社会经济发展却没有完全跟上时代的步伐，商业和商人仍然是社会生活的主宰和核心。曼家的崛起就很说明问题：曾祖父获得吕贝克的市民权并创办粮食商行，祖父和父亲先后子承父业，其名望却超过了父辈。前者兼任荷兰驻吕贝克领事，后者则当选为是市府参议，成为这个袖珍国的部长级人物。到托马斯·曼这一辈，曼家已成为无可争议的城市贵族。所谓城市贵族，也就是贵族化的市民，也就是那些虽然没有放弃本阶级的政治和道德理念，但在生活方式

1 至少有如下事实证明托马斯·曼有这种愿望：他把《托尼奥·克吕格尔》比作“20世纪的《少年维特的烦恼》”，把《魔山》纳入《威廉·麦斯特》开辟的成长小说类型，长篇演说《作为市民时代总代表的歌德》和长篇小说《绿蒂在魏玛》纯粹是夫子自道。

2 托马斯·曼：《布登勃洛克一家》，柏林和魏玛，建设出版社，1990年，第167—170页。

和生活情趣方面向贵族阶级看齐的上层富裕市民。市民贵族化，符合仓廪实而知礼仪的社会发展规律，所以这种现象并非19世纪或者晚期市民阶级所独有，而是贯穿着市民阶级的发展史。城市贵族的标志，则是考究的饮食和穿着，含蓄而得体的言谈举止，还有高雅的审美趣味。可是，当市民阶级进化到城市贵族的时候，也许麻烦就出来了。这正是《布登勃洛克一家》所触及的问题。

二

注意到《布登勃洛克一家》副标题“一个家庭的没落”的读者，将惊喜地发现，这本讲述家族没落的小说，竟见不着多少感伤情调，反倒通篇幽默，笑声不断。透过这笑声，我们首先望见了横亘在城市贵族与中下层大众之间那条阶级鸿沟，望见了高高在上，嘲笑一切的城市贵族。不言而喻，离贵族生活相距十万八千里的穷人或者说无产者是要受到嘲笑的。他们对不起贵族的听觉，因为他们一张嘴就是土话（在德国，不会说高地德语即德国普通话，是要遭人歧视的），就闹笑话（参加共和革命的工人斯摩尔特，当他被告知吕贝克本来就是一个共和国后，便说“那么就再要一个”[1]），就说出让人难堪的话（前来祝贺汉诺洗礼的格罗勃雷本大谈坟墓和棺材）；他们也对不起贵族的嗅觉，因为他们身上散发着汗味（而非香水味）、烧酒味（而非葡萄酒或者白兰地味道）和烟草味（而非雪茄味）；他们更对不起贵族的视觉，因为他们在参加布家的丧葬或者庆典活动时，走路像狗熊，说话之

1 托马斯·曼：《布登勃洛克一家》，第76页。

前总要咽口水或者吐口水，然后再提提裤子。格罗勃雷本的鼻尖上一年四季都摇晃着一根亮晶晶的鼻涕。严格讲，小说里所有的穷人都应取名格罗勃雷本——这是 Grobleben 的音译，意为“粗糙的生活”。对于无产阶级革命导师的教导——“最干净的还是工人农民，尽管他们手是黑的，脚上有牛屎，还是比资产阶级和小资产阶级知识分子都干净”[1]——尚存记忆的读者也许要问，写这些东西是否太 petit bourgois，是否太小资情调。令人宽慰的是，格罗勃雷本们并非《布登勃洛克一家》的主要嘲笑对象，因为高高在上的托马斯·曼对他们没有什么兴趣（除了《布登勃洛克一家》，他那卷帙浩繁的作品里几乎见不着格罗勃雷本们的踪影）。社会地位与布家相同或者相近的人受到了更多而且更尖刻的嘲笑，如布商本狄恩、酒商科本、裁缝施笃特，以及汉诺的教师。和布家联姻的佩尔曼内德和威恩申克，更是布家的大笑料。布家人不但要挑剔发音和穿着，挑剔坐相站相吃相，他们也看重知识和教养。谁要把《罗密欧和朱丽叶》说成是席勒的剧本，或者只会欣赏静物画和裸体画，或者碰到盖尔达就问“您的小提琴好吗？”，谁就会遭受无言的蔑视。

《布登勃洛克一家》并非贵族趣味指南，托马斯·曼也不是一味沾沾自喜的城市贵族，而是一个能够超越阶级局限的艺术天才。这本小说在取笑粗俗外表和低级趣味的同时，也用讥讽的目光来审视外表华丽、格调高雅的城市贵族。布家的几桩婚事便将城市贵族的痼疾和偏见暴露得一清二楚。门当户对，金钱第一，这是城市贵族们雷打不动的嫁娶原则。老布登勃洛克的前后妻都是富

1 《毛泽东文艺论集》，北京，中央文献出版社，2002 年，第 53 页。

商的女儿。他的两个儿子，一个规行矩步，娶了本城名门的千金，另一个则大逆不道，娶了自己所爱的小店主的女儿。这个家庭叛逆不仅受到父亲的经济制裁，他似乎还得罪了老天，因为他爱情的结晶只是三个嫁不出去的女儿。她们后来则化为希腊神话中的复仇女神厄里倪厄斯。叔伯亲戚家发生的事情，姐妹三个用一双眼睛观察，再用一张嘴巴评论。第三代的婚姻更有戏剧性。托马斯虽与本城花店姑娘安娜有过一阵暗恋，但他后来还是非常理智地、非常风光地娶回了阿姆斯特丹百万富翁的掌上明珠；朝气蓬勃的大学生莫尔顿很讨冬妮的欢心，但他是总领港施瓦尔茨考甫的儿子，属于小市民阶层，所以他只好眼睁睁地看着冬妮被汉堡商人格仑利希娶走。不料这两桩婚姻都带来灾难性后果：格仑利希是骗子而且破了产（与汉堡商界有着密切往来的布登勃洛克参议竟然对其真实情况一无所知，这也够蹊跷的了），冬妮被迫离婚。后来她嫁给慕尼黑的忽布商人佩尔曼内德，但是她忍受不了胸无大志的佩尔曼内德、与她的贵族观念格格不入的慕尼黑，所以她不久便以佩尔曼内德有越轨行为为理由离了婚，回到能够让她昂首挺胸的吕贝克。她的“第三次婚姻”——女儿的婚姻，则随着身为保险公司经理的女婿锒铛入狱而告终，布家为此蒙受了重大的经济和名誉损失。至于盖尔达，她有丰厚的陪嫁，不同凡响的美貌和情趣，但她也给布家带来孱弱的体质和危险的音乐激情（汉诺徒有布家的外貌），早早地让他们绝了望，也绝了后。同情布家的读者也许会想：莫尔顿毕业后不是很体面地在布雷斯劳开起了医疗诊所吗？他不能让冬妮过上殷实而体面的生活吗？后来变成伊威尔逊太太的安娜明明是一个具有旺盛生育力的女人，她甚至在悄悄瞻仰托马斯遗容那一刻也带着身孕（掐指一算，此时的伊威尔逊太太怎么也年过四十了)，当初托马斯要娶了她，第四代布登勃洛克还会形单影只、弱不禁风吗？可是，囿于阶级偏见的布家必然要拒绝莫尔顿和安娜。他们哪里知道自己这一回拒绝了健康和善良，并断送了自家的未来？

布家的衰落，难道要归咎于他们结错了婚吗？不是的。布家的没落是一个十分复杂的过程，中间掺杂着各种破坏因素。除了事与愿违的婚姻，还有骗子加败家子加竞争对手，还有日趋下降的体质和日益脆弱的意志，还有命运的嘲弄和事情的不凑巧，所以这犹如交织着天灾人祸、内因外因、必然与偶然的四面楚歌，吸引着一批又一批的读者和研究者，使这部百年文学名著有了层层叠叠的“副文本”和林林总总的阐述。

但我们中国读者所熟悉的，似乎只有如下学说：是如狼似虎、不择手段的哈根施特罗姆一家(以下简称哈家)，造成了恪守传统商业道德的布家的没落，哈家的胜利标志着资本主义从自由竞争到垄断阶段的过渡。这是前民主德国女学者英格·迪尔森1959年明确表述，又在1975年悄悄收回的观点，其思想源头则可追溯到马克思主义文论家卢卡奇。是卢卡奇率先在题为《寻找市民》(1948年)的论文中把布家与哈家的对比和较量宣布为小说的一条思想红线。他还说，前者是“德国一度为之骄傲的市民文化的载体”，后者标志着德国市民阶级由文化主宰转变为经济主宰，也就是资产阶级(他把这种变化命名为“哈根施特罗姆式转折”)[1]。素养极高的卢卡奇还不至于从庸俗社会学的角度去把哈家妖魔化，但他毕竟为前东德和前苏联的研究界定下了“美化布家，贬低哈

1 格奥尔格·卢卡奇：《托马斯·曼》，柏林，1957年，第17页。

家”的基调。这种将两家关系阶级斗争化的做法，既得不到托马斯·曼的首肯——他声称自己“在睡梦之中错过了德国市民阶级向资产阶级的转变”[1]，也得不到文本的支撑。通读整本小说，我们找不到哪怕一个能够说明哈家违背法律或者商业道德的事例。况且资本主义的商业道德是靠法律来约束的。保险公司经理威恩申克的下场，就说明在偏远的吕贝克也照样天网恢恢，疏而不漏。朝气蓬勃、与时俱进，这是哈家生意红火的主要原因；雄厚的财力加上“自由和宽容”的天性，又使他们的政治和社会声望与日俱增，初来乍到的亨利希·哈根施特罗姆，还因为娶了一个西姆灵格[2]为妻而遭到具有排犹倾向的布登勃洛克们的疏远和冷遇，但是他的儿子亥尔曼已经可以在议员竞选中与托马斯·布登勃洛克进行较量，并险些获胜。他们当然有缺陷，有些还非常令人反感，如肥胖，塌鼻，说话咂舌，珠光宝气，对文物保护不感兴趣，等等。但是我们不能把他们的审美缺陷与道德污点混为一谈（如果读者的眼光被“布登勃洛克化”，特别是“冬妮·布登勃洛克化”，就很容易出现这个问题）。换言之，哈家的兴旺与布家的衰落，不能归咎于好人吃亏、坏人当道。他们充其量让人看到穷人富了没模样，富人穷了不走样。

三

布家没落的主要原因，无疑在于自身，在于其精神。作为一部心

---

1 托马斯·曼：《一个不问政治者的看法》，彼得·德·门德尔松编，附汉诺·赫尔布林的评论，美因河畔的法兰克福，1983年，第138页。

2 这是典型的德国犹太人姓名。

灵史，《布登勃洛克一家》的绝大部分篇幅都在描写布家后代内心变化所产生的后果。形象地说，精神涣散是这个商业望族没落的原因和标志。老布登勃洛克在充满刀光剑影的商业竞技场上全神贯注，出手果断，所以他频频得手。他的儿子和孙子上场之后，却是一个比一个分心，他们一边经商，一边思考与经商无关甚至与之相抵触的问题，所以他们节节败退。他的曾孙不仅拒绝踏入商业竞技场，而且早早地告别了人生战场。小布登勃洛克们的问题，在于他们把心思分给了宗教、历史、哲学、艺术和道德，在于他们想得越来越多，说得越来越多，说话内容越来越离谱。让·布登勃洛克爱上了上帝和英式花园，还有记载家史的金边记事簿，他既为拉登坎普一家的没落惋惜，也担心灾祸叩响自家家门。第三代的托马斯之讲究穿着，之卖弄文墨，已超出他的市民同类所习惯的限度，与此同时，他的头脑也越来越被怀疑主义所缠绕。他暗地里对商业产生了道德质疑，暗地里否定自己是合格的商人和市民。他好似一个兴趣索然的演员，勉强维持着老板派头和市民外表，所以当他沾满血污和泥污猝死街头的时候，很难说他是受到了命运的嘲弄还是得到了解脱。他的弟弟克里斯蒂安，不仅告别了目标明确、持之以恒、井然有序的市民生活，而且将含蓄、得体这类市民美德抛到九霄云外。他喜欢描述自己的身体感觉（必要时还可以把裤脚扯起来让众人看）和思想感受，他思无羁绊，口无遮拦，全然不顾什么阶级立场、家族立场、个人立场，所以他的话既发人深省又令人困惑，所以他一会儿让人低首害臊，一会儿令人捧腹大笑（他是书中最大的笑料供应商）。由于摆脱了个人欲望和各种利害关系，他已进入康德所定义的审美状态和叔本华所讴歌的认识状态，他已经化为“清亮的世界之眼”。难怪高深莫测、高不可攀的盖尔达——她欣赏的人不出三个，她说的话不出三句——要对他另眼相看，要说他比托马斯更不像市民[1]。可惜这天才的克里斯蒂安，最终进了疯人院。由于他，普灵斯亥姆牧师已经当众把布家宣布为没落的家庭。值得注意的是，也是因为不可救药的暴露癖而成为阶级异己的克里斯蒂安，却和托马斯一样害怕别人流露真情。不论号啕大哭的冬妮，还是戚然肃然的吊唁者，都叫他手足无措。事实上，害怕"裸情"的不仅仅是这两兄弟，整个布家都是这样。佩尔曼内德受到他们暗中嘲笑，一个原因便是他表达感情太直率；当已有临终预感的托马斯畅谈起自己对高山和大海的形而上思索时，天真但又不乏阶级本能的冬妮也觉得不应该。发生在布家的这种现象，反映了市民阶级的一个精神飞跃。

想当初，譬如说从《布登勃洛克一家》倒退一百年，真情还是市民阶级手中的武器。他们讴歌真情，袒露真情，见谁都"敞开心扉"（德文叫 Herzensergießungen），跟谁都恨不得兄弟姐妹（席勒的《欢乐颂》真是喊出了时代的心声）；他们决意用一颗真诚、温暖、鲜活的心，来对抗贵族阶级的虚伪、冷漠、俗套。如今，他们不仅站到了贵族阶级的立场，而且大有后来居上之势：他们躲避真情，已从生活躲到艺术，所以把躲避真情提升为审美原则。托马斯·曼的中篇小说《托尼奥·克吕格尔》，还以一个对人"掏心"的商人和一个诗兴大发的军官为例，说明"健康而强烈的感情向来缺乏审美趣味"[2]。随着市民阶级审美趣味的贵族化，19 世纪后期以来的一流长篇小说——这是道地的市民阶级的艺术——无不以反讽，以冷峻，以"酷"为首要特征。布家发展到第四代，其贵族趣味又上了一个台阶。汉诺自小就显得高贵而脆弱，就有一种不声不响的优越感。这种感觉一方面得益于他的身世，因为作为布家人，他不仅

1 托马斯·曼：《布登勃洛克一家》，第 414 页。

2 《托马斯·曼中短篇小说集》，美因河畔的法兰克福，费舍尔口袋书出版社，1986 年，第 326 页。

可以嘲笑学校教员的寒碜着装和举止，他还可以为这些充其量算中产阶级的讨厌鬼不能跟到宛若人间仙境，却又贵得要命的特拉夫门德去烦他而幸灾乐祸。他的优越感的另一根源，则是他沉湎其中的音乐。音乐，这可不是普普通通的艺术。同样从《布登勃洛克一家》倒退一百年，也就是在浪漫派运动风起云涌之时，音乐就被德意志的哲人和诗人异口同声地推举为艺术之王，成为最阳春白雪的艺术。音乐家的头顶上也随之浮现一轮神秘的光环。有趣的是，这一现象也见诸布家。通晓文学和绘画的托马斯，便因为不懂音乐而在盖尔达面前抬不起头，盖尔达则毫不掩饰她对乐盲的蔑视。如果没有这种蔑视，我们很难想象她怎么会公开与封·特洛塔少尉搞暧昧的二重奏。耐人寻味的是，已经进入最高艺术境界的汉诺，在生活中却是一个窝囊废。他比总不成器的克里斯蒂安叔叔还要窝囊：克里斯蒂安至少还声称自己能够干这干那，汉诺却永远对“长大了做什么”的问题保持沉默。他不单因为不能子承父业而辜负众望，他也没想过要成为——就像冬妮姑姑所说的——莫扎特或者梅耶比尔。对于他，音乐不是什么“事业”，而只是精神鸦片和自慰的手段（描写他在 8 岁生日弹奏幻想曲那段文字可谓素面荤底）。更叫人绝望的是，除了音乐、海滨以及和凯伊的友谊，汉诺见不着别的人生乐趣和人生目的，所以他未及成年便撒手人寰。布家的香火熄灭了。牵挂布家命运的托马斯·曼，还在中篇小说《特利斯坦》（1902 年）中为他们写了一段亦庄亦谐的悼词：“一个古老的家族，它太疲惫，太高贵，它无所作为，无以面对生活，它行将就木。它的遗言化为艺术的鸣响，化为缕缕琴声，琴声浸透着临终者清醒的悲哀……”[1]

1 《托马斯·曼中短篇小说集》，第 277 页。

布家的衰落显然有点“横看成岭侧成峰”的意味。他们一方面体质越来越差，意志越来越弱，想法越来越务虚，社会形象越来越不体面，他们当然退化了，也非市民化了。另一方面，如果说德国市民阶级是文化精英，如果说通晓其时代的高雅文化是这个阶级的基本特征，那么，不读歌德和席勒，只会欣赏通俗风景画，只晓得在饭后茶余吹吹洛可可小调的老布登勃洛克，恐怕还算不得标准市民。他的后代要比他标准得多：托马斯读过海涅和叔本华，汉诺则陶醉于代表19世纪后期德国乃至欧洲最高文化成就的瓦格纳音乐。如是观之，从曾祖父到曾孙，布家经历的是一段进化史，一段市民化的历史。进化也罢，退化也罢，市民化也罢，非市民化也罢，反正《布登勃洛克一家》揭示了一种反比例关系：精神越发达，生存能力越低下。这是一条令人耳目一新的定律，但我们还不能叫它“布登勃洛克定律”，因为这不是托马斯·曼的发明。

早在《布登勃洛克一家》诞生之前，一向言必称希腊的欧洲思想家们似乎忘记了希腊的文人和哲人皆能掷铁饼投标枪，并且骁勇善战这一史实，纷纷宣告精神和肉体、思想和行动之间存在反比例关系：克莱斯特在《论木偶戏》中讲到一只任何击剑高手也奈何不得的狗熊，一剑刺去，它的前掌会化解你的进攻；若是佯攻，它会一动不动；叔本华则断言，没什么思维习惯的野蛮人更善于斗兽和射箭这类活动，他还说，智力越高，痛苦越大，天才最痛苦；尼采又把哈姆莱特之迟迟不肯下手归咎于知识妨碍乃至扼杀行动；在19世纪的后三十年，由于相关书籍雨后春笋般地涌现（最具影响力的是意大利犯罪学家隆布罗索和德国精神病医生朗格－艾希鲍姆），天才与疯狂的关系在欧洲知识界几乎无人不晓……《布登勃洛克一家》证明托马斯·曼是一个善于把烂熟的思想果实酿成艺术美酒的天才。

有家族，就有兴衰。布家的兴衰也不足为怪。拉登坎普一家、布家、哈家先后入主孟街豪宅，便是三十年河东、三十年河西这一永恒真理的生动显现。在布登勃洛克一家的故事结束时，我们看到布家日薄西山，哈家如日中天。然而，一想到法学家莫里茨·哈根施特罗姆身体虚弱而且产生了艺术细胞，我们就不得不为哈家的未来捏一把汗，我们有理由预言哈家的辉煌也持续不了几代。因此，与其说《布登勃洛克一家》的伟大在于它细致入微、引人入胜地刻画了一个家庭的衰败过程，或者说一个阶级的内心变化过程，不如说它让我们经历了一场精神洗礼，使我们炼出一副透视家族兴衰的眼光。

沉重的时刻，沉重的艺术 *

——评托马斯·曼的席勒小说

1905年，德意志第二帝国举国上下都在隆重纪念席勒逝世一百周年。慕尼黑的讽刺杂志《西木》也在5月9日推出了一本正经的席勒专刊，其中就有该杂志向托马斯·曼预约的短篇小说《沉重的时刻》。这篇长度不到十页纸的短篇小说是一篇应景之作，但又不是那种轻松的、光滑的、蜻蜓点水般的应景之作，而是一篇厚积薄发、充满哲思和典故，也充满真情实感的自反小说——反思自我和反思文艺创作的小说，一篇“小而全”的小说，托马斯·曼创作的主导动机在此一一闪现。

《沉重的时刻》写的是夜战《华伦斯坦》的席勒的内心独白，是这位诗人在遭遇创作危机之后反思并且克服危机的过程。在一个寒风呼啸的夜晚，在一间简陋而寒冷的书房里面，一位体弱多病、形单影只的诗人因为下笔艰难而陷入沮丧和绝望，于是他开始思索、徘徊，通过思索与徘徊，他找回了信心，见到了光明，他毅然下笔，完成了作品……这是一个有志者事竟成的动人故事，是一曲高昂的意志赞歌，也正是一幅人们所熟悉、所期待的席勒画像。但更为重要的是，《沉重的时刻》在虚构与纪实、写人写己之间很好地保持了平衡，使人们在这幅席勒肖像上面可以辨认出

---

* 本文原刊于张玉书、卫茂平、朱建华、魏玉青、冯亚琳主编：《德语文学与文学批评》，第1卷，北京，人民文学出版社，2007年。

托马斯·曼本人的精神特征。托马斯·曼在其漫长的创作生涯中用小说和随笔勾勒过许多文化名人肖像，《沉重的时刻》则是第一幅曼式文化名人肖像，所以在托马斯·曼的创作中具有里程碑意义。

一

众所周知，席勒首先是作为“讴歌自由的诗人”而彪炳史册、永垂不朽的。托马斯·曼笔下的席勒也是一位讴歌自由的诗人，但这位席勒的自由观却有些出人意料，因为他对自由作了一番油腔滑调、离经叛道的新解——用他自己的话来说就是“大胆阐释”：“自由不就是摆脱什么的自由吗？我们最后还需要摆脱什么？也许还需要摆脱幸福，摆脱世俗的幸福，摆脱这根丝绸镣铐，摆脱这桩柔软而可爱的义务……”（371）[1] 说到这里，席勒走进隔壁房间，对着熟睡的妻子无声地吐露了自己的心声：“我的老婆！我的爱人！你来满足我的渴望吗？为了创造我的幸福来到我身边吗？你是我的幸福，别吱声儿！继续睡！现在别睁开你这可爱的、长长的睫毛，别望着我，别拿你这又黑又大的眼睛、别用我偶尔见到那种询问和寻觅的眼神望着我！向上帝发誓，我向上帝发誓，我爱你！我只是有时候找不到感觉，因为我经常因为艰难的写作、因为自己给自己规定的任务而疲惫不堪。我不能过多地与你相伴，我绝不可能在你这里得到完全的幸福，因为我有我的使命……”（371—372）

人们很难想象真实的席勒会发表这种耐人寻味的自由论和幸

1 本文中托马斯·曼的中短篇小说全部引自《托马斯·曼中短篇小说全集》，第1卷，美因河畔的法兰克福，2002年。括弧内为页码，下同。

福论。但如果说这是托马斯·曼本人的思想写照，人们也不免感到诧异，因为《沉重的时刻》是他在新婚燕尔之际，是他在蜜月旅行归来之后写成的，他的婚姻又是资产阶级眼里最理想的婚姻：他是参议的儿子，又是小有名气的青年作家，他的妻子才貌双全而且是慕尼黑的名门闺秀，他岳父岳母的豪宅是慕尼黑名流荟萃的沙龙。婚后的托马斯·曼，不再像那个因为艺术与生活水火不容而长吁短叹的托尼奥·克吕格尔，而是成为一个踌躇满志的资产阶级作家——他用一种让人分不清玩笑和正经的口气称自己"光芒万丈"[1]。但耐人寻味的是，幸福刚刚降临他的头上，他就发现幸福不是一朵让他遨游艺术天空的祥云，而是一个妨碍艺术家前行的沉重包袱，一个吞噬艺术家的旋涡。所以，他一面在信中告诉兄长自己如何"害怕幸福"，如何"对幸福怀有道德—苦行僧的疑虑"，说"幸福而混乱的日子缺乏创造力"，说自己渴望呼吸"不含厄洛丁[2]的空气"；[3]一面把这一重要的人生体验写进小说。他不仅让席勒对着熟睡的妻子发出有限禁欲的无声誓言，不仅让席勒感叹今非昔比："过去那一无所有、默默无闻的年代，被他视为经受磨难和考验的年代，那才是丰富多彩、硕果累累的年代；现在他得到一点命运的恩宠，从精神强盗世界来到合法的、有家有室的中产阶级世界，他有了职位和荣誉，有了妻子和孩子，但他却由此筋疲力尽，一蹶不振。"（367）他还计划写这

1 托马斯·曼：《关于我：自传文集》，美因河畔的法兰克福，1994年，第167页。

2 "厄洛丁"原文为"erotin"，由厄洛斯（爱神，Eros）和尼古丁（nikotin）的"丁"（tin）组合而成。

3 见艾丽卡·曼编：《托马斯·曼书信集》，第1卷（1889—1936年），美因河畔的法兰克福，1988年，第57页和第61—65页。又见汉斯·维斯林编：《托马斯·曼和亨利希·曼通信集》，美因河畔的法兰克福，1995年，第101—105页。

样一篇小说：一个作家在结婚之后生活过于幸福而无法创作，所以陷入绝望，后来发现妻子有外遇之后，这位作家才恢复了创作。在长篇小说《国王殿下》中，他又通过一位桂冠诗人之口告诫世人："清心寡欲是作家和缪斯订立的盟约，生活是一座禁止作家入内的花园……"[1]

对于托马斯·曼这种心态，人们可以说他身在福中不知福，可以说他无病呻吟——德国的新左派干脆把托马斯·曼的问题统称为"奢侈的小问题"[2]，说他自怜或者自恋，至少可以说他自相矛盾。但是托马斯·曼本人不会这么看，他甚至不认为这是自相矛盾。他的眼里只有辩证统一。对此他有着清醒而深刻的认识，甚至可以说有坚如磐石的信仰。他的认识和信仰，概括起来就是：对于艺术家而言，艺术是目的，生活是手段，所以艺术家的生活天然具有悲剧色彩，所以艺术家必须通过优裕的物质生活得到补偿，艺术家应该在"温柔富贵乡"从事艺术创作，所以他坦言自己"有权过舒适生活"（301），说自己"对体面的、养尊处优的生活有本能的要求"[3]。不过，这种带有悲剧色彩的自我意识，这种补偿论或者说平衡论都不是托马斯·曼本人的发明，而是他的精神先师尼采和瓦格纳启迪的结果。尼采对艺术家进行了深入细致的解剖，发现了艺术家是一种先天纵欲、后天禁欲的悲剧人物，所以他指出："就其天性而言，艺术家也许是很性感的人，绝对地敏感，来者不拒，对轻微的刺激、对轻微刺激的信号都会作出反应。尽管如此，

1 托马斯·曼：《国王殿下》，美因河畔的法兰克福，1995年，第176页。
2 海因茨·路德维希·阿诺尔德主编：《文本与批评：托马斯·曼专刊》，慕尼黑，1982年，第219页。
3 托马斯·曼：《一个不问政治者的看法》，彼得·德·门德尔松编，附汉诺·赫尔布林的评论，美因河畔的法兰克福，1983年，第115页。

由于承受着创作任务和创造杰作的意志的压力，他们实际上一般都在节欲，有的甚至还保持贞洁。”[1]瓦格纳则通过反观自身找到了不能亏待自己的理由。他的逻辑是：我“只是作为‘艺术家’活着”，我“整个的人都化作了‘艺术家’”，所以我“不能睡谷草，也不能去劣质烧酒中找享受；要让人呕心沥血地创造出一个虚构的艺术世界，就必须给人养尊处优的感觉”。[2]托马斯·曼把“创造作品的意志”定义为“艺术家道德”[3]，不仅认为“内心烦恼更多的人有权要求更多的外在舒适”（301），他还青出于蓝而胜于蓝，把瓦格纳或者说他个人的体验上升为艺术家的集体诉求。新婚燕尔的他就在一封信中写道：“啊，有钱真好。我有足够的艺术家气质和腐败趋向，所以我能够陶醉于财富。一面求禁欲、一面求奢侈，这种矛盾倾向一定属于现代心灵的特征：*看看瓦格纳做出的伟大榜样吧*。”[4]

阅读《沉重的时刻》的读者，如果不反感知人论世的阅读方法，就会看出瓦格纳、尼采、托马斯·曼的幽灵也在席勒的寒舍或者说——谁叫它没暖气呢——“冬宫”中徘徊。他们的幽灵不仅守护着席勒娇妻的梦乡，而且左右了席勒的思想和情感，给席勒的形象带来一点“陌生化效果”——席勒也贪图肉欲和享乐，而且高度自恋。他的享乐倾向表现在他对红色窗帘——对“给这个缺乏色彩和生活气息的简陋房间带来一点奢侈和性感”的红色窗帘的眷恋

---

1 弗里德里希·尼采：《权力意志——重估一切价值的尝试》，彼得·加斯特选编，伊丽莎白·福斯特-尼采协助编选，斯图加特，1996年，第550页。

2 赫尔曼·库茨克编：《托马斯·曼散文集》，第3卷“论音乐和哲学”，美因河畔的法兰克福，1983年，第103页。

3 《关于我：自传文集》，第159页。

4 彼得·德·门德尔松编：《托马斯·曼1894年到1901年致奥托·格劳托夫的信，以及1903年到1928年致伊达·博伊-埃德的信》，美因河畔的法兰克福，1975年，第50页。

（365）；他的高度自恋则表现在他对自己的过度爱惜，因为他“只要看看自己的手，心里就会涌起一股温暖的自恋之情”（369）。

二

席勒经历“沉重时刻”，个中原因与其说是《华伦斯坦》与“职位和荣誉”、与“妻子和孩子”的对立，不如说在于《华伦斯坦》本身。同样，让托马斯·曼“沉重”的主要原因，既非幸福的拖累，也非其唯美主义的世界观——把艺术创作视为人生乃至天下头等大事的观念，而是他的创作危机。二者的区别在于，席勒是在创作《华伦斯坦》（1796—1799年）期间遇到的障碍，而托马斯·曼所体会的，绝不仅仅是写剧本——他刚刚写完他唯一的剧本《菲奥伦察》（1905年）——如何艰难。他所遭遇的，是从《特利斯坦》（1903年）到《死于威尼斯》（1913年）的十年写作危机。这是一场不声不响、不为人知的写作危机，因为在这十年里他一直在写作、在出版。他发表的东西不仅数量可观，而且琳琅满目：有小说有剧本，有长篇有短篇，还有随笔、文学评论、论战文章，等等。但是，写作慢手和写作困难户也成为他这一时期的作品中的耀眼形象。《特利斯坦》的主人公史平奈尔是一个下笔艰难的作家，他那停停走走的写作方式让叙述者得出了一个惊世骇俗的结论：“作家就是那种下笔比其他所有人都更艰难的人”（244）；席勒的“沉重时刻”完全归咎于他的作品“进展缓慢，写写停停，最终陷入停顿”（365）；《国王殿下》（1909年）中的桂冠诗人马蒂尼在花团锦簇之际告诫世人，诗人“并非时时刻刻都是诗人”，有时候给雪茄供应商写张明信片就要花他一天时间

（177—178）；《死于威尼斯》中的文学大师阿申巴赫也从未一泻千里，他的最佳纪录也就是在半天时间里出产一页半的精美散文……但不论在托马斯·曼生前，还是在他死后的一段时间里，人们都没有从这些或滑稽或悲壮或者又悲壮又滑稽的人物身上看出托马斯·曼本人遭遇的创作危机，更不知道危机的背景。事实上托马斯·曼已经通过史平奈尔这一形象道出了危机的原因：史平奈尔的桌上永远醒目地摆着他写的一本小说，可是，尽管他天天伏案写作，他再没有写出第二本小说；因为一本《布登勃洛克一家》而一举成名的托马斯·曼，最担心自己写不出一本赶上、更不用说超过《布登勃洛克一家》的长篇小说，担心自己一炮打响之后便江郎才尽。他不想成为他虚构的史平奈尔，也不想步音乐家韦伯的后尘，因为除了《魔弹射手》，韦伯没有写出第二部大型杰作。

有趣的是，在他成名成家、"光芒万丈"的1905年，他的野心和忧虑，他的冲动和焦虑都来了个总爆发。1905年碰巧是他的而立之年。作为一个不仅流淌着资产阶级的血液，而且信奉资产阶级价值观的作家，他有着异常强烈的事业心功名心，甚至还有"三十而立"的正统观念——他在信中对哥哥吐露真言："我已经三十岁了。应该考虑出本杰作了。"[1]于是，他摩拳擦掌，制订了雄心勃勃的写作计划。由于他心中的楷模是创造出大型艺术作品的19世纪欧洲艺术大师，如瓦格纳如左拉如托尔斯泰，所以他首先把目标锁定在鸿篇巨制上。另一方面，他预见或者说预感到自己未来的创作道路坎坷、漫长甚至没有尽头，所以他感到巨大的压力和畏惧，所以他必须鼓励自己，安慰自己，劝说自己。《沉重的时

1《托马斯·曼和亨利希·曼通信集》，第97页。

刻》便淋漓尽致地展现了他的复杂心态。于是我们看到席勒感叹作品是“负担，是压力，是良心的痛苦，是必须喝干的海洋，是一项可怕的任务，这任务让他骄傲，也让他受难，是他的天堂，也是他的地狱”；看到席勒用出人头地的美好远景来吸引自己，来给自己打气，也给自己——他妒忌并且蔑视那些没有创作压力的人——消气：“做伟人！做杰出人物！征服世界，流芳千古！和这个目标相比，那些永远默默无闻的人所享受的幸福又算得了什么？出名——名扬四海，为天下人所爱戴！不知道这种梦想和渴望如何甜蜜的人们，你们去大谈自私吧！出类拔萃者在受苦受难的时候都有自私心理。等着瞧，出类拔萃者说，你们这些没有使命的人，你们这些在世俗生活中优哉游哉的人！雄心壮志说：我会白白受苦吗？痛苦一定会把我铸造成伟人！……”（369）其实，席勒这段显然对象不明的高亢宣言可以用一句话来概括：燕雀安知鸿鹄之志哉！

事实证明，托马斯·曼在而立之年的鸿鹄之志并没有得以实现，他所铸造的宏伟计划一一破产。他想撰写的大型美学—哲学论文永远停留在札记阶段，他有两部长篇胎死腹中，唯一顺产的长篇小说《国王殿下》有着难以克服的先天缺陷，至今无法入围小说经典。这几乎意味着长篇小说家托马斯·曼在《布登勃洛克一家》（1901年）到《魔山》（1924年）的二十年间交了白卷。经过多年的磨难和思索，托马斯·曼终于明白自己犯了好高骛远、操之过急的低级错误。他幡然醒悟的标志就是《死于威尼斯》，就是他在小说第二章开头搞的黑色幽默：这里一一介绍的阿申巴赫杰作，都是托马斯·曼夭折的作品，就是说，他把自己那些不成气候、不堪回首的作品断片全部埋进了阿申巴赫的坟墓。完成这一精神葬礼之后，托马斯·曼才豁然开朗，才一身轻松，才写出了第二部不朽长篇《魔山》。从《魔山》开始，他的长篇之路才变得一马平川，变得宽阔而辉煌。1940年，站在长篇小说的巅峰俯瞰世界的托马斯·曼才言简意赅地总结说："最伟大的作品并不总是那些带着最伟大的意图写成的作品。"[1]

三

《沉重的时刻》也是一篇闪耀着美学—伦理思想光辉的作品。这种光辉则主要来自小说所谱写的意志礼赞和慢速礼赞。这篇小说明确表述了一个具有划时代意义的思想：写得快是坏事，写得慢是好事。这是席勒在下笔艰难的沉重时刻、在发现自己从未有过文思泉涌的绝望时刻望见的一道思想闪电，他那窃窃私语的内心独白也随之化为慷慨激昂的剧场演说：

> 只有粗制滥造和浅尝辄止的文人才文思泉涌，文思泉涌的，全是那些易于满足并且糊里糊涂的人，全是那些感受不到才能的压力和约束的人。什么是才能？先生们女士们，台下的朋友们，才能不是什么轻轻松松的、翩翩起舞的东西，才能并非得来全不费工夫。从根本上讲，才能是一种需要，是对理想的清醒认识，是一种永不满足的心理。永不满足的人，不经历痛苦就不可能获得并且提高本领。对于最伟大、最不满足的人，才能就是最严厉的惩罚……（368—369）

1《关于我：自传文集》，第62页。

席勒所幻想的剧院演说，的确是一篇颠覆性演说。因为西方传统的诗人形象建立在柏拉图的灵感神赋论的基础上，传统意义的诗人，必须神灵附体、文思泉涌，洋洋洒洒、一蹴而就。在经历了狂飙突进和浪漫运动的德国，这一传统可以说是得到过度发扬光大。有关艺术家们如何听从灵感召唤的故事，有关散步回来的贝多芬连帽子都顾不上摘就直奔钢琴敲打突如其来的灵感或者舒伯特在饭馆的菜单上速写从天而降的音符的感人故事在19世纪就已广为流传。在20世纪的头30年，非理性的诗学观在德国登峰造极，最终演变成为审美原教旨主义。审美原教旨主义者随即在德国文坛挑起一场路线斗争：迷狂者、喷薄者、一发不可收拾者是Dichter（诗人），清醒者、挤压者、字斟句酌者是Schriftsteller（作家），是Literat（文人或者说为文之人）。原教旨主义者的理由很简单："诗人从来不与素材搏斗；如果他跟素材搏斗，他就不是诗人，他只是文人"[1]；或者："迷狂结束之时，就是诗人沉默之时，就是作家发言之时"[2]。在这场涉及"诗人"和"作家"、"诗人"和"文人"的阶级斗争中，托马斯·曼自然成为冲击对象，因为众所周知，他不是"喷薄型"而是"挤压型"作家。一个血气方刚的原教旨主义者还在一封公开信中声明自己要跟托马斯·曼就"诗人还是作家"的问题"决胜负"[3]。但是，托马斯·曼并不为自己的写作方式自惭形秽，尽管他很珍惜"诗人"[4]称号。这一方面因为他从自身的经验知道，文艺创造是一个交织着理性和非理性、灵

1 《德国思想史选读》，第2卷，古登堡出版社，第742页。

2 雅各布·埃利亚斯·波里茨基：《着魔的诗人》，慕尼黑，1921年，第57页。

3 克劳斯·施略特编：《与托马斯·曼同时代的人如何评判托马斯·曼》，第61页。

4 德文的Dichter本义是"凝练者"，一般指诗歌或者韵文的作者，现在作为褒义词借指优秀的文学创造者，就像中文里面也用"诗人"指代优秀作家，所以Dichter既可以翻译为"文学家"，也可以翻译为"诗人"。

感和技艺的过程，伟大的艺术缺一不可。他对喷薄神话可谓天然具有免疫力。另一方面，尼采的著作很早就给他打了一剂免疫针，因为尼采在《人性的，太人性的》里面一针见血地指出：第一，“所有伟大的艺术家都是伟大的劳动者”；第二，维持天启灵感的神话符合艺术家的利益；第三，这一神话之所以能够维持，是因为人们看不到艺术家的创造过程。[1] 对于尼采这一教导，托马斯·曼显然是心领神会。《特利斯坦》里面有关史平奈尔写信那段描写，几乎就是尼采思想的文字图解。如果叙事者没有描绘史平奈尔的写信过程，没有把他那“吟安一个字，拈断数茎须”的吃力模样暴露在光天化日之下，读者很可能会相信他在信的开头编织的“千言万语滚滚而来”（244）的谎言，因为他写好的东西总是给人“流畅而生动”的印象（245）。另一方面，托马斯·曼非常清楚，从“喷薄”到“放水”只有一步之遥。在他眼里，高产猛产的亨利希·曼就是反面素材。写一部小说至少要熬几年时间的托马斯·曼，曾经在信中对1900年到1906年间写了七部长篇的哥哥直言不讳：“据我所知，还没有一个严肃作家平过你的纪录。”[2] 他在《沉重的时刻》中让席勒发表上述剧场演说，当然是指桑骂槐。但这位席勒骂的不是歌德，而是亨利希·曼。

托马斯·曼是一位思想包装大师。在《一个不问政治者的看法》（1918年）中，他用市民阶级的工匠精神或者说敬业精神传统来美化自己的写作方式[3]；在《长篇小说的艺术》（1939年）中，他又给自己找出了无可辩驳的美学依据：缓慢写作符合“叙事艺术精神”，也就是“耐心细致，始终不渝，坚持不懈，从容不迫”

---

1 罗尔夫·托曼编：3卷本《尼采文集》，第1卷，科隆，1994年，第379—385页。

2 《托马斯·曼和亨利希·曼通信集》，第83页。

3 《一个不问政治者的看法》，第102—103页。

的精神[1]。但是，当托马斯·曼如此高屋建瓴的时候，他已经走出危机的低谷，已经徜徉于事业和荣誉的巅峰，已经成为天马行空、刀枪不入的文化半神。身陷危机之时，写作慢手托马斯·曼则是通过高唱意志赞歌来突破写作困境。为了艺术，席勒不怕艰难，甚至不怕牺牲，所以他对医生和歌德的健康忠告置若罔闻；席勒把自己看作排除万难的悲剧英雄，而且他的英雄观跟康德的伦理观一样带有自虐或者受虐色彩。对于康德，只有帮助他人又让自己受苦的人才算高尚；对于席勒，不孱弱不痛苦，就算不上英雄——他不承认歌德是英雄，就是因为歌德的条件太好，日子太轻松。席勒的英雄观既非孤掌难鸣，也非昙花一现。阿申巴赫显然是席勒式英雄，即“弱者英雄”。阿申巴赫塑造不仅喜欢塑造“刀剑穿身、咬紧牙关、傲然挺立”的英雄形象——圣塞巴斯蒂安的信息（445），他的鸿篇巨制也要归功于日复一日的点滴积累和日复一日的早起和冷水澡。值得注意的是，史平奈尔和马蒂尼这两个滑稽人物也跟阿申巴赫一样是席勒的同类，也是弱者英雄，所以也带有悲剧色彩。只不过他们不像席勒那样抽烟，熬夜，喝酒，喝刺激性饮料；他们的生活更理性，更科学，更健康。史平奈尔通过早起、冷水澡、雪中散步和有规律的、严格遵循卫生法则的生活来克服自己身体和精神上的弱点，他还懂得从坚实、硬朗、朴素的家居风格中汲取精神力量，他如此“克服自我”，只是为了支持自己的创作；马蒂尼则被迫通过大量的睡眠，通过闲坐和闲逛来储蓄创作的力量。

总之，席勒、史平奈尔、马蒂尼、阿申巴赫都是“日日为诗

1《托马斯·曼散文集》，第1卷，第346—347页。

苦，谁论春与秋”的“诗奴”，这种“奴性”使他们显得既崇高又渺小，既可怜又可敬。他们的双重面相正好反映出艺术苦行僧托马斯·曼的复杂心态。

四

不论托马斯·曼在《沉重的时刻》中如何夫子自道，《沉重的时刻》首先是一篇写席勒的小说。就是说，这篇小说必须“真实地”再现席勒的性格和外貌，他的生活和创作，他的思想和情感，等等。为此，托马斯·曼进行了大量的研究和考证，翻阅了席勒的传记资料和席勒的书信——尤其是与歌德和克尔纳的通信，也重温了席勒的文学作品。他在这篇不到十页的小说上面所下的实证工夫远远超出人们的期待，他塑造的席勒完全经得起文学史家和席勒研究者的挑剔或者检验。在《沉重的时刻》里面，人们见到熟悉的席勒，见到席勒的红色窗帘和他喜欢的咖啡、烟叶、毒品；通过席勒的内心独白，人们了解到当初《华伦斯坦》带给他何种烦恼，了解到他对歌德的复杂情感和他对诸多事情的看法及感受。经过仔细的挖掘和整理，人们发现“几乎没有一句话不是用文献材料加工而成”[1]。为了管窥这篇小说如何字字句句都有出处、有依据，我们不妨看看以下几段[2]：

---

1 这是迪特·博西迈耶在2005年发表的长篇演说“《沉重的时刻》——托马斯·曼和席勒”中进行的总结。演说收录在迪尔克·海塞勒编：《托马斯·曼在慕尼黑》，第3卷（2005年夏季系列演说），慕尼黑，2005年。托马斯·曼研究中的一部考据经典之作是汉斯-约阿西姆·桑德伯格撰写的《从考据角度看托马斯·曼的席勒研究》，奥斯陆，1964年。桑德伯格的一个有趣结论，就是托马斯·曼对席勒的了解主要来自二手材料，博西迈耶则根据托马斯·曼的日记对此进行了反驳。

2 这几个例子引自上述的博西迈耶演说稿。

> 有时他的精神会燃烧一通宵，因为他在天才的激情发出的光芒中窥见持续的恩赐会带来何等辉煌，一夜过后，他却必须付出惨重的代价，在迷茫和麻木之中度过整整一周……（367）

——这段话来自1797年12月8日席勒给歌德的信，里面谈到生病如何影响他的创作。

> 现在他得到一点命运的恩宠，从精神强盗世界来到合法的、有家有室的中产阶级世界，他有了职位和荣誉，有了妻子和孩子……（367）

——这是席勒在被聘为耶拿大学教授之后，写信给克尔纳谈的感想。

> 不要冥思苦想！他过于深沉，不可以冥思苦想！不要跳进混沌的海洋，至少不要在那里久留！要从应有尽有的混沌海洋中把可以成形和快要成形的东西打捞上岸。不要冥思苦想：要下笔！划定范围，抛弃多余的东西，塑造形象，完成作品……（372）

席勒在小说结尾对包括他自己在内的下笔艰难者发出的呐喊，同样来自席勒致克尔纳的信，以及歌德和席勒对1800年前后德国文坛普遍存在的下笔艰难的现象所作的研究。

谁能跟他一样，在虚无中、在自己的心中创造？一首诗歌在尚未从现象世界借来比喻和外衣的时候，难道不是早就作为音乐，作为存在的原型在他的灵魂中诞生了吗？历史，人生智慧，激情：这些都是手段与借口，仅此而已，只是用来掩盖跟它们没有什么关系、来自奥尔菲斯的深渊的一切。词汇，概念：这无非是琴键，无非是让艺术家演奏隐秘的弦乐的琴键……（371）

一部部新作从他的灵魂，从音乐和思想中艰难诞生……（372）

这两段话闪烁着席勒思想的光芒，因为席勒不仅在《论素朴的诗和感伤的诗》里面把“具有音乐气质的诗人”称为“感伤诗人”，即现代诗人的代表，而且在给歌德和克尔纳的信中描述过，自己的诗歌如何诞生在音乐的星团中逐渐成形。另一方面，托马斯·曼又把叔本华、诺瓦利斯、尼采的相关音乐哲学糅到里面，搞出一个美味的思想大拼盘。

总之，《沉重的时刻》是一本“蒙太奇”或者叫组装小说，一本用“他山之石”雕刻的小说。如果能够拿“材料”和“形式”、拿“石头”和“玉”进行一一对比，我们将获得双倍的阅读快乐，同时也会大大拓宽我们的创作美学视野。对于托马斯·曼而言，《沉重的时刻》是起点，也是一场操练。通过《沉重的时刻》，他那添枝加叶、点石成金的艺术技巧得到很好的演练，所以一年之后他可以理直气壮地在《比尔泽和我》（1906年）里面抛出与流行看法背道而驰的美学观点：文学家是在现实中发现，而不是在头脑中虚构素材，“文学家之为文学家，不在于虚构的天赋，而在于灌注灵气的天赋”。[1]这不仅是托马斯·曼身体力行的文艺观，而且他年岁越大越乐于突出自己的文学拾荒者、文学粘贴匠和文学装配师傅的形象。从《魔山》到《绿蒂在魏玛》，从《约瑟和他的兄弟们》到《浮士德博士》，再到《骗子克鲁尔自白》，他的长篇小说都像是盛大的知识博览会，让读者目不暇接，眼花缭乱。也正因如此，托马斯·曼有了“渊博型作家”、“哲理小说家”、“掉书袋”和“天下第一抄”等褒贬不一的称号。

1《托马斯·曼全集》，第 10 卷，美因河畔的法兰克福，1990 年，第 15 页。

《魔山》：一部启蒙启示录

一

欧洲的启蒙运动开辟了现代历史的进程，给人类带来了现代思想和现代普世价值。这些早已走出书本和书斋的思想和价值，也早已成为影响和塑造现实世界的精神力量，所以，启蒙运动无可争议地成为现代历史和现代性的源头，启蒙也顺理成章地成为当今世界的热门政治与学术话题。值得注意的是，政界与学界在启蒙问题上明显存在认识反差。前者倾向把启蒙神圣化和工具化，把启蒙视为万福之源，西方主要国家更是把启蒙历史和启蒙价值当作软实力，当作对付前启蒙或者未经启蒙的国家的政治大棒和经济谈判筹码；相比之下，学界的态度趋于多义和复杂。学者们对启蒙的反思和批判可谓由来已久。如果可以把康德的《纯粹理性批判》视为启蒙运动的自我批判[1]，我们就可以说启蒙的自我批判始于其诞生之日。从18世纪、19世纪之交的浪漫派到20世纪中叶的西方马克思主义，再到当代学术界，针对启蒙的批判声音一直不绝于耳。批判者站在各自的立场对启蒙进行声讨，把暴力革命和对大自然的破坏，把极权主义和帝国主义、个人主义、物质

---

1 赵林、邓守成主编：《启蒙与世俗化——东西方现代化历程》，武汉大学出版社，2008年，第307页。

主义以及虚无主义全都归咎于启蒙，启蒙犹如万恶之源。“启蒙辩证法”不再是个别清醒者的振聋发聩的呐喊，而逐渐成为学界共识。启蒙的祸与福、启蒙思想给人类带来的辉煌和困境似乎同样引人注目。

当今的启蒙研究蔚然成风，研究成果蔚为大观。但这方兴未艾的启蒙研究却对一个重要的思想资源仿佛视而不见、弃而不用。这个需要重视和开发的思想资源就是文学。文学对启蒙的关注和反思也可以说始于启蒙时代。歌德的《浮士德》（第二部）就可看作德语文学中最早和最具分量的启蒙反思录。不过，在这部作品诞生后的一个半世纪里，几乎没有谁把它当作启蒙反思录来读。《浮士德》一直被视为诞生于启蒙时代的“浮士德精神”的颂歌。20 世纪后期的人类经验才促成了《浮士德》接受中的范式转换。[1] 人们这才恍然大悟，发现以自强不息和征服世界为本质特征的“浮士德精神”与其说是一曲高亢的启蒙礼赞，不如说是对启蒙理念的绝妙讽刺和批判；人们这才看到浮士德在将其旨在造福人类的宏伟事业付诸实践的时候，也践踏了生命破坏了自然，看到这位英雄最终变得如何盲目如何可悲——他居然把自己的掘墓人当作将其宏图大业付诸实践的民众。对“浮士德精神”进行批判性反思，就等于对启蒙精神进行反思和批判。由于启蒙研究者忽略文学资源，文学作品很难进入启蒙研究的主流文献，即便进入启蒙研究正典的脚注也无比艰难。个中原因，也许在于文学家们多半借助形象思考和表达，在于文学表达天然具有含蓄性、多义性和复杂性。

托马斯·曼的长篇小说《魔山》也是一部启蒙启示录。这本

1 Michael Jaeger: *Fausts Kolonie. Goethes kritische Phänomenologie der Moderne*, S.5.

小说不仅塑造了一个栩栩如生、耐人寻味的启蒙者形象，而且把主人公汉斯·卡斯托普刻画为启蒙与反启蒙势力时时刻刻争夺的对象——这场较量正是这部因为内容庞杂而被称讥讽为“鲨鱼的胃”[1]的长篇小说一条清晰可辨的思想和艺术红线。从某种意义上讲，汉斯·卡斯托普滞留疗养院的七年历史，就是一部日常化和德国化的启蒙与反启蒙的斗争史。然而，这本永不寂寞的哲理小说[2]是一部被忽略的启蒙启示录。也许因为研究启蒙的专业哲学家们不读《魔山》，而曼学专家们又对《魔山》刻画的启蒙问题视而不见，在蔚为大观的《魔山》研究文献中几乎就见不着启蒙专题研究，本来非常惹眼的启蒙问题却成为这本大部头小说的思想盲区和研究死角。这种局面应该得到扭转。

二

塞腾布里尼的存在使启蒙问题在《魔山》里面变得相当惹眼。塞腾布里尼是旗帜鲜明的启蒙主义者，在众多来来往往的疗养客中，唯有他的身影自始至终晃动在汉斯·卡斯托普眼前，唯有他自始至终在跟汉斯·卡斯托普交往、交谈……

卢多维科·塞腾布里尼是意大利人。他的祖父是一个走南闯北的革命家，降生在希腊土地上的父亲则是一个致力于研究古典文

---

1 Hans Wysling: *Thomas Mann Jahrbuch*, Band 1, Frankfurt am Main, Vittorio Kloster, 1988, S.14.

2 从下面两则逸事可以管窥《魔山》的影响力和生命力：一是20世纪40年代好莱坞著名女星加德纳闹离婚，她在法庭上陈述的离婚理由是，她丈夫强迫她读《魔山》。参见 Wolfgang Frühwald: *Das Talent, Deutsch zu schreiben. Goethe – Schiller – Thomas Mann,* Köln, DuMont Literatur und Kunst Verlag, 2005年，第384页；二是女作家张懿林在一次中德文学研讨会上自述，她去探访因病住院的贾平凹时，后者请求她为他朗读《魔山》片段。

化的书斋学者。这样的民族和家庭背景不仅让塞腾布里尼有了启蒙者的精神谱系——古希腊文化和意大利的文艺复兴就是启蒙思想的源头，而且把他变成了一个既有坚定的社会理想又有深厚人文素养的启蒙主义者。对于汉斯·卡斯托普，塞腾布里尼是一个不请自来的教育者，一个几乎形影不离的监护人。塞腾布里尼随时随地给他讲解善恶是非，宣传启蒙理想，在和纳夫塔进行昏天黑地的辩论战时他也尽量坚守其启蒙思想阵地。通过他，由理性、进步、自由、民主、平等、公正，人类的尊严和尘世的幸福等价值构成的启蒙思想世界，得以高度完整地呈现在读者眼前，抽象的启蒙原则也变得形象、具体而且耐人寻味。

对于他的思想，我们可以作出如下粗略概括：

启蒙就是批判，就是教育。塞腾布里尼一出场就是批判者和教育者的形象。他与汉斯·卡斯托普初次见面就冷嘲热讽并且主动承认自己说话刻薄，但是他的刻薄有两个正当理由：其一，刻薄是“理性闪闪发光的武器，可以用来对付黑暗和丑陋势力”，恶意“体现批判精神，而进步和启蒙都始于批判”[1]；其二，刻薄有教育意图。他提醒汉斯·卡斯托普及其表兄：“人文主义者都有教育者的天赋……先生们，人文主义和教育学的历史关联证明二者在心理上相通。”（64）所以，他当仁不让地做起了汉斯·卡斯托普的思想监护人[2]，而且他也证明了自己具有教育者的天赋：他擅长寓教于乐，他

1 托马斯·曼：《魔山》，杨武能译，北京，作家出版社，2006 年，第 61—62 页，部分译文有改动。后文凡出自同一著作的引文，只在文后标明出处页码，不再另行加注。

2 邓晓芒对启蒙者的教育冲动不以为然。他论证说，启蒙就是人们走出由自我招致的不成熟状态，但对成年人启蒙无异于让人再次自我招致不成熟状态，所以他断言“知识精英以民众的监护人自居，是一种反启蒙心态”。在他看来，中国的两场启蒙运动（“五四”运动和 80 年代以来的思想解放运动）就因此充满缺陷。参见《启蒙与世俗化——东西方现代化历程》，第 65 页。

也懂得“换着花样教育人，一会儿讲故事，一会儿讲抽象的道理”，难怪汉斯·卡斯托普要感叹：“他不愧是教育家！”（198）

启蒙就是理性。塞腾布里尼永远理性，即便在狂欢节也用理性原则对人对己，把理性原则贯彻到细枝末节，所以他反对汉斯·卡斯托普随波逐流地在狂欢节放弃尊称，拒绝跟他“你”来“你”去，其目的就是要让他保持清醒和距离；当汉斯·卡斯托普以借铅笔为由，不顾一切地走向他渴慕已久的肖沙夫人的时候，塞腾布里尼徒劳无益地在他背后喊话：“喂！工程师，等一等！别这么当真，工程师！理智一点儿，明白吗！真是疯了，这小伙子！”（328）

启蒙就是进步。塞腾布里尼反对汉斯·卡斯托普从“平原”来到高山疗养院，敦促计划在山上停留三周的汉斯·卡斯托普立刻下山。“平原”指汉斯·卡斯托普的家乡，也就是位于北德平原的港口城市汉堡，汉斯·卡斯托普即将在汉堡成为船舶工程师。“高原”指位于阿尔卑斯山脉的瑞士达沃斯的山庄疗养院。塞腾布里尼讴歌“平原”，是因为“平原”是“劳动的世界”，他对船舶工程师肃然起敬，因为工程师是“实用天才”（59），也就是研究和应用科学技术的人才。塞腾布里尼对科学技术顶礼膜拜，是因为科学技术有助于启蒙主义者的进步理想的实现，人类可以借助科学技术征服自然，缩小彼此之间的距离，增进民族了解消除民族偏见，最终从“黑暗、恐惧、仇恨”走向“友爱、光明、善良、幸福”（153），把世界大同的梦想变成现实。塞腾布里尼厌恶疗养院，因为疗养客们全都浑浑噩噩，醉生梦死，没有时间观没有进步观，所以他把疗养院喻为冥府，把两位主管医师称为米诺斯和拉达曼特斯，把汉斯·卡斯托普称为俄底修斯，讥讽他“自愿通过爬山的方式来到我们这些生活在下界的人中间”（57）。

启蒙就是反封建、反宗教。塞腾布里尼声明自己热爱“身体”，热爱“形式、美色、自由、快乐、享受”（245），唾弃那诋毁健康和美、把病弱变成进入天国的通行证的黑暗中世纪；他认为基督教经不起理性的审判和推敲，故意在圣诞平安夜谈论“木匠的儿子”和“人类的拉比”（284），对历史上是否真有耶稣其人表示怀疑；他盛赞德意志民族的两大发明——火药和印刷术，因为前者可以“把封建主义的铠甲轰得稀巴烂”，后者则有益于民主思想的传播（152）；他蔑视“亚洲”，因为“亚洲”相当于现存的中世纪，“亚洲”信奉无为哲学，没有进步观念，也没有社会进步。

启蒙就是革命。塞腾布里尼信奉进步和光明，信奉科学和民主，把建立一个充满民主和理性、和谐与公正、幸福和健康的世界共和国视为最高理想。但他也知道，要实现这一理想就必须进行革命，就必须打破“王朝统治和宗教信仰”；把世界共和国带到人间的，不是“鸽子的脚爪”，而是“雄鹰的翅膀”（154），所以他崇拜法国大革命，对他的革命家祖父崇拜得五体投地：他祖父曾出生入死，披挂上阵，祖国沦陷之后永远身着黑色，以示哀悼；巴黎爆发“七月革命”后，祖父大声宣称，“有朝一日，所有人都将把巴黎那三天与上帝创造世界那六天相提并论”（153）。

启蒙就是增进人类的健康和幸福，让人类摆脱疾病和痛苦。塞腾布里尼不仅加入“促进进步国际联盟”（241），以书信方式与组织保持联系，而且他还参与该组织策划和实施的一项效仿并超越18世纪法国百科全书的庞大工程：他与来自世界各地的医生、国民经济学家、心理学家同心协力，共同撰写多卷本《痛苦社会学》和多达二十卷的《社会病理学》。前者旨在找出人类痛苦的社会根源，后者旨在对病态的社会进行诊断，二者互为补充，殊途同归。与此同时，塞腾布里尼批评汉斯·卡斯托普对病痛所持的错误观点，因为汉斯·卡斯托普不习惯见到粗俗而愚蠢的病人，认为疾病应该使人变得敏感而高贵。他还以子之矛攻子之盾，讥讽对疾病发表哲学高论的汉斯·卡斯托普的身体恐怕也并非他本人想象的那么健康。

塞腾布里尼重文学，轻音乐。他有文以载道的理念，相信优美的文字与优美的思想和优美的行为密切相关，所以他对既无“载道”意愿也无“载道”功能的音乐不以为然。面对钟爱音乐的汉斯·卡斯托普，他欲擒故纵地自称是“音乐的情人”，然后以如下方式解释什么叫“音乐的情人”：“这并不是说我对音乐特别充满敬意，并不是说音乐在我眼里跟语言一样可敬可爱——语言是精神的载体，是为进步事业服务的工具，是为进步事业开垦土地的闪亮犁头……音乐则欲言又止，态度暧昧，事不关己，高高挂起……您可以说音乐有崇高的一面。是的！崇高的音乐会点燃我们的情感火焰，但关键在于点燃我们的理性火焰！从表面看，音乐是运动的化身——同时我又觉得它有寂静主义之嫌。让我来一句极端言论：我对音乐怀有政治上的反感！”（111—112）

三

塞腾布里尼显然就是一幅启蒙者漫画的原型。他的漫画特征既来自其夸张的言行，也归咎于他的自我矛盾和人性弱点。譬如，他的美食和调情嗜好超出了人们对启蒙者的期待；他有过于强烈的意大利民族情结，在合适和不合适的场合都要诅咒长期欺负意大利的奥地利，这与启蒙者的国际主义和世界主义情怀很不协调；当纳夫塔赞扬基督教真正实现了人人平等的原则时，他攻击教会“重视灵魂的数量而非其质量”（584），还说由此可以推断教会的精神品味不够高贵，其贵族观念溢于言表；他把按照疗养院规章制度行事的疗养客比喻为任人宰割的羔羊，还讽刺在疗养院里也表现出恪守纪律的军人本色的约阿希姆·齐姆森“会玩那种受人奴役时还能保持骄傲的把戏”（111），他自己却因为疗养院主管医生发出健康警告而放弃参加“促进进步国际联盟”在巴塞罗那举行的重要会议，等等。塞腾布里尼的启蒙思想特征虽然有些夸张，但是没有受到歪曲，他的形象就是一幅惟妙惟肖、形神具备的启蒙漫画。

这幅启蒙漫画当然表达了托马斯·曼对启蒙思想的保留和批判。塞腾布里尼们编写《痛苦社会学》和《社会病理学》这一细节，把托马斯·曼对启蒙思想的基本认识和评价表达得淋漓尽致。在他看来，启蒙的缺陷在于其浅薄的乐观主义：浅薄导致乐观，乐观反映浅薄。而启蒙者之所以浅薄，是因为他们习惯在社会层面思考问题，凡事都找社会根源，以为可以通过社会进步和改善社会制度来解决一切问题，甚至可以彻底消除痛苦和罪恶。但是，人类的痛苦与罪恶的根源与其说在于社会，不如说在于人性或者人类自身，所以永远无法根除，有人类就有痛苦和罪恶。塞腾布里尼们把《痛苦社会学》和《社会病理学》视为救世宝典，证明他们是社会决定论者，他们也必然是乌托邦主义者——从社会决定论到社会乌托邦只有半步之遥。塞腾布里尼们的大百科项目看似夸张、荒唐，类似的宏愿在现代历史上却是屡见不鲜，例如我们很熟悉的“新社会新人类”的历史乌托邦就如出一辙。这种用新社会造就新人类的设想就是登峰造极的社会决定论，跟启蒙思想可谓一脉相承[1]。总之，彻底摆脱痛苦的人类社会只能是一个乌托邦，根除人类痛苦绝不可能。

《魔山》的启蒙批判带有鲜明的德国特色和艺术家特色。就是说，托马斯·曼是站在德国人和艺术家的立场对启蒙进行反思和批判。既然如此，德国文化和艺术家天性中有什么东西跟启蒙思想互不兼容？

首先是音乐和启蒙不兼容。德国是真正的音乐王国，音乐则是真正意义上的德意志民族艺术；音乐不仅铸造了德国文化的辉煌，而且塑造了德国民族气质，在某种意义上还决定了德意志民族的历史命运。这是托马斯·曼最深刻的认识，也是他最坚定的信念。第一次世界大战爆发之后，他撰写了一系列旨在阐述德国文化特征和民族气质的文章。在论战性和纲领性的长篇檄文《一个不问政治者的看法》（1918年）中，他用包括“文学”和“音乐”在内的一系列对立概念来阐释法德两国的文化差异。他的基本看法就是：音乐使德国人变得内向、深沉、不问政治；文学则让法国人形成了外向、健谈、热衷政治的民族性格，所以启蒙者塞腾布里尼讥讽啤酒、烟草和音乐是德国国粹，所以他责怪汉斯·卡斯托普和他的祖国保持一种“让人不知其深浅的沉默”（511），并且明确表示自己“对音乐怀有政治上的反感”。“二战”结束后，德国的历史灾难和历史罪孽迫使托马斯·曼再度对德意志文化精神和民族性格进行思考，音乐再度成为其思考的焦点。他不仅没有改变音乐性等于德国民族性这一基本认识，而且抱怨“没有将浮士德与音乐联系起来，是浮士德传说和诗作的一大错误”。他

1 歌德让浮士德昔日的学生瓦格纳去从事“人造人”项目，不知是否也在影射启蒙主义者塑造新人类的宏伟构想。

指出："如果浮士德是德意志心灵的代表，他就必须是音乐家；德国人的世界观抽象而神秘，有音乐家气质。"[1] 也正因如此，他在"二战"后期的炮火声中创作了长篇小说《浮士德博士》，把个人、艺术和民族的命运交织在一起，而小说的主人公就是一位现代音乐家。对于这种几乎被他恶魔化的音乐气质，他没有谴责和批判。他只是认为德国人的音乐气质，跟其政治冷漠和政治幼稚之间存在因果关系，而这种因果关系又成为德意志民族悲剧的根源，所以他很赞同巴尔扎克说的一句话："德国人，他们对自由这一伟大工具一窍不通，但天生会摆弄所有乐器。"[2] 值得一提的是，身为文人的托马斯·曼对音乐的欣赏和崇拜几乎达到自我否定的地步。他不仅在《一个不问政治者的看法》中把德国称为"非文学国家"[3]，他还把自己的写作活动分为高低不同的档次，把最高级的写作活动即小说创作称为"音乐"[4]。音乐崇拜是典型德国传统，确切说，是德国浪漫派开辟的传统，因为德国不仅在浪漫派时期成为音乐大国，认为音乐"最富浪漫精神"的德国浪漫派，还把音乐奉为"艺术之王"，使音乐的地位高于包括文学在内的其他艺术。音乐给德国民族性格打下深深的烙印，音乐也让德国心灵与启蒙精神难以融合。

让德国浪漫派与启蒙精神互不兼容的不仅仅是音乐。德国浪漫派发明的浪漫反讽也让启蒙主义者难以欣赏。什么是浪漫反

---

1 Thomas Mann: *Essays, Politische Reden und Schriften*, Band 2, Ausgewählt, eingeleitet und erläutert von Hermann Kurzke, Frankfurt am Main, Fischer Taschenbuch Verlag, 1983, S.285.

2 同上，第 285 页。

3 Thomas Mann: *Betrachtungen eines Unpolitischen*, Frankfurt am Main, S. Fischer Verlag, 1983 , S.48.

4 Thomas Mann: *Reden und Aufsätze 3*, Frankfurt am Main, Fischer Taschenbuch Verlag, 1974 , S.714f.

讽？根据“反讽之父”施勒格尔[1]的定义，浪漫反讽就是在“自我创造”和“自我毁灭”之间循环往复，就是让玩笑和正经水乳交融[2]，最终通过无限的反思达致“无限的完善性”。又“转”又玄的浪漫反讽其实是一种反思艺术，属于哲学反讽，比以“说反话”为特征的古典修辞反讽复杂得多，也高级得多。但是启蒙者至少有两个理由不喜欢浪漫反讽：一是它让人捉摸不透，不适合做教育和宣传的工具[3]，肩负着启迪民众重任的启蒙者自然青睐通俗易懂、明白无误的表达，所以塞腾布里尼声明自己只欣赏“直来直去的、作为古典修辞手段”的反讽（217）。其二，浪漫反讽和音乐异曲同工，它能够使人的精神“向内转”，使人漠视外界、漠视社会政治现实。“反讽之父”施勒格尔拿“反讽的祖父”费希特的《知识学》和歌德小说《威廉·迈斯特》跟法国大革命相提并论，这就很耐人寻味[4]。恐怕也只有德国浪漫派的内心天平上面，一本哲学书或者一本小说才能显示出跟一场改变人类历史的社会革命同等的分量。因此，对于塞腾布里尼所欣赏、所宣传的修辞反讽，身为首屈一指的浪漫反讽大师托马斯·曼只会莞尔一笑。

对疾病和痛苦的态度也让启蒙与浪漫互不兼容。启蒙者赞美光明、快乐、健康，德国浪漫派却崇拜黑夜、疾病、痛苦，把疾病和痛苦高贵化、天才化。诺瓦利斯和叔本华就是突出的代表。前者不仅创作《夜颂》，而且通过对大自然的观察和反思发展出一

---

1 Martin Walser: *Selbstbewußtsein und Ironie*, Frankfurt am Main, Suhrkamp, 1996 , S.22.

2 施勒格尔：《浪漫派风格——施勒格尔批评文集》，李伯杰译，北京，华夏出版社，2005年，第48—57页。

3 阿里斯托芬对反讽家下的定义就耐人寻味：“跟油一样滑，跟橡胶一样有弹性。”参见 Edgar Lapp: *Linguistik der Ironie*, Tübingen, Gunter Narr Verlag, 1992 年，第 18 页．

4《浪漫派风格——施勒格尔批评文集》，第 78 页。

整套疾病哲学，“植物生病导致动物化，动物生病导致理性化，石头生病导致植被化”[1]；后者则发现人的智力愈高、认识愈明确就愈是痛苦[2]，所以，纳夫塔在和启蒙者塞腾布里尼的辩论中强调疾病与人性、与天才成正比。他还提醒塞腾布里尼：“在所有的时代，健康人都是靠着病人取得的成果活着！有那么一些人，他们自觉自愿地生病和发疯，以便为人类获取知识；这些通过疯狂获取的知识变成了健康，在当初的牺牲之后，占有和享用知识和健康就不再以疾病和疯狂为前提了。这真正是伟大的献身，就像耶稣被钉死在十字架上……”（460）汉斯·卡斯托普仿佛也有浪漫遗传基因，因为他始终不明白山庄疗养院的病人为何能够做到愚蠢而粗俗，疗养院为何缺乏庄严肃穆。明确“反对浪漫主义”（245）的塞腾布里尼自然要对他进行讽刺和批判。

对危险与罪恶的态度也让启蒙与浪漫互不兼容。就像对疾病和痛苦一样，启蒙者对罪恶和诱惑也避之唯恐不及。在塞腾布里尼眼里，疗养院充满疾病和罪恶，所以他力劝汉斯·卡斯托普赶紧返回平原，所以他生怕汉斯·卡斯托普在“魔山”接触坏人坏事坏思想，生怕他陷入诱惑与危险，所以他既不想让他接近肖沙夫人，也不想让他认识纳夫塔。相比之下，浪漫派都是“上山派”。《魔山》用“平原”和“高山”代表启蒙世界与浪漫世界，可谓既艺术又直白，既大胆新颖，又在预料之中。浪漫派蔑视“平原”，因为它与平凡、平淡、平庸相连；浪漫派崇拜高山，是因为他们相

1 Erich Heller: *Thomas Mann – Der ironische Deutsche*, Frankfurt am Main, Suhrkamp,Taschenbuch Verlag, 1975, S.236.

2 阿图尔·叔本华：《作为意志和表象的世界》，石冲白译，杨一之校，北京，商务印书馆，1982 年，第 425 页。

信“无限风光在险峰”，相信山上有宝藏，相信山上有非同寻常的知识和体验，有超凡脱俗的美和智慧。就是说，在浪漫派眼里，每一座高山都是真正意义上的魔山。“浪漫派国王”路德维希·蒂克笔下的鲁能山就是一座魔山，他的同名不朽艺术童话也成为各种“魔山”故事的叙事原型。在鲁能山历险的克里斯蒂安，既是在瓦特堡流连忘返的唐豪塞的艺术祖先，也是在达沃斯乐不思蜀的汉斯·卡斯托普的艺术祖先。托马斯·曼说过，他把汉斯·卡斯托普送上山，是为了让他理解一个道理，即“一切高级的健康都必须以对疾病和死亡的深刻体验为前提，就像获得拯救的前提是经历罪恶”[1]。所以汉斯·卡斯托普对肖沙夫人说：“通向生命的路有两条：一条是又直又平的寻常道路，另一条则很糟糕，它途经死亡，这是天才之路。”（592）这表明，浪漫派寻求或者迎接启蒙者避之唯恐不及的痛苦和罪恶，是因为他们有辩证眼光和辩证思维，是因为他们懂得艺术辩证法和道德辩证法：既然荷花离不开污泥，既然水至清则无鱼，那么真正的圣人应该是昔日的罪人[2]，就应该是一个放下屠刀的屠夫，人生和社会的不幸也可以变成艺术之大幸[3]。和浪漫派相比，缺乏辩证眼光的启蒙者专拣又直又平的寻常道路走，自然显得浅薄、小气、乏味。启蒙者的教育也必然流于肤浅。

启蒙与浪漫的区别和对立，还在于一个世俗，一个浪漫。启

---

1 Thomas Mann: *Reden und Aufsätze* 3, S. 613.

2 托马斯·曼眼里的经典实例是陀思妥耶夫斯基。他在一封信中写道：“伟大的道德家大都有着罪孽深重的过去。据说陀思妥耶夫斯基就曾诱奸儿童。他还有癫痫病，今天人们已经把这种神秘的病解释为一种淫荡的表现。”参见 Thomas Mann: *Briefe I, 1889-1936*，Herausgegeben von Erika Mann, Frankfurt am Main, Fischer Taschenbuch Verlag, 1988 年，第 181 页始。

3 在《一个不问政治者的看法》中，托马斯·曼曾以作曲家比才为例子反驳启蒙主义的理性和德行崇拜。比才认为，在充满理性和德行的社会里，“不再有不公正，所以也没有不满意的人，不再有人侵犯社会契约，不再有牧师警察罪犯，不再有卖淫通奸，不再有活跃的情绪与激情……也就不再有艺术！”参见 *Betrachtungen eines Unpolitischen*，第 403 页。

蒙运动所开辟的现代化进程以世俗化为特征。世俗化进程动摇了教会统治和基督教思想，同时也导致世界的功利化、唯物化、“祛魅化”。浪漫派反对“祛魅”，因为“祛魅”不仅意味着从山林水泽或者说从人的内心撵走神神鬼鬼，而且会导致这个世界失去很多的思想、理想、魅力或者说美，世界将变得低级、单调、乏味。浪漫派的“还魅”愿望油然而生，诺瓦利斯喊出了“世界必须浪漫化”[1]的响亮口号。浪漫派也旗帜鲜明地反唯物、反功利，所以施勒格尔断言“勤勉和功利是手持火剑的死亡天使，他们阻挡人们返回天堂”[2]，所以艾辛多夫笔下那个不中用的人从花园里拔掉土豆和蔬菜，代之以名贵花卉。在《魔山》里面，反功利、反实用、反俗气的浪漫派思想随处可见。汉斯·卡斯托普不肯下山，塞腾布里尼认为这是选择懒散、背叛劳动世界；汉斯·卡斯托普却感觉这种闲散生活具有健脑益智之效，他说他在山上这十个月产生的思想超过了在平原上产生的思想的总和。他对肖沙夫人的恋情更是违反了启蒙者实用和理性原则，因为肖沙夫人不仅是有夫之妇，而且因为生病而无法生儿育女。至于纳夫塔，他不仅一出场就引用神秘主义者克莱尔沃的伯尔讷的名言：水磨、田野、卧榻代表由低贱到高贵的三种人类生活，他还一再使用基督教和现代共产主义的思想武器，对启蒙带来的世俗化后果展开猛烈的审美—政治批判。他指出现代国家的灵魂就是金钱，批评启蒙主义者“愚蠢地”把生活当目的，嘲笑启蒙者的伦理道德其实

1 *Novalis' ausgewählte Werke in drei Bänden*, Herausgegeben und mit Einleitungen versehen von Wilhelm Bölsche, Band 3, Leipzig, M. Hesse Verlag,1903 , S.117.

2 勃兰兑斯：《十九世纪文学主潮·德国的浪漫派》第二分册，刘半九译，北京，人民文学出版社，1988 年，第 67 页。

是“立足于理性和劳动的庸人哲学”，说他们最大的理想就是让人类“长寿、多福、富贵、健康”（458），等等。在纳夫塔的揭露和攻击之下，世俗化的启蒙世界显得很不理想、很不英雄、很不审美[1]。

四

托马斯·曼的启蒙观既给人以深刻的启示，也给人留下巨大的悬念。它给人的第一个启示和悬念，就是能否把德国视为一个具有深厚启蒙传统的国家这一问题。托马斯·曼所揭示的德国历史和德国文化的特殊性是如此触目惊心，几乎让人不得不思考“欧洲启蒙运动”这一概念是否成立。因为且不说德国和英国，就是法、德两国的启蒙思想家也无法组成欧洲启蒙共同体或者说价值欧共体。法国启蒙运动重理性，反宗教，致力于社会变革，而这些恰恰都是很不德国的启蒙特征。德国的启蒙者既未“幻想用最后一个教士的肠子绞死最后一个国王”[2]，也从未号召“每一个清醒明理的人、每一个正直体面的人都应该憎恶基督教教派”[3]；德国产生了空前绝后的三大批判，提出了“Sapere aude（敢于认识）！”这一响亮口号。但是德国的启蒙思想家从来不鼓励人们去认识社会，德国人也从未把批判的武器转化为武器的批判——启蒙不曾

1 在当今世界，对世俗化结果的不满促使人们越来越关心“幸福指数”和“再造神圣”等问题。譬如赵敦华提出了“神圣和世俗文化相结合的新启蒙观”。参见赵林、邓守成主编：《启蒙与世俗化——东西方现代化历程》，武汉大学出版社，2008年，第197—206页。

2 同上，第11页。

3 同上，第13页。

给德意志大地带来社会革命[1]；德国哲学的理性可谓登峰造极，但是德国哲学拒绝政治化[2]，它最终沦为极端理性或者超理性，未能深入民族魂，德意志民族的浪漫气质其实远远超过法兰西。“德国人就是用浪漫方式对启蒙的理智主义和理性主义发动反革命的民族，就是用音乐反抗文学、用神秘反抗清晰的民族”，托马斯·曼如是说[3]；从不列颠远眺德国的哲学家罗素也有类似看法：“德国永远比其他任何国家都容易感受浪漫主义，也正是德国，为讲赤裸裸意志的反理性哲学提供了政治出路。”[4]最后还必须指出的是，德国的思想家们不仅全都淡于政治，而且全都趋于保守和反动：歌德公开声明“宁愿不公正，不要无秩序”[5]，包括路德、歌德、叔本华、尼采、格奥尔格在内的“德意志人道精神的塑造者和教育者都不是民主主义者”[6]，社会民主党人、魏玛共和国首任总统艾伯特承认自己“仇恨革命，犹如仇恨罪孽”——托马斯·曼认为这话有“真正的德国口吻”和“真正的路德口吻”[7]。

鉴于我们国内的启蒙研究出现了褒扬德国贬抑法国的倾向，上述事实就更值得我们重视和思考。当我们说法国启蒙“仅仅停留在感性和表象的层面，停留在文学批判和政治批判的水平上，没有真正深入到哲学思维”的时候；当我们夸德国启蒙家懂得妥

1 对于启蒙与革命的关系，西方学界存在启蒙导致革命论与启蒙避免革命论的对立。参见詹姆斯·施密特编：《启蒙运动与现代性——18世纪与20世纪的对话》，徐向东、卢华萍译，上海人民出版社，2005年，第14页。

2 托马斯·曼认为“哲学政治化”是法兰西传统。参见*Betrachtungen eines Unpolitischen*，第211页。

3 Thomas Mann: *Essays*, Band 2, S.294.

4 罗素：《西方哲学史》下卷，马远德译，北京，商务印书馆，1986年，第270页。

5 *Betrachtungen eines Unpolitischen*, S.287.

6 Thomas Mann: *Essays*, Band 2, S.98.

7 同上，第287页。

协、求和谐、有哲学水准的时候[1]，我们不仅离蔑视形而下、蔑视社会—政治思维的《一个不问政治者的看法》的作者只有半步之遥，我们也会跟这位德意志文化优越论者一样在历史和现实面前陷入尴尬。个中原因在于，德国人进入民主共和时代比英国晚了两百多年，比法国晚了一百多年，而且这第一个德意志共和国根基不稳，它的后面还紧跟着纳粹政权，而纳粹德国又不应被视为偶然事件[2]……

托马斯·曼给人的又一启示和悬念就是：艺术家能否“双轨”？能否做到一面坚持“政治正确”即维护启蒙价值[3]，一面又保持思想和艺术的绝对自由？骨子里认为启蒙传统很不德国、启蒙思想与德意志文化相去甚远的托马斯·曼，在“一战”结束后出人预料地变成了共和主义者。他在1922年发表的轰动性演说《论德意志共和国》就是其思想转折的里程碑。从《一个不问政治者的看法》到《论德意志共和国》，这是一个充满戏剧性的但也必须打点折扣的转折。因为当他自称“笨嘴笨舌”地高喊“共和国万岁！”的时候[4]，他还有别的心思在活动，他对民主共和明显三心二意。譬如，他从未收回或者否定堪称保守主义经典的《一个不问政治者的看法》[5]，他甚至将该文称为“漂亮的撤退战”[6]——面对势不可挡的民主化浪潮的撤退战；再者，他讴歌民主共和的方

1 《启蒙与世俗化——东西方现代化历程》，第28—44页。

2 托马斯·曼和卢卡奇去德国思想史中探寻纳粹起源的做法值得肯定，不管人们对《理性的毁灭》和《浮士德博士》这两本书的思路和结论有何评论。

3 本书后文“作家·批评家·老冤家”把政治正确视为启蒙主义的后现代形态。

4 Thomas Mann: *Essays*, Band 2, S.93.

5 德意志民主共和国在1956年就出版了12卷本《托马斯·曼文集》，但是《一个不问政治者的看法》直到1983年才首次出版。该文的争议性由此可见一斑。

6 Thomas Mann: *Reden und Aufsätze 3*, S.129.

式让人感觉南辕北辙，《论德意志共和国》几乎通篇都在引证浪漫派，其目的在于证明民主共和思想“甚至可以达到德国浪漫派的水平”[1]，难怪有人说他“情感保皇，理智共和”[2]。

当然，最说明问题的还是他的《魔山》。在层峦叠嶂、云山雾罩的《魔山》叙事空间里，他不仅把《一个不问政治者的看法》中的法德之争变成了欧亚对抗、把思想阵地战变成了思想游击战，他还安排既代表他本人也代表德国的汉斯·卡斯托普（汉斯属于最具民族象征意义的德国名字）与启蒙者塞腾布里尼周旋。在这位启蒙者面前，汉斯·卡斯托普总是保持谦虚和好奇，同时也表示敬意和好感。他不仅侧耳倾听塞腾布里尼的演讲，他还时不时地为塞腾布里尼的妙论拍打膝头高声喝彩，有时候他做什么事情而塞腾布里尼又不在场，他会自问塞腾布里尼会怎么看会怎么说，他声明自己喜欢塞腾布里尼的“寒碜”甚于纳夫塔的“奢华”——这当然是在影射二人的思想和语言风格（597），这二人进行手枪决斗时他也毫不犹豫地充当前者的助手。另一方面，这个面带谦虚和真诚的汉斯·卡斯托普也很滑头，也很会使坏。说他滑头，是因为塞腾布里尼说什么他都觉得“值得一听”，但他是左耳进右耳出，所以在几乎所有重要问题上都辜负了塞腾布里尼的期望：他没有提前下山，反倒在疗养院待了七年，如果不是“一战”爆发，他会一直待在疗养院；他对肖沙夫人穷追不舍又苦苦等待，他也乐意接近纳夫塔和彼佩尔科恩，他还喜欢音乐、反讽、精神分析、招魂术实验，等等。说他使坏，是因为他在塞腾布里尼和纳夫塔的马拉松式辩论中喜欢而且善于火上浇油，前者被后者击中要害时，他

1 Thomas Mann: *Essays*, Band 2, S.80.

2 Hermann Kurzke: *Thomas Mann. Epoche – Werk – Wirkung*, München, C. H. Beck, 1991, S.179.

常常幸灾乐祸甚至落井下石，他也很乐意揭启蒙的短……

“一战”之后的托马斯·曼，其独特之处就在于其两面性和矛盾性。作为小说家，他善于利用叙事空间实现立场中立化和道德逍遥化，善于在虚构世界中制造精神混沌发动精神暴乱[1]，所以他可以在小说中尽情嘲笑启蒙而又“逍遥法外”；作为政论家和公众人物，他又总是为民主、共和、理性奔走呐喊。如果有人说他在小说中制造精神混乱，他甚至可能为此忐忑不安[2]。因此，托马斯·曼在演说和政论当中总是比在小说中更“道德”、更“进步”，他的小说创作和政论写作也因此显得井水不犯河水。但是，透过这井水不犯河水，我们可以窥见横亘在他“心”和“脑”、情感和理智、审美和道德之间的鸿沟，我们的连串疑问也油然而生：这是唯美主义还是道德主义的鸿沟？这样的鸿沟是否很德国化？是否有点像通过区分纯粹理性和实践理性的方式，来保证理性和信仰井水不犯河水的康德[3]？果真如此，事情就有些吊诡。

---

1 《魔山》所制造的精神混沌使之有些“少儿不宜”。我曾为北大2006级本科开设了《魔山》专题，结果有学生反映读完《魔山》很难受，因为发现最终信什么都不可靠。

2 托马斯·曼很怕《魔山》被贴上相对主义或者虚无主义的标签，所以他在致友人的信中质问：“如果一种虚无主义嘲笑极端主义理论，并且拿勇敢的约阿希姆和话无整句的大人物彼佩尔科恩这类人物形象来抗衡，那么这到底还算不算真正的虚无主义？”参见Thomas Mann: *Briefe I*，第231页。

3 托马斯·曼没有读过康德，但是他相信德国的空气中弥漫着康德思想。他的信念有歌德的话做支撑：康德是一个“你不读他的书也要受他影响”的哲学家。参见*Betrachtungen eines Unpolitischen*，第174页。

反讽大师托马斯·曼*

把《死于威尼斯》和《受骗的女人》单独结集出版，我们的读者也许有些意外。这两篇小说有什么关系？它们是托马斯·曼的中篇双子座？我们相信，通过平行或者对照阅读之后，高明的读者自然会得出自己的结论。尽管如此，我们还是想对读者说几句。

表面看来，这是两个很不相同的中篇。发表于1913年的《死于威尼斯》，早就成为经典中的经典。它不仅在世界范围内拥有众多的读者和前仆后继的研究者，而且被意大利导演卢奇诺·维斯孔蒂搬上银幕，被英国作曲家本杰明·布里顿改编为歌剧。它由此成为一部跨媒介的文学名著。即便在我国，对德语文学略知一二的读书人，也多半听说乃至读过这篇小说。发表于1953年的《受骗的女人》，则是一篇一经问世便引起争论的小说。它至今未能跻身正典。在我国，诞生将近二十年的译作仿佛依然摆放在被读者遗忘的角落里。即便是学德语文学的也没有几个知道其存在。这种局面应该得到扭转，因为这是两部同根而生并且相映成趣的作品。它们都来自托马斯·曼最深刻、最隐秘、最复杂的人生体验，即同性恋体验，它们在思想上彼此呼应，在艺术上各有千秋。而且，作为一部通篇反讽的作品，《受骗的女人》或许更能反映具有“德

* 本文原为《死于威尼斯》中译本译序。托马斯·曼：《死于威尼斯》，黄燎宇译，北京，人民文学出版社，2012年。

国反讽家”之称的托马斯·曼的本色。

对于《死于威尼斯》和《受骗的女人》，我们简要说明如下几点。

首先，它们都是标准的德式中篇小说，即Novelle。我们把Novelle译为“德式中篇”，当然是为了强调其德国特色。德国人对小说进行分类的时候，既看篇幅，也看内容。他们的中篇小说概念或多或少受制于歌德的金玉良言：中篇小说必须讲述一个“闻所未闻的事件”（eine sich ereignete unerhörte Begebenheit），就是说，德式中篇所讲述的故事必须做到新奇、新鲜，其故事的戏剧性也不可避免——难怪施笃姆把德式中篇称为“戏剧的姊妹”（Schwester des Dramas）。我们相信，阅读德式中篇小说，将有助于许多中文读者打破有关德国小说“不好看”的偏见。至于这两篇小说是否经得起歌德或者施笃姆的定义的检验，读者自有高见。

其次，这两篇小说的故事发生地点——威尼斯和杜塞尔多夫——都是一度让托马斯·曼魂牵梦绕的情感驿站，两篇小说也成为他珍贵情感的文学纪念碑。《死于威尼斯》源于托马斯·曼和家人1911年夏天在威尼斯的度假经历。他在那里迷上一个波兰美少年。他夫人回忆说，他非常喜欢这个男孩，“常常观察男孩如何跟小伙伴们在海边玩耍，但是他没有撵到威尼斯城里对其进行跟踪”。这番话也为《死于威尼斯》中的“诗”与“真”划出了大致界限。至于杜塞尔多夫，这里生活着一个名叫克劳斯·霍伊泽的美少年。他是托马斯·曼1927年夏天在位于北海的叙尔特岛度假时认识的。与无声无息、无果而终的威尼斯“艳遇”所不同的是，托马斯·曼先是在叙尔特岛结识了美少年及其家人，后来又跟美少年单独见过面，最后他把美少年称为他“最幸福的激情”。因此，《受骗的女人》也可以命名为《死于杜塞尔多夫》。

第三，这两篇小说均属带有曼氏艺术特色的禁果文学。所谓禁果，就是被禁止的爱，就是同性恋。托马斯·曼把禁果带入了叙事空间，他在这里一面回味和释放其同性恋情感，一面又对之进行反思和批判。换言之，他在画饼充饥的同时，又象征性地对自己的违禁情感做了死刑宣判。但无论画饼充饥还是死刑宣判，他都必须小心呵护自己的头号机密，必须模糊或者切断自身关联。在《死于威尼斯》里面，他走到了危险的边缘，因为这里直接描写了同性恋者。为此，他巧妙地借助柏拉图式的哲学语言，把阿申巴赫的娈童情结演绎为"常在河边走哪有不湿鞋"的貌似艺术家困境。他并非头一回释放混淆视听的思想烟幕弹。当他在《托尼奥·克吕格尔》（1903 年）里面描写同名主人公如何对金发碧眼、头脑简单的汉斯·汉森单相思的时候，他用艺术生活矛盾论吸引了读者的注意力，把主人公的烦恼归咎于"高处不胜寒"。随着年龄增长，他越来越喜欢非常保险的"变脸"艺术，喜欢借助中年妇人追求英俊小生的故事，将同性恋包装为异性恋。于是，他的作品中就出现了一系列不朽的文学双人像：肖夏与汉斯·卡斯托普（《魔山》），穆特与约瑟（《约瑟和他的兄弟们》），英内丝·洛德和吕迪格尔·施威特菲格尔（《浮士德博士》），克鲁尔与乌弗莱夫人及库库克－达·克鲁兹夫人（《骗子克鲁尔自白》），罗莎莉·封·蒂姆勒与肯·基敦（Ken Keaton;《受骗的女人》）。不懂德语的读者，如果侧耳倾听，也能听出汉斯·汉森（Hans Hansen）与肯·基敦有着相近的韵脚，读者也可以将其解读为曼氏禁果文学中的接头暗号。

托马斯·曼的同性恋情感持续了一生。他的爱恋对象来路甚广。这里面有中学同学如阿尔明·马尔滕斯和维利拉姆·廷佩，有画家朋友保罗·埃仑堡，有塔齐奥和克劳斯·霍伊泽这类"海滨艳遇”，有饭店服务生如弗兰茨·韦斯特迈尔，还有一些出现在公共场所的诸多宽肩窄臀的修长型英俊小生。另一方面，托马斯·曼是有妇之夫和六个孩子的父亲，是知名作家也是体面人士。更为关键的是，他生活在同性恋者尚未获得解放的时代：同性恋在德意志第二帝国就定为刑事犯罪，德意志第三帝国把同性恋者跟吉卜赛人、共产党人和犹太人一道送进了集中营，联邦德国则把禁止同性恋实践的刑法第175条维持到1969年。因此，托马斯·曼不得不压抑自己的激情，不得不将激情升华，使之成为源源不断的创作动力。无论内心如何波涛汹涌，他必须保持风平浪静的外表。

托马斯·曼是地下同性恋者，精神同性恋者，初级同性恋者。他的恋情相应地“浅尝辄止”——克劳斯·霍伊泽之吻构成了他的巅峰体验（托马斯·曼日记中自述）。通过这种“未实现的爱”，托马斯·曼自然体会到人生的缺憾、人生的悲哀。他有过哀叹，也有控诉。我们可以对他略表理解和同情。但是，作为文学爱好者，我们却不得不收起自己的恻隐之心。谁都知道，没有压抑就没有文学，个人之不幸偶尔会成为文学之大幸。

第二编
文学游击战

卡夫卡的弦外之音*

——论卡夫卡的叙事风格

若要开启门户紧闭的卡夫卡作品，到底需要一把钥匙还是一串钥匙？那钥匙是丢了，还是压根儿就不存在？[1]我们认为，卡夫卡的神秘首先来自其独特的写作方式。他的神秘在于他那清晰、平静而单调的叙述总是夹带一种惊心动魄却又妙不可言的弦外之音。所谓弦外之音，就是指不明说、不直说的艺术，如象征、反讽。本文拟就卡夫卡的弦外之音作一番探讨，说具体点，我们所要研究的，是将写作变成自我投影的卡夫卡，是从痛苦看出滑稽、以滑稽衬托痛苦的卡夫卡。

投影式的写作

1917年卡夫卡写了一则故事，1931年才由遗作保管人布洛德冠名为《平常的困惑》发表。故事全文如下：

平常的事件造成了平常的困惑。[2]甲要和丙地的乙

* 本文原刊于《外国文学评论》1997年第4期。

1 研究卡夫卡的人都喜欢谈论“钥匙”，参见海因茨·路德维希·阿诺尔德主编：《文本与批评：弗兰茨·卡夫卡专刊》，慕尼黑，1994年，第39页、第7页。

2 新近的手稿研究表明，布洛德将“平常的英雄”误抄成“平常的困惑”，布洛德的失误冲淡了作品的反讽意味，但并不影响我们对作品的基本理解，参见上书第12页。

做一桩大生意。他去丙地预谈，来回各用了10分钟，还对家人夸耀自己的神速。次日他又去丙地，这是正式谈判。预计要谈好几个钟头，所以甲一大早就出了门。可是，尽管——至少甲是这么认为的——所有情况都和头天完全一样，这回他却走了10个小时才到丙地。晚上他精疲力竭地赶到那里，人们却说乙因为甲迟迟不到而大为恼怒，半个小时前去了甲的村子，他们在路上本该碰上的。人们劝甲等一等。甲又担心生意受影响，所以赶紧动身往家里走。

这回一转眼就走完这段路，他自己倒没太注意。他在家里听说乙大清早就来了——当时甲刚刚走；他在门口还碰到甲，还提到他们的生意，甲却说自己没空，要赶紧上路。

虽然甲的行为不可思议，但乙还是留下来等甲。他尽管多次问甲是否已经回来，但他还在楼上甲的房间里待着。甲很高兴还能跟乙说话，向他解释这一切，于是就顺着楼梯往上跑。快到上面的时候，他摔了一跤，肌腱拉伤，他痛得差点晕了过去，他甚至喊不出声来，只能在黑暗中泣不成声，就在这时，他听见——不清楚离他远还是近——乙怒气冲冲地从楼梯下来，终于离去。（303—304）[1]

这是一个离奇而悲哀的故事。说离奇，是因为它与我们的

1 卡夫卡的中短篇小说全部引自保罗·拉伯编：《弗兰茨·卡夫卡短篇小说全集》，美因河畔的法兰克福，费舍尔口袋书出版社，1986年。括号内为页码，下同。

经验和理性相抵触，恐怕连相对论的鼻祖爱因斯坦也无法解释，比如说，同一个人在同样的状态下走同一段路为什么会有十分钟和十小时的差别；说悲哀，是因为甲来回奔波寻找乙，却总是鬼使神差，未能遂愿。这也是一篇非常典型的卡夫卡小说，讲述的是一种神秘而强大的势力对人的压迫与捉弄，使之最终陷入悲惨和绝望的境地。由于叙述者与主人公的感觉和思维保持一致，对重要细节语焉不详（“至少甲是这么认为的”，“不清楚离他远还是近”等等），所以这篇小说给读者留下了诸多困惑。人们不禁要问：卡夫卡的空间意味着什么？据说卡夫卡是有记录或者说描写梦境的嗜好的，把这个故事看成一场梦也未尝不可，但多数研究者还是纷纷发表自己的见解，比如，奥地利卡夫卡专家索克尔就根据卡夫卡日记中的一句话——“因为急躁，人类被撵出伊甸园；因为急躁，人类又无法返回伊甸园”——推断，卡夫卡在讲述欲速则不达的道理[1]；我国的谢莹莹教授则认为这说明人的相互交往十分困难，事态又是那样变幻无常[2]。这些见解很有启发，不过我们想换一个角度，用深层心理学的眼光来透视这个故事。

若论深层心理学对文学批评的意义，我们自然要想到弗洛伊德对索福克勒斯的悲剧《俄狄浦斯王》所作的阐释。《俄狄浦斯王》是一部戏剧反讽的经典。戏剧反讽是一种特殊的反讽形态，它专门揭示意图与效果的对立，表现事与愿违或者说搬起石头砸自己的脚这类可笑亦可悲的现象；俄狄浦斯为了避免德

---

1 瓦尔特·海因茨·索克尔：《弗兰茨·卡夫卡：悲剧和反讽——论卡夫卡的艺术结构》，美因河畔的法兰克福，费舍尔口袋书出版社，1983 年，第 15 页。
2 《外国文学》，1996 年第 1 期，第 46 页。

尔斐神庙预告的杀父娶母的命运，匆匆逃离科林斯。走到道利亚路口，他杀死一个跛扈的老人——他的生父拉伊俄斯。到了忒拜城，他因解破司芬克斯之谜而加冕为王，娶了王后伊俄卡斯忒——他的生母。由于瘟疫流行，他下令缉拿并严惩凶手——他自己！从古至今，戏剧反讽始终受到作家和读者的青睐，但是，在现代文学中，戏剧反讽已发生某种微妙的变化。这种变化体现在反讽眼光“内转”，就是说，从前人们仰望上苍，在《俄狄浦斯王》中看到的是自由意志和冥冥天意的冲突，是渺小的个人对命运的无可奈何；现代人则反观内心，看出了别的东西。这种变化的根源与其说在于弗洛伊德，倒不如说在于德国浪漫派——尤其是浪漫主义哲学家叔本华。叔本华的惊人之举在于宣布意志第一性、认识第二性，并且使西方传统哲学概念——意志——发生了位移，将意志从头部移到下身，使之从理性的、精神的象征变为非理性的、欲望的载体。他说，“在旧说，人是要他所认识的东西，依我说，人是认识他所需要的东西”[1]，由此他把理智看作为欲望遮羞掩丑、涂脂抹粉的奴仆。叔本华对传统哲学所作的颠覆擦亮了人们的眼睛，判断人的行为时不再轻信意图与表白。由此，从叔本华到弗洛伊德就只有一步之遥：前者所说的意志和理智与后者所说的潜意识和意识相对应，而且二者都认为肉体和精神、潜意识和意识之间存在着欺骗与被欺骗的关系。在这种背景下，以弗洛伊德为代表的现代人便说俄狄浦斯乃至索福克勒斯都不了解自己，俄狄浦斯那杀父娶母之举看似偶然，违背他本人的意志，实际上是必然的、受其下意识支配的。简

1 阿图尔·叔本华：《作为意志和表象的世界》，石冲白译，北京，商务印书馆，1982年，第402页。

言之，深层心理学重内因，轻外因，时刻准备从偶然之中挖掘必然，警惕意图与结果、思想与行动之间可能出现的裂缝，并把这条裂缝视为寻找下意识的突破口。

对于文学批评来说，深层心理学并非什么灵丹妙药，但它的确可以给文学世界中的某些幽暗角落带来光明，可以同时将作品的“心迹”和“叙事轨迹”展现在人们眼前。卡夫卡的世界同样需要深层心理学的烛照。若用深层心理学的眼光来透视《平常的困惑》，我们就不难发现甲在下意识里是不想见乙的。如果不想见又不得不见，如果不想见又不想承认，大概就只有寄希望于偶然失误甚至奇迹降临，比如匆忙之中擦肩而过，比如道路突然变长，比如因摔伤而痛哭失声。有了这三种情况，甲就见不着乙，不管后者在丙地等他，还是找上门来或是途中相遇。这种心理、这种思路都极为寻常，而且合乎人之常情，因为几乎每个人都有类似体验。但是，卡夫卡没有交代他的主人公有这些念头，也没让主人公意识到自己有这些念头，读者也没有看到一个正躺在床上或者坐在凳上的甲。相反，卡夫卡却真让他的主人公走拢见不着人，真让他跟对方路上错过，而对方也真的等不耐烦走了。而且他并不就这一系列奇怪的事件向读者作出合理的解释，反倒把一些偶然的、似是而非的甚至不可理喻的事情——甲对乙视而不见，道路变长，甲摔跤——摆在读者面前，结果搞出这么一个宛若梦境的故事。简而言之，甲并非“鬼使神差”，而是“心中有鬼”，这个“见不着”的故事底下其实潜藏着一个“不想见”的故事，甲这一连串扑朔迷离的外在经历则不过是他的一番朦胧飘忽的深层心理活动。这种打破内心与外界、想象与现实的做法是极富现代性的。自卡夫卡之后，这种手法几乎成为现代派艺术家的家常便饭。更有甚者，他们在众目睽睽之下表演这种穿梭游戏，比如在意大利电影《八部半》中，一位导演伙同两个人绞死了他所痛恨的批评家，可是镜头一转，批评家又唠唠叨叨地坐在导演身旁；批评家没有死，前面的一幕不过是将导演心里对批评家的咒骂——“我绞死你”——化为幻觉，化为艺术现实[1]。

如是观之，我们仿佛只有借助深层心理学、只有在头足倒立或者说颠倒黑白的情况下，才能看得清、看得懂现代文学画卷，仿佛只有这样，我们才能发现卡夫卡的微言大义，才能从他那些离奇古怪、匪夷所思的描写中找出理性的蛛丝马迹。比如，推销员格里高尔·萨姆沙（《变形记》）一觉醒来变成一只巨型甲虫，这是否反映出他下意识地厌恶自身，或是下意识地逃避他那艰难的职业？乡村医生（《乡村医生》）一脚踹开自家猪圈，里面却跑出两匹马和一个兽性大发的陌生马夫，这是否反映了他的深层欲望？约瑟夫·K（《审判》）躺在床上摇铃催早餐，却招来一伙逮捕和审讯他的人，这个招之即来的法庭是否是一场内心审判？[2] 还有，为什么到处都有人好奇地、目不转睛地盯着他看？据雅努施记载，卡夫卡跟他初次见面就称自己“是个被审判者，是观众”[3]，这句耐人寻味的话与其说概括了卡夫卡热衷于自我分析、自我作践的性格，毋宁说点破了他的叙事技巧。就是说他在作品中把自己、把自己的内心世界“一分为二”，而且分为一个个完整的、鲜活的实体。具体到《审判》而言，约瑟夫·K是被处决的卡夫卡，其他人——

1 扎东斯基：《卡夫卡和现代主义》，洪天富译，北京，外国文学出版社，1991年，第164页。
2 本诺·封·维泽编：《德国的长篇小说——从现实主义到当代》，杜塞尔多夫，奥古斯特·巴格尔出版社，1963年，第246页。
3 古斯塔夫·雅努施：《卡夫卡对我说》，赵登荣译，长春，时代文艺出版社，1991年，第6页。

法庭看守、窗子对面的老头老太太、银行同事、他的叔叔，甚至包括画家提托雷利阁楼里的那些小女孩——则是旁观的卡夫卡。难怪画家要说“这些小女孩也属于法庭”[1]，难怪他要提醒K“几乎每个屋顶上都有法庭”[2]，其实他把小说中最大的秘密泄露给了读者；人最大的恐惧是内心法庭。只有当内在法庭运作起来，才谈得上天网恢恢，疏而不漏。所有这一切是否都在证明整部小说就是一场情节化、场景化的内心审判？综上所述，卡夫卡是一个写自我、写内心的作家，他写作的奥秘就是不加声明、不露声色地把内心世界投射到外部世界，使虚幻朦胧的下意识形象化、客体化，由此打破了心灵与外界、幻觉与真实的界限。可以说，卡夫卡创造了一个象征的、二元的、辩证的叙事世界，它是虚与实、动与静、具象与抽象、现象与本体的对立统一体。

悲喜式的写作

卡夫卡的另一叙事特征体现在他那耐人寻味的两面相：一方面他描绘出黯淡、残酷、荒诞的世界景观，辐射出惶恐、焦虑、绝望的情绪；另一方面他的字里行间又流露出冷嘲和怪诞幽默。确切地讲，我们所要探讨的是他那别具一格的反讽艺术和滑稽艺术。反讽和滑稽是两个难以界定的概念，放在一起考察更是难上加难，因为二者之间存在一种剪不断、理还乱的复杂关系。反讽和滑稽都旨在提示反常现象，揭示现象与本质、意图与结果的错位，而且都会引人发笑。但是，反讽更多地诉诸智性，是一种比

1 弗兰茨·卡夫卡：《审判》，美因河畔的法兰克福，费舍尔口袋书出版社，1995年，第158页。
2 同上，第173页。

较复杂的思维活动，它表现为意味深长的“微笑”，所以比较“阳春白雪”；滑稽则更多地诉诸感性，是一种比较直接的精神—生理反应，它引起的是沁人心脾的“大笑”，所以比较“雅俗共赏”。尽管对反讽和滑稽作出了一番自以为是的界定，但在具体的文学描写中，二者的界限常常是模糊的、变动的，甚至是你中有我、我中有你的。

我们还是从《变形记》谈起。毫无疑问，《变形记》讲述的是一场悲剧，然而，小说里面自始至终都存在一种冷嘲，存在许多似乎与悲剧基调不协调、不相容的描写。看看小说的开头，我们就会明白一大半：

> 一天早晨，格里高尔·萨姆沙从不安的睡梦中醒来，发现自己在床上变成了一只巨大的甲虫。他仰躺着，背部硬如铠甲，稍一抬头便看见他那棕色的、穹顶式的、被分割成一条条弧形硬块的肚子，肚尖上的被子难以停驻，整个就要滑下来。相比之下，他那不计其数的腿脚倒是细得可怜，全在他眼前无可奈何地晃动着。（56）

小说用若无其事的口吻交代了一个奇特而恐怖的事件，小说用若无其事的口吻，同时让格里高尔显得十分滑稽。令人不解的是，他不去思索，也没有意识到他的虫身即将带来的灾难性后果，所以他还想着自己的工作和职业，一心要起床出门赶火车。随着时间一点一滴地过去，他的境况已引起外界关注，家人和上司已站在门外催促、威胁、哭泣，格里高尔则苦苦挣扎、忧心如焚。可就在这紧锣密鼓、令人窒息的紧要关头，小说却大段大段地、仔仔细细地、从容不迫地描写格里高尔的“虫性”，写他如何拖着虫身下床翻身开门，如何思索和克服由此必然产生的技术性问题。比如，为了过第一道关，他“开始均匀地晃动整个身体，想把自己摇出床外。让自己这么掉下去，估计伤不着脑袋，因为他想在下落时高高地抬起头。他的背部似乎很硬，落到地上也不要紧。他最担心的是触地时无法避免的一声巨响，那将在几扇门外都可能引起焦虑，即使不是恐惧。可他还是得冒这个险”（60）。在第二和第三章中，小说也不厌其烦地描写甲虫格里高尔的饮食习惯，写他鼓着肚皮藏在沙发底下多么难受，写他如何在墙上爬上爬下、在天花板上晃来晃去，自寻快乐，甚至没有忘记交代甲虫爬行过后留下多少脏兮兮的黏液。人们不禁要问，卡夫卡怎么有这等闲心、怎么如此执著或者说迂阔，竟然在一个令人压抑而悲凉透顶的故事中把玩有趣的或者说无谓的细节？这种强烈的反差、这种极端的不和谐是反讽笔法，而且是典型的卡夫卡式的、现代派式的反讽。这种反讽与其叙事方式密切相关。我们知道，作为现代小说鼻祖的卡夫卡放弃了传统小说里面惯用的全知和旁知视角，基本采用人物视角或说内视角。就是说，叙述者和主人公共用一双眼睛、一个大脑，叙述者见主人公所见、想主人公所想，他不再居高临下、无所不知，反倒与那些在思维和感觉方面都不同寻常的主人公平起平坐，甚至融为一体。比如在《变形记》中，叙述者与格里高尔认同，而且既认同其人性又认同其虫性。格里高尔一方面要甲虫生活，要具备甲虫的习性，另一方面又跟人一样思维，但他对自己变成虫这一事实不从根本上加以反思。他只知道虫身在当下时刻对自己意味着什么，从不思考变形对其未来及整个生存的含义。这种分裂的意识导致了分裂的文字，所以小说中出现了虫性与人性、大祸临头与拘泥小节的强烈反差。卡夫卡这种叙事风格在《审判》中更是明显。约瑟夫·K 目光如豆，既不瞻前顾后也不左顾右盼，经常冷不丁地撞上神秘人物，同时他的思维缺乏连续性，不能吃一堑长一智，所以要接二连三地陷入意外和惊骇，正因如此，小说中弥漫着恐怖和压抑的气氛。应该说，卡夫卡创造了一种十分高明的叙事手法：叙述者与主人公认同，这在一定程度上迫使读者与主人公认同，迫使他与之同甘共苦。然而，读者毕竟是旁观者，毕竟有自己的感官和思维，他能够看到和想到主人公所看不到、所想不到的事情。《变形记》的读者一眼就看出家里人的态度，能够预感到格里高尔的最终结局，《审判》的读者在惊骇两回之后，必然要步步提防、疑神疑鬼，至少在读至《大教堂》一章时，他对神父的出现与背景不可能没有一点心理准备。由此看来，叙事家卡夫卡装傻充愣，目的在于刁难读者、刺激读者，在于制造一种巨大的心理落差；主人公越是心不在焉、稀里糊涂，读者就越是感到恐怖和滑稽，越感到困惑和震惊。这就是典型的卡夫卡式的弦外之音。

如果说卡夫卡的反讽艺术能够制造出上述心理落差，那么他的滑稽艺术又给我们什么启示呢？在卡夫卡笔下，滑稽人物、滑稽场面比比皆是。短篇小说《初次烦恼》的主人公是一位表演高空飞人的杂技艺术家，他“起先是为了追求完美，后来也由于一种无法摆脱的习惯”（155），竟在高高的吊架上度过日日夜夜，生活必需品则靠一个特制的滑轮装置传送。这种悬浮生活对他已是不可或缺，连乘火车到外地演出时也必须睡在行李架上。当饥饿艺术家（《饥饿艺术家》[1]）看出值夜班的看守坐在远处打牌，是为了给他进食机会时，他感到无比屈辱，只好凭借最后的一点力

1 也可译为《饥饿艺术表演大师》。

气引吭高歌，以此证明自己的清白，可这纯属多此一举，因为看守们又认为他有边唱歌边进食的本领。粗俗的女仆（《变形记》）为了证明格里高尔死了，不惜用扫帚将格里高尔的尸体推出一尺远。在《审判》中，法庭是不容辩驳的绝对权威，辩护律师无足轻重，被告更是轻如鸿毛，所以律师办公室的窗户又高又小，要看窗外就必须踩到同事的肩膀上，所以被告布洛克对律师克尔德卑躬屈膝，竟然对着黑洞洞的通风口捧读后者随后扔给他的书。《城堡》讲述的是一个人尽管百般努力也还是被城堡机构拒之门外的故事，主人公K是一个找不到自我、找不到安身之处的人。初次见到信使巴纳巴斯，K就以为可以跟着他进入城堡，所以他竟然死皮赖脸吊在巴纳巴斯的膀子上跟着他回家；为了尽快见克拉姆，K竟在黑咕隆咚、寒风凛冽的马路上让一个助手打着灯笼，同时又在另一个助手的背上为巴纳巴斯书写口信内容；失去栖身之地的K冻得瑟瑟发抖，只好用双手交叉捶背以获取热量。K的两个助手举止神态似顽童、似小丑、似宠物，他们专事盯梢纠缠骚扰K，但方法十分奇特，比如用两只手装作望远镜或者比谁的胡子长谁的胡子密，比如被撵出门后又从窗户爬进来，硬要与K和弗莉达待在一起。施瓦泽热恋女老师莉萨，莉萨上课，他就坐在一群小学生中间或者干脆坐到她的脚跟面前；莉萨改作业，他就帮忙，以求"耳鬓厮磨"。城堡的官员们也是些不可思议的人物：神秘莫测的克拉姆"到村子里来是一个样，离开村子又是一个样，喝了啤酒和没喝啤酒不一样，醒着和睡着不一样，而且——这点最令人费解——他在城堡里几乎又是一模样"[1]；官员

1 弗兰茨·卡夫卡：《城堡》，美因河畔的法兰克福，费舍尔口袋书出版社，1995年，第215—216页。

们并排站在斜面桌子旁边读书，换着看时他们不是相互换书，而是相互换位，由于地方窄，换位时免不了你推我挤；他们深更半夜到村子里盘问当事人，是因为对他们而言，当事人的嘴脸在青天白日之下不堪入目，灯光底下还稍微好点，而且可以通过随之而来的睡眠把他们忘得一干二净；城堡秘书毕格尔入睡时最好有人陪着说话。此外，城堡机构之庞杂，文件之多，也到了滑稽的地步：电话打进去，所有办公室的电话机都有反应，但电话铃声是关掉的，偶尔会有一个疲劳过度、想寻开心的官员打开电话铃，给人答复，但这答复无非是个玩笑；村长家的文件柜塞得满满当当，要想关上就得放倒在地，再让两个人坐上去慢慢把门压上。单独看来，这些描写无甚特别之处，它们可能出现在任何一位幽默作家的笔下。可是，一旦有痛苦、焦虑、死亡作背景，这些文字就不免令人诧异。卡夫卡的幽默是一种怪诞的幽默，他的特色和魅力正在于他使痛苦和滑稽、悲剧和喜剧水乳交融的本领。

众所周知，卡夫卡塑造的都是些异化的人，他以巨大的艺术表现力，全面地、深刻地揭示他体验的异化现实，写出他的恐惧和悲哀。问题在于，恐惧和幽默，悲剧和滑稽本是相互排斥的，为什么卡夫卡又能使两者相得益彰呢？为此，我们可以求助于亨利·柏格森对滑稽艺术所作的经典性论述。在《笑——论滑稽的意义》一书中，柏格森从他的生命哲学出发，把滑稽看成一种偏离和损害生命本质的现象。他认为生命的特征就在于“形体的不断变化，现象的不可逆性，每一系列事件的充分个性”，而滑稽就是“人和物相似那一面，是人的行动以特殊的僵硬性模仿简单而纯粹的机械活动，模仿自动机械动作，模仿无生命的运动那一面”[1]。换言之，每当以灵活性、独特性、丰富性为特征的生命变得僵硬、重复、片面的时候，滑稽意味便油然而生。就人而言，滑稽表现为意识——人之为人的特征——的僵硬，因此，无论见到一个踩着西瓜皮的冒失鬼还是一个边啃鸡腿儿边谈禁欲哲学的哲学家，我们都不免扑哧一笑。柏格森的理论具有重大意义。他不仅为五花八门的滑稽现象归纳出一条本质特征。狭义的异化，按照马克思主义的观点，就是资本主义生产方式造成的劳动异己化；广义的异化，是指特定的现实造成的人性畸变。尽管柏格森在他的著作中没有提到异化概念，尽管他所探讨的滑稽现象并不具备可怕的、悲剧性的特征，他的阐述却使我们看出滑稽和异化有着天然的因缘：如果说滑稽是对灵活、独特、丰富的生命的偏离，那么异化便是对自由、健康、全面发展的人的否定。异化，也就是人的机械化、畸形化、孤立化。

必须指出，一般的、包括柏格森所理解的滑稽都旨在通过笑声来消除紧张、化解矛盾，而卡夫卡塑造的滑稽人物却使人大笑之后变得茫然怅然，对嘲笑对象久久不能忘怀。卡夫卡为什么能够创造出这种滑稽到怪诞的艺术？为什么在他眼里不存在纯粹的悲剧和纯粹的喜剧，而只有悲喜剧？我们可以说，柏格森没有意识到、没有说穿的，卡夫卡却意识到了，而且化为艺术现实；我们还可以说，物极必反，量变必然引起质变，换言之，卡夫卡式的怪诞滑稽效果正是得益于极度的夸张和极度的变形。卡夫卡笔下的人物往往是滑稽得使人感到悲惨，在悲惨中又显出滑稽。然而，我们并不满足于这类解释，因为这有点浮面化、有点技巧化。我们认为，卡夫卡的

1 亨利·柏格森：《笑——论滑稽的意义》，徐继曾译，北京，中国戏剧出版社，1980年，第54页。

悲喜剧有着深刻的世界观根源。鲁迅说过："悲剧将人生有价值的东西毁灭给人看，喜剧将那无价值的撕破给人看"[1]，就是说，不论悲剧或者喜剧，都要以明确的价值判断为前提。可是，人的体验是复杂的，"悲"与"喜"的界限是相对的、游移的，鲁迅自己创作的《阿Q正传》——比如阿Q死到临头还立志把花押画圆，这是"悲"还是"喜"？——证明了这点，中外文学史上的许多杰作也证明了这点。如果说悲喜剧在以往的戏剧和小说创作中多半属于偶然，属于天才妙笔，那么，就生活在20世纪初的欧洲人卡夫卡而言，选择悲喜剧似乎成为一种历史的必然。因为随着上帝的死亡，欧洲人失去了信仰的根基，不再有统一的、恒定的、和谐的世界景观，他们是在价值混乱、价值颠倒、价值毁灭的氛围中进入20世纪的。生活在这种氛围中的卡夫卡，用怀疑的、嘲弄的目光观察世界人生，他所看到的，只是痛苦和滑稽，只是无价值、无意义，于是，荒诞成为其世界观，悲喜剧成为其审美原则。随着荒诞意识的蔓延，在20世纪西方文学中，泾渭分明的悲剧和喜剧日趋减少，悲喜剧则日益增多，大有成为主流文学的势头。如是观之，卡夫卡的创作具有天才性和超前性。卡夫卡是一位叙而不议、观而不语的小说家，也是一位用形象思维的哲学家，他从不采用理论的、逻辑的表达方式，所以他的思想总给人云山雾罩、难以捉摸之感。不过，我们相信，现代荒诞派大师和卡夫卡一脉相承的尤内斯库说出了卡夫卡的心里话："在我看来，喜剧的东西就是悲剧的东西，而人的悲剧都是带有嘲弄性的。对于近代批评思想来说，没有什么东西是能够完全加以认真对待的，也没有什么东西是能够完全加以轻松对待的。"[2]

---

1 《鲁迅选集》，第2卷，北京，人民文学出版社，1992年，第59页。

2 黄晋凯主编：《荒诞派戏剧》，北京，中国人民大学出版社，1996年，第50页。

斯多葛式的人生 *

——《雷曼先生》译序

2001年，身兼摇滚歌手、乐手及歌词作者的斯文·雷根纳再度走红德国。不过，这位通俗歌坛明星之所以再度风光，并非因为他所创建和领导的“害群之马”乐队。让德国人感到耳目一新的是，一向抱着吉他或是捏着小号抛头露面的“斯文”（出生在不来梅的雷根纳，和许多德国北方人一样，取了个斯堪的纳维亚名字 Sven），竟然斯斯文文地捧着一本三百页的小说走上了讲坛。此番他是向公众朗读他的长篇“处女作”《雷曼先生》（我们在此给“处女作”打上引号，与其说是制造“陌生化”效果，不如说在展示读书收获，因为从不放过字面意思的雷曼先生决不会把一个大男人的第一部小说叫作“Jungfernroman”——中文“处女作”的德文硬译）。面对初登文坛的雷根纳，人们不免心存疑虑：他行吗？谁见过通俗歌星写小说的？比他年长二十岁、胸怀文学抱负的美国大牌歌星鲍勃·迪伦不也是壮志未酬吗？事实上，人们用不着等雷根纳念完《雷曼先生》的第一章，就会自动打消疑虑。因为光凭雷曼先生与拦路狗进行周旋的那段描写，雷根纳就足以证明自己的文学天赋，就足以赢得公众的喝彩。业已不惑的雷根纳也的确创造了奇迹。他的《雷曼先生》读得德国人心花怒放，喜

---

* 斯文·雷根纳：《雷曼先生》，黄燎宇译，北京，人民文学出版社，2002年。

出望外——也许只有等崔健写出了王朔式小说的那一天，我们中国人才能体会到德国人今朝的喜悦之情。小说的主人公雷曼先生很快就成为一个雅俗共赏的艺术形象。

既然如此，雷曼先生魅力何在？

首先，雷曼先生具有反叛精神。他是以胸无大志、以平民心态来反抗社会的。雷曼先生所在的社会，是一个优胜劣汰、适者生存的高度竞争社会。这里人人梦想出人头地、出类拔萃，都想求个什么“名”，当个什么“家”，社会的阶梯上挤满了雄心勃勃、奋力攀缘的人们。至于年轻人，那就更得作冲刺状、拼搏状。反观雷曼先生，这当然是一个“很不典型”、“很不标准”的联邦德国青年。雷曼先生十年如一日地在一家小酒吧打工挣钱。虽挣钱不多，但他对生活要求也不高，自给自足不成问题。他甘居下游，甘当小人物，既不想当什么领班、经理，也不跟周遭那些吧台青年似的，向人表白自己其实在搞美术、其实在搞音乐、其实在上大学。雷曼先生在吧台旁站得很踏实、很快乐，甚至带点自豪。之所以如此，不仅因为他有斯多葛式的人生哲学，把适性生存、悠闲自在当成最大的幸福，对俗世所定义的“生活内容”则是嗤之以鼻；他还为自己献身吧台生涯找出了非常简单也非常高尚的理由：既然世上的“酒馆比教堂、比美术馆、比音乐厅、比俱乐部、比迪斯科舞厅，比天晓得还有什么都多”，既然人们下酒馆跟上博物馆或者听音乐会“一样快乐”，那么一个全心全意站吧台的人就是社会最需要的人。

雷曼先生不仅在内心深处与主流社会、主流思潮保持距离，他的外在生活和外在形象也充分显示出他是如何地不入流。众所周知，德国也是体育大国和旅游大国。这个幅员不辽阔人口不众多的国家，在奥运会和足球场上一直保持着骄人的成绩。之所以如此，是因为德国人普遍具有健身意识和健身嗜好，从莱茵河到奥德河，从北海、波罗的海再到阿尔卑斯山，体育锻炼蔚然成风。说到旅游，人们更要对德国刮目相看。由于受“读万卷书行万里路”的传统的熏陶，也由于长期生活在“冬天的童话”（海涅创造的政治隐喻包含着永恒的地理学真理）里面，德国人普遍渴望远游、渴望阳光，于是他们纷纷走出国门、走向远方。有钱人享受洲际旅行，钱少一点的去周边国家（位于地中海的西班牙马略卡岛不折不扣地成了德国“殖民地”）。八千万德国人，每年出国旅游竟达四千万人次，国外旅游消费约四百亿欧元。蔚为大观的旅游业，在为德国人赢来“旅游世界冠军”称号的同时，给当代德国的文化与时尚打上了深深的烙印。旅游带来知识与健康，不旅游，就无法开阔眼界，就无法沐浴阳光。具有讽刺意味的是，一向为其白色皮肤感到自豪的白种人，到了20世纪末竟崇拜起古铜色皮肤来，趋之若鹜地把自己晒黄晒黑。惨白的皮肤已是出门少见识少挣钱少的标志。在两德统一后的柏林，白皙的皮肤甚至成为傲慢的西德人在大街上指认“东德老土”的依据。

生活在这个体育和旅游大国的雷曼先生，是一个十分扎眼的异类。雷曼先生活动少而且活动范围小。从家乡不来梅来到西柏林的近十年里，他很少离开西柏林、离开克洛伊茨贝格区。即便在克洛伊茨贝格，他也主要在他工作和居住的三十六区活动，他不轻易涉足居民档次高一些的六十一区（克洛伊茨贝格分为六十一区和三十六区）。雷曼先生不仅不外出度假（他自称“不适宜度假”），他的蛰居嗜好竟让他觉得夏天（由于阳光的缘故，德国人特别钟爱夏天）具有“挑战意味”，因为好天气（在德语里面这是

“艳阳天”的同义词）总在无声地命令德国人去享受烧烤、郊游或者湖边游泳。可是雷曼先生更愿意把所谓的业余时间用来睡懒觉、读闲书。基本上足不出户的他，饿了下小饭馆，闲了逛小酒吧。他不跑步不跳舞不游泳，也不练健美和拳击，所以他没有发达的肌肉，没有古铜色的皮肤，更打不出潇洒的、汉子气十足的直拳或者勾拳，所以他的四肢合不上音乐节拍，所以他的皮肤白得刺眼，所以他在卷入斗殴的时候只能用雷曼式“克洛伊茨贝格钳子”（揪人耳朵）或者雷曼式“反克洛伊茨贝格钳子”（咬人手指）。

不上进、不好动的雷曼先生，在别的地方也常常与主流社会唱反调。比如说早餐。德国人没有创造出灿烂的饮食文化，这是公认的事实。谁都知道德国人做不出声名远扬的名菜大菜，德国人的晚餐桌上只摆着可怜巴巴的两片面包加两片香肠或者奶酪。但同样不可否认的是，德式早餐颇有特色。德国人的早餐极其丰盛，从香肠火腿肉馅煎肉，到面包黄油果酱奶酪，再到牛奶酸奶红茶咖啡，还有燕麦鸡蛋生菜水果，真可谓应有尽有；他们用餐时间长，而且很讲情调与排场，喜欢大量使用餐具，还喜欢点上烛光。对于其早餐，德国人一向是暗中得意的。当现代人越来越信奉“早餐吃饱，午餐吃好，晚餐吃少”的膳食准则之后，他们就更加得意了，就更加理直气壮地搞他们的早餐崇拜了。可是，外出早餐的雷曼先生却发现了问题，发表了不太恭敬的言论。再如柏林墙。他听不惯西德游客就柏林墙所发表的那些悲天悯人的反共言论，他认为那都是千篇一律、不过脑子的废话。他尤其要反驳柏林墙让西柏林人置身牢笼的说法，因为修柏林墙的意图并不在于妨碍西柏林人出去，而在于阻止东德人进来。雷曼先生在柏林墙的问题上与众人唱反调，并不是因为他亲共或者亲东德。

他是那种把独立思考看得比什么都重要的人，他最听不得陈词滥调，最见不得人云亦云，再正确的言论，只要重复一百遍，他就会斥之为废话、假话。

如果说雷曼先生因其反主流、反潮流显得潇洒而且可爱，那么同样不可否认的是，当他潇洒不起来，当他陷入尴尬境地的时候，他依旧可爱。雷曼先生是个潇洒的另类，同时也是一个苦恼的尴尬人，因为他自始至终都在遭遇尴尬：他清晨归家，路上偏偏撞上一条蛮横不讲理的丧家之犬，在这只迫使他在离家不到一百米的地方驻步不前的狗面前，他用不上人的智慧，也无法保持人的尊严；他是一个喜好钻牛角尖、喜好争辩的斯文人，但他又被迫卷入打架斗殴，他的衣服脏了破了，嘴上还沾着带有乙肝病毒的血；他无牵无挂、优哉游哉地做了近十年的小人物，可当他的父母大人前来柏林旅游的时候，他似乎突然明白人是社会关系的总和这个道理，知道“经理”是个“好听的字眼儿”，而且“邻居问起来也好说”，所以他只好屈从来自社会关系的压力，心不甘情不愿地扮演起父母乐于看到的餐厅经理的角色；同样为了父母，他前往避之唯恐不及的选帝侯大街（这条繁华而高贵的商业街当然不会在土耳其人和手头拮据的西德青年扎堆儿的克洛伊茨贝格），前往丝毫引不起他兴趣的民主德国首都。结果，他不仅要直面自己一向讨厌的街景，而且受到了刁难，遇到了麻烦；他有主见有品位，可是为了追求一个所爱的女人，他去了人声鼎沸、人山人海，而且很难保持尊严的游泳池，穿上了俗不可耐的游泳裤，还去电影院观看他不以为然的《星球大战》。令人惊讶的是，无辜遭遇尴尬的雷曼先生，常常又以不可思议的方式摆脱尴尬，简直叫人疑心他吉人自有天相。劳西茨广场那条任他绞尽脑汁也奈何不得的恶狗，不仅让他在无意之中用威士忌制伏了，而且在无意之中替他惩罚了对他很不客气的警察；面对杀气腾腾的狂徒和把他视为一泡狗屎的巨型对手，毫无格斗经验的他，居然鬼使神差地动用“克洛伊茨贝格钳子”和“反克洛伊茨贝格钳子”，出奇制胜，重创了敌人；他的餐厅经理闹剧搞得很艰难，最终却出人预料地取得了成功，让父母高兴而来，满意而去；冥顽不灵而又缺乏善意的选帝侯大街公共汽车司机，最终被他的灵机一动搞得张口结舌；审讯他的东柏林海关官员则被他的一番诡辩搞得恼羞成怒。

雷曼先生的另外一大魅力，在于他兼有在一般人身上水火不容的品质和能力。雷曼先生没上过大学（他只接受过“运输销售员”的职业培训），也算不得自学成才的博学之士（他的读书时间有限，他的房间里也没放几本书），可是他有思想有口才，常常逮住人们所轻视所忽略的现象和问题刨根问底、大动干戈。母亲的电话将他吵醒后，他把愤怒化为才情，揪着母亲所说的字字句句进行分析、批驳，他仿佛要粉碎母爱的神话，要撕破罩在母子关系上面那层温情脉脉的面纱；他以哲学家的思辨激情跟人讨论“醉酒的时候，时间过得快还是慢”的问题，而且他的对话伙伴不是相对论鼻祖爱因斯坦或者是陶醉于时间问题的现代派文学大师，而是他一见钟情的女厨师；进入游泳池，他发现这是一个充满混乱、使人丧失尊严的地方；走上选帝侯大街，他体会到芸芸众生的愚蠢和盲目。正因为雷曼先生以杀鸡用牛刀、以鸡蛋里挑骨头的劲头和架势来体味人生，所以他处处发现矛盾与荒谬、滑稽与悲哀，他自己的生活也由此染上了悲喜剧色彩。

再者，雷曼先生天生是个受过怀疑主义洗礼的现代人。他见不得感伤的、毫无弦外之音的夸张言辞和表情，“裸情”比“裸体”还叫他难堪：当卡尔因为他所崇拜的艺术家——雷曼先生的哥哥——在纽约干起了白铁工而呼天抢地的时候，站在一旁的雷曼先生心里直骂“这他妈的澎湃激情”；卡尔的精神病发作后，为了尽快找到卡尔的女朋友，雷曼先生在电话里向中间人叮嘱了一声“人命关天”，话音刚落，他便意识到这是“戏剧化语言”，并为此感到不安，所以他只好安慰自己“说别的又不管用”。就是说，雷曼先生很“酷”。难能可贵的是，雷曼先生又没有“酷”到超凡脱俗或者心如死灰的地步。他有热血，也有热泪。为了友谊和爱情，他不惜大打出手，不惜委曲求全。卡尔犯病后，他无怨无悔、全心全意地加以照顾；和漂亮的女厨师卡特琳热恋之时，他也会想入非非，脑海里也会浮现出一些天真的画面，而在目睹卡特琳背叛他的那一刻，他的眼泪几乎要夺眶而出……正是这等有趣而丰富的性格，让雷曼先生显得那么可敬又可怜，可爱又可笑，他的生活也由此在枯燥中透出辉煌，在平凡中显出非凡。

综上所述，雷曼先生是孤本，是一绝，是与众不同的人物。但同时必须指出，雷曼先生也是一个典型环境中的典型人物，他代表着一群人或者说一类人。要说明这个道理，还得从小说的结尾谈起。我们知道，雷曼先生是在把卡尔送进乌尔班医院，在他的三十岁生日悄然而至、柏林墙轰然倒塌（比喻而已！）之后告别读者的。既然小说如此收尾，我们就有必要考察一下雷曼先生和卡尔、雷曼先生和柏林墙有什么关系。前者可谓一目了然：虽说卡尔沉湎于吸毒和艺术家幻想，雷曼先生却一不沾毒二不沾艺术，但是他们不仅亲如兄弟（由于叙述者提到卡尔的时候十有八九要声明这是雷曼先生“最好的朋友”，所以“他最好的朋友卡尔”也成为这部作品的一个“主导动机”），而且在卡尔精神崩溃之后，兔死狐悲的雷曼先生还认识到他们其实是难兄难弟，他们遇到了同样的麻烦。

至于雷曼先生与柏林墙，这是一个需要加几句画外音才能说清楚的话题。从表面看，雷曼先生一向认为柏林墙与自己毫无干系，即便听到柏林墙倒塌这一轰动性新闻的时候他也照样无动于衷：他是在“而立之夜”光顾第四个酒吧时偶然听人说“墙开了”的，除了一声“哇噻”，他并没有任何欢呼雀跃或者激动不已的表示。酒吧里的其他人也是如此。坐在雷曼先生旁边的海可甚至说“墙开了，这又怎么着哇，墙开了。屁眼儿开了”。同样耐人寻味的是，当雷曼先生和海可勉强赶到奥贝鲍姆桥看热闹的时候，他们没有看到万众欢腾的宏大场面。桥对面过来的东德人，不仅——正如一个看热闹的克洛伊茨贝格人所说——“稀稀拉拉的，就像小孩撒的尿”，而且他们刚一踏上西德的土地就情不自禁地嘟囔“这儿看起来和我们那边一样啊”。较为热闹的莫里茨广场也很让他们失望，因为除了那“噪音震耳欲聋，尾气令人窒息”的汽车长龙，他们什么也没看到。

最后，雷曼先生只好继续上酒吧借酒浇愁（卡尔的崩溃使他很受刺激），同性恋者海可则直奔勋内贝格，希望在沸腾的“同性恋亚文化圈”里与昔日的同性恋朋友重逢（他是因为不堪忍受同性恋者在东德的“三孙子”处境而逃到西柏林的）。换言之，柏林墙倒塌这一重大历史事件，既没有给雷曼先生们（我们可以使用复数了）带来莫大的喜悦，更没有让他们在喜悦中忘却个人的烦恼。他们在奥贝鲍姆桥、莫里茨广场以及去莫里茨广场的路上所见到的乏味场面和滑稽插曲，将构成他们对那个震惊世界的历史事件的基本回忆。透过两德统一，他们只看到东德人的盲目和自卑（如嘟囔“这儿看起来和我们那边一样”的东德女人），西德人的盲目和自大（如被海可戏弄的西柏林出租司机），以及东德人和西德人之间的思想隔阂。

企望在小说里读到宏大叙事的人，多半要对《雷曼先生》的结尾摇头叹息。他们也许会抱怨雷根纳以偏赅全，抱怨他把握不住历史的命脉。但是，身为小说家的雷根纳完全可以置之不理。天才的斯太尔夫人早在两百年前就说过，长篇小说旨在捡拾被历史文献所遗漏的东西，如个性，如个人的生活与感受。这句曾经让歌德如获至宝（斯太尔夫人的相关论文最早由他亲自翻译成德文）的至理名言，肯定也会让雷根纳拍案叫绝（半路出家的雷根纳可能没有读过斯太尔夫人的小说理论）。雷根纳说过，“管他狗屁历史，讲你的故事吧”；他还说过，没有谁能够写出“人们”对两德统一的体会和反应，小说家只能描述单个的人如何经历那段历史。而他的《雷曼先生》，就是要讲述他和他的克洛伊茨贝格同类的故事，讲述他们直到柏林墙倒塌以前的悲欢离合。

雷曼先生的故事始于1989年9月初，终于11月9日，为时两个月。就是说，当卡尔沉湎于吸毒和所谓的艺术创作的时候，当雷曼先生穷于应付各种日常烦恼的时候，一墙之隔的东柏林正发生着风起云涌的游行示威。尽管媒体对于东德的革命风暴进行了充分的报道，雷曼先生们却看不出柏林墙里面（当然也可以说外面，依视角而定）发生的事和自己有什么关系。他们或是睁只眼闭只眼（迷迷瞪瞪的雷曼先生在卡特琳的床上看见“电视里正在播放什么游行的画面”），或是左耳进右耳出（听说“那边闹得很厉害”的时候，雷曼先生只来了句“这和西柏林的生活有什么关系”），他们的基本心态则是：你搞你的革命，我有我的烦恼，大家井水不犯河水。即便在目睹革命风暴吹垮柏林墙之后，雷曼先生们依然无动于衷，依然做事不关已状：立也罢倒也罢，关我屁事（克洛伊茨贝格流行粗话）！但是，对“隔壁”，也就是对世界历史漠不关心的雷曼先生们，万万没有想到世界史和他们开了一个不大不小的玩笑。他们忘记了一点：西柏林与东柏林，其实是唇齿相依的。没有东柏林，哪来的西柏林？这不是黑格尔式的辩证法游戏，这是一个很尖锐的现实问题。如果说苏、东剧变和随之而来的两德合并只给西德人带来了短暂的喜悦，如果说西德的普通百姓因为背上东德的经济包袱而不得不重新思考柏林墙倒塌的意义（也有东德人开始怀念柏林墙，德国人大都承认自己的脑子里还立着一堵柏林墙），那么身处克洛伊茨贝格的雷曼先生们就更有必要凭吊那业已倒塌的柏林墙。克洛伊茨贝格之所以成为西德的“波希米亚人”（该词的内涵及其译法还有待于探讨）的理想栖息地，是因为他们在这里享有得天独厚的社会条件，如便宜得不可思议的房租（据雷根纳本人讲，雷曼先生那种一居半房子的月租金仅 90 马克，这在别的地方至少得翻倍），如轻松愉快的生活氛围（五彩缤纷的青年娱乐场所外加异域文化风情），等等。

而这一切的一切，又和克洛伊茨贝格的“墙根儿”位置有关。随着围墙的倒塌，克洛伊茨贝格对“波希米亚人”的吸引力远不如前，所以他们——其中也有雷根纳——纷纷迁往东柏林的普伦茨劳贝格。自以为“柏林墙关我屁事”的雷曼先生们，终于发现倒塌的柏林墙还是会砸到自己的身上。

孔子曰，三十而立，四十不惑。《雷曼先生》是一部讲述三十而立的小说，小说的作者却已四十不惑。如果四十岁的雷根纳让三十岁的主人公跟自己一样不惑，《雷曼先生》恐怕就不是一本引人入胜的而立小说。值得庆幸的是，写作新手雷根纳没有犯下这个一不留神就会出现的错误。他非常聪明、非常高明地放弃了传统的全知叙述，代之以现代小说中常见的人物视角或者叫内视角，对于雷曼先生（叙述学家将称之为“聚焦人物”）的思想和行动叙而不议、观而不语——哪怕他只见树木不见森林，让读者自己去观察和分析雷曼先生的“而立困惑”及其艰难的“去惑”过程。不过对读者来说，这一任务也并非易如反掌。因为当人们阅读一本用主人公的眼光来叙事的小说的时候，小说主人公的思维局限和感知局限也在一定程度上制约着读者的思维和感知，使之难以做到旁观者清。

具体就《雷曼先生》而言，若不读到小说的最后几章，一般人恐怕很难超越主人公的认识水平。主人公弗朗克·雷曼一出场就是满脸的困惑，因为他的狐朋狗友们得知他即将三十而立之后，便置德语语法和社交规则于不顾，改口叫他雷曼先生。自从被冠名为听着别扭的“雷曼先生”后，弗朗克·雷曼就麻烦不断（麻烦的名字可以是劳西茨广场、选帝侯大街或者民主德国首都，但也可以是卡尔、卡特琳以及抢走卡特琳的水晶赖纳），潇洒无忧的日子一去不返。“雷曼先生”由此成为他生活中的主导动机和烦恼的同义词。雷曼先生对此百思不得其解，只好把三十而立视为万恶之源。直到卡尔和柏林墙都倒下后，雷曼先生才意识到那接二连三的麻烦背后分明潜伏着某种必然的东西。他得出的结论是：生活中“有什么东西行不通了”。可究竟是什么东西行不通了呢？在如此关键的问题上，雷曼先生却是语焉不详，但这不足为奇（出于叙事策略的考虑，雷根纳不会为雷曼先生也不会为读者捅破遮蔽真理那层薄纸），也不足为憾。如果我们听听乌尔班医院的精神病医生给卡尔，其实是给克洛伊茨贝格青年所下的集体诊断（克洛伊茨贝格的生活很轻松，久而久之多数人还是需要为这种生活找一个合理的根基），如果我们再看看雷曼先生脑袋里冒出那些很不雷曼式的想法（他不仅大谈“脱胎换骨”，他还考虑是否需要买电视，是否需要去度假或者改换职业），我们就不难找到问题的答案：是克洛伊茨贝格行不通了。克洛伊茨贝格好虽好，但谁也没有永远的克洛伊茨贝格。而立之人必须告别克洛伊茨贝格！

和所有成功的文学艺术形象一样，雷曼先生诞生伊始便获得读者的广泛认同。先是昔日的克洛伊茨贝格“波希米亚族”发出“雷曼先生就是我们”的惊呼，继而是普通的德国人在阅读的时候蓦然回首：雷曼先生不代表我们代表谁？与此同时，学识渊博而又联想丰富的评论家们纷纷跟雷曼先生攀亲戚、订家谱，有说他像痴儿西木的，有说他像奥勃洛莫夫的，也有人说他像皮克威克，像格里高尔·萨姆沙，还有——真是匪夷所思——唐老鸭的幸运表弟。我们相信，随着《雷曼先生》被逐译为各国文字，雷曼先生还会获得更加广泛的认同，激发更为丰富的联想。但愿《雷曼先生》能够经受住时间的考验，让未来的读者高喊“雷曼先生属于全世界”。

瓦肯罗德与艺术问题 *

对德意志民族来说，兴盛于18世纪、19世纪之交的浪漫主义是一场功勋卓著、值得大书特书的文化运动。德国浪漫派不仅改写了德国文学对英法文学亦步亦趋的历史，使德国首次成为“文学输出国”，他们还以其令人侧目的文学创作和理论建树，为德意志民族赢得了自康德和歌德出现后便开始编织的“诗人和哲人”的桂冠[1]，最终确立了德国的文化大国地位。众所周知，在群星闪烁的浪漫星空中，有不少划空而过的流星。这当中，还有一位特别值得注意的人物：威廉·海因里希·瓦肯罗德（Wilhelm Heinrich Wackenroder）。二十五岁便撒手人寰的瓦肯罗德，算不上德国浪漫派的耀眼人物或者说核心人物，因为他甚至没来得及赶赴耶拿城，没来得及去那里和亲兄弟般的蒂克、施勒格尔兄弟、诺瓦利斯以及费希特、谢林等人结成异军突起的“早期浪漫派”。可是，他薄薄一本《一个热爱艺术的修士的倾诉》（以下简称《倾诉》）及其姊妹篇《艺术随想录——献给艺术之友》（以下简称《随想录》）[2]，

---

* 本文原刊于《外国文学评论》2002年第4期。

1 法国的斯太尔夫人便认为德国民族盛产“诗人和哲人”。见《德国的文学与艺术》第一、第二章，北京，人民文学出版社，1981年。哲学家罗素说过：“德国在知识上的优势是一个从康德开始的新因素。”见《西方哲学史》下卷，北京，商务印书馆，1986年，第264页。

2 《倾诉》匿名发表于1796年，《随想录》则是在瓦肯罗德死后一年、即1799年才由蒂克编辑出版的。但这两本书中都有一些东西出自蒂克之手。由于他们志同道合、情同手足，而且和其他浪漫作家一样醉心于“共同创作”的理想，脑子里还没有“版权”这根弦，所以文学

却是德国浪漫派的发轫之作和经典作品，毫无争议地在文学乃至文化史上占据了一席之地。勃兰兑斯说过，《倾诉》是“整个浪漫主义文学建筑的基层结构，后来的作品都摆在它的周围”，它“虽不是气势磅礴的创作，它的萌芽能力却非常令人惊叹”[1]；鲁道夫·海姆则指出：“在德国，还从来没有人用这种声音来宣布艺术的福音，温克尔曼和莱辛没有，赫尔德和海因泽也没有。”[2]瓦肯罗德塑造那位温文尔雅的修士所宣讲的艺术神圣论，的确在浪漫派中间产生了一呼百应的效果。一时间，不仅有许多作家起而效尤，纷纷在自己构想的艺术圣殿前烧香膜拜，让老歌德看出这是“一场效仿修士、效仿斯特恩巴尔德的闹剧”（后者是蒂克的长篇小说《弗朗茨·斯特恩巴尔德漫游记》的主人公）[3]，就连主张艺术宗教化、艺术家生活修士化的拿撒勒画派（又称路加兄弟会），也把瓦肯罗德奉为精神领袖[4]。

本文将从两个角度——艺术神圣论和艺术家悲剧——来探讨瓦肯罗德的思想以及他在文化史上的地位。

史（接上页）家一直为甄别二人的“手迹”大伤脑筋。但人们已基本就此达成了共识：书中的核心思想来自瓦肯罗德，蒂克只是作了一些精彩发挥。1991年问世的“历史—注释版文集”——即威廉·海因里希·瓦肯罗德：《作品和书信全集》，历史—注释版，第1卷，西尔维奥·维也塔主编，海德堡，1991年——对二人在《倾诉》和《随想录》的“具体贡献”进行了详细说明。

1 勃兰兑斯：《十九世纪文学主潮·德国的浪漫派》第二分册，刘半九译，北京，人民文学出版社，1988年，第104页。

2 鲁道夫·海姆：《浪漫派——对德国思想史的贡献》，希尔德斯海姆和纽约，1977年，第199—120页。

3 格特·于丁主编：《汉塞版德国文学的社会史》第4卷，古典文学和浪漫派，法国革命时期（1789—1815年）的德国文学，慕尼黑和维也纳，1998年，第104页。

4 拿撒勒画派出现于1809年，其核心成员是几个生活在维也纳的德国画家。为实现在与世隔绝的状态中生活和创作的理想，他们在1810年迁往罗马宾丘上的圣伊索多罗修道院。

艺术的神秘和神圣

瓦肯罗德是所谓的“艺术宗教”的创始人。他说过一句与启蒙精神背道而驰的名言：“艺术和宗教在哪里会合，壮观的生命河流就从哪里开始汹涌奔腾。”（160）对他来说，艺术犹如宗教一般神圣，他一切的精神努力，都旨在唤起世人对艺术的敬畏，促使人们以宗教虔诚来对待艺术。在他这里，艺术的神圣化以艺术的神秘化为前提，而艺术的神秘，又是借助灵感神赋论来说明的。瓦肯罗德对神赋论怀有浓厚的兴趣。他在《倾诉》的开篇就告诉读者：“诗人和艺术家的迷狂向来都是激烈争论的对象和起因。”（55）尽管这句话显示出瓦肯罗德的艺术史研究有些大而化之，因为从古希腊到文艺复兴前期，迷狂只是诗人的专利，造型艺术家则混迹于工匠队伍，与之无缘。但是，这一疏忽并不妨碍瓦肯罗德正确把握神赋论，特别是由柏拉图和新柏拉图主义者普罗丁所阐发的神赋论。在《倾诉》中，这二人的思想都得到了很好的图解：当修士描绘拉斐尔在夜半三更见到圣母显灵之后才一蹴而就圣母像的时候，或者当他讲述青年画家安东尼奥无论如何全神贯注、一笔一画地临摹拉斐尔作品也学不像的时候，人们很容易联想到柏拉图有关作诗要凭神力而不是凭技艺的教导；当修士谈论那颗始于万物之主再经由人的心灵进入人的作品、然后重新对着万物之主熠熠发光的“天国火星”的时候（87），当他把自然和艺术称作造物主赐予人类的两种通天的“神奇语言”的时候（97），人们又不难辨析出普罗丁的“神采放射”论调[1]。

1 朱光潜认为，普罗丁美学思想的全部意图都在证明“物质世界的美不在物质本身，而在反映神的光辉”。见朱光潜：《西方美学史》上卷，北京，人民文学出版社，1985年，第117页。

依照神赋论，诗人是天与地、人与神的中介。由于视角和理解的不同，其形象和地位可能产生微妙变化。如果他被看作神的喉舌、神的使者、神的宠儿，他会令人羡慕、令人敬畏；当人们视之为懵懂无知的工具，或是专供神仙下凡的“过道”和“门户”的时候，他甚至可能成为怜悯对象。尽管神赋论具有一定的阐释弹性，但有一个思想却是不可动摇的：受惠于神的诗人应该保持谦卑、虔诚。神赋论者瓦肯罗德显然也恪守了这一原则。尽管他的修士一想到拉斐尔和米开朗琪罗就浑身震颤，就泪眼潸潸，叫人搞不清浮现在他眼前的是人还是神，尽管修士也讲过专心作画的帕米贾尼诺令一路烧杀抢掠到他跟前的士兵震慑，竟被他们当成不可冒犯的圣人保护起来的故事（127）；可他同时又强调，艺术家是“上帝的奴仆”，他还把那些自封为上帝、自封为世界主宰的艺术家比喻成幻想着自己高坐在金銮殿上的乞丐（158）。对于人们应该崇拜艺术而非艺术家、因为艺术家是“脆弱的工具”的说法，他也表示赞同（140）。为了教艺术家们懂得虔诚和谦卑，他描绘了多个“流泪”的场面：拉斐尔夜夜祈祷，祈求圣母显灵，当圣母显灵之时，他的双眼噙满了泪水；安吉利科在创作《基督受难图》的时候泪流满面；徒劳模仿过拉斐尔绘画的安东尼奥，在“圣洁”起来之后，总是在泪如泉涌、心潮澎湃、双手颤抖的状态中作画，这些在“不知不觉”中出来的作品倒让他感到满意（71）。

生活在18世纪下半叶的瓦肯罗德宣扬灵感神赋论，这或多或少是在和时代唱反调。自文艺复兴以来，人们越来越自然地把艺术家比作神，艺术家的神化进程已经不可逆转。到了18世纪中叶，随着高举天才旗帜的狂飙运动的兴起，随着康德和歌德异口同声的赞美和讴歌，艺术家终于走上了神坛[1]。经过狂飙突进洗礼的艺术家，个个至高至尊，个个唯我独尊，个个无待于外。他们不会诚惶诚恐，不会拜天叩地，也不会因为外来的馈赠而热泪盈眶。与狂飙突进一脉相传的浪漫主义者，不仅接过了天才崇拜的大旗，而且对天才观念作了更为精致的论证和改造。他们不再盲目地叫喊什么“哪里有不可学不可教的影响、力量、行动、思想、感觉，哪里就有天才”[2]，他们开始理性地思考高高在上的天才如何确立自身，又如何超越自身。正是在这种背景下，才出现了把文学创作看成一个交织着“自我创造和自我毁灭”过程的弗·施勒格尔，以及呼吁思想者进行“自我观察”的费希特[3]，是他们代表了浪漫交响乐中的最强音。因此，一味鼓吹神授灵感的瓦肯罗德，自然会有复辟或者倒退之嫌。而由于他对体系、对抽象说理深恶痛绝，他还大逆不道地宣称“信迷信也比信体系好”（87）。难怪《倾诉》发表后不久，瓦肯罗德便背上了“蒙昧主义”的恶名，就连十分欣赏他的奥·施勒格尔也觉得他不应该“把仅存于人身上的神性和人割裂开来”，不应该“把神秘的艺术迷狂和神授灵感混为一谈”[4]。

---

1 康德拆散了自文艺复兴时期逐渐形成的艺术家和科学家同盟，并把“天才”的美谥留给了艺术家。见《判断力批判》上卷，北京，商务印书馆，1987年，第152—156页。歌德的几首自由诗，如《漫游者的暴风雨之歌》、《普罗米修斯》、《穆罕默德之歌》，等等（《歌德文集·第8卷》，北京人民文学出版社，1999年），因为表达了艺术家要和上帝平起平坐甚至取而代之的思想，而被视为“天才时代的巅峰之作”。参见约亨·施密特：《1750—1945年德国文学、哲学、政治中的天才思想史》，第1卷，达姆施塔德，1988年，第196—277页、第363—366页。

2 参见约亨·施密特：《1750—1945年德国文学、哲学、政治中的天才思想史》，第1卷，第404页。

3 分别参见弗里德里希·施勒格尔：《论文学》，慕尼黑，德意志口袋书出版社，1985年，第11页；以及恩斯特·贝勒：《浪漫派和唯心主义哲学研究》，帕德博恩—慕尼黑—维也纳—苏黎世，1988年，第120页。

4 格哈德·舒尔茨：《从法国大革命到复辟时期的德国文学》第一部，法国大革命时期（1789—1806年），慕尼黑，1983年，第256页。

不过，“反潮流”的瓦肯罗德也有其“弄潮”或者说“赶潮”之处。如果不是因为道出了时代的某一心声，他不可能在浪漫派中间得到广泛呼应。把灵感归功于神，这在18世纪、19世纪之交显得有点不合时宜，但灵感说本身并不会引起异议。浪漫派崇拜灵感、企盼灵感、依靠灵感。正是由于浪漫派的推波助澜，有关艺术家们如何听从灵感召唤的动人故事在19世纪十分走俏：什么散步回来的贝多芬连帽子都顾不上摘就直奔钢琴而去啦，什么舒伯特不得不在饭馆的菜单上挥洒音符啦，等等。在浪漫派之后的一个半世纪里，灵感与天才、灵感与艺术再次结下了不解之缘，“艺术等于天才等于灵感”的新三位一体论几乎神圣不可侵犯。如果不朦胧不迷狂不喷薄，名气再大的艺术家，也会让人疑心是否是真正的艺术家。[1] 只是在后现代派崛起之后，局面才有所改观。今天，无论是那旨在证明“千古文章一大抄”的“互文性”理论，还是埃柯宣布的著名公式：“天才等于10%的灵感加90%的汗水”，人们都能报以会心的微笑。

不过我们在此所要探讨的，是瓦肯罗德的另一“弄潮”思想——艺术神圣论。《倾诉》的一大魅力，在于它用一腔真诚、用晓畅而感人的语言来传播艺术宗教，来宣讲唯有沐浴熏香、匍匐在地，方能醍醐灌顶，方能甘露入心的道理。瓦肯罗德不仅要求艺术家把艺术当作来自天国的“高级情人”，把艺术定义为“宗教爱情，或者说为人所热恋的宗教”（72），就是对于艺术欣赏者，他也提出了不低的要求：艺术欣赏如同“礼拜”，欣赏者应该“在无声的、沉默的谦卑中，在精神升华的孤独中敬

1 直到1929年，普鲁士艺术科学院还就是否有必要以灵感为分水岭来区分“诗人”与“作家”进行过争论，让饮誉世界的“作家”托马斯·曼也感到芒刺在身。见黄燎宇：《托马斯·曼》，四川人民出版社，1999年，第149—151页。

仰伟大的艺术家、敬仰这些人中俊杰”，应该“长时间地、聚精会神地端详他们的作品，在那些最令人愉快的思想和感情所散发的光芒中温暖自身”（106）。对于该基本教义，瓦肯罗德从正反两方面都进行了阐述。他不仅告诫艺术家和观众应该如何如何，同时也让他们知道不能如何如何。譬如，艺术家一边画画一边聊天要不得（124），吊儿郎当去看画同样要不得，因为刚刚和嘻嘻哈哈的酒肉朋友告别，便摇摇晃晃地走向艺术殿堂的人，和那些在此时此刻走进教堂的人一样亵渎神灵（107）。很显然，瓦肯罗德孜孜以求的目标，便是艺术创作和艺术欣赏的宗教化、仪式化。他的思想一点也不玄妙，他给人的感觉，多半是“高贵的单纯”。不用说费希特、谢林、施莱尔马赫，就是拿施勒格尔和诺瓦利斯的艺术哲学来比，瓦肯罗德也会显得头脑简单，简单得让人怀疑他有没有或者说有没有能力构思艺术哲学。另一方面，浪漫玄学家们和瓦肯罗德却是相映成趣、互相补充的。如果说前者致力于建立艺术哲学或者说艺术形而上学，那么困扰后者的，则是艺术社会学问题，是艺术的“外部环境”。当浪漫诗哲们沉湎于艺术救世的宏大构思时，当他们踌躇满志地探讨反讽、神话和世界的诗意化等玄而又玄的问题时，瓦肯罗德却忧心忡忡地注视着艺术的生存环境和尊严。

瓦肯罗德的忧虑不无道理。众所周知，直到19世纪上半叶，德国的社会发展比其西欧邻国要慢半拍。当汽笛声已在英伦三岛响彻云霄的时候，德意志大地仍是鸡犬之声此起彼伏。对于德国浪漫派所处的社会历史环境，有人做过如下描述：“德意志民族神圣罗马帝国完全处于中世纪状态。它由三百多个主权国家、帝国自由城市、帝国直辖的及教会统辖的领地组成，高居其上的是一个选举出来的、软弱无力的皇帝。……该帝国的两千三百万人口中，有75%从事农业。生活在帝国自由城市中的市民中产阶级还在用过时的帮会制度管理自己。据后世的估计，当时有70%的德国人是文盲。”[1]需要补充的是，当时的德国已经缓慢地走上了资本主义发展轨道。与此同时，艺术逐步走向市场。高雅艺术不再是王侯和贵族的专利，开始从深宫大院走向社会，走向大众，面向市民大众的美术馆和音乐厅应运而生。然而，迎接这高雅艺术的，并不总是高雅的观众。以当时的音乐厅为例，由于听众良莠不齐，由于许多人缺乏艺术鉴赏力和对艺术的敬畏感，所以音乐会上经常出现令音乐家们尴尬和恼怒的场面。蒂克曾经抱怨女人在音乐会上打毛线[2]，稍后的黑格尔也提到人们听歌剧时遇到不感兴趣的场面就聊天、吃零食的现象[3]。至于瓦肯罗德，更是从各种大煞艺术风景的粗鄙行为中间看出一个时代症结。通过修士，他一针见血地指出，他的时代“把其实是非常严肃、非常崇高的艺术当作刺激感官的轻松玩具来把玩”（92）。因此，他对艺术受众非常苛刻。他不能容忍人们像逛集市那样参观美术展览，边走边看边评，他同样不能容忍音乐厅里出现对牛弹琴的现象。《倾诉》中的音乐家贝格林格，虽说他面对着珠光宝气、身着绫罗绸缎而且正襟危坐的观众，后者脸上那无动于衷的表情却使他黯然神伤。当他想到这些人即便在圣乐灌顶的教堂里也激动不起来的时候，他感到了绝望，恨不得“把这种文化抛弃一边，逃进山里去找那淳朴的瑞士牧人，和他一起演奏那些在任何地方都能唤起他乡愁的阿尔卑斯山歌曲”（142）。

瓦肯罗德呼吁人们把美术馆视为寺庙、把音乐厅当教堂，当

1 克劳斯·京泽尔：《浪漫派的命运：来自一个时期的各色人物》，慕尼黑，1988年，第10页。
2 勃兰兑斯：《十九世纪文学主流》第二分册，第70—71页。
3 黑格尔：《美学》，北京，商务印书馆，1986年，第3卷，上册，第343页。

然是出于矫枉过正的良苦用心。同样不可否认的是，他的艺术神圣论一旦深入人心，必然会产生相当的社会效应。然而，单靠呼吁是不可能把艺术请入神龛的。艺术环境的改良有赖于一定的社会条件。如果说靠白纸黑字传播的文学可以在一定程度上超越经济基础制约上层建筑的规律，如果说经济政治落后的社会也可能出现发达的文学，那么造型艺术和音乐艺术的繁荣却是离不开相应的物质基础。譬如在 18 世纪到 19 世纪初的一百年里，英国之所以成为德国音乐家的理想国，使亨德尔乐不思蜀、海顿流连忘返，与它身为资本主义的"龙头老大"、有着雄厚的物质基础不无关系。这个道理"艺术修士"瓦肯罗德却不明白，他那些只知道翱翔于精神天空的同类也不明白。同样令人遗憾的是，德国浪漫派也未能从 19 世纪德国历史中获得启示：在他们之后的大半个世纪里，德意志大地虽然被浪漫派感到陌生和恐惧的工业化、技术化以及商业化浪潮冲刷和淹没，但与此同时，文化教育事业也在突飞猛进，作为高雅文化消费主体的中产阶级人群快速扩大[1]，艺术环境大为改观。雨后春笋般涌现的音乐厅，不仅修建得富丽堂皇，里面的观众也是今非昔比，维持庄严肃穆的演出气氛已是不言而喻。落成于 1873 年的拜罗伊特节日剧院，更是笼罩在香烟缭绕的宗教氛围之中。一旦踏入这个汇集各方艺术信徒的麦加圣地，不管地位多高、名气多大，都得正襟危坐、噤若寒蝉[2]。如果说瓦

---

1 据统计，在 1800 年前后的德国，高文化阶层仅占总人口的 1%，到 1900 年其比例已达到 20%。见霍斯特·阿尔伯特·格拉塞尔主编：《德国文学—— 一部社会史》，第 8 卷，汉堡，1993 年，第 29 页。

2 当端坐在节日剧院的斯特拉文斯基因四肢发酸而改变坐姿时，那不可避免的一丁点噪音竟招来了"上百道愤怒的目光"。有了这个不愉快的经历，他不得不对那种把艺术当宗教、把剧院当寺庙的观念嗤之以鼻。见妮克·瓦格纳：《音乐家、文学家、音乐爱好者谈瓦格纳：资料汇编》，斯图加特，1995 年，第 197 页。

肯罗德的最高理想——观众和艺术家心心相印——很难实现，因为要求每一个艺术鉴赏者都向艺术品"敞开心扉"，就和要求每一个走进教堂的人和上帝"神交"一样艰难，那么，他的基本理想——艺术活动的仪式化和宗教化——至少在拜罗伊特化为了现实。

艺术家悲剧

从形式看，《倾诉》是典型的"阿拉贝斯克"（arabesque；华丽曲）。里面有诗歌、书信、逸事、散文、美术评论，结尾则是一篇题为"音乐家约瑟夫·贝格林格不寻常的音乐生涯"的短篇小说。小说约占全书六分之一的篇幅，其主人公是修士的朋友约瑟夫·贝格林格。贝格林格出生于一个生活拮据的医生家庭。他性格温柔，酷爱音乐，自小便暗暗发誓要把自己的生命化为音乐，可父亲要他学医。有一次和父亲发生激烈冲突之后，他终于离家出走，前往曾经给他艺术体验的主教府，在那里学习了音乐知识并成为乐长。但由于观众的麻木、同行的妒忌、主教的控制和干预等诸多问题，功成名就的他反倒心灰意懒，郁郁寡欢。复活节前夕，他殚精竭虑、一气呵成写出一部堪称不朽的受难曲。在成功地指挥受难曲的首演之后，他心力交瘁，继而患病身亡。

很明显，音乐家贝格林格的故事给《倾诉》造成了一道"思想裂缝"。如果说修士此前讲的画家故事听起来美妙动人，如果说"天真而洒脱的拉斐尔创造出思想深邃、能让人瞥见天国的作品，放浪不羁的圭多·雷尼画出了无比温柔、无比神圣的画面，朴实无华的纽伦堡市民阿尔布莱希特·丢勒，在有悍妇与之日日争吵的情况下，依然孜孜不倦、一板一眼地完成了一部部思想丰富的作品”，如果说他们一个个都那么“皮实”，而唯独创造出“神秘美”的贝格林格弱不禁风（143），那么这是不是因为修士有点厚古薄今或者自相矛盾呢？当然不是。另一方面，我们也不能跟修士一样，把上述差异归结为“上帝的安排”（144）。我们必须看到，约瑟夫·贝格林格的悲剧并不根源于他的个性，主宰其命运的，是非同小可的艺术家问题。

所谓艺术家问题，其实是个社会学问题，它涉及艺术家和社会的关系或者说冲突。艺术和艺术家几乎和人类的文化同时产生，艺术家问题却并非“古已有之”，它出现于近代西方，出现在艺术家的自我意识和社会现实发展严重错位的背景下。尽管犬儒派创始人安提西尼讲过笛子吹得好的为人必定很坏一类的话，而柏拉图又指控诗人荷马百无一用——不会打仗，不会治病，不会发明器械，甚至不会教书育人，让人疑心艺术家是否在古希腊就成了个问题[1]；尽管文艺复兴时期的艺术家已有相当的自我意识，也逐渐被视为要艺术不要生活的“另类”，但就总体而言，18 世纪以后才出现了艺术与生活之水火不容、艺术家成为叛逆或者边缘人的状况。之所以如此，是因为当“艺术自律”成为艺术家们挥之不去的念头的时候，当艺术拒绝成为实现某种政治、宗教抑或社会目标的工具的时候，恰逢功利主义思潮大行其道，对于乘风破浪的新兴资产阶级来说，评判万事万物的唯一标准，就是看其是否经世致用。此风之盛，就连不苟言笑的康德也忍不住要调侃一番：“人们通常只是把能够满足低级感觉的、能够让我们足吃足喝

1 分别参见普鲁塔克：《希腊罗马名人传：五对比较列传》，慕尼黑，1991 年；柏拉图：《理想国》，北京，商务印书馆，1986 年，第 393—396 页。

足衣足用，以及铺张浪费的事情称为有用的，我却不明白为什么不把所有能迎合我的活泼的感受的东西视为有用……在上述观点看来，鸡当然是比鹦鹉好，饭锅比瓷器更有用，世上的智者加起来也不及一个农民的价值，人们也不会在就最佳耕作办法达成共识之前，去探索恒星世界。”[1] 在这种背景下，艺术的务虚性质格外扎眼。身为医生的老贝格林格既然是时代精神的产物，他理所当然要对艺术嗤之以鼻。照他看来，艺术无非是协助人们放纵欲望和激情的奴婢，是讨好贵族世界的优伶，相比之下，他所献身的医学才是最慈善的、对人类最有益的科学，所以他教导儿子，要以教育大众、施舍大众，要以包扎伤口、治愈疾病为己任（134—136）。

不过，老贝格林格之所以反对儿子从事艺术，并不只是因为艺术无益于社会。他这么做，显然也是为家庭的利益和儿子的前程着想。如果说对生活在21世纪的人来讲，艺术和贫穷之间未必有什么必然联系，那么在过去两个多世纪里，每当做父亲的听说儿子要献身艺术的时候，他们常常因为恐惧而脸色煞白，或者因为愤怒而脸红脖子粗。他们并不是神经质。这是因为在一个把商人、医生、牧师，或者司法官员视为最高就业理想的社会里，艺术自然是贫与贱的同义词。既然做父亲的都希望儿子奔向锦绣前程、希望他们过上殷实而体面的生活，他们势必要儿子远离艺术。决意献身艺术的儿子们，要么公然反叛，成为“逆子”，要么阳奉阴违，白天干“正事”，夜里搞艺术。瓦肯罗德属于后一种类型。他就是迫于父亲的压力才学习法律、投身司法生涯的，而他的《倾诉》和《随

1 伊曼努尔·康德：《早期著作集》，第2卷，第232—233页，格奥尔格·克劳斯选编并作序，曼弗雷德·布尔协助选编，柏林，1961年。

想录》都是偷闲写成的。在瓦肯罗德之前，德国还有三个著名的“逆子”：一个是因为献身诗歌被逐出家门、享年仅二十八岁的克利斯蒂安·京特；一个是违抗父命、拒绝学法律的亨德尔；第三个则是擅自从法律转向文学的歌德。及至19世纪、20世纪，择业问题引发的父子冲突可谓有增无减，使越来越多的人发出了资本主义敌视艺术的感慨。也许是什么辩证法作祟吧，这不幸的现实却成为文学之大幸。饱受现实之苦的青年文学家纷纷用笔杆子来诉说自身的不幸和不满，由此产生了许多不朽的艺术家小说。戈蒂埃塑造了患“畏诗症”的财主形象；托马斯·曼写出了长篇处女作《布登勃洛克一家》，这部讲述一个商业望族因为艺术而消亡的作品，为他赢得了诺贝尔文学奖；在卡夫卡的《变形记》中，一个无力、其实也是无心尽职的推销员，变成了一只不中用而且讨人嫌的大甲虫，借助这个天才的寓言，卡夫卡把艺术家逃避“正经职业”、逃避家庭责任的后果触目惊心地展现在人们眼前。

如果说“音乐家约瑟夫·贝格林格不寻常的音乐生涯”为德语文学中的一道亮丽的风景线——艺术家小说开了先河；如果说它敲响了“影响整整一代浪漫作家的——打个音乐上的比方——‘主题’”，让他们去“进行更加巧妙的发挥，进行更加丰富多彩的变奏和配器”[1]，那么音乐就是这么一个主题。因为在这篇小说中，艺术家的悲剧是和音乐问题紧密相连的：由于音乐，约瑟夫·贝格林格对经世致用的医学、对一切兼济天下的理想都不感冒；由于音乐，他坚信天生我材另有用，坚信自己有一个“更远大、更高尚”的生活目标——艺术（136）；为了音乐，他可以废寝忘食，可以

---

1 赫尔曼·奥古斯特·科尔夫：《歌德时代的精神》，第3卷，莱比锡，1956年，第58页。

抛弃一切世俗的享受和烦恼；音乐使他超凡脱俗、飘飘欲仙，音乐也让他过早地告别了人寰……音乐在小说中享有如此分量，这并非偶然。

究其原因，还得从浪漫派、音乐和德国三者间的特殊关系说起。简单讲，三者具有如下关系：一方面是德国浪漫派提高了音乐的地位，对德国音乐的发展起到了推波助澜的作用；另一方面，音乐又给德国文化和民族心理留下了深刻的烙印。虽说是马丁·路德率先给德意志大地播下了音乐的种子——他不仅让音乐在一切科学和艺术中享有仅次于神学的地位，而且他把世俗音乐宣布为上帝的馈赠，无疑为音乐家巴赫的创作做了某种精神铺垫[1]；虽说由于海顿、莫扎特以及贝多芬的出现，德国在音乐方面已是"后来者居上"[2]，可直到19世纪初，德国人既没有对音乐另眼相看，也没把自己看作音乐民族。这从两位精神泰斗——康德和黑格尔身上就可以看出：前者认为各门艺术中音乐的地位最低[3]，后者感叹他们北欧人在音乐和歌剧方面怎么也赶不上意大利人[4]。德国人的音乐崇拜是从浪漫派开始的，其始作俑者正是瓦肯罗德。他不但因为路德赋予音乐崇高地位而对其刮目相看（92），他不仅说"让木材和金属发出声响"是人类最伟大的发明，说音乐是"天使的语言"（207），他还热情洋溢、笔酣墨饱地描绘了音乐之神奇之空灵之神秘。在他之后，

1 有人认为，受到路德思想影响的巴赫，不仅在创作宗教康塔塔，就是在写《平均律钢琴曲》和《勃兰登堡协奏曲》的时候也把自己看作上帝的仆人。参见约翰内斯·米腾茨维：《文学中的音乐主题：概述从斯特拉斯堡的戈特弗里德到布莱希特的德国文学》，哈勒，1962年，第23页。

2 由于两个原因，我们没有刻意区分德国和奥地利：第一，因为直到19世纪初，德、奥都还同属神圣罗马帝国；第二，德、奥的文化一体性并没因为政治和主权上的分离而终止。

3 康德：《判断力批判》上卷，第175—177页。

4 黑格尔：《美学》，第1卷，第361页。

浪漫派对音乐的赞美不绝于耳。其中，霍夫曼和叔本华的声音尤其令人关注。他们一个把音乐宣布为“最具浪漫精神”的艺术，另一个则借助形而上学的力量把音乐推上了艺术宝座。在19世纪后期，又有和叔本华一脉相承的尼采讴歌音乐所蕴含的“酒神”精神。与此同时，瓦格纳、勃拉姆斯、马勒和布鲁克纳等音乐家，带着德意志诗人和哲人的祝福，把德国音乐引到一个新的高峰，使德国最终成为无可争议的音乐大国。到了20世纪，人们越来越自然地把音乐和德国民族魂联系起来。“一战”刚刚爆发，托马斯·曼就断定，德法矛盾实际上是“音乐”和“文学”的矛盾，到“二战”结束的时候，他又不得不深刻地检讨音乐和德国历史悲剧的关系[1]……

必须指出的是，尽管路德和浪漫派都对音乐情有独钟，他们对音乐的理解却有着根本的不同。路德把音乐当成传播和巩固宗教信仰的工具，看重其陶冶情操、振奋人心的社会功能[2]，在浪漫派眼里，音乐宛若一匹行空的天马，它远离社会、远离尘嚣，拒绝承担任何道德和认识义务。他们所追求的，是不再陪衬外物的音乐，是停止为表情、舞蹈、文字做注释的音乐，一言蔽之，他们要的是“纯音乐”或者说“绝对音乐”。这种认知上的差别自然决定了二者各有所好：路德看重声乐；浪漫派推崇器乐，因为只有器乐才能体现音乐之神奇之空灵之神秘，才能最大限度地实现“艺术自律”的浪漫理想。他们赞美音乐，实际上是赞美器乐。霍夫曼认为器乐给人们揭示了“一个与他身处其中的外在感性世界迥然不同的世界”，以

---

1 参见13卷本《托马斯·曼文集》第12卷第31—32页和第11卷1131—1133页，美因河畔的法兰克福，费舍尔口袋书出版社，1974年。

2 罗伦培登：《这是我的立场——改教先导马丁·路德传记》，陆中石、古乐人译，上海，译林出版社，1995年，第315页。

便他“放弃一切确定的感觉”，去“体会无可名状的渴望”；而在叔本华看来，在各门艺术中，唯有音乐独立于现象世界，在某种意义上讲，“没有这个世界，也照样有音乐”[1]。然而，说到浪漫派崇拜器乐，瓦肯罗德同样功不可没。照他看来，多声部的众赞歌是声乐发展的巅峰，器乐的辉煌则体现在交响乐，但这既不妨碍他把声乐叫作“有限的艺术”，更不影响他去赞赏器乐的“独立和自由”（243）。他认为，音响“既不模仿什么，也不美化什么”，所以它构成一个“与世隔绝的世界”，所以它好像“一束新的光芒，一颗新的太阳，一个环绕地球的光环世界”（236）。不可否认，瓦肯罗德也有陶醉于声乐，特别是宗教歌曲的时候，《倾诉》中有关德国画家在圣乐灌顶的教堂内皈依天主教那段描写就是证明（114），但这并不说明他对声乐和器乐一视同仁，因为让画家双膝发软的，并非拉丁语歌曲的文字和内容，而是其旋律和音响。

更为重要的是，这段精彩的文字也有助于解释出生于新教家庭的浪漫派为何纷纷皈依天主教。勃兰兑斯曾试图拿这段描写来说明天主教的倾向从一开始就植根于浪漫派的原则之中，同时他还反驳了奥·威·施勒格尔有关天主教倾向来源于艺术家的偏好的说法[2]。可是，勃兰兑斯此言差矣。他之所以否认浪漫派由艺术走向宗教，是因为他过分地相信艺术家的宗教虔诚，是因为他忽略了艺术和宗教之间那层微妙的关系：艺术固然可以充当宗教的诱饵，可以为后者网罗信徒，但艺术从来都不是宗教的忠实奴仆，因为它会喧宾夺主，会使信徒们耽于享受。这个事实连宗教人士也不否认。米兰主教安布罗斯就承认自己“用赞美诗的旋律诱

1 参见《文学中的音乐主题》，第135页；叔本华：《作为意志和表象的世界》，第356—357页。
2 勃兰兑斯：《十九世纪文学主流》第二分册，第109页。

人信教”，稍后又有圣奥古斯丁忏悔说：“听觉的欢愉可以鼓舞脆弱的心灵进入虔诚的状态。然而，有时我受歌唱的感动多于受内容的感动，我承认这是犯罪，我后悔不该听到那歌唱。”[1] 至于瑞士宗教改革领袖茨温利，则是以斩草除根的果断来消除音乐所造成的尴尬：他不仅禁止在祈祷时唱歌，由于担心音乐使人耽于享受，他还下令把教堂内的管风琴劈成柴火[2]。

如果说宗教是浪漫派的精神鸦片，那么艺术就是这鸦片当中的吗啡。这不仅是那位画家，而且也是音乐家贝格林格给人的启示。贝格林格把音乐称为“信仰之域”，还说什么“一接触音乐，心灵的恐惧便化为乌有”，但他所谓的信仰和宗教信仰不是一回事。他认为音乐无非是教人“学会感受感觉”（217），他在欣赏音乐的时候，脑子里是一片空白。对此，他作过下述一番坦白：“此时此刻，我们有什么问题得到解答了吗？我们洞悉了什么秘密吗？——没有！尽管没得到任何答案和启示，我们眼前却是云蒸霞蔚，我们感到欣慰，但不知道为什么……”（206）随着这番话跃然纸上的，与其说是一个艺术欣赏者，不如说是艺术吸毒者的形象。贝格林格分明是在音乐声中腾云驾雾。耐人寻味的是，尽管如堕五里雾，贝格林格却保持着一丝清醒的认识。他念念不忘那些在地上忙忙碌碌的人如何看他：“让他们、让那些在生活中驾车飞驰而过的人、让那些不知道人的心中还有一块保存着神圣静谧的土地的人去讽刺讥笑吧。他们尽可风驰电掣、扬扬得意，他们尽可坚信自己驾驭着世界。但总有一天，他们会嗷嗷待哺的。”

---

1 唐纳德·杰·格劳特·克劳德·帕利斯卡：《西方音乐史》，北京，人民音乐出版社，1998年，第31页。

2 《文学中的音乐主题》，第30—31页。

（206）不难看出，这种吸食艺术鸦片的行为多少带有反叛社会的意味，贝格林格也的确想借助艺术的魔力，把劳动和进步的理想、务实和效率观念扔到九霄云外。这是一种典型的浪漫反叛，因为浪漫派的一个基本特征就是抗拒时代主旋律，就是与社会唱反调。当瓦肯罗德致力于在高奏前进凯歌的社会中开辟一方艺术净土的时候，弗·施勒格尔又抛出了把生活艺术化的主张。他不仅肆无忌惮地高喊“我不单享受，我还感受，还享受我的享受”，他还惊世骇俗地告诫世人“勤奋和功用是死亡天使，他们手持火星四射的利剑，阻止人们回归天堂”[1]；比他们稍后的艾兴多夫，则让一个抱着乐器东游西逛的“废物”成为艺术家的象征，“废物”拔掉地里的蔬菜土豆、代之以珍奇花卉的举动，把艺术家的“务虚”本质表现得淋漓尽致[2]。

作为浪漫派人物，瓦肯罗德既典型又不典型。当他宣传艺术神圣论和艺术无用论的时候，当他宣传灵感决定论和音乐至上论的时候，他是典型的浪漫派。然而，思想的矛盾和反叛的不彻底又使他显得与众不同。瓦肯罗德不仅在行动上向父亲妥协，乖乖地开始了司法生涯，而且也为此付出了精神代价：他本是一个多愁善感、心地单纯、有着女性般的温柔和羞怯的文学青年，为了当好一个高高在上、冷若冰霜地掂量人的行为的法官，他却不得不拼命地压制自己的本性[3]。之所以如此，是因为他是地道的过渡性

1 弗里德里希·施勒格尔：2卷本《文集》，第2卷，柏林和魏玛，建设出版社，1980年，第10页、第33页。

2 《19世纪德国艺术家中篇小说》，约亨·施密特选编并撰写后记，美因河畔的法兰克福，1982年，第69页。

3 威廉·海因里希·瓦肯罗德：《作品、论文、书信集》，格尔达·海因里希选编和评论，柏林，1984年，第409—410页。

人物，是因为他横跨着启蒙主义和浪漫主义两个精神世界。他一方面是无可争议的浪漫先知，留下了宛如空谷足音的艺术宣言和艺术颂歌。他说过："人的神圣的追求，便是创造这么一种东西：它不为日常用途所吞噬，它遗世独立、熠熠生辉，它不为任何齿轮推动也不推动别的齿轮。"他还说："在心灵发出的火焰中，没有什么比艺术的火焰蹿得更高、更笔直！没有什么事物能和艺术一样，如此浓缩人的精神和心灵的力量，使之成为人间上帝！"（224）另一方面，瓦肯罗德又不似其他浪漫艺术家，义无反顾地奔赴和陶醉于艺术世界。他有回眸和反省的时候。他常常不自觉地站在父亲的立场、站在启蒙主义者的立场来打量自身、来审视艺术。他看到了问题，他深感惭愧，他由此陷入沮丧乃至绝望，于是就有了贝格林格的艺术家悲剧。

概括起来讲，贝格林格是被以下两个认识压垮的：第一，身为凡胎俗子的艺术家，不能超凡脱俗，不能实现远在九天的艺术理想。贝格林格自小就因为家庭的干扰、因为吃喝拉撒妨碍他的音乐享受而烦恼，成为音乐家之后，他又摆脱不了自以为是的雇主、装腔作势的观众，还有妒火中烧的同行。艺术家的可悲，就在于他"即便展开精神的翅膀奋力扑腾，也无法脱离尘世"（141）。第二，艺术是无用的、有害的、反人道的。贝格林格发现艺术是骗人的"迷信"，发现自己专注于艺术而忽略了人，所以他咒骂自己是一个把人的作品看得比上帝的作品还重要的"傻瓜"，所以他告诫人们："艺术是一颗诱人的禁果，谁要尝过那无比甜蜜的汁液，谁就永远地被逐出那积极进取的世界。"（225）贝格林格如此借用或者说颠覆古老的"失乐园"神话，并无亵渎之意，他只是想表达肺腑之言。他不仅相信艺术家对社会的用处还远远抵不上一个“普通匠人”(142),他还承认,假设他遇上不幸的、需要救助的场面,如果受苦受难的父亲、母亲以及孩子们站在他跟前绞着手哭号,他将陷入恐惧和沉默,他将为自己的软弱无力感到羞愧(226)。

综上所述,瓦肯罗德所刻画的艺术家悲剧有着历史的必然,而历史的发展是不以人的意志为转移的。艺术家努力把艺术神圣化,可艺术神圣化又和艺术的边缘化结伴而行。当艺术神圣到与社会和人生毫无干系的地步,它也把自身放逐到社会的边缘。此时此刻,艺术家也许会悟出一个残酷的道理:从“艺术圣人”到“艺术废人”只有一步之遥。如此事与愿违,既是个人的悲剧,也是社会的悲剧。

情爱的形而上学*

——评瓦尔泽小说《恋爱中的男人》

2008 年 3 月 7 日，马丁·瓦尔泽根据歌德的一段人所共知的黄昏恋——不朽的《马林巴德哀歌》就是从这未果的爱情绽放出来的文学花朵——创作的小说《恋爱中的男人》开始在德国各大书店公开发行。这是一本闪亮登场的新书，第一版印数就达到十万册。随着该书的热销，罗沃尔特出版社很快又加印六万册。这本小说不仅让本来就喜欢瓦尔泽的读者和评论家欣喜若狂，不仅让中立的评论家和读者发出赞叹（有一阵子瓦尔泽几乎天天都要收一堆热情洋溢的读者来信），就连此前与瓦尔泽势不两立、与他处于热战或者冷战状态的机构和个人也跟他握手言欢。德国的头号大报《法兰克福汇报》曾在 2002 年给瓦尔泽扣上一顶反犹高帽，从而掀起一场波涛汹涌的“批瓦”和“倒瓦”浪潮。现在该报却同意在《恋爱中的男人》正式出版之前进行连载。2 月 27 日，《恋爱中的男人》出版前的首场朗诵会在魏玛王宫举行。瓦尔泽朗诵的选段迷倒了现场听众，其中包括专程前来侧耳聆听的联邦总统科勒。这是一本尚未正式出版就好评如潮的小说。尽管让圈内人先睹为快的“赠阅本”上注明“3 月 7 日首发”，同时还提醒“请不要在首发日之前发表书

---

* 本文原刊于《文景》2009 年第 6 期。由德国汉学家杨佩（Petra Mann）译成德文之后发表于《文学之路：中德语言文学文化研究》，第十卷，张玉书，霍·托美，卫茂平，朱建华，格·布劳恩嘴尔特主编，维尔茨堡，K&N 出版社，2011 年。

评”，还是有按捺不住的评论家提前公开发出了赞美之声。首发之后，该书也很快在畅销书排行榜上名列前茅。

即便在遥远而陌生的中国，虽然《恋爱中的男人》的中译本尚未出版**，但是这部小说也在特殊的个体和特殊的群体中间引起了异乎寻常的反响。笔者有幸得到一册“赠阅本”，在阅读过程中获得了莫大的享受，所以逢人就谈自己全新的阅读体验：“碰上一本好的小说，你就很难做到正襟危坐、专心致志，因为你时不时地要哈哈大笑，要放下书和笔，好腾出手来拍巴掌，你还要时不时地站起身来，在房间里来回踱步，甚至翻开抽屉找速效救心丸——艺术享受也很危险。”2008年春暖花开之时，笔者又把这本小说带进了北京大学德语系的课堂，给学生们朗读选段，结果获得了空前的、也许还绝后的教学辉煌：听说当天的课堂如何生动、如何有趣、如何热闹之后，逃课的学生为自己当天的逃课行为后悔不已。后来又有学生如痴如醉地通读了德文版，读完之后还找出一首跟《马林巴德哀歌》相映成趣的唐诗，我们姑且称之为由乌尔莉克撰写的迷你型《马林巴德哀歌》。诗词如下：“君生我未生，我生君已老。君恨我生迟，我恨君生早……”[1]

这种种迹象表明，《恋爱中的男人》是瓦尔泽的巅峰之作，是一部天生的杰作，是一本值得点评、值得议论的好书。

一

《恋爱中的男人》诞生于2007年。在德国，这是一个文学热闹

** 现在其中译本已经出版，参见黄燎宇的译本，北京，人民文学出版社，2011年。

1 有关该诗的出处和含义说法不一。这里只引了开头四句。

年：马丁·瓦尔泽和君特·格拉斯同时迎来八十华诞。对于这二人的地位和影响，一位俏皮的德国作家评论作了如下概括："没有文学君主的德国就像没有冲突的中东。马丁·瓦尔泽是我们当今的文学君主。有一阵他不在位，在位的是君特·格拉斯，格拉斯登基之前瓦尔泽在位，瓦尔泽登基之前又是格拉斯在位。"[1] 在德国，"文学君主"这一称号是为歌德发明的，也是为歌德专用的。说到"文学君主"，人们总是想起歌德，犹如说起"百兽之王"的时候人们眼前会浮现出雄狮的形象。毫无疑问，"文学君主"这一谥号很容易让人精神跑偏。但是瓦尔泽的精神没有跑偏。智慧如他，既没有忐忑不安，也没有飘飘欲仙。他采取的是以柔克刚、大事化小的策略。对于文学君主说和轮流执政说，他的回答是："有些作家如果有幸活到八十岁，他们就会进入我和格拉斯这样的角色。有些事情需要你活到八十岁。到时候一切都会送上门来。"瓦尔泽这番话当然是为了声东击西，调虎离山，他想把自己的真实面目隐藏在他释放的烟幕弹的后面。众所周知，"文学君主"的称号吃老本吃不出来，熬岁数也熬不出来。要做"文学君主"，就必须有超人的勤奋、超人的天才和超人的活力。瓦尔泽满足了这几项高要求。若与格拉斯相比，他还略胜一筹。他是德国文坛首屈一指的常青树、不倒翁。按照欧洲人的说法，他是越老越醇、越老越贵的文坛红酒；如果采用中国人尤其是四川人的比喻，他就是越老越红、越老越辣的文坛辣椒。

2007 年也是八旬老翁瓦尔泽大放异彩、锦上添花的一年。这一年他有两件事情可圈可点，可载入史册。一是他在德国权威政治学杂志《西塞罗》(*Cicero*) 颁布的 500 名德国知识分子年度影响

1 参见 http: //oel.orf. at/programm/200803203701.html。

力排行榜上名列第二，紧跟在教皇本笃十六后面。如果鉴于教皇具有国际性和超凡性而将他视为国际人士，瓦尔泽实际上是德国知识分子中间的呼风唤雨第一人。瓦尔泽在2007年的另一惊人事迹，是写了一本关于“文学君主”的爱情小说。这部小说取材于一段真实的、令人欷歔不已的爱情故事：73岁的歌德在疗养胜地马林巴德爱上19岁的姑娘乌尔莉克·封·莱韦措。歌德求婚未果，悲痛欲绝，写下流芳百世的《马林巴德哀歌》。瓦尔泽这一文学壮举令人期待，因为既然是作为——套用柏拉图的术语——“摹本”的“文学君主”描写作为“理念”的“文学君主”，这故事一定很精彩，一定很好看。但是人们也有理由为他捏把汗，因为他现在必须面对、必须翻越至少三座令人压抑也容易令人气馁的大山。这第一座大山就是歌德本人。歌德是超级伟人。歌德不仅横看成岭侧成峰，不仅具有超级伟人的复杂性和多面性，而且具有超级伟人的神圣性和不可冒犯性——有无数形形色色、手持利剑的圣殿卫士在守护着歌德的神像，不容许任何人进行任何扭曲和诋毁。写歌德小说，很容易跨越虔诚到小气和狭隘的歌德研究者们所认定的诗与真的界限，很容易招致多如牛毛的歌德研究者吹毛求疵。一言蔽之，写歌德小说属于费力不讨好。也正因如此，尽管歌德研究者多如牛毛，尽管歌德研究文献和歌德传记汗牛充栋，描写歌德的小说却极其罕见。埃米尔·路德维希的鸿篇巨制《歌德》（1920年）充其量算作文学化的歌德传。唯一一部歌德小说，是托马斯·曼的《绿蒂在魏玛》（1939年）。横亘在瓦尔泽面前的第二座大山，正是托马斯·曼。这是公认的20世纪的“文学君主”。应该说，托马斯·曼既是令人生畏的榜样，因为《绿蒂在魏玛》是不朽之作，同时也是令人生畏的前车之鉴，因为托马斯·曼也动过把“歌德在马林巴德”的故事写成中篇小说的念头，但最终却出于某种考虑而放弃这一计划，在保留“晚节不保”这一母题的前提下，转为创作《死于威尼斯》(1913年)，用具有娈童情结的古斯塔夫·阿申巴赫取代了迷恋少女的老年歌德。《死于威尼斯》也早已成为中篇经典。横亘在瓦尔泽创作道路上的第三座大山，是一些要他收敛、要他断念的女作家和女性批评家。她们因为瓦尔泽在《爱的履历》(2000年)、《爱的瞬间》(2004年)和《恐惧之花》(2006年)等小说里面议论和描写老少之恋而义愤填膺。著名的女作家兼电视节目主持人、2007年还在《西塞罗》排行榜上位居第八的埃尔克·海登赖希就骂瓦尔泽“老来骚”，说瓦尔泽的作品属于“叫人恶心的老男人文学”[1]。但是，胸有成竹、艺高胆大的瓦尔泽不仅漠视这些高山险隘，而且擅长把阻力变动力，所以《恋爱中的男人》写得异常地顺，写得异常地快。他在6月29日动笔，8月29日就完成了初稿。然后他踏着歌德的足迹去了魏玛，去了让老年歌德魂牵梦绕的波希米亚（今捷克境内）。完成这趟感受或者叫体验之旅后，他对手稿做了一点点修改。一部几乎人见人爱的歌德小说便由此诞生。

瓦尔泽凭借其鬼斧神工的艺术，带着《恋爱中的男人》轻轻松松地跨越了上述的三座大山。他首先塑造了一个令人赞叹的歌德形象。除了少数冥顽不化、把小说和圣徒传记混为一谈的歌德研究大佬[2]，读者普遍觉得瓦尔泽笔下的歌德真实、可爱、感人，也

---

1 彼得·卡皮察与德意志学术交流中心咨询委员会协作主编:《德语文学研究动态》，2008年第5期。

2 德意志研究基金会主席沃尔夫冈·弗吕瓦尔德和德语文学会主席托马斯·安茨就很不满。前者声明这不是他的歌德，后者则是阴阳怪气。

不再觉得这位文学君主和奥林匹斯山神“老不自重”或者“晚节不保”。其次，他让那些曾经对他怒目而视或者转身不理的女性批评家转变了观念，转变了态度，迫使她们加入赞美者的行列。埃尔克·海登赖希称《恋爱中的男人》“属于瓦尔泽的上佳作品”[1]，女作家兼爱情研究专家菲丽西塔斯·封·洛文贝格则说这是瓦尔泽“最温柔、最无情，也最有和解姿态的小说”[2]。最后，《恋爱中的男人》表明，瓦尔泽虽然无法撼动托马斯·曼这位文学巨人的地位——他曾经是“倒曼运动”的急先锋，但是他可以跟托马斯·曼分庭抗礼，可以跟托马斯·曼继续唱反调、唱对台。《恋爱中的男人》使21世纪的德国文学君主和20世纪的德国文学君主之间出现了几重有趣的对照：首先，《绿蒂在魏玛》所展现的歌德，是一个高居和游走于艺术山巅的半神，他不仅不食人间烟火，而且成为“公众之不幸”[3]，《绿蒂在魏玛》也因此成为一首控诉艺术需要“活人献祭”[4]的不朽哀歌。《恋爱中的男人》中的歌德则被请下了神坛、请下了奥林匹斯山，他和普通人一样为爱情所累，为爱情所苦，这本小说也因此成为一曲爱情绝唱。其次，慢速礼赞是托马斯·曼作品中的一个主导动机，写作慢手和写作困难户常常成为写作大家和写作天才的伪装形象。“作家就是比别人下笔艰难的人。”[5]这是来自中篇小说《特利斯坦》（1903年）的一句妙语。稍后，托马斯·曼又在其袖珍型席勒小说《沉重的时刻》（1905年）中断

1 《德语文学研究动态》2008年第5期。

2 同上。

3 托马斯·曼：《绿蒂在魏玛》，美因河畔的法兰克福，1986年，第276页。

4 同上，第298页。

5 《托马斯·曼中短篇小说全集》，第1卷，美因河畔的法兰克福，2002年，第244页。

言："只有粗制滥造和浅尝辄止的文人才文思泉涌。"[1] 瓦尔泽写《恋爱中的男人》却是一气呵成、一蹴而就。这部随着文思泉涌而产生的小说，却成为一部令人叹为观止的艺术杰作。更有意思的是，托马斯·曼的《托尼奥·克吕格尔》（1903 年）犹如一则美学宣言，它以伤感而坚定的口吻宣告了一个创作美学原理："风格、形式和表达方面的才能，首先就要求对人情采取冷漠和挑剔的态度，甚至需要某种程度上的人情贫乏和人情空虚。健康而强烈的感情，素来就没有什么审美能力。"[2] 但瓦尔泽偏不信邪，他偏偏要带着"健康而强烈的感情"写作。瓦尔泽写《恋爱中的男人》的时候，不但没有达到感情零度，反倒处于情感沸腾和情感地震状态。他的情感投入之大、之深，实属罕见，实属空前，以致他搁笔之后好长时间都无法平息，无法冷却。他在 2007 年 12 月 19 日给《恋爱中的男人》的中译者的邮件中还写道："写这本书的时候我非常激动，前所未有的激动。现在我有这种感觉，也许是因为我还感觉到余震。我仍然很难去想别的事情。也许等我来到中国的时候（指 2008 年 10 月），这股劲儿才会过去。"很显然，艺术天性和艺术气质的差异，决定了瓦尔泽在诸多问题上无法与托马斯·曼苟同。

二

爱情属于人类最重要的生存体验，爱情自然是最常见的文学素材。小说中的爱情描写如此常见，如此滥见，以致"爱情小说"

1 《托马斯·曼中短篇小说全集》，第 1 卷，美因河畔的法兰克福，2002 年，第 368 页。
2 同上，第 289—290 页。

这一说法都有啰唆乃至冗词之嫌。不言而喻，要在比比皆是的爱情小说中间脱颖而出，就必须刻画一种深刻的、能够引起广泛共鸣的爱情体验。《恋爱中的男人》之脱颖而出，首先是因为它表达了一种一呼百应的爱情观；爱就是痛苦。虽然瓦尔泽自称这是他的“偏见”[1]，但他却道出了一个颠扑不破、放之四海而皆准的真理。尤其让笔者感到惊喜的是，瓦尔泽深刻的悲观主义爱情观跟一位以深刻和悲观著称的哲学家的看法遥相呼应、相映成趣。这位哲学家就是叔本华。

谁是叔本华？笔者是叔本华的崇拜者，所以要从这个也许让人觉得过于天真的问题说起。德国当代哲学家汉斯·约阿希姆·施特里希在其《世界哲学简史》中写道，叔本华“让哲学看到潜藏在意识表面底下的黑暗深渊。文学家们知道这深渊，或者有所察觉。在西方学术中，是叔本华为研究无意识的哲学和心理学的出现铺平了道路”[2]。托马斯·曼把叔本华称为“现代心理学之父”[3]，同时指出尼采是连接叔本华思想和弗洛伊德理论的桥梁。叔本华在思想史上享有这样的地位，则是因为他的如下发现：“意志是第一性的，最原始的；认识只是后来附加的，是作为意志现象的工具而隶属于意志现象的。”[4] 通常被视为唯心主义者的叔本华，其实是一个最粗暴、最无情、最残酷的唯物主义者，一个可以跟达尔文、马克思、弗洛伊德比肩而立的超级思想叛逆。他宣布的意志第一性原理充满了革命性、颠覆性、毁灭性。因为如果理智只是欲望的奴仆，如果人不是

1 他说过：“我有这么一个偏见：爱就是痛苦。”

2 汉斯·约阿希姆·施特里希：《世界哲学简史》，美因河畔的法兰克福，1989 年，第 515 页。

3 赫尔曼·库茨克编：《托马斯·曼散文集》，第 3 卷“论音乐和哲学”，美因河畔的法兰克福，1982 年，第 232 页。

4 叔本华：《作为意志和表象的世界》，石冲白译，北京，商务印书馆，1982 年，第 262—263 页。

想要自己所认识的，而只是认识自己想要的，人还有什么自由、理性、尊严可言？古典的理想主义人类形象岂不化为泡影？这“万物的灵长”不就成为嘲笑和怜悯的对象？

叔本华对爱情作哲学思考的时候也照样粗暴，照样无情，照样残酷。他首先是把爱情从虚无缥缈的理想天空拉回实实在在的性欲泥潭，所以他所阐述的是“性爱”而非“爱情”的形而上学。他的《性爱的形而上学》一面把爱情恶魔化、戏剧化，一面又把爱情祛魅化、幻灭化，读起来就像是一部起伏跌宕、引人入胜的哲理小说——谁让他是德国出产的第一个既会思考又会表达的哲学家！这篇奇文的主要内容可以概括如下：爱情本来很简单。爱情就是男欢女爱，就是一个汉斯或者说男的配一个格雷特或者说女的。但是，这简简单单的爱情常常因为汉斯的偏执和死心眼变得复杂，变得不可思议。世上本有千千万万个格雷特，这汉斯却认定自己只跟某一个格雷特天造地设，认定如果得不到这个格雷特，他的人生就会黯然失色，甚至失去意义，所以汉斯对格雷特朝思暮想，所以格雷特的亲疏远近决定他的喜怒哀乐。汉斯的固执源于大自然的安排或者哄骗。大自然只关心人类种族的健康繁衍。要达到这一目的，它只能给愚蠢而自私的个体植入一种幻觉、一个妄念，让对种族有益的事情显得对他个人有益，让他觉得自己占有了这个格雷特就能飘飘欲仙，让他因为这一想象而变得理想、高尚、诗意，让他产生为爱情上刀山下火海的勇气，让他做出种种反常和超常之举。而如果汉斯的愿望无法实现，如果他的格雷特被情敌夺走，他会感到一种无边的痛苦，他可能会在痛苦之中发疯发狂，导致他杀死情人或者情敌或者情人加情敌或者与二人同归于尽。所以，思念和妒忌是最常见和最可怕的爱情疾病。

爱情的吊诡还体现在这样一个事实中：没有得到满足的爱意味着痛苦和煎熬，得到满足的性爱往往又导致失望、困惑、幻灭。爱神的形象充分说明了爱情的本质：弓箭代表危险，眼罩代表盲目，翅膀代表无常和幻灭。爱情就是病，堕入爱情的人就是病人、傻人、上当受骗之人，既可笑又可悲……

我们不知道爱情的动力是否真的源于大自然的优生意志，也不清楚叔本华所说的"种族精神"和"种族灵感"在多大程度上触及大自然的奥秘，但是有一点可以肯定：叔本华对爱情的重要性和绝对性、盲目性和悲剧性进行了最为系统而深入的阐述，迄今为止还很难见着能够与《性爱的形而上学》媲美的爱情学说。也正因如此，当笔者发现《恋爱中的男人》和《性爱的形而上学》有着异曲同工之妙的时候，的确又惊又喜，仿佛发现了新大陆。激动之中，赶紧致信瓦尔泽，问他是否喜欢阅读叔本华。瓦尔泽回信说："我读叔本华老犯困。读尼采从来不困！"这一回答有些出乎我的预料，因为我知道瓦尔泽崇拜叔本华的著名门徒尼采，而且我以为瓦尔泽跟托马斯·曼一样，把叔本华、尼采、瓦格纳视为在德意志精神星空熠熠生辉的"三颗永不分离的星宿"[1]。但是回头一想，又觉得瓦尔泽与叔本华之间不存在思想渊源也没什么不好。不读叔本华又产生与叔本华相似或者相同的想法，这才叫英雄所见略同。

三

和叔本华说的汉斯一样，瓦尔泽笔下的歌德也是一个死心眼，

1 托马斯·曼：《一个不问政治者的看法》，彼得·德·门德尔松编，附汉诺·赫尔布林的评论，美因河畔的法兰克福，1983年，第71页。

他认定自己跟19岁的乌尔莉克相配。他的理由也很充足。一方面是这位姑娘给他的情感生活带来前所未有的震撼，迫使他重新审视自我。过去，他的儿子奥古斯特说他是洛可可的时候，他总是一笑置之。现在，乌尔莉克把一种前所未有的严肃和沉重带入他的生活，让他动了情，动了真格，让他觉得“过去的一切都像是洛可可”（188）[1]。一个轻飘飘的歌德便由此变成一个沉重的贝多芬。现在他终于明白爱情不同于世界上的任何事物：“一切事物都是相对的，只有爱情例外。”（220）另一方面，他为自己的感觉找到了哲学支撑，因为柏拉图说过：“每个人都是独一无二，但只是对一个人而言。”（221）歌德相信只有他体会到乌尔莉克的独一无二，所以乌尔莉克就是他的独一无二，乌尔莉克应该属于他，应该成为他的妻子，所以尽管他和乌尔莉克的年龄差别达55岁，尽管他吃早餐的时候做过如下一道心算题：“如果74岁的他娶了19岁的她，她就会成为他34岁的儿子奥古斯特的继母，成为他27岁的儿媳奥蒂莉的婆婆”（25），但他还是通过魏玛公爵郑重其事地向乌尔莉克求婚……

对乌尔莉克的爱让歌德完全失去了平衡，让他一会儿天上，一会儿地下。乌尔莉克在他身边或者他觉得自己跟乌尔莉克亲密无间的时候，他就无比快乐、光明、友善，他就天不怕地不怕。“拥有爱者，刀枪不入”（207），这是他的经验之谈。如果拥有乌尔莉克，他会“缔造世界和平”（97），会“让世人脱离苦海”（156），这是他的肺腑之言。跟乌尔莉克愉快地告别之后，他甚至很乐意给最提防、最反对他跟乌尔莉克相好的儿媳奥蒂莉写信，

---

1 《恋爱中的男人》的引文全部译自上述的罗沃尔特出版社赠阅本。括弧内为页码，下同。

而且是写这样一封信："虽然乌尔莉克不能在信中出现，但是在这封字字句句都显示出她的强大的信里面，乌尔莉克的身影就晃动在字里行间。"（48）在乌尔莉克跟前，他有时会兴奋过度，甚至有些吃不消。"走吧，"有一次他对她说，"您在我跟前的每一秒钟都是……都是一场……革命。我害怕。"（32）在乌尔莉克目光的注视下，他有时真不知道如何举止，如何表现。有一天他跟乌尔莉克告别。因为想到乌尔莉克也许在他身后观看，本来步伐稳健的他却感觉脚下有些发飘，所以他必须每走一步都要刻意强调自己的步伐是多么地稳健，所以不免显得可笑。后来他发现乌尔莉克并没有站在原地目送他。但是这一发现又让他感到失望和遗憾（48）。反之，当情敌出现并且占了上风的时候，他眼里的乌尔莉克会马上变脸，他马上就觉得这世界悲惨而且阴暗。目睹德·罗尔和乌尔莉克在舞场上大出风头之后，他就在痛苦中浮想联翩。他不仅觉得乌尔莉克来到世上就是为了两个目的：一是做德·罗尔太太，二是让他歌德获得单相思的体验，他还自信发现了世上一切悲剧的起源和罪魁祸首：爬上海拔2244米的西奈山的摩西气喘吁吁，结果没听见真正的第一诫——"你不可以爱"。歌德为此感叹说："如果摩西从西奈山带回这第一诫，除了悲剧，人类不会有任何欠缺。爱情是一切悲剧的起源。本来人类可以轻轻松松过上没有爱情的生活！人类的繁衍从来不需要爱情。"（70）

恋爱中人都需要自己爱恋的人摸得着，看得见。这也许就是爱情的物质性和实在性的体现。如果一方不在身边也不在眼前，另一方就要想，就要念，就会寝食不安，如坐针毡。"相依相伴，宛若天堂；形单影只，如堕地狱。"（222）这就是歌德的感受。在马林巴德，他跟乌尔莉克几乎可以天天见面，这里应该算是他的天堂。可即便在马林巴德，他也经常站在宾馆房间的窗前遥望对面，因为乌尔莉克住在对面的宾馆里。如果没有乌尔莉克，他做事无法专心，听人说话也只能心不在焉。化装舞会后，他因为两天没有见到乌尔莉克，他的精神几乎陷于瘫痪，他“一个钟头要从写字台边跳起来五次，跑到窗前，希望乌尔莉克马上出现在对面的露台上……”（115）如果说马林巴德因为有乌尔莉克相依相伴而成为天堂，让他形单影只的魏玛自然就是他的地狱。尽管魏玛有他的家，有他的儿子儿媳孙子，但是魏玛没有乌尔莉克，魏玛也最敌视乌尔莉克，所以他害怕魏玛，仇恨魏玛，所以他巴不得不回魏玛，即便回去也要推迟，也要绕道，即便回去也是“人在心不在”（96）。回到魏玛之后，他对乌尔莉克朝思暮想，和马林巴德一样，窗子边上依然是他待得最多的地方，因为他天天盼着不时往返于莱比锡和斯特拉斯堡之间的乌尔莉克绕道来魏玛换车，然后从位于魏玛邮政所的驿站走几步路到他所在的弗劳恩普兰街，然后——他在给乌尔莉克的信中写道——“往我的窗户上面扔几个小石子儿，我本来就清醒地坐在这里专门等待这些小石子儿，所以我会立刻走到窗前，看见你站在楼下，我转眼就跑到楼下，到你跟前，跟你拥抱、亲吻，领着你上来，永远待在这里……”（215）但是歌德的愿望一次也没有实现。为了支撑其苦恋，歌德可谓使出了浑身解数，调动了全部的精神力量，他甚至“练就了一种功夫，能够把她的不在场作为她的在场形式来思考、来体验。他让这种思维方式摆脱了一切有可能让他觉得荒谬的因素。她时时刻刻都作为缺席者在场。其结果就是现在的每一秒钟都遭到削弱。他在回来后的几个星期里所做的或者所参与的一切事情，可以说都是假装做的、假装参与的。他在做事情或者参与做事情的时候，总是意识到乌尔莉克不在这儿，意识到其实她必须在这儿，意识到只有她在这儿，他做的事情和他参与做的事情才成为它们只是貌似的事情。这全是替代品，其目的在于让你注意它们的替代对象：乌尔莉克。准确地说，这是否定的在场。”（231）

如果爱情是一种病，嫉妒就是爱情病最常见、最明显、最烦人的症状。历史上的歌德追求乌尔莉克时并未遭遇竞争对手，瓦尔泽虚构的歌德却因为年轻而英俊、富有而又风度翩翩的珠宝商德·罗尔的出现而醋意大发，妒火中烧。在马林巴德的时候，他就因为目睹德·罗尔在马林巴德和乌尔莉克翩翩起舞而黯然神伤，而悄然退场。他回到自己的房间，一面去想象德·罗尔如何夺去乌尔莉克的贞操，一面怨天尤人，承认自己盲目、瞎眼，同时也责怪摩西没听见第一诫。他非常痛苦，痛苦之中他不再把用笔杆子来解决痛苦的塔索、而是把用枪杆子来解决痛苦的维特当作崇拜对象。回到魏玛后，他天天翘盼乌尔莉克的人，翘盼乌尔莉克的信。但是10月24日从斯特拉斯堡寄来的一封信却让他乱了方寸——乌尔莉克透露德·罗尔将在10月31日到达斯特拉斯堡。这封信他没有读完就“从他手中滑落”（223），他真希望自己只把这封信读了一半，更希望这封信就写了这一半，也就是乌尔莉克赞美《马林巴德哀歌》的前半段。信纸躺在地上，他却“不得不来回走。他必须再次加快速度，以便自己忙于吸气。他这样疾步来回走的时候，他也知道他的心为什么要撞击胸膛，为什么冲到嗓子眼儿上。他的心，一头被囚的动物。他，一个看守。他应该用什么样的时钟来计量从今天到10月31日的每一秒。”

（225）他把10月31日视为其“大限”（230），由于这一天恰好是他儿媳奥蒂莉的生日，他还怀疑这是命运的嘲弄，是“编剧艺术”（228）。到了这一天，他故意把日程安排得满满当当，以便分散精力，转移思想。但这无济于事。绝望之中，他不得不对他的情敌进行一番接近泼妇骂街水平的诅咒：“他要没这么健康就好了！他为什么如此健康！他为什么没有胆结石和肾结石，为什么不痛得在地上打滚，痛得他嗷嗷直叫。……不管什么部位，一定让他感受千刀万剐的疼痛，一定让他连哭带喊在地上打滚，迫使邻居们关上门窗再捂上隔音的毯子，迫使他们因为再也无法忍受他的哭喊而搬走。让他一个人留在世上哭喊。让他和他的哭喊孤零零地留在世上。”（236）可是这番诅咒非但没有减轻他的痛苦，反倒让他意识到自己处境之悲惨：“他现在也感觉自己在哭喊，但他无法释放自己的哭喊，因为他的痛苦并非来自胆结石和肾结石，而是来自心灵。心灵可是一个器官，它制造痛苦，它只会制造痛苦。”他跟自己就这样玩了一天声东击西，玩了一天调虎离山。然而，等他晚上坐到书桌面前时，他最最担心的事情依然以一种令人痛苦的清晰浮现在他眼前：“他们上了床，他们一左一右，一上一下，一高一低，他们相互重叠，相互缠绕，你中有我，我中有你，没错，他们已经我中有你、你中有我，而且欲死欲仙……”（242）

恋爱中的歌德不仅没有君主的威风，没有伟人的气度，而且在为人处世、在待人接物方面也变得不太正常。为了乌尔莉克，他可以抛弃原则，可以做交易，还可以行贿。对于瓦尔泽笔下的歌德，乌尔莉克的母亲是其爱情道路上的最大障碍，所以必然成为他的讨好对象。既然她很懂得利用歌德的地位和声望，既然她有把自己的关系户引见给歌德的习惯，不问政治而且常常拒人于千里之外的歌德也只好跟她配合。她一会儿要求歌德去听瓦伦斯基伯爵讲述波兰人民遭受的可怕苦难，一会儿让歌德去接见希望全世界都支持希腊人民反抗土耳其占领军的英国贵族青年。为了乌尔莉克，歌德一次也没拒绝过。事实上，不管什么人什么事，只要牵涉到乌尔莉克，歌德都很有可能进行特殊处理。譬如，为了尽快让乌尔莉克得到《马林巴德哀歌》，他不惜用令人瞠目结舌的金钱数额贿赂自己的仆人施塔德尔曼，同时明确告诉施塔德尔曼这是行贿，施塔德尔曼必须动脑筋，想办法。又如，施塔德尔曼在魏玛偷偷拿歌德的头发去卖钱，在波希米亚又故伎重演，歌德本该对他进行惩罚乃至解雇。但是由于他干净利落地销毁了有可能勾起歌德对波希米亚的痛苦回忆的一切物品，由于他圆满完成了赋予他的使命，歌德不仅把他过去的劣迹一笔勾销，而且允许他今后可以随时随地做头发生意……如果联想到歌德和施塔德尔曼为化装舞会——那是歌德的爱情巅峰体验——做准备时如何进行亲密而默契的配合，如果联想到伤心的歌德如何伏在一米八七的施塔德尔曼的胸前哭泣，联想到他在小说结尾如何给施塔德尔曼安排侦察任务，我们就可以说，只要涉及乌尔莉克，横亘在歌德和施塔德尔曼之间那道不可逾越的社会鸿沟就会化为乌有，他们的主仆关系就会演变为伙伴关系、同盟关系、哥们儿关系。

最后需要指出的是，恋爱中的歌德也是一个受骗者，而且受到双重欺骗。一方面是他的爱蒙蔽了他的双眼，让他看不清楚莱韦措母女对他的态度。波希米亚相别之后近三个月里，人在魏玛的歌德几乎天天都在翘首盼望，盼乌尔莉克的人，盼乌尔莉克的信。经常往返于斯特拉斯堡和德累斯顿之间的乌尔莉克途经魏玛可谓顺理成章，但是她从未出现在歌德眼前，歌德只好假设总有十万火急的事情妨碍她在魏玛停留。他对乌尔莉克的信也是望眼欲穿："自从他有一次接到乌尔莉克的一封信以后，他每天都在等乌尔莉克的信。"（260）他给她的信倒是一封接一封。当他终于陷入绝望并着手铲除对波希米亚的回忆时，她们又意外地给他来了一封信，说是要请他去德累斯顿与她们一家共度元旦。犹如久旱逢甘霖的歌德自然欣喜若狂，开始对德累斯顿之行盼星星盼月亮。然而，就在启程前三天，他在魏玛撞见悄无声息在此换乘马车的莱韦措母女。他懵了：她们竟然过门而不入，既不来看他，也不跟他打招呼，把"行踪无不相告"的临别誓言忘得一干二净。歌德明白了，莱韦措夫人请他去德累斯顿，是要拿他当"战利品"去舞会上展示，他无非是莱韦措夫人在社交界炫耀的资本。于是，歌德的爱情故事就以歌德的幻灭和觉醒告终。另一方面，歌德的觉醒和幻灭也可能是一种假象，他感觉自己豁然开朗、感觉自己幡然醒悟的时候也可能还在上当受骗。在魏玛撞见莱韦措母女之后，他变得一身轻松，变得海阔天空，感觉自己比摩西强，因为他听见并且听懂了第一诫——"你不可以爱"，因为他对乌尔莉克的爱就此了断，就此烟消云散。这天夜里他也睡得特别香，特别熟。然而，当他醒来的时候，却鬼使神差地出现这样一个场面，"他手里握着那玩意儿，硬邦邦的。他知道自己梦见了谁。SwsW（都到了这种地步）"（285）。叔本华说，人的大脑和生殖器是上下两极，但是"下极"不等于"下级"，"上极"不等于"上级"，前者常常跟后者捉迷藏、开玩笑。歌德在意识层面告别了乌尔莉克，但是当他进入梦乡以后，他的下意识世界才对他敞开，他的"下极"才毫不含糊地发表意见。歌德不知道自己是一个“多极世界”，不知道自己有可能被自己所欺骗，不知道感情这东西常常剪不断理还乱，不知道自己在意识深处对乌尔莉克藕断丝连。《恋爱中的男人》这一结尾可谓妙笔生花，让人联想到卡夫卡，联想到《乡村医生》中女佣的一语双关：“我们不知道自家里都储藏些什么东西。”[1] 如是观之，这个颇有争议的小说结尾其实充满了思想张力，我们不妨称之为弗洛伊德或者叔本华式的强收尾。

四

叔本华通过意志第一性原理揭示了整个世界的盲目、无助、可悲，但他同时指出人类中有极少数人例外。在他们这里，认识不再充当意志的乖顺的奴仆，认识能力不再是“照亮生活道路的提灯”，而是“普照世界的太阳”[2]。这些能够获得客观认识的反常之人就是天才，就是哲学家或者艺术家。这样，《作为意志和表象的世界》便出现一道小小的逻辑裂缝，留下一点点思想悬念。同样，阅读《恋爱中的男人》，我们也要查看书中是否存在这样的裂缝和悬念。这本小说通过一个可笑又可悲、从思想到语言到行动都出现反常的歌德形象揭示了爱情面前人人平等这一永恒真理，让读者清楚地看到，爱情面前没有伟人和超人，只有普通人，赤裸裸的人，可怜之人。与此同时，小说又让读者看到另外一个事实：歌德是文人，文人非常人，他们遭遇痛苦的时候多半要奋笔疾书，多半要用写作来诉说和摆脱痛苦。简言之，文学创作的心理治疗功能被呈现在读者

1 保罗·拉伯编：《弗兰茨·卡夫卡短篇小说全集》，美因河畔的法兰克福，1986年，第124页。
2 叔本华：《作为意志和表象的世界》，第262页。

眼前。熟悉文学史的读者还知道，歌德就是最为经典的文学治疗实例。青年歌德通过创作《青年维特的痛苦》——也就是《少年维特的烦恼》[1]——摆脱了巨大的痛苦，他用维特的死换来了自己的生。歌德不仅年轻时候如此，他人到中年、人到耄耋之年也依然如此。他借助一次又一次的写作，冲出了一个又一个的情感旋涡。他摆脱马林巴德的恋情给他带来的痛苦，靠的也是著名的《马林巴德哀歌》。鹅毛笔之于歌德，犹如救命稻草之于落水者。

瓦尔泽比谁都更清楚这个事实，比谁都更明白这个道理，所以《恋爱中的男人》里面出现了痛苦与写作的较量和博弈。这场博弈不仅决定着歌德本人有多少痛苦抵抗力或者说免疫力，而且关系到爱情面前是否人人平等这一原则性问题。当歌德跟落水狗一样掉进情感的旋涡之后，他的鹅毛笔就变成了他的救生圈，帮助他在旋涡中扑腾、自救。歌德初次遭遇德·罗尔之后便自惭形秽，自怨自艾，他本能地抓起笔杆儿写作。痛别乌尔莉克之后，他一气呵成写完被他称为"心灵的邮政快件"的《爱情痛苦二重唱》，他由此战胜了绝望，迫使绝望"承认自己用语言表达出来之后比其粗糙的自然状态更美"（126）。这首诗歌也让他看到了生机，尝到了甜头，同时也让他知道没有写作的日子多么可怕："如果他一天看不见乌尔莉克，如果这强加给他的痛苦又没有变成诗歌，他就一天也熬不过。"（126）与乌尔莉克最终告别之后，他日子难熬，心头难过，他必须想方设法"让乌尔莉克更少缺席，或者让她不再缺席"（172），所以他不顾路途颠簸，在马车上就开始写作，使他的《马林巴德哀歌》不折不扣地成为"马车

1 Die Leiden des jungen Werthers 已约定俗成译为"少年维特的烦恼"，但属于错译，因为 Leiden 不是"烦恼"而是"痛苦"，jung 不是"少年"而是"青年"。这已成为德语界的共识。

上诞生的世界文学”。梦见乌尔莉克一边跟他接吻、一边偷瞥德·罗尔的场面之后，他又痛苦又害怕。为了防止这噩梦重演，他也只好求助于写作，因为“只要在写作，他就处于受保护状态”，因为“写作的时候他不属于这个世界，他生活在自己的世界里面”（269）。对于歌德，写作就是城堡，就是避风港。但是，瓦尔泽的歌德发现写作具有两面性。写作可以从保护写作者的城堡变为折磨人的刑讯室，因为写作有可能加剧写作者的痛苦。首次遭遇德·罗尔之后，歌德被迫提笔写作，在写作过程中他却有了新的体验，他不得不重新评判塔索的名言：“别人有苦说不出，我却神赐天赋，能够说出自己的痛苦。这是什么好处：你必须做到能够一枪打死自己。必须说出自己如何痛苦，这是遭受酷刑。”（67）另一方面，写完《马林巴德哀歌》之后，歌德又发现自己无法在写作这座避风港长久停留，发现写作不可能给人持久和彻底的安慰。原因很简单：“已经完成的写作没有用。正在进行的写作才有用。”（198）

瓦尔泽一方面描写恋爱中的歌德如何“跟狗一样遭罪”[1]，以此彰显爱情面前人人平等这一永恒真理；另一方面，为了打破或者至少动摇歌德“通过写作克服一切”的神话，他又淋漓尽致地揭示了写作治疗作用的短暂性和暂时性，把写作的功效还原到鸦片或者止痛片。瓦尔泽这一破一立，不是源于他的认识新发现，而是源于他独特的生命意识，源于他的反唯美主义立场。瓦尔泽很难认同把艺术当目的、把生活当手段、为艺术牺牲情感和人格尊严的唯美主义世界观和生活观。他有一颗艺术魂，但是他还有一

1 《德语文学研究动态》2008 年第 5 期。

颗英雄魂。[1]

五

伟大的文学总是有两种交相辉映乃至水乳交融的品质，也就是深刻的认识加上艺术的表现。《恋爱中的男人》也是思想性和艺术性平分秋色。这部小说能够栩栩如生刻画恋爱中的歌德所经历的天堂地狱和爱恨情仇，能够充分展现源于爱欲的人性光辉和人性阴暗，能够深刻而生动地揭示爱情和人性的本质，都是因为它的艺术，也就是它的语言。这是一种非常优美的语言，一种因为密度过大而几乎令评论者感到绝望的优美语言。面对着这样一部字字珠玑的小说，如果仅仅让读者管中窥豹，你会忐忑不安，你会觉得这样既对不起读者，也对不起作者，因为你担心审美也讲究量变到质变，但是你又无法满篇摘录；你想描述小说的语言美，但是你很快会发现最好的描述就是复述，否则你就是一个蹩脚的翻译；你会发现，面对这样的语言，最好此时无声胜有声，最好把它直接呈现在读者眼前。对于评论者而言，《恋爱中的男人》的语言既是智力挑战，也是语言考验，但身为评论者，我们必须应战，必须接受考验。所以，笔者斗胆对小说的语言发表三点感想和体会。

首先要说的是，这部小说的语言具有音乐美，而且是叔本华所说的音乐美。我们知道，叔本华把音乐奉为艺术之王，赋予音乐至高无上的表现力。他认为，音乐表现的不是现象即“理念或

---

1 笔者认为瓦尔泽的命运由三魂铸成：艺术魂，英雄魂，民族魂。参见拙文“艺术魂·英雄魂·民族魂——论马丁·瓦尔泽”。

者说意志客体化各阶段的写照”，而是本质即“意志自身的写照”[1]。譬如，音乐所表现的快乐就不是个别人或者特定的快乐，而是快乐本身[2]。瓦尔泽的语言就像叔本华所理解的音乐。因为不管它描写什么，它都能够给你造成一种错觉，仿佛要描写这种事物就非采用这种形式不可，至少你会觉得这是它最佳的表现形式，虽然这种事物的表现形式实际上成千上万，虽然它的表现形式可以成千上万。我们可以看看谁能超越瓦尔泽对回忆的痛苦和无奈的描写：“回忆就像刺刀，一次又一次地刺杀一个手无寸铁的人。”（246）其次，这部小说的语言交织着诗意、反讽和哲学的光芒，它再次证明作家是天之骄子，是上帝的宠儿，证明文学家在语言表达方面具有两栖优势，证明他们的语言优于诸子百家。正如托马斯·曼在《死于威尼斯》中所说，“作家的福气”就在于“思想能变成情感，情感能变成思想”，在于作家们既有“沸腾的思想”，也有“精确的情感”[3]。我们看看歌德如何反思自己的盲目和单相思就能明白这个道理：“没影的事。没影的事。没影的事。第一年就败局已定。这丁点儿有等于无，又化为无，这丁点儿有作为无的时间越长，就变得越重要，就变成最重要和最最重要，直到它充实你的心灵、主宰你的头脑，让你飘飘欲仙，把你抛向九天，终究只是为了让你摔得更惨。”（67）最后必须指出，瓦尔泽是一位粉饰乾坤的语言大师，他的语言充满奇思妙想，所以能够点石成金，能够化腐朽为神奇。即便是“丑学”或者自然主义文学所津津乐道的事物，即便是咳嗽和出汗这类比较倒人胃口的生理现象，

1 叔本华：《作为意志和表象的世界》，第 363 页。
2 同上，第 600 页。
3 《托马斯·曼中短篇小说全集》，第 1 卷，第 484 页。

一旦到了瓦尔泽笔下，也能写出诗意，写出美。譬如，小说这样描写歌德因为害相思病而浑身冒汗："不知什么时候开始冒汗，腋下冒汗，胸口冒汗，很快地，他周身是水源，然后你就成为一片辽阔的原野，这里有千万个奔涌的泉眼，有条条流淌的小溪。你的身体在哭泣，你心里想。"（247）就这样，语言大师瓦尔泽一不留神便创造了形式战胜材料的奇迹！

阅读《恋爱中的男人》，犹如经历一场语言狂欢。正是因为这层出不穷、高潮迭起的语言狂欢，这部小说才散发出思想和智慧的光芒，才充满了情感震撼力和情感杀伤力，才成为爱的真谛，爱的绝唱。

语言万岁！

艺术魂·英雄魂·民族魂*

——论马丁·瓦尔泽

在当代德国文坛，恐怕找不出比马丁·瓦尔泽更有观赏价值、更有讨论和思考价值的作家。现年八十二岁的瓦尔泽是德国文坛的一棵令人赞叹的常青树，一个似乎交上越老越红的辣椒运的文学老人：七老八十的他，依然年年出书，几乎全是好看又好卖的书。而且，他是德国文坛和德国社会的风云人物、话题人物、争议人物，是一个有很多人推也有很多人捧的不倒翁：他的演讲会或者作品朗诵会很容易招惹热血青年，反对他的标语和口号屡见不鲜；另一方面，德国总统也在他的演讲会和朗诵会上频频现身，德国驻外大使在他来访之时总是如接待总统、总理一般。难怪他连续几年在德国权威的政治学杂志《西塞罗》颁布的五百名德国知识分子年度影响力排行榜上名列前茅，2007年他还排行第二，紧跟在教皇本笃十六后面……马丁·瓦尔泽之所以让人看不懂、看不透、看花眼，主要是因为个人的命运、艺术的命运以及民族的命运在他身上奇妙地交织在一起。如此一个非同凡响的人物的确有必要好好透视一番。

与时代精神打交道的人

瓦尔泽的人生旅程可谓“动荡”而“曲折”。给这两个词打上

---

* 本文原刊于《人民文学》2009年第5期。

引号，当然是为了避免误解。瓦尔泽很早就成家立业，带着妻子和几个女儿在他生于斯长于斯的博登湖畔，在一幢亲水豪宅里面舒舒服服地住了几十年。所谓动荡，是指精神动荡；所谓曲折，是指他的思想运动轨迹。

瓦尔泽动荡而曲折的人生旅程可以简述如下：

在法兰克福学派主宰思想的20世纪50年代、60年代，联邦德国文学界流行社会批判小说，人们普遍期待作家对笔下人物、对社会采取批判态度，瓦尔泽却不以为然。他还公开地表达了自己的意见。结果，很快就有一篇博士论文从他的小说《中场休息》（1960年）得出结论，瓦尔泽“持肯定立场”。换句话说，他缺乏“批判—启蒙立场”，缺乏改造和变革社会的冲动，他属于保守派。

60年代以后，他却成为激进派和左派。第一，他拉上十几个活跃的作家给威利·勃兰特领导的左翼党即社会民主党助选，用笔杆子给他们摇旗呐喊；第二，越南战争爆发以后，瓦尔泽积极投身反战活动，一面撰写《比美国人还美国人》这类檄文，声讨联邦德国政界和知识界对越南战争大事化小甚至做无害化处理，一面成立“越南事务办公室”，想征集十万个反战签名，迫使联邦议会把越南问题纳入议事日程；第三，由于社会民主党在越南问题上态度暧昧，他果断与之分道扬镳，转为亲近站在社民党左边的党——共产党，他的字里行间随之出现马克思主义的术语和概念；第四，他力挺工人文学，尤其是活跃在多特蒙德的“61社”，并且将自己喜欢的“劳动世界文学”结集出版，取名为《劳动日的尊严》；第五，他访问苏联两周，回来之后不仅没有像人们所期待的那样对苏联社会进行揭露和批判，反倒揪住“安格拉·达维斯事件”，对美国社会的“法西斯特征”进行猛烈批判。

瓦尔泽因此成为众所周知的大左派。德国战后政治学的创始人、担任德国顶尖级文学奖格奥尔格·毕希纳奖（Georg-Büchner-Preis）评委的道尔夫·斯特恩贝格（Dolf Sternberger）[1]甚至明言，只要他还在评奖委员会，共产党员瓦尔泽就拿不到毕希纳奖。有趣的是，瓦尔泽不仅在1981年获得毕希纳奖，而且在1994年获得道尔夫·斯特恩贝格公众演说奖。70年代末，瓦尔泽的信仰似乎从"英特纳雄耐尔就一定要实现"转变到"纳雄耐尔就一定要实现"，因为他在1977年8月的一次演讲中宣布自己无法接受德国被一分为二的现实。他的语气既温柔又强硬："现在莱比锡可能不是我们的，莱比锡却是我的。……我因为大胆放言而浑身颤抖，但是我要说：无论联邦德国还是民主德国，我们都同样有权不予承认。我们不能让这个名叫德国的伤口愈合。"瓦尔泽也对自己的观点进行了冷静而理性的论证：两德分裂不是奥斯维辛带来的后果，而是"冷战"的结果，只是符合外国的利益。他的讲话立刻招来各方的批评。社民党的一位理论权威说他"染上了民族神秘主义的毛病"，他非常欣赏的作家尤雷克·贝克尔则在一篇题为"失去记忆，失去理性"的文章里评论说："民族主义的蠢话不会因为这位演说者写过几本好书而令人好受一些。相反，我现在必须防止自己在他的书中读出新的含义。"贝克尔还把瓦尔泽的外国利益说斥为"右翼小党派的密室集会"的产物。

与此同时，媒体又报道瓦尔泽和以保守著称的基督教社会联盟党议员打得火热。瓦尔泽不为所动，继续重复自己的观点，继

1 道尔夫·斯特恩贝格（1907—1989年），原名阿道尔夫·斯特恩贝格。去掉名字开头字母是为了与阿道夫·希特勒划清界限。

续与那些对两德统一感兴趣的个人和党派接触。1988年11月，在题为“谈谈自己的国家：德国”的演讲活动中，瓦尔泽直言自己“无法接受德国分裂的现实”，在舆论界引起热议。1989年的两德统一证明瓦尔泽具有某种历史理性或者历史直觉。1998年10月11日，瓦尔泽在法兰克福保罗教堂发表了一个空前轰动的演讲：获得德国书业和平奖的他，对奥斯维辛的外在化、仪式化、大棒化表示不满；他承认奥斯维辛是德国人的“历史包袱”和“永远的耻辱”，德国人应该悔罪，但是他认为悔罪应该是一种内心活动，而不是做表面文章。瓦尔泽的话很快引起轩然大波。德国犹太人协会主席伊格纳茨·布比斯指责他搞“精神纵火”，有人把他视为否定历史的右翼极端分子。四年之后，也就是2002年，他的讽刺小说《批评家之死》引发了一场更为迅猛的精神大火，斥责他“反犹”的声音此起彼伏。瓦尔泽感觉跳进莱茵河或者博登湖也洗不清，所以还动过移居奥地利的念头。

谈到瓦尔泽，许多人都会指出、都会指责他在思想上拐大弯拐急弯，仿佛向右拐就是他的个性或者本质特征，就是他的精神大亮点或者大污点。殊不知，他是典型环境中的典型人物，是一代知识分子、一代与新生的德意志联邦共和国共同成长的知识分子的代表。他们这一代人的精神变化与联邦德国的社会和思想发展息息相关。诞生在纳粹德国留下的建筑和精神废墟之上的联邦德国，要在废墟上建设，在废墟上思过，同时还要追随美国，参与“冷战”。这种复杂的国情给知识分子带来诸多的思想和体验，联邦德国的思想界也始终保持活跃和动荡。

尽管知识分子们各有各的思想，各有各的立场，但是他们当中的多数人似乎不约而同地遵循着一条共同的思想发展曲线：在共和国的前二十年，他们要民主，要革命，在革命激情中也向往中国，向往“文革”，少数人还不远千里来到中国，留在德国的绝大多数则手捧《毛主席语录》；1968年不仅是欧洲版（主要是德法）“文化大革命”的巅峰年，也是20世纪德国社会和思想的分界线。1968年以后，随着个人年龄、个人实力和个人权力的增长，随着联邦德国成为欧洲头号经济强国，昔日的六八革命派、昔日满腔热血的理想主义者和所谓的“毛分子”纷纷走向现实，走向物质，甚至开始思考德国何时才能正常化，德国何时才能在政治、道德及文化领域重新崛起。联邦德国知识分子的整体变化，既符合人性变化规律，也印证了社会存在决定社会意识的硬道理。

瓦尔泽之所以成为这一代知识分子中间最耀眼、最传奇的一个，当然与他突出而罕见的个性有关。他敢想敢说敢为；他是善于动嘴的君子，也是敢于动手的汉子；他爱憎分明，言行一致，同时又讲友情，讲义气。他反对越战，不像许多人那样只是喊一喊，他不仅为他的越南事务办公室奔波，而且拒绝访问发动越南战争的美国：1966年“47社”前往普林斯顿访问，身为主力的他毫不犹疑地跟这个“文学国家队”挥手拜拜；友好的威尔森教授多次请他去得州大学做客座教授，越战结束前他全都婉言谢绝。访苏期间，他没有盲目，没有瞎眼，他看见了苏联社会诸多的问题和弊端，但是回到德国之后他缄口不言。一个主要的原因，就是他对接待过他的苏联朋友心存感激，他不想让他的朋友们难受、难堪。何况他有争夺知恩必报世界冠军的雄心——他借歌德的口说过：“谁要是感激我，我就会因为他感激我而对他如此感激，以致他对我无论多么感激都达不到我的感激程度。”

也许是命运的嘲弄，他在左派革命风起云涌的1968年，领着妻子和女儿搬进了博登湖畔的别墅，成为养尊处优的资产者。但瓦尔泽很快就为自己神仙般的居住条件、为偌大的博登湖竟然没有一条环湖人行小道忐忑不安，所以他天真地呼吁他的邻居即其他"湖岸土地占有者"跟他一道去要求联邦议会立法，以实现"湖畔社会化"。瓦尔泽对祖祖辈辈居住的博登湖地区充满感情，他想以《故乡颂》为题把自己撰写的相关抒情文字汇集成册出版，不料自身非常保守的出版商真的以为他取这样的标题是在开玩笑——西德人连"故乡"和"爱国"之类的词汇都听不惯，更甭说"故乡颂"或者"爱国情感"。

对于让多数德国人避之唯恐不及的奥斯维辛问题，他也敢说话，敢放言。当不少德国人把奥斯维辛的罪行往一小撮纳粹分子身上推的时候，他喊出了"我们的奥斯维辛"这一振聋发聩的响亮口号（后来才有人跟着喊"我们的布痕瓦尔德"，"我们的达豪"，等等）；他在保罗教堂的讲话赢得了包括联邦总统在内的约一千二百名场内听众起立鼓掌，在场外给他鼓掌的听众自然是不计其数。德国当代哲学家、被视为哈贝马斯对立面的彼得·斯洛德岱克（Peter Sloterdijk）把瓦尔泽的讲话看作德国乃至欧洲"正常化"过程中的一个事件，并且评论道，保罗教堂讲话过去十年之后，我们才知道瓦尔泽过早地证明了自己对这个问题的看法是正确的，当时在他讲话结束后全体起立向他鼓掌的听众也知道这点。鼓掌的人们那几分钟内在思想上超越了自己十年，对于刚刚听到的有关德国未来可能走向正常化的精彩演讲表示了赞同。但是，指责他的声音出现之后，鼓掌者大都噤若寒蝉。1998 年和 2002 年以后，他的斗士和汉子形象已经戏剧化、街面化。遭遇喊口号、举标语的年轻人的时候，如果他觉得谁太过分，谁太不像话，他就有可能抓住谁的胳膊发出警告，“当心我把你扔出去”；他也曾经让一个青年学生发出尖叫：“别碰我。我父亲是检察官。”

瓦尔泽的中国之行也让他的性格与人品得到了充分显现。他2008年首次来华访问。这是一次迟到的访问。其他几位德国当代文学大家，如伯尔（Heinrich T.Böu)、格拉斯（Günter Grass）以及瓦尔泽的老冤家赖希－拉尼茨基，在70年代末就访问过中国。不过，瓦尔泽的姗姗来迟有其必然。他是道地的艺术家，是性情中人，他不去没人知道其作品、没人翻译其作品的国家。

2008年10月，瓦尔泽带着好奇与好感来到中国，来到被他称为“依然位于世界中央的帝国”。中国人的热情好客令他感动，他很乐意给中国人颁发“好客金牌”；王蒙和莫言的小说让他对初次接触的中国当代文学刮目相看（他还真有点爱不释手的意思，他为阅读莫言的小说还放弃了在北京的观光活动）。因此，当他从记者和听众嘴里听说顾彬的中国当代文学垃圾说时，他可谓怒不可遏。他不知道顾彬是谁，更不知道顾彬与中国文学界之间存在愿打愿挨和相互利用的特殊关系，但是他愿意为中国朋友两肋插刀。由于他误以为顾彬就是德国博世基金会安排陪他2009年访华的那位汉学家（指著名汉学家、翻译家高利希，Ulrich Kautz），所以他告诉博世基金会：明年的中国行我来顾彬就不能来，顾彬要来我就不来。为了中国，瓦尔泽得罪的不仅仅是顾彬，他还得罪了德国电视二台。他在798接受该台的采访时，他开门见山讲他见到的中国不是德国媒体“按照政治正确原则制造的中国形象”，随后他的讲话完全成为一篇“中国礼赞”，让采访他的那位女记者大为不爽。当女记者几乎有些生气地问他对中国的印象为何如此之好的时候，他又给了一个俏皮的、可以说是滴水不漏的回答：我是通过宇宙纵火犯的眼睛看中国。他说的“宇宙纵火犯”就是跟他要好的中译者，“星星之火可以燎宇”翻成德文就成了“宇宙纵火犯”……瓦尔泽非常英雄，也非常莽撞，但他也是一个智者，他跟看他不顺眼、老是找他麻烦的时代精神打了一辈子交道，他去年发表的一篇回顾往事的文章就叫“与时代精神打交道的经验”。他可谓知己知彼，所以偶尔也可以跟时代精神开个不大不小的玩笑。

作诗的人都把自己的诗歌奉为神圣，别的全都无所谓。

《恋爱中的男人》（2008年）有这么一句话：“作诗的人都把自己的诗歌奉为神圣，别的全都无所谓。”这是“文学君主”歌德在目睹许多文人为了接近他而想方设法巴结他的儿子和儿媳时发出的感叹。歌德接着又说，作诗的人会为了自己的诗歌而充当叛徒。这两句貌似戏言的话却道出了一个颠扑不破的永恒真理：作家总是把自己的作品看得比什么都重要，这话也是瓦尔泽的夫子自道。瓦尔泽跟许多作家一样，把自己的作品当作自己的孩子。谁对他的孩子好，他就对谁好，谁骂他的孩子他跟谁急，谁伤他的孩子他就跟谁拼命。

有趣的是，瓦尔泽有四个才貌双全的女儿，三个作家一个演员。他对女儿绝对呵护。批评他女儿跟批评他本人几乎是同样效果。所以，他的爱憎和是非，他对人的态度完全取决于人对他作品的态度。谁要是欣赏他的作品又写出了有分量的赞同式批评，他就把谁当哥们儿、当朋友，就给予精神或物质或者精神加物质的奖励，如写信，如送礼，如见面。

《批评家之死》引起风波之后，十四位来自不同国家的学者出了一本旨在驳斥反犹说的跨学科文集。当时恰逢瓦尔泽荣获著名的霍夫曼和坎佩出版社颁发的批评奖，奖品是九十九瓶每瓶价值八十多欧元的上等红葡萄酒，结果瓦尔泽就按照严格的除法算式把九十九瓶酒平分给十四位学者。他的一位中译者（也是葡萄酒获得者之一）打心眼儿里喜欢并且逢人就夸他的作品，对他的作品解读也让他觉得非常到位，所以得到他令人咋舌的厚待：他给这位译者购买从柏林到他家附近的腓特烈港的往返机票，招待他住高级酒店，招待他天天好吃好喝，还带他去人迹罕至的森林里跑步，等等。反之，谁要是说他作品的坏话，他就对谁产生反感，而且他会让反感在他脸上浮现。也正因如此，批评家马塞尔·赖希－拉尼茨基成了他的头号冤家，最终甚至成为他生命的符码，因为赖希－拉尼茨基既是争议小说《批评家之死》主人公的原型，也在一定程度上决定了瓦尔泽保罗教堂演说辞的思想基础。可以说，瓦尔泽和赖希－拉尼茨基的批评与反批评不仅成为载入史册的文学事件，而且成为载入史册的社会事件。

谁是赖希－拉尼茨基？这是在德国几乎家喻户晓的“文学教皇”，是批评史上的一绝。他的绝无仅有可以用三个“最”来概括：影响最大，出手最狠，地位最稳。说他影响大，是因为得到他赏识是万幸，遭到他抨击是不幸中的万幸（因为书的销量会攀升），被他漠视是天大的不幸；说他狠，是因为他把“能毁掉一个作家才能够做批评家”（瓦尔特·本雅明语）奉为座右铭，把“颁发死亡证书”（路德维希·伯尔讷语）视为批评家的天职；说他的地位稳如泰山，是因为他借助于群众路线实现了批评的独立化、斗牛化——他是斗牛士，作家是牛，读者或者观众在一旁看热闹，看他表演。斗牛士赖希－拉尼茨基最让人津津乐道的一次表演，就是他对瓦尔泽小说《爱的彼岸》（1976年）的评论。赖希－拉尼茨基开篇就来了个劈头盖脸："一本无足轻重的、蹩脚的、寒碜的长篇小说。不值得人去读，哪怕就一章，哪怕就一页。"接着他又写道："他驾驭不了语言，他的作品缺乏血液和力量。这是一堆不再有火星的死灰。"他连出版社也不肯放过："瓦尔泽的手稿要烂到什么程度，才能遭到苏尔坎普出版社拒绝？"最后他对小说家瓦尔泽进行政治宣判："江郎才尽的作家多半喜欢去阶级斗争的堡垒里面优哉游哉……"其实他的文章标题就摆出了要将瓦尔泽开除出文学队伍的架势——《文学的彼岸》。这篇堪称棒杀批评经典的檄文写于 1976 年，而 1976 年自然也就成了瓦尔泽经历精神炼狱、接近崩溃边缘的一年。[1] 当时的瓦尔泽气得浑身发抖，愤怒之中产生过捅刀子的念头，他甚至还看过心理医生，但是心理医生帮不上忙，他只好求助于写作。他写了题为《论教皇们》（1977 年）的杂文和长篇小说《互不相干》（1993 年）。通过写作，他恢复了平静，也恢复了自信。尽管如此，在时过三十年的今天，业已成为当代"文学君主"的八旬老翁瓦尔泽，依然会因为赖希－拉尼茨基那几句话而浑身颤抖、而攥紧拳头。

瓦尔泽和赖希－拉尼茨基斗争的转折点出现在 1998 年。在这一年，瓦尔泽自觉不自觉地出了重拳，出了狠拳，他们之间的你推我挡才从文学事件上升为社会事件。这年 6 月，瓦尔泽发表了自传体小说《迸涌的流泉》。该书上市之后一路畅销，到 1998 年底就卖出了十七万册。8 月 14 日，《迸涌的流泉》在赖希－拉尼茨基主持的电视书评节目《文学四重奏》中遭到抨击，而抨击的一个理由就是：这本描写作者自己在第三帝国的成长过程的小说里

---

1 由于 1976 年具有里程碑意义，瓦尔泽这年的日记在 2009 年单独出版，标题就叫"1976"。

面“没有出现奥斯维辛这个字眼”。

瓦尔泽觉得这一指责又可恨又可笑。这是一个通过人物视角而非全知视角来叙述的故事，主人公又是一个十来岁的小孩，为什么奥斯维辛非出现不可？他再次尝到“人为刀俎我为鱼肉”是什么滋味。他愤怒了。愤怒出诗人。一个月后，他对采访他的《南德意志报》的记者说：“其实每一个受他虐待的作家都可以对他说，赖希-拉尼茨基先生，就你我的关系而言，我才是犹太人。”在此，瓦尔泽跟赖希-拉尼茨基这位犹太批评霸主和批评杀手玩了一个堪称天才的“能指游戏”。但他也由此闯入或者说误入设在德国的一个话语禁区：犹太人。说了这话，瓦尔泽仍然怨气未消。10月11日，当他走上保罗教堂的讲台时，他不仅讥讽赖希-拉尼茨基们似乎从未听说过选择视角是叙事的第一法则，而且对于有口无心地把奥斯维辛挂在嘴边或者随时随地拿来搞展览的现象表示不满。如果说瓦尔泽在保罗教堂的演说是一颗思想炸弹，赖希-拉尼茨基就是那根导火线。2002年，随着旨在跟赖希-拉尼茨基算总账的《批评家之死》的完成，瓦尔泽对赖希-拉尼茨基的怨气才基本消散。

《批评家之死》是一部绝妙的、奇特的讽刺小说。瓦尔泽不仅把赖希-拉尼茨基的三板斧、把触电类批评家的把戏和权力运作方式刻画得淋漓尽致，惟妙惟肖，他还再次体会到创作美学的奇迹，体会到写作的心理治疗效果，因为写作使他在内心深处实现了与赖希-拉尼茨基的和解，因为他像奥维德的《变形记》里面的雕刻家皮格马利翁，很容易对自己塑造的人物产生感情。以赖希-拉尼茨基为原型的埃尔-柯尼希虽然滑稽，但也着实可爱。换句话说，小说中的赖希-拉尼茨基比现实中的赖希-拉尼茨基可爱。天真的唯美主义者瓦尔泽甚至认为，他这本小说也能讨赖希－拉尼茨基的喜欢。但是，赖希－拉尼茨基和埃尔－柯尼希的犹太家庭背景却让事情复杂起来。瓦尔泽玩得炉火纯青、玩得令人惊叹的反讽游戏，恰恰成为瓦尔泽反对者眼里的反犹把柄。譬如，书里的批评家叫埃尔－柯尼希（Ehrl-König），听起来就是北欧童话中专事杀害儿童的魔王（Erlkönig，念作埃尔柯尼希）。按照作品是作家的孩子这一公认的逻辑，给一个家喻户晓的批评杀手取这么个名字可谓合情合理（戏剧家迪瑞马特画过一幅漫画：左边是堆积如山的骷髅，右边是捏着长矛一般的笔杆蹲在那里的赖希－拉尼茨基）。但由于赖希－拉尼茨基是一个差点葬身特雷布林卡毒气室的犹太人，有人就觉得给他取这样的名字属于犯规乃至犯罪。又譬如，《批评家之死》其实是一部讲述“批评家没死”、“批评家装死”和“假如批评家被杀死”的小说。尽管人们既没见到批评家的尸首，也不能肯定作家威胁批评家的时候是否使用了希特勒的语言“反击从今夜零点开始”，但舆论界还是就拿希特勒的语言威胁犹太人是什么性质、犹太人在德国遇害属于什么性质、亲犹派是否就是喜欢犹太人的反犹派等问题展开如火如荼的讨论。

更让人哭笑不得的是，《批评家之死》在德国媒体引起的反犹大讨论，跟它用闲来之笔描写的反犹大讨论几乎一模一样，造成现实模仿文学这种百年不遇的绝妙反讽效果，达到了浪漫反讽所能达到的最高境界。但是许多德国人欣赏不了沾上犹太人问题的反讽，最后瓦尔泽本人也感叹早知如此何必当初。

瓦尔泽在二〇〇八

2008年，不少德国人觉得瓦尔泽变了一个人，觉得他变得温柔而慈祥。这种印象主要来自他新出版的写歌德的小说《恋爱中的男人》。这散发着诗意、反讽以及哲学光芒的爱情绝唱，尚未正式发表就已好评如潮。小说在3月中旬上市，2月底还专门在魏玛举行了一次朗诵会。这是一次文学盛会。联邦总统科勒不仅到场侧耳聆听，而且在会后替瓦尔泽埋单，宴请瓦尔泽点名的贵宾。《恋爱中的男人》让许多过去不太欣赏瓦尔泽或者因为《批评家之死》风波而远离瓦尔泽的读者，对他产生或者重新产生敬意和好感。2008年深秋，这个温和、慈祥、智慧的老人来到中国，在这个素有敬老传统的古老国度受到热烈的拥戴，瓦老感动得几乎落泪（他在社科院外文所演讲时坐他旁边的巴伐利亚艺术科学院主席博希迈耶观察到这一细节）。拥戴瓦老的中国人很快发现这是一个不同寻常的老人。他不仅有着异常充沛的精力和体力，而且他的脑子异常灵活，他的语言也异常风趣，异常曲里拐弯。在北京大学民主楼会议厅接受采访时，记者问他保罗教堂的演讲造成了什么后果，他回答说后果很严重，然后用手指着刚好过来取东西的一位教授说："这篇讲话把我变成了他的孪生兄弟。"记者一脸茫然，因为她既不知道这位教授的名字翻译成德语就叫"宇宙纵火犯"，也不知道瓦尔泽是一个"精神纵火犯"。

瓦老有艺术家的神经和艺术家的敏感，他清晰地也许还痛苦地感觉到当代德国人的不正常、不自由，感觉到同胞们对自由和正常化的渴望，所以，勇气过人的他便充当了民族的喉舌、民族的火山，时不时地喷发出德意志的熔岩。但是，一个先出了歌德和席勒、后来又冒出希特勒和希姆莱的民族，一个从盛产"诗人和哲人"变成出产"行刑者"的民族怎样才能正常化？何时才能正常化？这个问题应该由谁来回答？过于复杂、过于沉重的德意志历史也让瓦尔泽的一生有了悲剧色彩。

莱辛的深刻，莱辛的天真 *

——对《智者纳旦》的冒险解读

一

2011 年 4 月 1 日，由柏林国家博物馆、德累斯顿国家艺术收藏中心和慕尼黑巴伐利亚州国家绘画收藏馆联合主办的“启蒙的艺术”大型展览，在国家博物馆隆重开幕。这一事件再度唤起我对德国启蒙文学的兴趣。我开始重读莱辛，而且首选五幕剧《智者纳旦》[1]。众所周知，《智者纳旦》是莱辛的代表作，也是德语文学中最为经典的启蒙文学作品。它不仅表达了宗教宽容这一核心的启蒙价值观，而且带有启蒙文学最明显的形式特征，如功利性、现实性、战斗性。莱辛写《智者纳旦》，属于典型的迂回战术：他因为把自然神论者莱马鲁斯的遗著公开发表，而陷入与汉堡牧师长葛茨的激烈论战，与葛茨的论战又招致不伦瑞克大公禁止他发表神学讨论文字。这时，不吐不快、心有不甘的莱辛急中生智，想到了文学创作，决定通过剧本继续发表自己的神学观点。他也毫不掩饰自己的迂回战术：“我必须试一试，看看人们是否还让我在我的老讲坛、至少在剧院里不受干扰地进行宣讲。”就是说，他一开始就没

---

* 本文原刊于《读书》2011 年第 11 期。

1 我看的是德文版，同时参阅了李健鸣的译本（刘小枫主编，“西方传统：经典与解释”，《莱辛注疏集·莱辛剧作七种》，北京，华夏出版社，2007 年）。本文的译文有所改动。

把《智者纳旦》当演出剧，而是当阅读剧来写，所以他把这个剧本命名为“一首戏剧体的诗”，同时承认自己“现在还不知道德国有什么地方可以上演这个剧本”。他的话一开始似乎得到了应验，因为《智者纳旦》在他去世后两年，即1783年才得以在柏林首演，观众的反应也比较冷淡。但是，该剧1801年就在魏玛首次成功演出——这是歌德、席勒联袂合作的成果。此后，随着莱辛的德意志文化伟人的形象得以确立，《智者纳旦》毫无争议地跻身德国文学正典，成为在德国的剧院中演出最频繁的剧目之一。

《智者纳旦》的成功多少有些耐人寻味。这一方面是因为，它那明显有些苍白的艺术形式与其耀眼的文学和舞台辉煌之间形成一种反差。首先，它既非让观众产生怜悯和恐惧的悲剧，也非用嘲笑来对付愚蠢的喜剧，它给观众提供的一般戏剧享受极其有限；其次，它未能在“动之以情”和“晓之以理”之间保持平衡，歌德就抱怨在这个剧里“几乎只有理智在讲话”；再者，它是标准的“载道”之作，但文以载道又是一个“不美”的、不够现代的特征，因为早就广为流传并且深入人心的现代美学观念，把“美”等同于自主性、超功利性、无关利害性。有趣的是，这种现代审美观的始作俑者是康德和浪漫派，身为启蒙思想家的康德可能压根儿没想到，他在《判断力批判》中给美下的定义对文以载道的启蒙文学意味着什么。总之，我们即便不好说《智者纳旦》存在什么艺术缺陷，也可以说它的思想性压倒了它的艺术性。而如果一部让思想性压倒艺术性的作品最终成为德国人阅读最多、观看最多的一部剧作，那就只有一个解释：人们不计较它的艺术性，人们可能根本就没有把它当艺术品来对待。帮着席勒把《智者纳旦》搬上舞台的歌德，也许就不太看重该剧的艺术性。事实上，德国人很少拿艺术性来衡量和评价莱辛。对于他们，莱辛首先不是文学艺术家，而是一个思想家，一个文化—政治符号。莱辛有丰富的思想和高尚的人格，这使他具有非常理想的符号资质。人们可以根据时代的需要，把他变成不同的符号。譬如，他做过“法国人的天敌”，做过民族英雄和“斗士”，他既是理性主义的化身，也是理性主义的克服者。今天，在把启蒙神圣化和工具化的联邦德国，莱辛是一尊政治偶像，是康德级的启蒙思想家。政治正确者都喜欢向他致敬。

另一方面，《智者纳旦》的思想内容与其正典地位和正统形象之间也存在耐人寻味的反差。这一点最让笔者感到好奇和诧异，这也是笔者撰写本文的原始动力。所谓“正典”，多半都是伟大的作品，多半具有多义性、复杂性和开放性。但不可否认的是，跻身正典的作品一般都有比较隐蔽的思想锋芒，都不会对现实构成挑战和危险，否则它们不可能进入中学教科书，不可能贴上安全精神食粮标签，然后提供给需要精心呵护的青少年。除了纳粹德国时期，正典《智者纳旦》在德国的中学教学大纲中，一直牢牢占有一席之地，在中学生的阅读排行榜上也名列前茅。对此，笔者深感诧异，因为它的思想芒刺非常暴露，它随时可以激活人的思想，刺激人的神经，它不仅“少儿不宜”（其实天主教会在1841年就作出这一诊断），而且不适合给信奉“和为贵”或者寻找心灵慰藉的成年人阅读。《智者纳旦》是“莱辛的莱辛”（弗·施勒格尔语[1]），它充满了批判、疑问和思想挑衅。笔者认为，由于其思想太过尖锐、太过挑衅，堪称“宽容《圣经》”的《智者纳旦》本身就

1 弗里德里希·施勒格尔：《论文学》，慕尼黑，德意志口袋书出版社，1975年，第233页。

应该成为宽容对象，它本身就需要人们的宽容。更有甚者，阐释《智者纳旦》的，恐怕也需要得到宽容，也应成为宽容对象。想到这里，笔者也不免产生一丝顾虑，感觉到一点点的不自由，他的心灵之眼甚至瞥见了编辑室的剪刀和废纸篓，还有宗教裁判所门前的火把和干柴堆。如果不是想起了康德和施勒格尔，如果不是想起接受美学，他会永远下笔艰难……

康德说："鼓起勇气，运用自己的理智！"[1]

施勒格尔说："坦率是每一个想公开谈论莱辛的人的首要义务。"[2]

接受美学教导说："文学作品不是一个自在的客体，不会以同样的面貌呈现在每一个时代的每一个读者眼前；它不是一尊独白式的展现其超时代本质的巨型雕像。相反地，它就像一部乐谱，总是期待着常读常新的阅读反响，这些反响使文本摆脱词语的物质形态，获得现实的存在。"[3]

二

现在我就鼓起勇气，坦率地谈谈自己阅读《智者纳旦》产生的想法。为便于叙述，我先对剧情进行简要交代：

《智者纳旦》的故事发生在12世纪的圣城耶路撒冷，而且是在第三次十字军东征刚刚结束之际。被称为"智者"的犹太富商纳旦外出归来，得知自家刚刚遭遇失火，一个基督教圣殿骑士勇敢地从大火中救出他的女儿。犹太人知恩图报，既想报答把他女

1 康德写的这个著名的祈使句在中文里面至少有四种译法。经过一番思考，我决定献上第五种。
2 施勒格尔：《论文学》，第224页。
3 汉斯·罗伯特·姚斯：《挑战文学理论的文学史》，美因河畔的法兰克福，1970年，第171页。

儿从烈火中救出来的圣殿骑士，也想报答间接恩人苏丹·萨拉丁，后者因为被俘的圣殿骑士的相貌与他失踪多年的哥哥相似而饶了圣殿骑士一命。与此同时，纳旦的女儿和圣殿骑士之间又产生了恋情。由此，在这几个犹太人、穆斯林和基督徒之间出现了非常微妙的关系。智者纳旦有意帮助经济上陷入窘境的苏丹·萨拉丁，后者却对他满腹狐疑，还拿“三大宗教里面哪个最真实？”这一无比棘手的问题来难为他；圣殿骑士爱上了纳旦的女儿，也看到纳旦充满善意，但是他需要逐渐克服对犹太人的根深蒂固的偏见。后来，两个年轻人的离奇身世得以解密：纳旦的女儿和圣殿骑士是亲兄妹，而他们都是苏丹·萨拉丁那位失踪的哥哥与一位女基督徒生下的孩子，纳旦则是在自己的家人全部被基督徒屠杀之后，认这个基督徒孤儿做养女的。最后，几个穆斯林、基督徒和犹太人在激动、喜悦中相互拥抱，这出五幕剧就在这一感人场面中款款落幕。

《智者纳旦》无疑是一部伟大的作品，它有充足的理由跻身正典。笔者认为，它的伟大至少体现在如下几个方面。

首先，《智者纳旦》体现了造福人类的宏大善良意愿，极力促进宗教平等、宗教宽容、宗教和解。这一宏大的善良意愿，来自对宗教迫害和宗教战争的深刻反省，来自对三大宗教即犹太教、基督教和伊斯兰教的历史实践及其后果的观察和思考。莱辛深知，宗教不宽容的根源在于宗教傲慢[1]，宗教傲慢则很容易发展为虔诚的疯狂。所谓“宗教傲慢”，就是相信“只有自己的上帝才是真正的上帝”（第二幕第五场）——这是犹太教、基督教和伊斯兰

---

1 德文原文是Stolz，应该译为“骄傲”或者“自豪感”。与“傲慢”相对的德文词是Hochmut。由于“宗教骄傲”太拗口，也考虑到莱辛的批判意图，所以写“傲慢”。

教的共同特征；所谓“虔诚的疯狂”，就是“认定自己拥有更好的上帝，并且把这一上帝强加给他人”（第二幕第五场）的想法和做法。说白了，就是武力传教或者说武力护教，就是对信仰异己的零容忍，这是基督教、伊斯兰教中极端势力的共同特征。“虔诚的疯狂”是宗教异化的结果，它在天主教这一年代最久远、队伍最庞大的宗教派别中间表现得最为明显。历史上，天主教据称对异己一向毫不手软，不管这异己来自教内还是教外，不管是犹太人还是穆斯林，是东正教徒还是胡格诺教徒，所以才有了圣巴托罗缪惨案（1572 年）和绵延整个中世纪的宗教屠犹惨案，所以才有了宗教裁判所和十字军东征——幡然醒悟的圣殿骑士把十字军东征称为“虔诚的疯狂”的“最黑暗的表现形式”（第二幕第五场）。但需要说明的是，尽管《智者纳旦》将其主要批判锋芒对准基督教，尽管莱辛塑造了耶路撒冷宗主教这个仇视穆斯林和犹太人的反面人物形象[1]，但莱辛对三大宗教的态度却不失客观和公允。他不仅指出傲慢是三大宗教的共同特征，而且对宗教傲慢的受害者和始作俑者犹太教进行了温和的批评，所以他让圣殿骑士质问犹太人纳旦，“是哪个民族把自己首先称为选民？基督徒和穆斯林继承了这种骄傲，谁都认为，只有自己的上帝才是真正的上帝”（第二幕第五场）。遗憾的是，《智者纳旦》未对本来很值得玩味的犹太式宗教傲慢作进一步的探讨。从心理学的角度看，犹太式宗教傲慢是一种登峰造极的宗教傲慢，因为犹太人是出于彻底的选民意识和种族意识而不屑于传教，这种姿态甚至可以阐释为对其他民族的无言蔑视；从实践层面看，这种傲慢又有利于不同信仰、不

1 其人物原型就是葛茨。

同民族的和平相处，因为它不具有任何宗教扩张性和侵略性，不会在信仰方面强人所难。欧洲中世纪犹太人的不幸，在于他们恰恰与当时不太宽容的基督徒为邻，而且他们属于绝对的少数族裔。欧洲犹太人为自己的坚如磐石的信仰付出了沉重代价，他们的宁死不屈则证明了信仰的巨大力量。

总之，《智者纳旦》向人们传达了一个非常明确的信息：要实现宗教宽容，就必须遏制宗教傲慢，就必须摆脱“虔诚的疯狂”。这是一个深刻的、充满理性的思想，这也是一个大胆的、接近异端的思想。莱辛勇气可嘉。

《智者纳旦》的另一新颖而大胆之处，在于它史无前例地在基督教世界提出了“人性”的概念，提出了“神性第一性还是人性第一性”的尖锐问题。莱辛不仅明确指出在教徒身上现实地存在人性与神性、人性与宗教属性的对立，他还明显倾向前者，鼓励大家先做人、后做信徒。所以他让苏丹·萨拉丁的妹妹责备基督徒“以做基督徒为骄傲，不是以做人为傲”，所以他让智者纳旦在与圣殿骑士的交谈中感叹：“难道基督徒和犹太人首先是基督徒和犹太人，然后才是人？如果我在您这里找到一个满足于人的称号的人，那该多好！”（第二幕第五场）莱辛生活在基督教世界，而基督教世界是一个上帝创造、上帝管理、上帝指引的世界。他在基督教世界大力提倡人性，犹如在照耀着神性光芒的大地上大写人字，并且高歌“人啊，人！”

《智者纳旦》的第三个亮点，在于它闻所未闻地用实践理性来应对宗教平等和宗教地位问题。出现在第三幕第七场的戒指寓言就是这种实践理性的生动体现。这个寓言是智者纳旦讲给苏丹·萨拉丁听的，他由此巧妙地回答了有关三大宗教里面哪一个最正确、最高明的问题。而著名的戒指寓言是这样说的：

从前有一个人从其心爱的人手中得到一枚具有魔力的戒指。佩戴者如果相信其魔力，就会受到上帝和他人的喜爱。这枚魔戒后来成为传家宝，父亲总是把它传给自己最宠爱的儿子，得到魔戒的儿子自然成为家族的首领。后来有一位父亲觉得自己的三个儿子都同样可爱，不忍看见一个有魔戒而另外两个没有，所以就悄悄请最高明的艺术家打造了两枚以假乱真的魔戒。父亲临死之前，把这三枚真假不分的魔戒分别赠给三个儿子。父亲死后，三个儿子都拿出了自己的戒指，都坚信自己的戒指才是真传。他们争论未果，查证未果，只好请法官裁定。法官没有作出裁决，而是建议他们假定三枚戒指都是父亲的真传，他们只需看看谁手上的戒指最先显示魔力。法官最后告诉他们："如果宝石的力量在你们孩子和孩子的孩子身上仍然显示，上万年后，我会邀请你们来到我的座位前。那时，坐在这把椅子上的，是一个比我更智慧的人。"

众所周知，《智者纳旦》取材于薄伽丘的《十日谈》，而戒指寓言也同样来自《十日谈》。《十日谈》的戒指寓言也想说明，人们无从判断三大宗教里面哪一个是天父真传、哪一个拥有真正的教义。但是莱辛对戒指寓言作了点石成金的处理。如果说《十日谈》止于怀疑主义和相对主义，透露出一种不置可否的沮丧，那么《智者纳旦》就是在怀疑主义的基础上，发展出一套积极乐观的行动哲学和实践哲学，要求三大宗教悬置教条和理论，通过行动来证明自身的正确和高明。换句话说，《智者纳旦》信奉“实践是检验真理的唯一标准”。值得注意的是，《智者纳旦》的实践理性源于怀疑主义和相对主义，但是它随即又扬弃了怀疑主义和相对主义，因为它暗含一种竞争意识，只不过它把竞争引向另一个层面，即实践层面。《智者纳旦》自觉不自觉地在三大宗教之间倡导竞争，但这是一种良性竞争，是一场比爱心、比高尚的竞赛，而且是一场人人都可以做裁判的比赛，因为爱心和高尚都是凭借常识、凭借健康的理性就可以识别和判断的，它可以表现为勇敢、无私、大度、慷慨，等等。其实，这场比赛在《智者纳旦》中已经开幕。爱好施舍、放弃复仇的智者纳旦已为犹太教得分，为营救他人而纵身火海的圣殿骑士为基督教得了分，服从理性、捐弃前嫌、礼贤犹太商人的苏丹·萨拉丁则为伊斯兰教得了分。如是观之，戒指寓言的确是一则智慧的、温暖的、把人类引向光明未来的寓言。读着这样的寓言，人们有可能心潮澎湃、浮想联翩。笔者就曾在阅读的狂喜中蓦然回首：戒指寓言之于《智者纳旦》，犹如《欢乐颂》之于贝多芬《第九交响曲》。《智者纳旦》若是改编为歌剧，恐怕也像在《欢乐颂》中达到高潮的贝多芬《第九交响曲》，把观众领入普天欢庆、万众归一的至美至善境界。

三

然而，正如《欢乐颂》讴歌的是无法实现的人类之梦，《智者纳旦》也是一则人们津津乐道、但又难以置信的寓言。如果我们在激动之余再对《智者纳旦》进行一番冷静而理性的思索，我们就会发现，这部作品的伟大其实在于其乌托邦特征。乌托邦即乌有乡，乌托邦思想都是子虚乌有的思想境界。莱辛是善良的，也是深刻的，但他同时也是天真的，主观的。他忘记了自己在为谁说话、在对谁说话，他忽略了说话对象的某些不可忽略的特征，从而低估了事情的复杂性。因此，他的《智者纳旦》不可避免地留下诸多问题和悬念。

《智者纳旦》留下的第一个问题和悬念，就是它所展现的大团圆能否经受纯粹理性的检验。毫无疑问，《智者纳旦》的结尾令人欣慰，也令人振奋。三大宗教的代表不仅在此握手言欢，相互拥抱，而且发现彼此沾亲带故，原本一家。然而，这也是一个很成问题的结局。我们不问它能否接受历史的检验，因为如此美好的事情过去没有过，在可以想象的将来也不可能有。我们也犯不着拿历史现实跟剧本对峙，因为既然是文学，就不必写实际发生过的事情，写出可能发生的事情足矣。但是我们可以直白地问，《智者纳旦》刻画的美好结局可能吗？我们的答案倾向于否定。原因在于，这个大团圆有点儿太特殊，太偶然，它拿了太多的亲情、友情、爱情做后盾、做铺垫，剧中的人情网络几乎看得人眼花缭乱。这里有男性穆斯林和女性基督徒相恋，他们还有一儿一女做爱情结晶；这一对分别在基督教和犹太教环境中长大的兄妹，在不知自己和对方身世的情况又产生了恋情，换句话说，犹太人和基督徒之间也可能产生爱情；由于这两人是苏丹·萨拉丁的侄儿侄女，他们和叔伯的团圆又象征着穆斯林、犹太人和基督徒亲如一家，象征他们本来就是一家，他们之间出现了叔侄关系、兄妹关系和养父女关系。不过，莱辛并不以让犹太人、基督徒和穆斯林彼此沾亲带故为满足，他还让他们彼此欠下说不清的人情债，譬如犹太人纳旦抚养基督徒留下的孤儿，虽然基督徒欠着他妻子、儿子共八条人命；譬如基督徒圣殿骑士从烈火中救出犹太人的女儿；譬如苏丹·萨拉丁饶了基督教圣殿骑士一命，也由此救了犹太人的养女一命。有趣的是，为软化基督徒对犹太人的态度，莱辛还扔出了人情王牌，提醒人们注意耶稣基督与犹太人的种族—血缘关系。所以他让一位基督教僧侣噙着泪水对纳旦说："难道整个的基督教不是建立在犹太教的基础上吗？每当我看到我们的基督徒忘记我们的主本身也是犹太人时，我会非常生气，甚至气得落泪。"（第四幕第七场）

莱辛猛打人情牌，当然有其良苦用心。这一方面是为了制造象征和寓意，另一方面也的确想用人类最原始、最天然、最朴素的情感来软化宗教立场，冲破宗教壁垒。作为中国人，看到莱辛遵循这种思路还不免感到几分亲切。但遗憾的是，莱辛的想法在现实中行不通，而且它本身存在逻辑漏洞。他错看了对手，忽视了基督教的理想性、超脱性、普世性。基督教的关照对象是邻人、路人、陌生人、天下人，它关心的是人们是否接受和遵循其信仰和教义，它关心的是理想和原则。为了原则，它可以超脱，可以超越乡情、友情乃至亲情、爱情；为了原则，它可以拿出六亲不认的豪迈，也能保持不食人间烟火的纯洁。可以说，基督教对地方主义、民族主义、种族主义有天然免疫力。从某种意义上讲，一切"人性的、太人性的"都是它超越和克服的对象。基督教不会因为基督是犹太出身，就对拒绝基督教信仰的犹太人网开一面，它也不因为某个人在种族、血统、地缘方面异于或者远离基督教的创始人，而拒之于教堂门外。基督徒是最纯洁、最高尚、最彻底的国际主义者；他们也有纯洁而高尚的相对平等观，他们坚持上帝面前人人平等，虽然他们毫不隐讳这是教内平等——不信上帝就甭谈平等。所以，莱辛式的人情世故和人情贿赂在基督教这里不仅完全行不通，而且反倒有庸俗、狭隘之嫌。

《智者纳旦》留下的第二个问题和悬念，就是它那旨在遏制宗教傲慢、促进宗教宽容的人性—宗教属性对立论，能否得到基督教的认可。很明显，莱辛遵循这样一个逻辑：要宽容，就必须放弃英特耐雄纳尔；要放弃英特耐雄纳尔，就必须淡化优选意识或者先进性意识；要淡化优选意识或者先进性意识，就必须承认自己首先是人。这个逻辑本身是成立的。尽管如此，莱辛还是陷入自说自话的难堪。原因很简单，用人性制约宗教属性，这是一种在市民阶级崛起之后、在进入启蒙和世俗化时代才产生的思想。这种思想常常被冠名为市民阶级或者资产阶级人道主义，并常常得到喝彩。可是，如果站在一神教的立场看，这种想法看似高明，实则糊涂，而且有机械和浅薄之嫌。一神教不仅不承认自己与人性对立，他们还会表明自己具有辩证思维，说世上没有抽象的、赤裸裸的人性，说自己追求并且代表着理想人性和高级人性。鉴于莱辛式的人性观与启蒙运动结伴而行，一神教还会提醒说，他们的事业才是最原始、最持久、最彻底的启蒙事业，因为他们在坚持不懈地启迪人类，他们在坚持不懈地帮助人类完成从低头觅食到仰望星空的动作变换过程，让人类学会超凡脱俗。正因如此，对于莱辛所控诉的宗教傲慢或者“虔诚的疯狂”，他们完全可以充耳不闻或者一笑置之，因为莱辛不懂“横看成岭侧成峰”的道理，也忽略了最基本的宗教心理和宗教逻辑。宗教傲慢不是对先进性的信念又是什么？“虔诚的疯狂”不是救世情怀、不是邻人之爱又是什么？我之所以传教，之所以要发展你，一是因为我比你先进，比你站得高看得远；二是因为我不忍看着你落后、看着你近视却又无所作为，我得拉你、帮你、拔高你。而且，我帮了你还会帮别人，原则上我是见一个帮一个，这就是平等原则，博爱原则……一神教的博爱逻辑决定了它的终极目标，必然是英特耐雄纳尔，所以，英特耐雄纳尔是基督教和伊斯兰教永远的“国歌”；放弃英特耐雄纳尔的一神教反倒有过于自私（不愿有福同享）或者过于傲慢（我的教义你不懂也不配）的嫌疑。当然，追求博爱、追求英特耐雄纳尔的一神教也面临着一个巨大而实际的难题：英特耐雄纳尔只能有一个而一神教不止一个，而如果英特耐雄纳尔发生碰撞，后果总是很严重。因为英特耐雄纳尔，基督徒和穆斯林过去有厮杀，现在有摩擦，未来也难处；犹太人则因为以非暴力不合作的方式，抗拒基督教的英特耐雄纳尔而受尽苦难。也许一神教懂得以史为鉴、与时俱进，也许他们会调整自身的英特耐雄纳尔政策，但是他们不可能放弃英特耐雄纳尔的梦想。放弃英特耐雄纳尔，就等于放弃优选意识和先进意识，就等于放弃自我，否定自我，消解自我。所以说，莱辛的人性论不会得到承认，他的宽容理想也不可能实现。

《智者纳旦》留下的第三个问题和悬念，就是莱辛所提倡、所追求的宽容具有多大的限度，就是他的宽容理想是否具有英特耐雄纳尔特征，就是宽容理想的光芒是否能够照射到三大宗教之外。这是一个很严肃、很重大，而且能够造成紧张和焦虑的问题。这个在西方世界无人发现也无人谈及的问题，很容易被中国读者发现，因为如果我们不是一神论者，如果我们是无神论者或多神论者，我们就是当事人，还可能成为受害者。换句话说，我们不知道莱辛是否把我们这些没有皈依一神教的中国人视为宽容对象。对此我们感到深深的遗憾，我们甚至可以对《智者纳旦》的作者表示一点儿意见，因为不论他多么宽容或者多么高调地提倡宽容，他终究缺乏全球眼光和全球意识。他的眼中只有犹太人、基督徒和穆斯林，他的思考对象是三个一神教和它们所面临的问题，他的宗教地图上只有欧洲和毗邻欧洲的近东。他没考虑世界上的其他人群和其他地区。他没想到，如果绘制一张宗教版世界地图，我们的地球就应该划分为三个不同的信仰世界：即一神论者世界、多神论者世界和无神论者世界；我们的地球也可以划分为信奉一神论的北方和信奉无神论和多神论的南方。而从神学角度看，一神论当然是第一世界，无神论和多神论当然属于第三世界。由于莱辛忽略了多神论者和无神论者的存在，他的宽容观给人留下了巨大的畅想空间。譬如，莱辛是否只想解决一神教的“内部矛盾”？三大宗教实现了平等、和解、宽容，是否就意味着世界大同、宽容和谐？又如，莱辛是否考虑过一神教跟多神教和无神论之间是什么关系？二者之间是否存在敌我矛盾？中国人信奉的儒释道在基督教眼里是什么形象、什么地位？我们提出这样的问题，并非空穴来风，并非简单的逻辑推论。因为就是在把中国的文化和政治制度理想化的启蒙时代，也出过这样一件事情：莱布尼茨的学生、著名哲学家克里斯蒂安·沃尔夫跟他的老师一样热爱和尊重中国文化。他对儒家思想产生了浓厚兴趣。他在深入研究在华耶稣会传教士的发表物的基础上，得出中国人在政治和道路实践方面优于欧洲人的结论。1721 年，沃尔夫在作为哈勒大学副校长的离职演说中阐述了这一观点。他由此闯下大祸。他不仅失去在哈勒大学的教授席位，而且被勒令在一周之内离开普鲁士。在原教旨主义者看来，无神论者是不可能成为基督徒的榜样的（与沃尔夫看法类似的耶稣会传教士也接二连三地被罗马教廷剥夺传教资格）。沃尔夫是典型的宗教傲慢的牺牲品。不知莱辛是否听说过此事，也不知道他听说之后又会作何评论。说到这里，笔者想起自己两年前对着德国听众说的两句话："像《智者纳旦》这样一部对德国乃至欧洲思想史具有划时代意义的文学作品，中国作家写不出来。写出来了也是多此一举。因为中华帝国没必要宣传宗教宽容。我们不会出于纯粹的宗教原因迫害佛教徒、道教徒或是其他教徒；我们没有、我们也不可能发动十字军东征，或者十字军西征、北征、南征。"现在看来，当时似乎还可以补充一句：即便中国作家写出《智者纳旦》，它一定会探讨一神教教徒跟无神论者或多神教教徒如何平等相待、如何和平相处的问题。

结　语

《智者纳旦》是一部使人忧虑、使人沮丧的正典。这部写于二百多年前，旨在促进宗教平等、宗教宽容、宗教和解的伟大著作，使我们意识到我们的世界依然不平等、不宽容、不太平，我们甚至觉得宽容理想在今天比在莱辛的时代更加遥远、更加虚幻。今天的世界是一个四分五裂、矛盾重重的世界：这里有世俗与世俗的对抗，因为赤裸裸的物质欲望引发了各种国际性和地区性的对抗和冲突。这里有神圣与神圣的对抗，几大宗教被形形色色、大大小小的"内部"矛盾和"外部"矛盾所困扰，其中最为烦恼的自然是人多势众、声势浩大的天主教，罗马教宗不仅惦记和牵挂着遍布几大洋几大洲的众多异教徒和无神论者，不仅惦记和牵挂着东正教、犹太教和伊斯兰教这类信仰近亲，而且近在眼前却仿佛远在天边的新教徒也是其心头之痛，天主教的英特耐雄纳尔依然任重，依然道远。我们的世界还延续着神圣与世俗的对抗，一方面是启蒙所开启的世俗化浪潮在全球化背景下来势变得越来越迅猛，势不可挡；另一方面，神圣的力量却完全不为所动。他们不仅在各自的发源地牢牢地控制着自己的地盘，有的还在坚定不移地、有条不紊地输出自己的理想和信仰。从这个意义上讲，亨廷顿的《文明的冲突》给我们描绘了一幅现实主义的世界图景，布什总统在“9·11”之后脱口而出“十字军东征”这一重要细节，则可以收录为《文明的冲突》的再版脚注。

但如果换个角度思考，我们就会发现，对于中国读者而言，《智者纳旦》也是一部长智慧、长信心的作品。我们生活在一个以西方、以欧洲为中心的世界，所以我们习惯了侧耳倾听来自西方的声音。至少在过去的二三十年里，西方老是传来一种声音，听到这种声音，我们的耳畔常常会响起嘹亮的《马赛曲》，我们的眼前会浮现出1789年的旗帜，所以，每当听到这种声音我们都会带着谦虚和内疚低头反思。读罢《智者纳旦》，我们惊奇地发现，西方世界并非自以为站在启蒙精神制高点的西方政界和西方媒体所想象的那么简单、那么和谐，西方世界岂止一种声音！那是一个众声喧哗的矛盾世界！里面有启蒙的声音也有反启蒙的声音，有天主教的声音也有新教的声音。启蒙精神并不具有许多人所想象的那种独尊地位，启蒙思想家也没有受到普遍的赞赏和尊重。譬如在德国，默克尔总理热衷于价值外交——这当然是普世价值或者说启蒙价值，但是她所领导的执政党名为“基督教民主联盟”，就是说，基督教信仰已经标在党旗上面。又如，德国的启蒙谈了二百多年，宽容也谈了二百多年，但是启蒙和宽容有时也难以化为社会实践，就连在慕尼黑和科隆这类天主教重镇的市中心竖立一尊路德或者莱辛的立像，都像是天方夜谭，虽然依中立的无神论者之见，这类享誉世界的文化巨人在任何地方都应享有一席之地。但现实就是现实，不承认不行。很明显，在启蒙问题上，德国人自己有些事情都还没摆平，启蒙在德意志大地也是一项未竟的事业。

第三编

文学超限战

反讽与脱俗*

写作很忌讳落俗套。落了俗套，别人一眼就能看出来，别人就要起鸡皮疙瘩。另一方面，写作又很容易落俗套。管你是谁，一不留神，你就会落俗套，你就要说空话，说废话，说不过脑子的话。不过，如果你有反讽细胞，如果你有反讽意识，或者接受过反讽训练，你脱起俗来就不会太难。但愿不要有人迫不及待地追问什么是反讽。实在要问，我们就只好先下个消极的定义：反讽就是反俗套。别的，我们稍后再说。

我们先从一本旨在探讨——其实是声讨——纳粹政权的艺术嗜好的书中挑选几个例子，来说明什么是空话废话不过脑子的话。需要说明的是，该书作者的研究领域覆盖科学、艺术、哲学，他的著作垒起来几乎有半个人高（我们不说“著作等身”，是因为二十四本普通书籍垒不到一个成年人的高度），光是论建筑和音乐的就有好几本，而且他有诗人气质，自述常常产生写小说的冲动……应该说，这是一个在我们的时代较为罕见的莱奥纳多式人物，其博学与才情，只能让一般学者“望尘莫及”（既然我们几乎见不着骑马沿土路飞驰而过的场面，就有必要给这个成语打上引号）。然而，这位知名学者特别喜欢发感想、谈自我，每当

* 本文原刊于《文学自由谈》2004年第5期，题为“渴望弦外之音的呼唤”。

他抒发感想、谈论自我的时候，读者或者听众又少不了面面相觑。因为，他总是用下面这种口吻说话：

> 纳粹用贝多芬的“第九”来庆祝希特勒的生日才是我第一次痛苦。原来世界上还有这种性质的痛苦，这是我先前不曾经历的。

> 白天杀了成百上千个人，晚上又去弹奏莫扎特的音乐，他的罪恶的虚伪便达到了无以复加、足以令我发疯的地步。

> 在比利时的布鲁塞尔，我曾在法院和其他一些新巴洛克式的建筑面前低头徘徊过很久，为的是亲身用我的视觉去体验新古典主义风格所营造出来的幻想王国。

> 读到一连串极玄虚的句子，我想呕吐，有恶心感。我觉得有个道貌岸然的“哲学家”站在我面前说教，指手画脚……我打心底瞧不起他！
>
> 我想把他的书扔进垃圾箱，我只好克制自己的厌恶。因为我手中的《存在与时间》是从图书馆借来的。

读到这一串极抒情、极澎湃的句子，我们也免不了心潮澎湃、浮想联翩，对话欲望也油然而生。这四个段落，至少要引发四个问题。问题一：您知道吗，您所说的先前不曾经历过的痛苦，让我们这些想象力不够发达的读者嗷嗷待哺（在此我们有理由不打引号）。您能否行行好，像尼采描写“贝九”给人的感受——“数百万人在惊恐和战栗中匍匐在地……”——那样，把您听到坏人听“贝九”时的感受细细道来？问题二：既然弹钢琴的海德里希，既然罪恶的虚伪或者虚伪的罪恶足以使您发疯，那您为什么没有发疯？如果您因为这件事情发疯，您会让人肃然起敬。所以，要是发不了疯，是否还是别说自己要发疯为好？问题三：人在低头徘徊的时候，眼睛当然看着路面或者建筑物的底座。请问，在这种情况下如何用视觉去体验新古典主义风格所营造出来的幻想王国？问题四：您这是自我调侃，还是真的碍于图书馆的罚金而不敢对《存在与时间》下手？您既然如此讨厌在纳粹政权面前失节的海德格尔，那么，为了对得起在您胸膛中熊熊燃烧的正义怒火，为了警醒并赢得世人的尊敬，您完全可以把《存在与时间》示威性地付之一炬，或者扔进垃圾箱。此举将使您的精神回报远远超过您的物质损失。有鉴于此，您的话是否有点儿画蛇添足的味道？

其实，我们这位学者已经遭遇画蛇添足的命运。为他作序的一位朋友就提到一个“有趣”的现象：“不少长期阅读他的美文的读者一直还不识‘庐山真面目’，错把他当作是一位女性作家。殊不知，他是一位充满阳刚之气的堂堂正正的男子汉；他那长满络腮胡须的面孔即可为证。”这位朋友的话是否画蛇添足，我们存而不论。我们想说的是，读者当然是按照文若其人的逻辑来判断作家的性别。只是有一个道理他们不一定明白：文章是作出来的，文章完全可以成为作家自我包装甚至伪装的工具。他或者她随时可以和读者玩捉迷藏：男的装娘娘腔，女的学爷们儿样。所以，一个男作家被读者当成女的，这本身并不说明什么问题。可悲不可悲，要看他是有意为之，还是事与愿违。

我们议论这位禀赋诗情的莱奥纳多式学者，原因不在于他独一无二，而在于其典型意义。这种文风在文人学者中间并不罕见。究其原因，一是写作时心不在焉，二是缺乏历史感。所谓心不在焉，并非一般意义上的用心不专或者思想开小差，而是指写作者在忘情之中遗忘了写作本身，从而无暇推敲文字，无暇反观自己的文字或者说文本形象，闹了笑话也浑然不觉（难怪柏格森要用心不在焉来概括滑稽现象）。舞文弄墨的人，常常忽略一个事实：“情”与“文”之间存在着十分微妙的关系。首先，有“情”才有“文”，这正如柏拉图所说，诗人只有在获得灵感、陷入迷狂的情况下才能创作。另一方面，“情”和“文”又是对立的。我们在日常生活中就可以发现，人在激动的时候，要么说不出话来，要么语无伦次（难怪尼采要对那些受到巨大情欲折磨，同时又口若悬河又字斟句酌的希腊悲剧英雄表示诧异）。同样，写作的时候如果意识不到横亘在艺术与自然之间这道鸿沟，如果一味地“奋笔疾书”，就会出现以“情”乱“文”的局面。面对这个人人都有可能碰到的问题，德国浪漫派苦苦思索（请不要望文生义，以为浪漫主义就是风花雪月哥哥妹妹的东西）。最后，他们悟出了一个道理：必须提倡反讽。然而，德国浪漫派所说的反讽，不是修辞学所教授的反讽，不是简单地“说反话”。浪漫反讽理论的要旨，是让人保持清醒的自我意识或者说自我批判意识，促使作家们在脑子里建立一套自我监控机制。被黑格尔称为“反讽之祖父”的费希特，喜欢用两句话来测试反讽思维。第一句话（他对着柏林大学的学生）：先生们，你们想想这面墙吧；第二句话（大家都显露出面壁思考的样子）：现在请你们想想思考这面墙的那个人（有没有反讽细胞，看其反应——心领神会还是莫名其妙——就知道）。被黑格尔称为“反讽之父”的小施勒格尔，则把费希特的思想实践化、文学化，要求作家在创作中实现“自我创造”与“自我毁灭”的无限循环，呼吁让玩笑与正经水乳交融（我们拒绝评论哪个是白水，哪个是乳汁）。后来的发展表明，德国浪漫派的努力并没有付诸东流。在后浪漫时代，作家们写作时越来越“分心”，越来越“自觉”，越来越喜欢“夹叙夹议”——边写作边议论自己的写作。尤其在进入20世纪后，反讽不仅化为一流作家的显要标志，而且深深地影响了读者和公众的文学口味。20世纪的人比歌德时代的人更能理解为什么歌德把反讽比喻为文学餐桌上的“调味盐”。如果没有反讽，我们也很难想象卡夫卡和托马斯·曼如何成为20世纪德语文学数一数二的小说大师。

我们这位因为希特勒们染指神圣的艺术而悲愤欲绝的学者，他的毛病就是不让自己冷静，不给自己反躬自省的机会，所以他忽略了一些简单又简单的问题，所以他的文字如此粗糙，如此滑稽。当然，他不是孤本。像他这样因为忘情而心不在焉的，可谓比比皆是。举一个最常见的例子：我们许许多多的学者作家批评家，每写完一篇东西，都要注明其写作时间和写作地点，告诉读者该作品是某年某月某日甚至几点几分在某某山某某湖某某寺某某园诞生的。请问，你写这些东西干什么？有必要吗？你是抑制不住大功告成的兴奋，还是习惯使之然？或者你已经坚信自己的作品不朽，所以给后世的文史专家留个方便？其实，假设你在写上或者敲上时间地点之后，还能够向自己问个为什么，你一定会察觉出这落款之无聊，你会立刻把它涂抹或者删除。是啊，有谁会现在就关心你在何时何地写作呢？不朽的作家，十有八九是在死后才成为不朽的。如果你写出了一首让千百万民众热泪盈眶、匍匐在地的《欢乐颂》，即便你不在手稿上注明创作的时间地点，那么，后世的文学爱好者排除万难也要找出莱比锡门克大街42号，也要前去顶礼膜拜。

缺乏历史意识，是俗套的又一根源。既为文人，就要注意时差，就要搞清楚自己生活在什么时代。同样的话，过去可以随便说，现在却不能说，别人讲过了，你就不便讲，否则就是陈词滥调，就是拾人牙慧。战国时代的屈原可以拿香草美人打比喻，你不可以；田园时代的文人骚客，挥毫赋诗之后，可以注明是何处的湖光山色，是何处的古树古刹给了他灵感，你不可以；卢梭生活在一个把袒露真情当作阶级斗争的武器的时代，为了对抗贵族阶级的虚伪和俗套，卢梭们可以“掏心”，可以“伤感”，可以把自己描绘成漫步遐想的孤独者，你却不可以“倾诉”，不可以在文化古迹的周围作卢梭状，作低头徘徊状。你这不可以那不可以，你也别问为什么。谁叫你生不逢时，谁叫你是后来人呢。如果可以重复前人的东西，我们的文学艺术还谈什么发展？你要识趣，要识别并且尊重我们这个时代的艺术禁区。诚然，识别禁区并非易事。原则上讲，这种识别能力和艺术修养成正比。修养越高，识别能力越强，看到的禁区越多。

虽说我们的视力至多算中等，但是我们本着互助原则，把我们所见到的为数不多的几个禁区指给大家看。首先，我们的时代欣赏不了崇高状深沉状孤傲状感伤状抚今追昔状，因为我们处在一个反讽复兴的时代。我们要把目光投向希腊半岛，要回归“埃隆尼亚”，即eironeia（这个希腊词是英语的irony，法语的ironie，德语的Ironie的共同词母）。反讽使人保持精神的敏捷和为人的谦虚，所以反讽祖师爷苏格拉底逢人矮三分，见谁都拿出你比我行、我不如你的真诚，所以古希腊的反讽家们都“和油一样滑，和橡胶一样有弹性”。其次，我们的时代不关心你在何时何地写作。你在夜阑人静之时写作，我们不一定把你想象得很浪漫，你大白天工作，我们未必说你古典。我们对于你的创作地点也是视而不见，管你什么蔚秀园畅春园，管你什么西三旗西二旗，管你什么保福寺大钟寺。不过，假如你写上“大钟寺农贸市场”，我们倒要表示特别的关注，因为你要么使我们看到喧嚣的集市给你带来的痛苦，要么让我们佩服你闹中取静的功夫。相比之下，“大钟寺农贸市场”还算言之有物。再次，我们的时代看不惯过多的“！”和“啊”，更看不惯名不副实的成语和比喻。动辄谈“处女作”的，对“他的乳汁”（一位鲁迅研究专家如是说）感激不已的，噼里啪啦敲电脑却硬说自己“伏案写作”的，都会让我们的皮肤微微发麻。最后，我们的时代很珍惜“她”，我们很不乐意拿“她”来指代女人之外的东西。即便是母校和母亲河，我们也没有必要呼“她”。懂点德语的，读到“我忘不了莱茵河，忘不了她的河水律动”（我们议论那位学者的话）这类句子的时候，多半要起“鹅皮疙瘩”（这是道地的德语表达，不是“鸡皮疙瘩”的比较级）。人家莱茵河明明是阳性，人家德国人也一直说 Vater Rhein（父亲河），你何苦去改变其性别呢。不过，假如你用“她”来指代多瑙河，我们倒可以表示理解和宽容。一来多瑙河是阴性名词，二是因为我们在约翰·施特劳斯的华尔兹（„An der schönen blauen Donau“）的影响下，早已习惯把多瑙河想象为一个需要人对之献殷勤抛媚眼的女人。

前人造成的艺术禁区，必然要挤压和侵占后人的艺术发展和艺术存在的空间。若要有所作为，被挡住去路的后来者必须考虑如何突围。突围的方式很多，最简单而又最出人意料的突围方式，便是高举“帕罗狄亚”的旗帜冲入禁区。“帕罗狄亚”是parodia的音译，也是parody、parodie和Parodie的共同祖先。“帕罗狄亚”的意思是戏仿，它是“埃隆尼亚”的同乡，也是其精神手足。“帕罗狄亚”是一个神奇之物。早在古希腊，作为晚辈的阿里斯托芬就因为戏仿前辈欧里庇得斯而得以和后者平起平坐；及至20世纪，一筹莫展的文学现代派们，也是在发现“当今所有的艺术手段和艺术惯例都只适合做戏仿对象”之后，才豁然开朗、才海阔天空的。的确，“帕罗狄亚”能够化腐朽为神奇。有了“帕罗狄亚”，你就可以重复不管谁的话，别人就知道你是故意捡话，是话中有话，别人就会竖了耳朵又竖拇指。更令人欣慰的是，神奇的“帕罗狄亚”并不神秘：你要是肯落款“大钟寺农贸市场”，你就找到了“帕罗狄亚”。

从前，为了建立一个富强和民主的国家，我们中国人大声呼唤过德先生和赛先生。如今，由于渴望弦外之音，我们大声呼唤“埃隆尼亚”小姐和“帕罗狄亚”小姐登场。有了“埃隆尼亚”和“帕罗狄亚”，我们的文坛会多一分轻松和高雅。

“文学教皇”的自传

德国文学批评家马塞尔·赖希－拉尼茨基撰写的回忆录《我的一生》，被视为联邦德国历史上最成功的自传之一。该书于1999年8月15日出版，七周之后销量就达20万册，跃居德语国家非文学类畅销书榜首。在随后几年里也一直畅销。截至2003年底，《我的一生》各种版本累计销售超过一百万册，有至少十七个国家购买了版权。这本自传如此走红，自然有赖于名人效应和媒体炒作等外在因素。赖希－拉尼茨基毕竟是德语国家几乎家喻户晓的“文学教皇”[1]，德国最有影响力的日报《法兰克福汇报》又提前连载了《我的一生》，还刊登了多篇出自名家之手的热情洋溢的评论。但这主要原因还得去书中寻找。众所周知，赖希－拉尼茨基不仅是当今德国文坛无可争议的批评霸主，是一个有着空前影响力的批评家，他还有着传奇的人生经历和稀有的人生体验：他出生在波兰；父亲是波兰犹太人，母亲是德国犹太人；他在波兰上小学在柏林念中学；1938年被遣送回波兰；1943年他成功逃出华沙的犹太人隔离区，也因此躲过了特雷布林卡的

---

1 为赖希－拉尼茨基立传的托马斯·安茨写道：“赖希－拉尼茨基没有一次不是刚上出租就被司机认出来，没有一次不是上街走出十步便有路人上前搭话。”这话未免有些夸张，但不乏真实的内核。参见 Thomas Anz: *Marcel Reich-Ranicki,* Deutscher Taschenbuch Verlag, Originalausgabe, München, 2004，第168页。

毒气室；随后他被波兰百姓藏匿两年，被苏军解放之后便参军入党，“二战”之后成为红色阵营派驻西方的谍报人员，后来又被外交部解雇，被共产党开除；1958年利用出国之机投奔联邦德国，然后在德国评论界异军突起，最终成为一个让作家叹息“他评故我在”[1]的批评家，一个让出租车司机蓦然回首的大明星[2]……赖希－拉尼茨基写自传，当然具有先天优势。他的历史，既是德国犹太人的一部受难史，一部逃难史，一部心灵史，也有助于人们了解一点当代德语文学野史。

历时五年写作而成的《我的一生》，讲述了赖希－拉尼茨基70多年的人生旅程，但是对青少年时代的回忆却占了全书一半的篇幅。这不足为怪。赖希－拉尼茨基撰写这部回忆录，首要目的便是记录自己在纳粹恐怖时期的经历。他在《我的一生》的“致谢”部分说到他的妻子、儿子还有别的一些人，早就希望他把早年的经历书写下来，他自己则因为“往事不堪回首”，因为“担心写不好”而一推再推，直到1993年才改变了主意（555）。[3]赖希－拉尼茨基这番话颇有声东击西的意味，因为他签订的出版合同是在1994年12月初，而且从他日后接受的多次采访也可以推断他是在1994年改变的主意。[4]这一年至少有两件事情对他很有刺激：一是他在3月间和赫尔穆特·卡拉赛克夫妇看完《辛德勒的名单》的

---

1 为赖希－拉尼茨基立传的托马斯·安茨写道：“赖希－拉尼茨基没有一次不是刚上出租车就被司机认出来，没有一次不是上街走出十步便有路人上前搭话。”这话未免有些夸张，但不乏真实的内核。参见 Thomas Anz: *Marcel Reich-Ranicki*, Deutscher Taschenbuch Verlag, Originalausgabe, München, 2004，第168页。

2 Marcel Reich-Ranicki: *Aufsätze und Kommentare*,Herausgegeben von Jens Jessen, Deutscher Taschenbuch Verlag, 1985, S.10.

3《我的一生》的引文来自德文版：Marcel Reich-Ranicki: *Mein Leben*,Deutsche Verlags-Anstalt,Stuttgart,1999。括弧内标注页码，下同。

4 Thomas Anz: *Marcel Reich-Ranicki*, S.159.

首映式后共进晚餐，席间聊起他在华沙犹太人隔离区的经历，深受触动的卡拉赛克敦促他尽快动笔，他自己也感到一丝写作冲动。后来，他为 11 月份在慕尼黑剧场举行的一次以“谈谈自己的国家”为题的演讲做准备时惊喜地发现，叙述那段历史对他来说并不困难。他在 1994 年经受的第二个刺激，是身为记者的蒂尔曼·延斯在 5 月 29 日的《世界文化之窗》电视节目中披露了他一直守口如瓶的间谍经历。这个事件不仅令他尴尬万分，一种辩解的欲望也在他心头油然而生。

赖希－拉尼茨基有着惊人的记忆力。他没有写日记的习惯，《我的一生》的材料，多半源于他和妻子的大脑储存。但是，他在回忆华沙犹太隔离区的经历时却格外谨慎，格外用心。为了使他的个人经历与历史大背景相吻合、相辉映，他参阅了大量史料，并且四方请教。这中间包括几位波兰史学家，以及位于慕尼黑、华沙、耶路撒冷的历史研究所（556）。他对这段历史的回忆也的确构成了《我的一生》中最为精彩的篇章。相关章节不仅写得真实细腻，而且显示出使人刮目相看的高超叙事技巧。他用平淡、冷静而又略带讥讽的口气描绘自己和犹太同胞的非人经历，他既不悲愤，也不伤感，无论评价德国人还是犹太人，他的字里行间总是流露出对人性的洞察和理解。对于德国兵在华沙街头肆意凌辱东欧犹太人的暴行，他从审美和心理学的角度进行阐释：他们终于见到以前只能在施特赖谢尔主办的《冲锋队员报》上见到的犹太人形象——头顶圆帽，身着大袍，满脸大黑胡子（高度同化的德国犹太人当然不是这种形象）；党卫军军官在下令灭绝华沙犹太人的时候——戈培尔不让一般人知道这一秘密——还在欣赏淌着犹太血液的约翰·施特劳斯创作的华尔兹，这一章就叫《伴随着维也纳华尔兹舞曲的死亡判决》。大难临头的犹太人有的犯糊涂，对德国人和国际舆论抱有不切实际的幻想；有的好死不如赖活，竟然背着乐器登上开往特雷布林卡的闷罐车，希望有机会替热爱音乐的德国刽子手演奏音乐，以便拖延进毒气室的时间；有的则是脸皮太薄，吃了德国人一记耳光就去上吊。赖希－拉尼茨基的个人遭遇同样使人长吁短叹：他去安慰一个因为父亲自缢哭得死去活来的犹太姑娘，结果这姑娘由此成为他的终身伴侣；为了不让招惹杀身之祸的黑色犹太胡须浮出脸面，他在恐怖年代养成了每天刮两遍胡子的习惯，时隔半个多世纪，他依然天天带着一张光光生生的脸出现在人们的眼前；当他的父母跟着队伍走向死亡列车的时候，站在一旁的他无所作为，也无话可说，两位赴死的老人得到的临终关怀，便是负责维持上车秩序的犹太民兵头头念及和马塞尔的一面之交而塞给他们一块面包，等等。

《我的一生》确实让人耳目一新。人们惊奇地发现，这位充满雄辩激情、张嘴就 fortissimo（大弦嘈嘈）的批评家，居然也会 pianissimo（小弦切切），居然也懂得此时无声胜有声。赖希－拉尼茨基的新风貌得到人们的普遍关注和赞赏。就连平日讥讽他只会“抡铁锤，砸铁砧”[1] 的人也承认他的自传写得好。赖希－拉尼茨基这一转变，说怪也不怪。自传不同于文学评论，要求叙事技巧。赖希－拉尼茨基恰恰能够满足这一要求。一是因为他在批评实践中基本上采用传记—心理研究方法，讲故事既是他批评活动的组成部分，也是他的拿手好戏。尽管他从不写诗歌小说剧本，他也从不承认自己是“两栖类”评论家，但明眼人看得出他是“误入”

1 Thomas Anz: *Marcel Reich-Ranicki*，S.157.

批评行当，看得出他不承认这点是出于自保策略（谁想让人看成身残志不残的文学残疾呢）。再者，赖希－拉尼茨基是资深文学评论家，有最起码的文学素养，深知出了卡夫卡之后，叙事高手全都懂得用平淡的口吻来描写令人恐怖的事物，懂得用这种反差来制造惊心动魄的弦外之音。叙而不议，摈弃道德高论，这已成为犹太作家描写大屠杀经历时屡试不爽的制胜法宝。2002 年诺贝尔文学奖得主凯尔泰斯·伊姆莱的获奖作品《命运无常》就是一个经典实例。小说结尾的一个细节也意味深长：当一位充满同情心又充满道德激情的记者，问刚刚从纳粹集中营出来的主人公，可不可以把集中营想象成地狱时，主人公回答说："别人爱怎么想就怎么想，反正我只能想象集中营，因为我对它有一定的了解，地狱什么样我却一无所知。"[1] 而《我的一生》在回忆纳粹恐怖年代时，常常采用这一叙事套路，它也因此打动了读者。

《我的一生》开篇就提出"我是谁"的问题。这个问题犹如一根思想红线贯穿全书，但始终没有答案。赖希－拉尼茨基自称没有祖国。他不把自己的出生地波兰视为故乡，不想和犹太血肉同胞认同，他身为德意志联邦共和国公民，并在该国如鱼得水、大放异彩，但他摆脱不了"独在异乡为异客"的感觉。然而，对赖希－拉尼茨基稍有了解的人都知道，这番玄论起源于一个沉重的问题：德国犹太人对德国的单相思[2]。众所周知，德国犹太人在文化领域作出了奇迹般的贡献。赖希－拉尼茨基早在三十年前就总

---

1 Imre Kertész: *Roman eines Schicksallosen*, Rowohlt Taschenbuch Verlag, Hamburg, 2002, S.272.

2 这里所说的德国犹太人，是指纳粹上台之前生活在德国和奥地利的犹太人。之所以笼统称之为德国犹太人，一是为了行文方便，二是因为在德意志第二帝国出现之前德、奥本来就是一家，而且在此后约六十年里，德、奥在文化方面基本上没分家。

结说：“弗兰茨·卡夫卡奠定了现代文学的基础。阿尔伯特·爱因斯坦奠定了现代物理学的基础。古斯塔夫·马勒和阿诺尔德·勋伯格奠定了现代音乐的基础。卡尔·马克思和西格蒙德·弗洛伊德则分别奠定了现代社会学和现代心理学的基础。”[1]鲜为人知的是，德国犹太人不仅奉献出聪明才智，自从在19世纪初陆续获得解放以来，他们还带着满腔爱国热情去拥抱生于斯、长于斯的德意志祖国，与此同时，他们忘记了巴勒斯坦，也疏远了古老犹太文化。他们对德国和德国文化的火热情感也没有因为一股接一股的反犹暗流或者浪潮而冷却。从流亡巴黎的海涅和伯尔讷——前者因为思念德意志故乡而泪眼潸潸、夜不能寐，[2]后者因为“天使不说德语”而失去对天堂的向往，又因为“狱卒讲德语”而向往德意志监狱[3]——到奔赴“一战”前线的众多犹太青年[4]，再到活跃于魏玛共和国和奥地利共和国的犹太人知识分子，德国犹太人奋力打造、讴歌、捍卫德语文化的辉煌。然而，德意志第三帝国的出现，不仅中断了一桩堪称完美的文化姻缘，而且使酷爱德语文化的德国犹太人，遭受了空前的迫害与嘲弄。文化圣地魏玛与布痕瓦尔德集中营毗邻——这是德国犹太人做梦也想不到的。令人诧异的是，

---

1 Marcel Reich-Ranicki: *Über Ruhestörer-Juden in der deutschen Literatur*, Deutscher Taschenbuch Verlag, München, 2000, S.202.

2 海涅在《静夜思》(1843年）中写道："夜里我想起德意志，/我就不能安眠，/我的热泪滚滚流出，/我再也不能闭眼。"（冯至译）见杨武能编：《海涅抒情诗集》，浙江文艺出版社，1997年。

3 Heinrich Heine: *Sämtliche Werke in vier Bänden*, Herausgegeben von Otto F. Lachmann, Leipzig, 1887, dritter Band, S.497.

4 1916年，为了证明德国犹太人不愿为德意志祖国扛枪打仗的传闻，德国政府搞了一次所谓的“犹太人人口普查”。结果表明，犹太人志愿参军和为国捐躯的比例都远远高于平均水平。参见 *Juden als Träger bürgerlicher Kultur in Deutschland.* Herausgegeben von Julius H. Schoeps, Burg Verlag, Stuttgart & Bonn, 1989, 第372页。

许多德、奥犹太人并不因为有过布痕瓦尔德、奥斯维辛或者特雷布林卡而疏远魏玛。“二战”结束后，对德国文化痴心不改的犹太人，依然返回德意志大地养老送终。这中间包括断言“奥斯维辛之后不再有诗”的阿多诺和呼吁犹太同胞不要产生“反日耳曼倾向”的阿诺尔德·茨威格。[1]他们这种死不改悔的亲德立场，非但没有在多数德国人心中造成冲击和震动，反倒引来远在巴勒斯坦的犹太同胞的蔑视：以色列总统魏茨曼公开表示不理解，奥斯维辛之后的德国怎么还能吸引犹太人；著名史学家，曾任以色列文化部长、外交部长及副总理等职的阿巴·埃班在其权威的《犹太史》中一再讽刺和谴责效忠德意志祖国、崇拜德意志文化的德国犹太人。[2]

德国犹太人与德国文化的关系一直是赖希-拉尼茨基思考的问题。他在不同的场合，从不同的角度——如德国犹太人的苦恋，犹太自卑情结及其尴尬处境——阐述过这个问题。况且他是有感而发，因为他把自己归属到这个群体。《我的一生》自然不能回避这个问题：赖希-拉尼茨基的母亲生长在德、波边境，她的感情天平却完全倒向德国一边，每逢生日她都想到与她同日出生的歌德；马塞尔九岁的时候就带着一脸的虔诚奔赴被称为“文化之国”的德国，到那儿以后便一头扎进文学和音乐之中；当纳粹政权磨刀霍霍的时候，他却其乐陶陶地出入柏林的剧院和音乐厅，依然和被排斥在雅利安社会之外的犹太童子军一起，高唱德国浪漫歌曲漫游德意志大地；1938年，他拿到了中学毕业文凭，但是被柏

1 *Juden als Träger bürgerlicher Kultur in Deutschland*, S.84. 值得一提的是，崇拜歌德和莫扎特的茨威格特意给儿子取名沃尔夫冈。

2 参见阿巴·埃班：《犹太史》，北京，中国社会科学出版社，1986年，第261页、第352页。

林大学拒之门外，随后又被当作波兰公民——纳粹政权使他加入德国国籍的申请变为废纸——遣送到华沙，后来又准备让他葬身特雷布林卡；二十年后，当他在波兰成为政治异己，当排犹氛围迫使波兰犹太人纷纷移民古老而新兴的犹太家园以色列或是犹太人独领风骚的美利坚合众国时，[1]他却作出了叛逃西德的选择；1979年他在北京某外汇商店与梅纽因邂逅，来华演奏贝多芬和勃拉姆斯音乐的梅纽因，得知赖希－拉尼茨基此行是为了向中国人介绍歌德和托马斯·曼后，来了一句非常高明的自嘲："谁让我们是犹太人呢！"（531）流淌着犹太血液的赖希－拉尼茨基，毫不掩饰对犹太传统文化的陌生和不解。他抱怨犹太教只重经书诗文，犹太人专注于"码字"，对于建筑、对于造型艺术和音乐艺术则不屑一顾，等等。这明显是唯美主义的论调。而他之所以不怕犹太同胞责骂他丧失起码的自尊和道德，到德国扎根，他之所以理直气壮地欣赏一位让犹太民族恨之入骨、似乎永远也不肯饶恕的德国音乐家瓦格纳，[2]也是因为有唯美主义做精神支柱。

赖希－拉尼茨基明言：第一，是瓦格纳而不是别的什么人创造了《特利斯坦与伊索尔德》和《纽伦堡工匠歌手》；第二，德国有他赖以生存的精神食粮——德语和德语文化。况且这所谓的精神食粮在那恐怖年代曾经转化为物质力量。他，一个在波兰长大的犹太孩子，凭借其顶呱呱的德语赢得了德国老师和德国同学的赞赏；在布满反犹阴霾的第三帝国，柏林的戏剧和富尔特文格勒指挥的柏林爱乐乐团给予他慰藉和快乐；他用他的德语和他对柏

1 Thomas Anz: *Marcel Reich-Ranicki*, S.75.

2 以色列从未公开举办过瓦格纳音乐会。2002年，当著名指挥丹尼尔·巴伦博伊姆在一场音乐会上想加演《特利斯坦与伊索尔德》序曲时，剧场内甚至出现了骚乱。

林赫塔队的知识博得德国兵的好感，进而获释；他凭借德语功夫当上华沙犹太人隔离区的首席翻译，他的侥幸逃生与这个相当于“犹奸”的职位不无关系；他在波莱克家藏匿期间，天天晚上用文学故事来报答他的救命恩人，搞出一个现代温柔版的“一千零一夜”，德国文学中的侦探故事又让他混上波兰谍报机构的教员。

身为大屠杀幸存者的赖希－拉尼茨基，生活在一个曾经对犹太民族犯下滔天大罪、反犹思想屡禁不止的国家，其处境之尴尬可想而知。虽然他在德国文坛平步青云，势如破竹，虽然他是德国的“文学教皇”，有着罕见的幸运和辉煌，但他感觉犹太人仍然是德国社会的局外人和边缘人，常常感觉自己因为是犹太人而受到冷落、排挤、攻击。他刚刚作为《法兰克福汇报》文学部主任走马上任，就发现该报社长不自觉地把“犹太人”当成贬义词，认为“犹太人卡夫卡”这一说法有损这位伟大作家的声誉；[1]他批评生涯中获得的第一个荣誉来自国外——1972年他被瑞典乌普萨拉大学授予名誉博士，他对此耿耿于怀；2002年，马丁·瓦尔泽发表了以他为原型的长篇小说《批评家之死》，愤怒之中他把这部讽刺小说的主题概括为“打死他，这个狗东西！他是个犹太人”。[2]有趣的是，在某些方面可以视为赖希－拉尼茨基“秘史”的《批评家之死》还提醒读者注意一个事实：不管赖希－拉尼茨基拥有多少荣誉博士和荣誉教授头衔，他仍然与德国的最高学术荣誉——科学院院士无缘。[3]至于赖希－拉尼茨基是否会因此想到犹太人问题，那就不得而知了。总

---

1 Marcel Reich-Ranicki: *Über Ruhestörer*, S.215.

2 Der Ernstfall: *Martin Walsers „Tod eines Kritikers“*. Herausgegeben von Dieter Borchmeyer und Helmuth Kiesel, Hamburg, 2003, S.249. 这是在套用歌德的著名诗句：“打死他，这狗东西！他是评论家。”

3 马丁·瓦尔泽：《批评家之死》，北京，人民文学出版社，2004年，第38页。

之，在联邦德国安身立命的赖希－拉尼茨基必然要遭遇尴尬。尴尬之中，他只好效仿把《圣经》称作犹太人“随身携带的祖国”的海涅，把文学和音乐变成他的祖国。但是，赖希－拉尼茨基在向海涅靠拢时，显然忽略了一个简单的历史事实：海涅时代的犹太人的确只有“随身携带的祖国”，但在有了以色列国的今天，如果一个犹太人声称自己只有“随身携带的祖国”，他必然有自我放逐的嫌疑。

赖希－拉尼茨基堪称德语文学中的头号批评杀手。批臭坏作家，批烂坏作品，这既是他的原则，也是他的风格。他把瓦尔特·本雅明说的一句话奉为座右铭：“能够毁掉作家的人，才能做批评家。”[1]他还宣布“颁发死亡证书”是批评家的天职。[2]他说到做到，因为他有一种置人于死地的犀利文风，给许许多多的德语作家留下了终身的残疾或者伤痛。他评论君特·格拉斯的《说来话长》的时候，他上一句话夸格拉斯和乌韦·约翰松会面那一段写得好，说是无人能比，下一句话却抱怨说“这本七百八十一页的书就这五页拿得出手”[3]；对于瓦尔泽的长篇小说《爱的彼岸》，他的评论是：“不值得读，哪怕就一章、就一页……瓦尔泽驾驭不了语言，他的作品缺乏血液和力量。这是一堆不再有火星的死灰”[4]；传记作家门德尔松写托马斯·曼的前半生就写出了一千多页，赖希－拉尼茨基不仅调侃说门德尔松“跪在地上写书”，他还提醒读者，门德尔松津津乐道托马斯·曼在柏林见到谁谁谁或者看了哪些演出之后，往往还要掐着手指算托马斯·曼没有碰到谁谁谁或者没有看哪

1 *Über Marcel Reich-Ranicki*, S.223.

2 Marcel Reich-Ranicki: *Anwälter der Literatur*, Deutscher Taschenbuch Verlag, München, 1999, S.80.

3 Thomas Anz: *Marcel Reich-Ranicki*, S.144.

4 *Der Ernstfall*, a.a.O., S.126 f.

些演出，所以门德尔松既是“档案管理员”，又是“宫廷书记官”[1]。

赖希－拉尼茨基对作家们进行残酷斗争无情打击，这在作家方面自然要引起反弹，他们纷纷把他塑造为凶神恶煞的艺术形象：在瑞士作家弗里德里希·迪伦马特的一幅漫画中，赖希－拉尼茨基手握巨型笔杆，蹲在一堆骷髅头后面；奥地利作家彼得·汉特克的短篇小说《圣维多利亚的教训》（1980年）把赖希－拉尼茨基描绘成一条大丹犬，这条看家狗因为长期生活在自己院落中——叙述者称之为“隔都”（Ghetto）——而失去了温和优雅的大丹种性，蜕变为“行刑民族中的杰出一员”[2]；说话曲里拐弯的瓦尔泽跟汉特克不谋而合，他认为“其实每一个受他虐待的作家都可以对他说：赖希－拉尼茨基先生，就我俩关系而言，我是犹太人”[3]。然而，批评杀手赖希－拉尼茨基并不只是文学圈内人熟悉的形象。仅在20世纪90年代，他就两度以电脑漫画的形象走上德语国家的头号周报《明镜周刊》的封面：头一次是“人模狗样”（他的头被天衣无缝地接到格斗犬身上）的他把一本书咬得稀烂，第二次是他“人模人样”（身着西服领带）地把《说来话长》撕成两半。在德国，类似赖希－拉尼茨基论作家和赖希－拉尼茨基与作家这类话题，已接近街谈巷议的水平，这也在相当程度上决定了《我的一生》读者的“期待视阈”。赖希－拉尼茨基也没有令人感到失望。

对于作家，赖希－拉尼茨基有一个最基本的看法：他们都是那喀索斯。所以他很欣赏卢卡契说的一句话：“对于一个作家来

---

1 Marcel Reich-Ranicki: *Thomas Mann und die Seinen*, DVA, Stuttgart, 1987, S.257-261.

2 Stefan Neuhaus: *Literaturkritik*, Eine Einführung, Mit 8 Abbildungen, Göttingen, 2004, S.98 f.

3 同上，第127页。

说，‘好’批评一般都是赞扬他或者贬低其对手的批评，‘坏’批评就是指责他或者支持其对手的批评。”（448）所以他不仅不在乎作家们的反应，反倒毫不犹豫地展开“批评的批评的批评”[1]。

在《我的一生》里面，赖希－拉尼茨基式的“二次批评”依然随处可见。与往常略有不同的是，这一回他多了一些春秋笔法，多了一些此时无声胜有声，多了一些事实胜于雄辩。他用一个又一个的小故事，揭示文学界和知识界的泰斗们“人性太人性”的一面，把他们一个接一个地请下神坛。对于听得表扬却听不得批评的作家，《我的一生》作了栩栩如生的描述。赖希－拉尼茨基为弗里施的《请叫我甘滕拜因》辩护，弗里施便紧握他的双手，他对《蓝胡子》表示不满，弗里施便出言不逊；听不得刺耳声音的托马斯·曼禁止出版商、秘书及家人向他转述外界对他的批评，而当赖希－拉尼茨基和汉斯·迈耶手捧鲜花去苏黎世郊外登门拜访托马斯·曼的遗孀时，身为大家闺秀的卡佳·曼竟然厉声质问迈耶为什么在其书中对托马斯·曼晚期作品作出了负面评价；与他有着多年友谊的海因里希·伯尔，因为一篇负面评论几乎与他终身断交，后来凑在他耳边骂了个“傻×”才消了气，才找到了平衡（368）。有趣的是，怒不可遏的作家常常让赖希－拉尼茨基产生“秀才遇大兵”的感觉，他闹不明白批评家的“文攻”怎么会招致作家“武卫”：与他一同就座于柏林艺术科学院主席台的罗尔夫·迪特尔·布林克曼当众宣称，他恨不得拿起一挺机枪对他进行扫射，女作家克丽斯塔·赖尼希在书中咒他不得好死——癌症，心肌梗死，精神病，车祸。

需要补充的是，2002年，又有两本关于赖希－拉尼茨基死

1 Thomas Anz: *Marcel Reich-Ranicki*, S.116.

亡——真死和假死——的小说问世：瓦尔泽的《批评家之死》和博多·基尔希霍夫的《黄色小说》。《我的一生》也没有放过文人相轻这一文坛痼疾。据赖希－拉尼茨基观察，作家对作家，要么按照“你喊我歌德，我叫你席勒”（485）的原则相互吹捧，要么彼此看不起。有的挖苦起同行来还很有水平。1981年诺贝尔文学奖得主埃利亚斯·卡内蒂，便是经典实例。不肯给伯尔写评论文章的他，一方面强调“一个人必须专心做正事”，另一方面又说：“我陷入了无知者的尴尬境地，因为我对伯尔的作品没有进行足够的研究。面对那七百万比我更了解伯尔的读者，我本应感到害臊。”（452）胡戈·封·霍夫曼斯塔尔诞辰一百周年时，不屈不挠的赖希－拉尼茨基再次请他赐稿，他的回答是：“一想到自己因为某某人满一百岁就去写篇东西，我就哑然失笑……更何况是写霍夫曼斯塔尔，我从来就看不上他，我倒认为人们给他的高度评价太离谱了。”（453）

不过，赖希－拉尼茨基在勾勒作家肖像时并没有忘记一个基本事实：艺术家都是天才，天才又毗邻疾病和疯狂。卡内蒂声称他的朋友往他神秘的乡间别墅拨电话，都要约定好拨打时间（晚上6点到7点）和拨打方式（通了之后响五声，挂上，再拨，再等响五声），否则他不接电话，赖希－拉尼茨基没有遵守他讲解的规则，结果：电话响了一声他就接了；困得不想说话的阿多诺，听说要他讲讲“奥斯维辛之后不再有诗”的道理，马上就来了精神，接着便是滔滔不绝；1966年诺贝尔文学奖得主、蛰居于斯德哥尔摩工人区的犹太裔德国女诗人内莉·萨克斯告诉——这已是1965年的事情了——赖希－拉尼茨基，纳粹派到斯德哥尔摩来跟踪和迫害她的特务，在瑞典警方的威慑下不敢轻举妄动，但是他们用收音机波段干扰她睡觉，瑞典警方对此无能为力；托马斯·伯恩哈德人若其文，不仅把四壁漆得黑白分明，坐在客人对面也照样是一个乐呵呵的忧郁者，一个令人不安的逗乐者，等等。

所谓传记，无非是历史加文学。一部好的传记，既要写得真，也要写得美。说《我的一生》写得好，这不仅因为它耐读，而且因为它敢于讲述作者的难言之隐。赖希－拉尼茨基毫不掩饰对父亲大卫·赖希抱有一种近乎蔑视的怜悯（与卡夫卡一家相反，赖希一家是儿子比父亲更强壮、更雄心勃勃）。他也承认自己为两桩友谊——瓦尔特·延斯和约阿希姆·费斯特——的破裂感到痛心。他也敢于描写自己的软弱和屈辱，譬如在为费斯特的传记杰作《希特勒》举行的私人聚会上，他和妻子撞见被他称为“德国历史上最可怕的战犯之一”的阿尔伯特·斯佩尔，也目睹在场的贵宾如何众星捧月般地围着斯佩尔转。妻子惊诧得脸色发白，但他既没有愤然离去，也没有对斯佩尔怒目而视或者厉声叱责，而是一团和气或者说忍气吞声地在那里待了一个晚上。他还坦言他和生死与共几十年的妻子都有过婚外恋（《我的一生》始于给妻子和儿子的献辞，终于妻子的八十岁生日）。

自传写上这些东西，的确可圈可点。当然，《我的一生》非尽善尽美。且不说传记研究者还会嫌它太“初级”、太“朴素”，因为这本书里见不着哪怕一句涉及自传写作的“元理论”。[1] 就连普通读者都会在书中发现空白和疑点。譬如，赖希－拉尼茨基把他和瓦尔特·延斯的友谊写得含蓄而且感人。这桩动人的友谊是怎么破裂的，他却语焉

1 Thomas Anz: *Marcel Reich-Ranicki*, S.159. 身为文学批评大家的赖希－拉尼茨基，撰写自传时不做任何的“元理论”，这不免让人感到意外。有人说，这是因为赖希－拉尼茨基对“夹叙夹议”非常反感。这种说法不免牵强，因为赖希－拉尼茨基本人很欣赏那些一边写作一边议论写作（“夹叙夹议”）的作家。

不详。他与延斯断交，其实跟小延斯挑起的间谍风波有因果关系：赖希－拉尼茨基要求延斯公开与儿子划清界限，不料遭到断然拒绝。换句话说，是敏感的间谍问题造的孽。[1]再者，赖希－拉尼茨基对其间谍历史所做的交代也让人犯嘀咕：他说自己是因为有出色的语言和文学功底（特别是他读过许多侦探小说）被波兰情报机构相中，这个道理也许说得通；但如果他说昔日的谍报工作没有实质内容，喝喝茶读读报看看书听听音乐就能对付，如果他说自己当年在情报处做一天和尚撞一天钟，上级机构却非常地满意，读者十有八九要皱眉头。据2002年公开的一份波兰公安部的档案称，当年的赖希－拉尼茨基"热衷情报工作"，而且"服从命令，政治上可靠，久经考验"[2]；一位翻阅过波兰共产党和公安部档案的记者又撰文指出，事业一帆风顺的赖希－拉尼茨基之所以栽跟斗，是因为他虚荣，好卖弄其文学和音乐知识，引起同事的普遍反感[3]。由此看来，赖希－拉尼茨基长期拒绝写自传，似乎与他这段说不清道不明的间谍生涯有关。

《我的一生》并不只是在讲述赖希－拉尼茨基的间谍经历时存在"诗"与"真"的问题。这部自传最耀眼也最吸引人的思想红线——"文学是我的生命，我的生命就是文学"——就有些可疑。赖希－拉尼茨基以文学（批评）为本，以文学（批评）为生，以文学（批评）为乐，这是不争的事实。可惜他在回顾他那高度文学化因而高度诗化的人生旅途时，偶尔也画蛇添足。他说他从中学时代就立志当批评家而不是文学家，他说他的批评风格在他有关《威廉·退尔》的课堂发言中就已初显端倪，连他的德语老师也期望这位犹太

---

1 他们在2004年8月握手言和，德国多家媒体进行了报道。

2 Thomas Anz: *Marcel Reich-Ranicki*, S.67.

3 同上，第70页。

学生在巴黎成为评论家，他这是回忆往事还是马后炮？还有，他当间谍是因为文学，他跟女人上床也需要文学，朗诵文学作品仿佛成为他和他的女人们做爱的前戏（这和伯恩哈德·施林克的《朗读者》[1]有异曲同工之妙），他加入波兰共产党则是因为一篇诞生于19世纪的德语经典散文《共产党宣言》……这种写法似乎有些夸张，有些离谱，而且——没有“真”哪有“美”——不够艺术水准。除了过分夸张，《我的一生》的另一个小小的艺术败笔，便是单调地重复。回忆激动场面的时候，他老说感觉对方眼噙泪水或者说不清楚是谁眼噙泪水——他和凯斯特纳见面时如此，与波莱克夫妇告别时如此，和恐怖分子梅因霍夫谈话时如此，向联邦总理勃兰特讲述自身遭遇之后依然如此。出入德国，他总要说他随身携带着一件看不见的东西：德国文学。自传作者赖希－拉尼茨基没有时刻牢记他所推崇的托尼奥·克吕格尔[2]给世人的谆谆教诲：创作不能动情，动情就容易落俗套。但是话又说回来，他即便抒了情，落了俗套，也无可厚非。常言道，无情未必真豪杰。况且他是一个无家可归、苦苦爱恋德国文化的犹太人，说到文学，他不可能不动情。他的一席肺腑之言足以让批评者保持沉默：“我的故乡不是德国，而是德国文学，——抽象的故乡，没错！难道我们不是这么过来的吗？你可以不再做共产党员或者基督徒，你可以不再做波兰人或者德国人——不再做犹太人，这可办不到！我们从来没有‘故乡’。正如海涅所说，《圣经》、《托拉卷》就是我们随身携带的祖国。”[3]

---

1 该书现有的中译本叫《生死朗读》。

2 赖希－拉尼茨基在1987年获托马斯·曼奖。他在授奖仪式上发表了题为《一篇世纪小说：〈托尼奥·克吕格尔〉》的演说。参见 *Hefte der Deutschen Thomas-Mann-Gesellschaft, Sitz Lübeck*, Hefte 6/7, August 1987。

3 *Über Marcel Reich-Ranicki*, S.44.

作家·批评家·老冤家*

2002年秋天，当人民文学出版社外国文学编辑部主任仝保民问我，能否翻译马丁·瓦尔泽新出版的《批评家之死》的时候，我当场欣然允诺，而且感觉正中下怀。我几乎摩拳擦掌地从老仝手中接过了这部崭新的小说。我迫不及待地要翻译《批评家之死》，并非因为这是一部争议小说（有人把《批评家之死》引起的风波称为“联邦德国文学史上的头号丑闻”），一部因为争议而畅销的小说，而是因为这是马丁·瓦尔泽写马塞尔·赖希－拉尼茨基的小说。小说作者是瓦尔泽，小说主人公的原型又是大腕儿批评家、人称“文学教皇”的赖希－拉尼茨基。这俩人都不是等闲之辈，他们的关系也耐人寻味，所以我对他们有着浓厚的兴趣。

一

瓦尔泽是君特·格拉斯和海因里希·伯尔的同龄人，也都是联邦德国文学的代表人物。他没有获得诺贝尔文学奖，但这并不意味着他比格拉斯和伯尔缺少艺术才华，也并不意味着社会没有承

---

* 本文原刊于《文景》2007年第9期（德国图书专刊），由汉学家卡琳·哈塞尔布拉特（Karin Hasselblatt）翻译成德文之后，被马丁·瓦尔泽选为其小说《批评家之死》的德文版再版后记。参见马丁·瓦尔泽：《批评家之死》，汉堡，罗沃尔特口袋书出版社，2009年。

认他的艺术地位和艺术成就。瓦尔泽曾获得包括联邦德国顶尖级文学奖格奥尔格·毕希纳奖在内的诸多奖项，在有生之年就享受了其他德国作家只能在死后才能享受的塑像待遇：一位雕塑家受瓦尔泽的中篇小说《一匹在逃的马》(1978年)的启发，在他的居住地博登湖畔的于伯林根，给他塑造了一尊具有怪诞风格的悬崖勒马的塑像。值得注意的是，身为知识型和学者型作家的瓦尔泽，还是一个政治浪尖人物，一个政治风云人物，或者如德国犹太人协会主席伊格纳茨·布比斯所说，是一个“精神纵火犯”[1]。他能够做到一面躲在象牙塔里读书、写书，一面关心天下事，议论天下事，还时不时地发表惊世骇俗的言论。60年代中期，他在法兰克福旁听奥斯维辛系列审判之后，振聋发聩地喊出了“我们的奥斯维辛”的口号[2]；60年代、70年代他是左派先锋，他不仅反对越战，支持社会民主党，同情德国共产党，还对“资产阶级”和“唯心主义”之类展开猛烈的批判；80年代他则因为主张两德统一而被怀疑是民族主义者；90年代末，他公开反对在柏林市中心修建犹太大屠杀纪念碑林，反对“在首都的心脏用混凝土构筑一个足球场大小的噩梦”，反对“把耻辱化为巨型艺术”，还公开质疑是否有人把奥斯维辛“工具化”或者说变成“道德大棒”[3]，他也从此落下逃避历史和反犹的骂名。与此同时，人们发现他的整个思想都在从左向右转。

不管瓦尔泽其人其文多么有趣，我对他产生兴趣却有些不同

1 弗兰克·席尔马赫编：《瓦尔泽—布比斯大论战文献资料汇编》，美因河畔的法兰克福，1999年，第34页。

2 这本是瓦尔泽1965年撰写的一篇文章的标题。1979年他又写了《说不尽的奥斯维辛》一文。

3 http://www.dhm.de/lemo/html/dokumente/WegeInDieGegenwart_redeWalserZumFriedenspreis/

寻常，因为我是作托马斯·曼研究的，我坚守这块研究阵地已近二十年，我属于典型的阵地式研究者。众所周知，阵地式研究者与游击式研究者的不同，他对自己的研究对象已不再是纯学术的、公事公办的、主体对客体的态度。阵地式研究者与其研究对象之间很容易出现帮派关系，友好关系，师徒关系。有什么样的师傅，就有什么样的徒弟。受这一规律的制约，在德语文学研究界经常可以观察到如下有趣的现象：由于德布林和布莱希特是托马斯·曼的文坛宿敌，阵地式托马斯·曼研究者往往很难对阵地式的德布林或者布莱希特研究者产生好感，更甭说友谊，他们在读德布林的小说或者布莱希特的剧本的时候也往往打不起精神。

老实说，我也属于这类阵地式研究者。由于我所接触的中外文化名人当中托马斯·曼给我的精神养料最多，阵地式学者的爱憎情感在我身上是超常地强烈，几乎到了谁喜欢托马斯·曼我喜欢谁、谁讨厌托马斯·曼我讨厌谁的地步。但出乎意料的是，我这个走火入魔的阵地式托马斯·曼研究者在瓦尔泽这里遭遇了命运反讽，说通俗点儿，是遭遇命运的嘲弄：我第一次读到瓦尔泽的文字——那是一篇痛批托马斯·曼的文章——便爱不释手，对他肃然起敬。瓦尔泽那篇文章写于1975年，题为《作为最高档食品的反讽，或者说作为最高贵者食品的反讽》。在托马斯·曼诞辰一百周年、世界各地都在欢庆文学圣诞之际，瓦尔泽抛出了这篇似匕首、似投枪的文字。他的意图很明显。他当然是想打托马斯·曼的七寸，也就是从分析托马斯·曼的艺术法宝——反讽——入手，揭露和批判托马斯·曼的阶级意识和无意识，也就是他的大资产阶级意识和无意识。瓦尔泽这篇文章充满左派的思想、左派的立场、左派的语言，但是他写得锋芒毕露、激情澎湃，一看就是那种很有才气、很有水平的左派，我对他的兴趣和敬意便油然而生。同时让我感到诧异的是，对瓦尔泽的兴趣和敬意不仅没有拉大我和托马斯·曼的距离，不仅没有给我带来任何良心负担，反倒让我豁然开朗，仿佛完成了一场精神洗礼。我这才想起托马斯·曼本人就是一个逍遥在善恶彼岸的唯美主义者，他常常用同情和赞赏的目光回眸那些有才气的对手和可疑人物；我这才意识到，托马斯·曼的门徒欣赏一个批判托马斯·曼的天才，恰恰表明徒弟得到了师傅的真传，表明徒弟正踏着师傅的足迹前行。

对于搞德语文学的人来说，赖希－拉尼茨基是一个如雷贯耳的名字。赖希－拉尼茨基也是我重点学习和研究的对象，他对我的重要性也许仅次于托马斯·曼。我对他产生浓厚兴趣也绝非偶然。赖希－拉尼茨基不仅堪称空前绝后的批评霸主，恐怕古今中外也找不出第二个有他这种影响力的批评家，凡是喜欢批评与自我批评的人都应拜他为师；从我所关注的人际关系看，他也非常有趣。他一方面绝对推崇托马斯·曼，另一方面又是瓦尔泽的老冤家，对瓦尔泽进行残酷斗争、无情打击长达几十年，他对瓦尔泽的小说《爱的彼岸》（1976 年）的评论简直可以视为批评檄文的样板："这本书不值得读，哪怕就一章、就一页都不值得读。瓦尔泽驾驭不了语言，他的作品缺乏血液和力量。这是一堆不再有火星的死灰。"[1] 他也因此不折不扣地成为瓦尔泽的噩梦——瓦尔泽自述曾在梦境中被他追赶[2]。但不论赖希－拉尼茨基对瓦尔泽如何穷追猛

1 迪特·博希迈耶和赫尔穆特·基泽尔主编：《严重事件：十四位学者评瓦尔泽的〈批评家之死〉》，汉堡，霍夫曼和坎佩出版社，2003 年，第 126—127 页。

2 延斯·耶森主编：《众人评说马塞尔·赖希－拉尼茨基：文章和评论》，慕尼黑，1985 年，第 9 页。

打，他也从未否认瓦尔泽有着罕见的才华。他在抨击《时间过半》（1960年）时就感叹：“也许还从来没有一本写得如此糟糕的作品表现出如此巨大的才华”；他还说《一匹在逃的马》是“德语散文杰作”，说瓦尔泽是“他那一代作家中最有原创性的一个”，他也承认瓦尔泽充满机智，承认瓦尔泽有着非凡的遣词造句能力，并善于在小说中发表奇谈怪论。[1] 他狠批瓦尔泽，仿佛是因为他恨铁不成钢。

瓦尔泽也非善主。对于挥舞批评大棒的赖希－拉尼茨基，他毫不手软地进行了反击。《爱的彼岸》遭受批判不久，他便撰写了《论教皇们》（1977年）一文，分析了批评霸主与教皇的相似之处，同时对批评家的批评依据、对批评家使用反讽的动机提出了质疑。随后他渐渐萌发了把文学教皇加工成文学形象的念头。他的长篇小说《互不相干》（1993年）里面就出现了一个自恋、好表现、患有单狂症的批评家形象。这位批评家名叫威利·安德烈·柯尼希（Willi André König），柯尼希的意思是国王，但圈内人都叫他埃尔柯尼希（Erlkönig），也就是北欧神话中那个专事伤害儿童的魔王。批评家得此绰号，是因为人们认为任何东西在他的拥抱之下都会“灰飞烟灭”。1998年，赖希－拉尼茨基主导的电视书评《文学四重奏》指出，在瓦尔泽新发表的自传体小说《迸涌的流泉》里面“没有出现奥斯维辛这个字眼”。在德国，这无异于给人扣上一顶沉甸甸的政治大盖帽。瓦尔泽愤怒了。愤怒出诗人，所以他想出一个刁钻无比的德国—犹太式比喻，来对大屠杀的幸存者赖希－拉尼茨基进行还击：“其实每一个被他虐待过的作家都

---

1 延斯·耶森主编：《众人评说马塞尔·赖希－拉尼茨基：文章和评论》，第127页。

可以对他说，赖希－拉尼茨基先生，就你我的关系而言，我才是犹太人。”[1]2002 年，瓦尔泽完成了《批评家之死》，实现了为赖希－拉尼茨基创作文学漫画的夙愿。

由于有上述的背景知识，我对《批评家之死》充满了好奇，而且相信这是一本不错的小说。我有理由乐观。瓦尔泽对叱咤风云的赖希－拉尼茨基进行过长期而细致的观察，又对媒体社会学做过专门研究，他还是一个大作家，具有大作家所具有的大胸怀和大视野。如果他写赖希－拉尼茨基，报复不会是他唯一的动机，仇恨也不会是他唯一的感情……拿到书以后，我如饥似渴地进行了快速阅读。阅读的时候我感到莫大满足和快乐。这首先是因为我的猜想得到了证实：瓦尔泽的确是把赖希－拉尼茨基看作典型环境中的典型人物，看作现代媒体尤其是电视话语霸权的化身，他看赖希－拉尼茨基的眼光是一个唯美主义者的眼光。我在字里行间看到一个活脱脱的瓦尔泽，也看到一个栩栩如生的赖希－拉尼茨基。《批评家之死》让我感到满足和快乐的另一个原因在于其整体语言风格。这本小说写得深刻、博学、机智，充满反讽和文字游戏，小说中的人物说话全都绕来绕去、转来转去。这种令人回味无穷的语言健脑益智，有明显的精神保健效果，所以，小说读完一遍之后，我就毫不犹豫地开始了翻译。经过不到一年的时间便完成了翻译任务。

二

对我来说，翻译《批评家之死》的十来个月是一段愉快的时

1 延斯·耶森主编：《众人评说马塞尔·赖希－拉尼茨基：文章和评论》，第 127 页。

光。但这并不意味着我没有经历艰难时刻。翻译工作少不了艰苦和烦恼，文学翻译更是如此。做文学翻译，不仅要绞尽脑汁进行文字推敲，而且常常陷入隔行如隔山的困境。以广阔的社会和人生为描写对象的长篇小说就像——打个洋比喻——“鲨鱼的胃”，里面什么东西都有。翻译起来，才知道自己的知识和词汇是多么贫乏，才知道外汉词典多么不可靠：你不知道的，它也不知道，它所知道的东西，好多又经不起行家的检验和推敲。因为有这种体验，我对鲁迅“字典不离手，冷汗不离身”的名言[1]作了另类阐释。在我看来，这两句话之间是因果关系，就是说，我不相信词典，遇到问题我就虚心请教活词典，就多打电话多跑腿。翻译《批评家之死》期间，我也的确打了很多电话，跑了很多腿，尝到了酸甜苦辣。譬如，为了弄清楚词典里查不到的 KHK 即 Kriminalhauptkommissar，在警察里面是什么级别或者说头衔，我只好先请一个熟悉德国警察系统的人，给我画一张组织机构图，标出 KHK 所在的位置，然后去某派出所请教。可当班的警察不仅不回答我的问题，反倒眯缝着眼睛问我打听公安机关的组织机密干什么。我只好去了另外一个派出所。不知是警惕性不高还是区分敌我的水平很高，反正这里的警察很爽快地给出了行话：刑警队长。又如，为了翻译哈尔精神病院使用的药品的名称，我拿着德国医生给我写的药品介绍，去京北一家精神病院的药房请教药名，结果被人当成了病人——值班的女大夫拿着她看不懂的德文信看了好一会儿，然后让我去找大夫看病，大夫倒是没把我当病人，但是怀疑我打探药名的动机，所以奉劝我先回单位开封介绍

---

1 罗新璋编：《翻译论集》，北京，商务印书馆，1984 年，第 300 页。

信。另外，拉赫夫人戴的“水波边马眼形朱砂鸡血玉”，是我在王府井的一家珠宝店问出来的术语，词典说的是谁也听不懂的“肉红玉髓”；皮尔格里姆夫人用来醒葡萄酒的东西，词典里叫“大腹车料瓶”，我去王府井华侨饭店的酒吧打听之后，才知道人家行话叫“水晶兑酒器”（随着我国中产阶级队伍的迅速壮大，这个词现在很大众、很普及了）。

这点点滴滴的语言突破，会让每一个译者感到欣慰和满足。但是，翻译《批评家之死》给我带来的最大快乐，是一种智性快乐和一种审美愉悦。从句子的长度和弯度看，瓦尔泽不是典型的德国作家。他很少写长句和层层叠叠的复合句，在他的作品里，“肥胖的缪斯”和“阶梯式瀑布”都比较罕见。瓦尔泽的译者不会有很多锻炼和展示自己拆句能力的机会。瓦尔泽在语言上自我放逐，走非德国化的道路，是因为他年轻时有过一次很恐怖的虚脱体验。从那以后他就害怕自己在与长句拼搏的过程中岔气、晕厥[1]，所以就制定了扬短（句）避长（句）的语言策略，把自己的知识、灵气、肺活量主要用来打造精致的短句，用来推敲和把玩一词一句。个别短句的弹性之大，常常都是问几个德国教授就得到几种阐释（其中包括迪特·博希迈耶这类重量级学者）。

有一回我在情急之中还直接求助瓦尔泽本人，可他回答得并不爽快。也许老先生要的就是仁者见仁、智者见智的效果。说到这儿，我非常庆幸自己生活在电邮时代。如果没有电邮，我们解决翻译疑难问题的时间真不知道要翻上几番。总之，翻译瓦尔泽的时候，不管句子多么短，看起来多么简单，我们都要从容而警

1 安东尼·韦恩：《马丁·瓦尔泽》，慕尼黑，1980年，第23页。

惕，机智又耐心，因为他的语言充满玄机。为了让大家管窥《批评家之死》的语言魅力，我们不妨挑几个例子来说一说。

我们先看看人物的名字。批评家叫安德烈·埃尔-柯尼希（André Ehrl-König）。这个名字不仅跟马塞尔·赖希-拉尼茨基在构词上形成呼应（法语名字加复姓），这不仅使人联想到《互不相干》里讽刺的批评家威利·安德烈·柯尼希，而且隐含“魔王”（Erlkönig）、“名誉（Ehre）国王”和“诚实的（Ehrlich）国王”之意，总之是让人浮想联翩。与批评家对立的作家叫汉斯·拉赫（Hans Lach）。在德语里面，汉斯是一个过于常见的男性名称，德国人说汉斯·某某，跟我们中国人说张三李四是同样效果。德国作家给笔下人物取名汉斯，多半是看重这个名字的抽象性、一般性、代表性。最经典的例子就是《魔山》的主人公汉斯·卡斯托普——托马斯·曼在小说开篇第一句话就强调这是一个“普普通通的青年”。瓦尔泽塑造这位汉斯也应该代表所有受到批评霸主侮辱和损害的作家。拉赫则有“笑者”之意。这个按理说只有哭泣份儿的作家怎么笑得起来？他有什么好笑的？如果读者提出这样的问题，就说明他已渐入审美佳境。

在瓦尔泽看来，托马斯·曼和赖希-拉尼茨基都是反讽大王，而且滥用了反讽。前者他批了二十年——从《作为最高档食品的反讽，或者说作为最高贵者食品的反讽》（1975年）批到《反讽与自我意识》（1996年），对后者的批判也是二十好几年——从《论教皇们》（1977年）批到《批评家之死》（2002年）。反讽家似乎成了瓦尔泽的头号敌人。但耐人寻味的是，瓦尔泽本人也是反讽大师，既有反讽实践，又有反讽理论。《批评家之死》就是一场反讽狂欢，作者有时还使用特殊的反讽武器：戏仿，使人物嘴里出来的话带上弦外之音，产生双关效果和“复调”效果。譬如，埃尔－柯尼希主持电视书评《门诊时间》——《文学四重奏》的艺术翻版——讨论汉斯·拉赫的小说时曾对一位女搭档叹息道：“玛莎，您可不知道，一个人要是把一生献给了德国文穴，他得遭受多少磨难。从头到尾几乎都是呆头呆脑的女人，前不见让人骨酥肉麻的情爱描写，后不见足以和法国香槟媲美的性爱场面，第一页是芬达，第二页是芬达，第三页还是芬达，就是没有芬达喜……”[1] 在这里，批评家通过犹如琼浆玉液的法国香槟和低级饮料芬达汽水的对比，再通过拆字游戏，也就是把 Fantasie（想象力，音译为芬达喜）肢解为 Fanta（芬达汽水）和 sie（她），对被他诊断为缺乏想象力的汉斯·拉赫进行了淋漓尽致的嘲笑。不过，这位批评家是戏仿的产物。他是赖希－拉尼茨基的化身和传声筒。赖希－拉尼茨基早在 1967 年就断言“瓦尔泽的机智多于想象”[2]，在随后的几十年里他的看法没有发生任何改变。另外，埃尔－柯尼希把“文学”（Literatur）说成“文穴”（Literatür），这不仅影射来自波兰的赖希－拉尼茨基发音不准，同时也揭露了他不太洁净的下意识。因为字母 u 上面多出两个点儿之后，后缀 -tur 就变成了 tür，也就是“门”。鉴于批评家对性描写津津乐道，他的口误显然符合弗洛伊德深层心理分析的理论。在他这里，“文学”就等于“文穴”（一个饱受埃尔－柯尼希蹂躏的作家在醉酒之后，骂埃尔－柯尼希“操德国文穴的时候是用嘴巴射精”[3]）。如是观之，上面引的两句话具有一箭双雕、一石二鸟之效。

---

1 马丁·瓦尔泽：《批评家之死》，北京，人民文学出版社，2004 年，第 28 页。

2 马塞尔·赖希－拉尼茨基：《批评檄文专集》，慕尼黑，2000 年，第 109 页。

3《批评家之死》，第 115 页。

和埃尔－柯尼希讲的许多话都“有来头”一样，小说中议论埃尔－柯尼希的话也有不少是“捡来”的。譬如一个未透露其姓名的作家说：“埃尔－柯尼希评论我，我才存在。”[1]（Solange Ehrl-König über mich spricht, gibt es mich.）圈内人都知道这句话来自何方。这是深得赖希－拉尼茨基赞赏的天才作家沃尔夫冈·克彭（1906—1996年）说的，克彭则是借用笛卡儿“我思故我在”的句式，写出“他评故我在”（Er schreibt über mich, also bin ich）[2]这句道出作家们的共同心声的名言。作家们都明白一个道理：能够得到赖希－拉尼茨基的赏识，那是万幸；遭到他抨击，那是不幸中的万幸，因为这对书的销量还是有好处的；遭遇他的漠视或者沉默，可就是天大的不幸。又如，小说中两次出现一句曲里拐弯的话：“遇害可不符合安德烈·埃尔－柯尼希的形象。”[3]这句话恰恰因为其戏仿特征而引起轩然大波，因为有人发现这句话源自托马斯·曼的日记[4]：1933年8月31日，托马斯·曼的死对头、犹太哲学家和政论家特奥多·莱辛在捷克被纳粹特务追杀，第二天托马斯·曼便在日记里写道：“我害怕这么死去，不是因为这是死亡，而是因为这样死太悲惨，这样死符合他的形象，但不符合我的形象。”[5]托马斯·曼的肯定句式在政治上、在道德上都有点可疑。瓦尔泽的否定句式照样可疑。个中原因在于埃尔－柯尼希是犹太人，说犹太人死不了，敏感的人难免会想

1 《批评家之死》，第37页。

2 《众人评说马塞尔·赖希－拉尼茨基：文章和评论》，第10页。

3 《批评家之死》，第125页和第158页。

4 发现者为著名的左翼学者扬·菲利普·里姆茨玛，见《法兰克福汇报》，2002年6月27日。

5 彼得·德·门德尔松编：《托马斯·曼日记，1933—1934年》，美因河畔的法兰克福，1977年，第165页。必须指出的是，《批评家之死》所用的词汇跟托马斯·曼的日记有所不同。前者说的是“遇害”（Umgebracht zu werden），后者说的是“死”（das Ende），“符合形象”在前者是“passen zu j-m”，在后者是“j-m anstehen”。

到因为辱骂耶稣而被罚“永世流浪的犹太人”。

瓦尔泽是标准的知识型和博学型作家。他是文学博士（论文写的是卡夫卡），他不仅知识面罕见地开阔，而且喜欢闯入神秘莫测的知识领域，如荷尔德林、海德格尔、宗教神秘主义（包括犹太教），等等。对于他，引经据典是再自然不过的事情。《批评家之死》公认具有后现代特征，而后现代的一个基本特征就是搞知识博览会，所以瓦尔泽更要引经据典。不过，他引经据典并非因为掉书袋的雅兴或者惯性，而是项庄舞剑，意在沛公。他把耶稣基督在“山顶宝训”中说的话——“是就说是，非就说非，唾弃那些闪烁其词的胆小鬼”[1]——送到埃尔-柯尼希嘴里，是为了凸显埃尔-柯尼希的文学批评的简单化和大棒化倾向；他让埃尔-柯尼希取典《马太福音》第一章，说亨克尔兄妹过着“乱伦的约瑟式夫妻生活”（in inzestuöser Josefs-Ehe vereint）[2]，是想跟赖希-拉尼茨基昔日的朋友兼修辞学教练瓦尔特·延斯——他是亨克尔的原型——开一个有惊无险、让人抓不住把柄的高级黄色玩笑，因为“约瑟式夫妻生活”就是“无性的婚姻”；他让埃尔-柯尼希在电视观众面前作斜举双手、再斜垂脑袋状——作耶稣受难状，是为了展示批评的神圣化与批评的娱乐化在埃尔-柯尼希身上已经水乳交融；他让犯下强奸杀人罪的诗人马尼·马尼把维特根斯坦《逻辑哲学论》开篇第一句话“Die Welt ist alles, was der Fall ist”不动声色地改为“Die Welt ist alles, was der Phall ist”——从Fall（事件）到Phall（Phallus即阳具的残缺形态），一个字母的差别就把“世界就是所发生的一切东西”变成了“世界就是围绕阳具所发生的

1 《批评家之死》，第29页。

2 同上，第81页。

一切东西”[1]。借助这个同样符合弗洛伊德理论的口误，读者可以去思考力比多尤其是力比多的积压对文学创作意味着什么。

《批评家之死》是一部“影射”和讽刺赖希－拉尼茨基的小说，而且是一部成功的“影射”小说和讽刺小说。我们给影射二字打上引号，是因为埃尔－柯尼希简直就是穿着皇帝的新装的赖希－拉尼茨基，对文学教皇略知一二的读者一眼就能望见埃尔－柯尼希背后站着谁。赖希－拉尼茨基的形象，特别是他在《文学四重奏》的表演被刻画得栩栩如生、入木三分。人们很容易在埃尔－柯尼希身上看到赖希－拉尼茨基的生平和传说，看到他的音容笑貌，看到他的立场、观点，还有口头禅。但是埃尔－柯尼希并非“散点透视”的产物。瓦尔泽是根据透视原则，也就是从一个特定的视角来描绘这个形象的。赖希－拉尼茨基言必称启蒙和18世纪，他在批评实践中基本上遵循传记—心理研究方法，他认为文学批评无非是把常识或者说健康的理智运用到文学，无非是要梳理文学和生活的关系。在瓦尔泽看来，赖希－拉尼茨基的批评理念是片面的、单调的、浅薄的，甚至是有害的，因为他妨碍了人们对其他优秀文学传统的了解和接受。所以他让埃尔－柯尼希“打着莱辛和歌德的名义”、以“启蒙”和“光明”的名义讨伐他不喜欢的作家，所以他让埃尔－柯尼希的鼓吹手将其伟大功绩概括为，“对德语文学及德语文学史中一切晦涩的、半疯癫的东西进行了清算”，同时又把荷尔德林宣判为“那种貌似深刻，其实欠缺思维能力的文学传统的始作俑者”[2]。遭到埃尔－柯尼希漠视的神秘主义女诗人尤莉亚·佩尔茨则坦承自

1 《批评家之死》，第168页。我的译文根据郭英翻译的维特根斯坦《逻辑哲学论》（北京，商务印书馆，1985年，第22页）改编而成。

2 同上，第62页。

己因为埃尔－柯尼希而“仇恨光明”。她进而仇恨启蒙运动和所有启蒙运动者。在她看来，跟埃尔－柯尼希一样热衷于促进启蒙运动的哲学教授韦森东克，就因为“长期直立行走”而“落得骶骨疼痛”[1]。这真是城门失火殃及池鱼。纵火的元凶自然是作家瓦尔泽。值得注意的是，《批评家之死》里面明显存在两条路线的对立：启蒙主义和神秘主义的对立。前者的化身是批评家埃尔－柯尼希，他的神话家谱可以追溯到欢快的朱庇特（所以他的座椅上有宙斯图案）；后者的化身是作家汉斯·拉赫，他的神话家谱可以追溯到忧郁的萨图恩——一个浅薄而乐观；一个深刻而悲观。瓦尔泽的价值判断毫不含糊。

尽管瓦尔泽把自己和赖希－拉尼茨基的对立上升为原则对立或者说路线对立，尽管《批评家之死》是一部旗帜鲜明的讽刺小说，但是小说并未对埃尔－柯尼希的形象做简单化处理，而是在一定程度上保持了这一形象的复杂性和多义性。埃尔－柯尼希也没有在所有问题上都表现出启蒙立场。他对 political correctness（德语叫 politische Korrektheit，中文暂时译为“政治正确”）就采取敬而远之的态度。众所周知，political correctness 是启蒙主义的后现代形态，是欧美民主国家为普及启蒙思想成果，为实现启蒙价值观的个体化、日常化、具体化而掀起的一场语言美和行为美运动（尤其是前者）。譬如，在人人平等的观念指导下，一切带有歧视和侮辱意味的字眼儿，如“黑鬼”、“黑人”、“保姆”等等，都必须扔进语言垃圾箱，代之以“正确的”词汇，如“非洲人”，如“家政服务员”。由于矫枉过正的现象时有发生，知识精英们提起

1《批评家之死》，第 62 页。

political correctness 常常免不了莞尔一笑。埃尔－柯尼希对 political correctness 是什么态度，从下面两句话可以看得一清二楚："噢，当我被迫啃这本书（汉斯·拉赫的小说）的时候，我多么羡慕那些扫地的，对不起，我得说公共场所保洁员！她们手里推着吸尘器游走于千变万化的地面，耳朵里听着电动马达发出的绝妙基音，做这样的事情，是多么地有趣、多么地刺激！"[1] 这一声"对不起"，把埃尔－柯尼希的机智、明智和右倾思想表现得淋漓尽致。但如果一个人物形象右倾而又显得可爱，我们完全可以根据常理推断作者的思想右倾。

换句话说，《批评家之死》的作者是靠右站的，而且他的右倾立场还有某种必然性。这种必然性来自他的阶级意识，或者说准确点，来自他的阶级地位——他已跻身资产阶级的行列。如果带着阶级分析的眼光去阅读《批评家之死》，读者马上会注意到一个现象：小说中的主要人物都是有钱人，都是富人。他们住的是大别墅（而且位于富豪云集的富埃特文图拉岛和慕尼黑的富人区），开的是豪华车（美洲豹和限量生产的丰田超级巡洋舰），而且抽雪茄，喝好酒，玩收藏（一幅画的价格就相当于一辆高档宝马）。汉斯·拉赫甚至为自己在物质生活方面高人一等而庆幸、而得意。他最后去因斯布鲁克的时候不仅坐头等车厢，而且还发表如下感想："充满内心痛苦的人们所乘坐的头等车厢里面有空座。空座很多。我孑然一身。有人可以花钱购买孑然一身。我就属于这种人。"[2] 我第一次读到这番高论就如获至宝。因为托马斯·曼小说《托尼奥·克吕格尔》（1903 年）的同名主人公去北方旅行坐的也是头等车厢，因为托尼

1 《批评家之死》，第 28 页。
2 同上，第 185 页。

奥·克吕格尔总是说“一个比其他人遭受更多心灵磨难的人可以公平地要求一点外在舒适”[1]，因为这句话曾经让瓦尔泽义愤填膺，他认为这是资产阶级优越感和特权意识的自然流露[2]。瓦尔泽让他的替身汉斯·拉赫做托尼奥·克吕格尔做过的事情，说托尼奥·克吕格尔说过的话，这意味着什么？必须说明的是，我们揭示汉斯·拉赫与托尼奥·克吕格尔一脉相承，并非以其人之道还治其人之身。我们只是为瓦尔泽接近托马斯·曼，为他悄悄地也许还无意识地与躺在苏黎世湖边的托马斯·曼和解感到高兴。不论老瓦尔泽本人是否承认自己踏入了托马斯·曼的精神境界，作为昔日的马克思主义者，他肯定不会对社会存在决定社会意识这一伟大命题提出异议。

三

“书嘛，不是好，就是坏。说别的，就是腐败。”[3] 这是坚持非此即彼原则的批评家埃尔－柯尼希说的一句名言。如果要我按照埃尔－柯尼希的原则对《批评家之死》明确表态，我会说，这是一本好书。而且这话首先要说给赖希－拉尼茨基听。我认为，《批评家之死》是赖希－拉尼茨基在有生之年得到的一块文学丰碑。作为一个有可能空前绝后并且极富观赏价值的明星级批评家，赖希－拉尼茨基应该名垂青史。理论上讲，他可以通过三条途径达到不朽：一是他自己写的东西，二是别人给他立的传，三是别人给他勾勒的文学形象。这第三条路可能更稳妥、更快捷。尽管《批评

1 2卷本《托马斯·曼中短篇小说全集》，第1卷，第301页，美因河畔的法兰克福，2002年。
2 马丁·瓦尔泽：《反讽与自我意识》，美因河畔的法兰克福，1996年，第91—92页。
3 《批评家之死》，第26页。

家之死》似乎让一向威风凛凛的赖希－拉尼茨基，首次尝到被侮辱与被损害的滋味，尽管他跟舆论呼应，把《批评家之死》的中心思想概括为“揍死他，这条狗，他是个犹太人”[1]——这句话的邪恶程度当然远远超过了歌德在1773年喊出的口号：“揍死他，这条狗，他是个批评家！”[2]但是在夜阑人静、孑然一身的时候，对文学史了如指掌的赖希－拉尼茨基也可以回忆一下历史上的类似事件。譬如《魔山》引起的“豪普特曼风波”。想当初，魏玛共和国的文学泰斗豪普特曼，因为托马斯·曼让他戴着彼佩尔科恩的面具进入《魔山》而大发雷霆，托马斯·曼本人也跟做了坏事一样忐忑不安。但是那场风波不仅很快平息下来，而且几十年后连豪普特曼的夫人也在私下承认，《魔山》给她死去的丈夫立下一块不朽的文学纪念碑[3]。不容否认，瓦尔泽写《批评家之死》带有批判动机和报复动机。但既然作家和批评家是谁也离不开谁的冤家对头，既然健康的文学生活需要批评和创作的相互监督和制约，只要双方文攻而不武卫（德国文坛出现过打耳光的事件），作家和批评家之间的相互攻击就是正常的、公平的，应该以平常心对待。况且《批评家之死》把埃尔－柯尼希描绘得如此鲜活可爱，令人难忘，有时让人疑心作者的意志和作品的意志出现了分裂。果真如此，赖希－拉尼茨基就更有理由带着冷静的甚至是赞赏的目光来观看自己的文学漫画。

在我看来，《批评家之死》也是反映“瓦尔泽—托马斯·曼—赖希－拉尼茨基”三边关系的一面镜子。瓦尔泽对这俩人的态度

1 《严重事件：十四位学者评瓦尔泽的〈批评家之死〉》，第249页。

2 《歌德文集》，第8卷，第68页，北京，人民文学出版社，1999年。

3 卡佳·曼：《我不曾写过的回忆录》，美因河畔的法兰克福，1984年，第46页。

是曲折的、变化的、复杂的。他对赖希－拉尼茨基的复杂认识和情感，反映在埃尔－柯尼希这一人物形象上面；他跟托马斯·曼则是越走越近。现在他不仅认同托马斯·曼的处世哲学，而且为了对付横行霸道的非此即彼者赖希－拉尼茨基，他的替身埃尔－柯尼希自称“用《门诊时间》结束了此亦是非、彼亦是非的可悲的文学批评传统”[1]，瓦尔泽还唱起了《既—又歌》，唱起既—又原则的颂歌。殊不知，最能体现“既—又原则”、真正把既—又原则玩得炉火纯青的，恰恰是反讽大师托马斯·曼。他的既—又原则也曾经是瓦尔泽猛烈批判的对象。瓦尔泽当年目光如炬，看出是反讽帮助托马斯·曼进入既—又境界并由此变得刀枪不入，所以他要控诉托马斯·曼和曼式既—又原则。[2]

无论看性格、看为人还是看文风，托马斯·曼、瓦尔泽、赖希－拉尼茨基都是很不一样的文学人物。但这三位都是我的崇拜对象，我在他们身上所看到的也是共性居多。在我看来，他们都是语言大师，都有高超的反讽能力。虽然他们是不同类型的反讽家，他们的反讽实践却给我树立了一个坚如磐石的信仰：没有反讽成分的文学，是没有营养、没有味道、没有档次的文学，没有反讽能力的作家是有严重缺陷的作家。他们三个也都是情色文学的创造者和倡导者，他们让我明白了第二个大道理，那就是文学创作必须有厄洛斯的参与，缺少厄洛斯的文学，也是一种缺陷文学。

最后还需要说的是，翻译《批评家之死》对我是一次愉快的

1 《批评家之死》，第 29 页。

2 《作为最高档食品的反讽，或者说作为最高贵者食品的反讽》紧紧围绕托马斯·曼的“高贵哲学—保留哲学—反讽哲学”展开批判。在这里，“高贵”、“保留”和“反讽”几乎成了同义词。见海因茨·路德维希·阿诺尔德编：《文本与批评》（托马斯·曼专刊），慕尼黑，1982 年，第 5—25 页。

体验，也是一次成功的翻译发现之旅。我最大的感受就是，自己不理解、不喜欢或者没作过任何研究的作品最好不要翻译，翻出来会对不起读者和作者，也对不起自己。文学不欢迎万金油，强扭的瓜儿也不甜。翻译文学作品，一定要翻译自己看得懂、看着乐，还能看出门道的作品，最好挑那些一见如故、相见恨晚的作家来翻译。这样翻译起来会轻松些、顺畅些，最终的翻译效果也应该好一些。翻译也要投缘。

文字游戏的翻译*

——如何翻译谐音

文学是语言的艺术。文学家都是语言艺术家，都喜欢游戏语言，喜欢玩语言杂技。谐音便是最经典、最受欢迎的语言杂技。可是，作家玩语言杂技的时候，往往是译者最着急、最难受的时候。见到洋文中的语言马戏，我们才体会到什么叫望洋兴叹，什么叫望尘莫及（天晓得汉学家们用什么比喻来表达他们面对中文谐音的感受）。但是我们不必绝望，因为我们也有幸运时刻，也有开窍、或者说——借用一个西洋说法——神赋灵感的时候。有时候，我们看看德文，想想中文，再看看德文，再想想中文，然后就会豁然开朗，就一身轻松，就能够跟作家一道玩空中飞人……下面我们就抛砖引玉，通过几个例子跟大家一起探讨，如何翻译用谐音创造的德语文字游戏。

例一：Eroica / Erotika

托马斯·曼长篇小说《魔山》第六章的结尾，用两句话描写施托尔夫人前来吊唁刚刚死去的军人约阿希姆的情形。原文如下：

Frau Stöhr weinte begeistert im Anblick der Form

---

* 本文原刊于《德语学习》2007年第4期。

des ehemaligen Joachim. „Ein Held! Ein Held! “ rief sie mehrfach und verlangte, daß an seinem Grabe die „Erotika “ von Beethoven gespielt werden müsse.

很显然，施托尔夫人出现了口误，把贝多芬的 Eroica（《英雄交响曲》）说成了 Erotika。但这不是偶然，也不能完全归咎于她的一知半解和她那符咒般的姓——既然叫 Stöhr，就要 stören，就要四处捣乱，令人生厌。施托尔夫人说话一向素面荤底，经过她的描述，打喷嚏或者拍 X 光片都像是性行为，她对约阿希姆也有些想入非非。所以，从 Eroica 到 Erotika，虽是一字之差，却充分暴露了不太洁净的下意识，与弗洛伊德的相关理论不谋而合（其实小说里可以寻出许多弗洛伊德思想踪迹）。怎么译呢？值得庆幸的是，“雄”字和“交”字都不乏暧昧含义，所以我们不妨把 Erotika 译成《雌雄交响曲》。

参考译文为：

看到约阿希姆昔日的外形，施托尔夫人动情地哭泣。“英雄！英雄！”她一遍又一遍地喊叫，还要求在约阿西姆下葬的时候一定要演奏贝多芬的《雌雄交响曲》。

例二：Literatur / Literatür

马丁·瓦尔泽的长篇小说《批评家之死》描写的脱口秀中出现了这么一句话：

„Ach ja, Martha “, seufzte er dann, „Sie wissen nicht, was man mitmacht, wenn man sein Leben für die deutsche Literatür opfert. “

这里面的他是一个大腕儿批评家，其原型是被讥讽为“文学教皇”的当代德国文学批评家马塞尔·赖希－拉尼茨基（Marcel Reich-Ranicki）。Martha 则是一个叫 Martha Friday 的美国女作家。批评家是在糟蹋某个作家——糟蹋的方式就是描述自己读其小说所遭受的痛苦——的时候发出这一叹息的。这句话的亮点和难点就是把 Literatur（文学）变成了 Literatür。字母 u 上面多出的两个点，这并不只是表明批评家发音不准（书中的确有多个地方戏仿赖希－拉尼茨基的波兰口音）。更为重要的是，这两点带出了一道“门”（Tür）。由于这位批评家最看重文学中的性描写，而且有人骂他用文学批评来满足其性欲，所以这个 Literatür 不是什么好词儿，里面的 Tür 明显带有弗洛伊德的内涵。看出这层秘密之后，读者自然会浮想联翩，从“门”想到“洞”，从“洞”想到“穴”，“文穴”概念便油然而生。顺便说说，已经有人读过《批评家之死》之后在网上骂起了“中国文穴”。

参考译文为：

“玛莎”，他叹息道，“您可不知道，一个人要是把一生献给了德国文穴，他得遭受多少磨难。”

例三：Fanta / Fantasie

下面这句话还是这位批评家说的，而且紧跟着上一句：

Fast nur dämliche Frauenfiguren, keine Erotik, die einem unter die Haut geht, keine Sexualität, die es mit einem Glas Champagner aufnehmen könnte, nichts als Fanta, Fanta, Fanta, aber ohne–sie.

为了讽刺作家因为缺乏想象力（Fantasie）而写不出动人的女性形象，批评家玩起了拆字游戏，把 Fantasie 一分为二：Fanta 即芬达汽水，sie 是“她”，也就是女性形象。有鉴于此，我们只好把 Fantasie 音译为芬达喜（没有叫芬达喜的饮料，但是我们的读者大都知道“七喜”）。需要注意的是，在德国人眼里，芬达汽水是低级乃至垃圾饮料，法国香槟则犹如琼浆玉液，所以我们应该让中文读者见识喝不到法国香槟、只能喝芬达汽水的批评家，是何等悲愤、何等凄凉，所以最好套用陈子昂《登幽州台歌》的句式。

参考译文为：

从头到尾几乎都是呆头呆脑的女人，前不见让人骨酥肉麻的情爱描写，后不见足以和法国香槟媲美的性爱场面，第一页是芬达，第二页是芬达，第三页还是芬达，就是没有芬达喜，没有想象力。

例四：Fall / Phall

《批评家之死》里面有一个自认为怀才不遇，而且满脑子色情幻想的青年作家。他发了疯，杀了人，最后跳河自杀。他在遗书中讲到自己崇拜的作家和作品，他是这么说的：

> Bernt Streiff ist mir Vorbild nur mit der Tulpen-Trilogie. Nur da gelingt es ihm, die Welt im Ornament verschwinden zu lassen. In Ihren Kreisen, (literarischen) killt das den Erfolg. Bei mir heimst er Triumph ein. Vielleicht ein keltisches Erbe, die Welt im Ornament verschwinden lassen. Die Welt ist alles, was der Phall ist.

(Von wem ist jetzt das schon wieder?) Aber eben deshalb muß sie im Ornament verschwinden.

倒数第二句话玩了一个绝妙的谐音。这本是维特根斯坦的《逻辑哲学论》开篇第一句话，中译为："世界就是所发生的一切东西。"(《逻辑哲学论》，北京，商务印书馆，1985 年，第 22 页）瓦尔泽把字母 f 换成发音相同的 ph，悄无声息让维特根斯坦的话变了颜色，因为 Phall 就是 Phallus（阳具）的残缺形态。对于一个强奸杀人犯来说，维特根斯坦的话经过如此修改之后才是至理名言。可惜我们在中文里暂时找不到与之相呼应的谐音，不能像德文那样不动声色地篡改维特根斯坦的名言，我们必须加四个字。

参考译文为：

伯恩特·施特莱夫成为我的榜样，只是因为《郁金香》三部曲。也只是在这部作品里，他才成功地让世界消失在装饰图案后面。在您的文学圈子里，这种写法将自毁前程，在我这里却大获全胜。让世界消失在装饰图案里头，这也许是凯尔特人的遗传。世界就是因为阳具所发生的一切东西（这又是谁说的？）。但正因如此，世界必须消失在装饰图案里面。

例五：Schopenhauer / Schoppenhauer

Schopenhauer 是路人皆知的哲学家叔本华，Schoppenhauer 是托马斯·曼的岳父 Alfred Pringsheim 的绰号，他酷爱瓦格纳音乐，根据托马斯·曼夫人的回忆，他得此雅号，是因为他有一次在啤酒馆里听到有人讲瓦格纳的坏话，脾气暴躁的他马上就用端在手里的啤酒杯（Schoppen）往人头上砸（hauen）。她是这么写的：

> Es hatte sich in einem Restaurant irgend jemand in seiner Nähe abschätzig über Wagner geäußert, und da mein Vater sehr jähzornig war, schlug er diesen Mann mit seinem Bierglas auf den Kopf und wurde darauf der „Schoppenhauer“genannt.

给叔本华的德文姓加一个p（叔本华在世时经常遭遇这种事情，也经常为此勃然大怒），不仅把静观世界的哲人变成了用酒杯打人的粗人，喊他名字的时候还得加大力量，加快速度，因为德文里面两个p要发短音，所以，Schopenhauer和Schoppenhauer的差别，也就是“叔本华”和“叔奔华”的差别。有趣的是，身为数学教授的叔奔华对叔本华轻视数学的态度耿耿于怀，曾在巴伐利亚科学院举办过题为《叔本华与数学》的讲座。

看《书虫》有感*

两百年前，法国才女斯太尔夫人在大施勒格尔的陪同下周游德意志大地，广交文化名流。回国之后她撰写了著名的《论德国》，称赞德意志土地盛产“诗人和哲人”，德国人从此便头顶“诗人和哲人”的桂冠。今天，说起德国，读书人首先想到的不是汽车足球啤酒，不是那绵延不断的日耳曼森林，不是来自德意志森林和田野的形形色色、个头不一的名犬，也不一定是让人热泪盈眶、匍匐在地的德国音乐，而是众多的哲人和诗人。浮现在我们眼前的德国人，也多半是沉思状、知识状。但鲜为人知的是，一个名叫卡尔·施皮茨韦格（Carl Spitzweg）的德国画家，给这个出诗人和哲人的民族画了一幅不朽的肖像：《书虫》（*Der Bücherwurm*）。

卡尔·施皮茨韦格（1808—1885年）是19世纪著名的风俗画画家。他凭借其敏锐的目光和传神的画笔，勾勒出一系列发人深省、令人啼笑皆非的知识呆子形象。《书虫》、《穷诗人》（*Der arme Poet*）和《仙人掌爱好者》（*Der Kaktusliebhaber*）是他最有名的三幅作品，在德国几乎家喻户晓。我尤其喜欢《书虫》，所以特地买了一张印刷复制品，装裱起来挂到阳台的墙壁上，时不时地抬眼

---

* 本文原刊于《文景》2007年第8期。

望望，再低头想想，想一会儿看一会儿，再看一会儿再想一会儿……我喜欢这幅画，因为它通俗，亲切，幽默，温和，而且让人百感交集，浮想联翩。

我首先很羡慕——这是对画中人物的尊称——书虫先生的读书条件。书虫先生有丰富的藏书，他的书密密麻麻，层层叠叠，琳琅满目。最让人啧啧称奇的，是那顶天立地、紧贴墙壁的书橱。这种书橱经济而实用，简单且方便，美观又气派。不要玻璃，不要柜门，只要横竖几块木板就能承载、容纳、展览一墙的书。这一墙的书摆在你面前，你会感觉自己面对着书山书海；你可以远看也可以近看，可以站着看，坐着看，蹲着看，或者像书虫先生那样踩着云梯看。这样的书橱当然需要配云梯。踩着这云梯，我们可以上下求索，我们会觉得自己在精神宇宙里翱翔、穿梭，仿佛可上九天揽月，可下五洋捉鳖……《书虫》是一部现实主义的作品，它对书橱的刻画就很现实主义。因为至少在印刷术发明之后，德国学者的书房都是这样的景观。这在21世纪也没有任何改变。到德国教授家里做客的中国人，十有八九都要羡慕人家有这种直达天花板的开放式书橱，十有八九要对这壁藏书墙朝思暮想。但是我们很难实现这一梦想：我们一般没有这么宽敞的书房；有了这么宽敞的书房，我们也不敢对层高抱奢望；即便有了面积和层高，我们还是不敢贸然打造这种顶天立地的开放式书橱，因为我们生活在干旱少雨、黄尘漫漫的中国北方，我们不可能隔三岔五地抽出一本又一本的书来拍，来扫，来吹。所以，我们只好望“墙”兴叹。

其次，我很敬佩书虫先生的执著和超脱。书虫先生对书本、对知识如饥似渴。他左手拿着一本书在读，而且读得全神贯注，但是这并不妨碍他右手也拿一本翻开的书，腋下和胯下再分别夹上一本大部头。他对四本厚书的重量，对于同时读书、端书、夹书给自己带来的紧张和难受浑然不觉。同样值得注意的是，书虫先生的双脚并未触地，而是脚踩着云梯。这正是这部现实主义画作的寓意所在：书虫先生是超凡脱俗的，书虫先生是不食人间烟火的，他的志向是高远的、缥缈的、纯洁的。难怪书橱的上方赫然写着 Metaphysik（形而上学）。形而上学既是对书本内容，也是对书虫先生的追求的高度概括。我认为，读书人都应该像书虫先生这样执著，这样超脱。

但我同时也感觉书虫先生不仅是一位迂腐透顶、憨态可掬的滑稽人物，而且是一个悲剧人物。从他身上我们可以看出双重的悲剧：学者的悲剧和德意志民族的悲剧。所谓学者的悲剧，就是学者异化的悲剧，就是知识脱离人生或者说知识害人的悲剧。在德国，学者悲剧始于该国作为文化大国崛起之时，也就是 18 世纪后期；当康德和歌德带领德国人步入文化辉煌的时候，德国的文化人也纷纷意识到铸造这种辉煌所付出的代价，控诉学者悲剧的声音便不绝于耳。赫尔德抱怨自己“满肚子墨水”，抱怨自己是“装满道听途说的艺术和半生不熟的科学知识的词典”，是“塞满无用的纸张和书本的书柜”；歌德意识到“一切的理论是灰色的，灿烂的生命之树是常青的”，所以他把皓首穷经的浮士德引出书斋，让他去拥抱自然、拥抱女人、拥抱生活；席勒则把他的时代称为“洒满墨水的世纪”。18 世纪后期的狂飙突进运动，其实就是一场反书斋学者、反书呆子运动，也就是反对学者异化的运动。不过，狂飙突进青年发出的“回归自然”的呐喊并没有四处得到回响，蛰居书斋而又执迷不悟者大有人在。毕生潜心研究天上的星星和心中的道德的康德，直到死也没觉得自己的生活有哪点悲哀。康德之后的许多德国学者也深信，德国就是纯粹的精神王国，德国人只需要书本革命和思想革命。所以小施勒格尔理直气壮地宣布“法国大革命、费希特的《知识学》和歌德的《威廉·迈斯特》是最伟大的时代潮流”。他还补充说：“谁要反对将这三者相提并论，谁要觉得无声无息和没有物质形态的革命不够重要，谁就尚未站到高瞻远瞩的人类历史高度。”施勒格尔后面又有人声称：“英国人称霸海洋，法国人称霸大陆，我们德国人称霸天空！”这话听着吓人，其实一点不可怕，因为说话的不是戈林元帅，而是 19 世纪初的德国知识青年。他们脑子里想的不是空军或者说轰炸机——那个时代还没有飞机，他们只想到他们的思想，他们的世界精神，他们的形而上学，等等。

进入 19 世纪以后，越来越多的德国人发现书呆子害人又害己，发现学者悲剧既是个人的不幸，也是民族的不幸。当时的批评霸主沃尔夫冈·门策尔（Wolfgang Men zel，1798—1873 年）就告诫其同胞，“我们变成了一个只会书写的民族，我们可以用一只鹅来替换国徽上的双鹰图案”（普鲁士的国徽是双鹰图案）；门策尔的对手路德维希·伯尔讷则讥讽德国人是让思想捆住手脚的哈姆莱特。他调侃道：“其实《哈姆莱特》的作者可以是德国人……德国人只消忠实地描绘自己的形象，哈姆莱特便油然而生。”无独有偶，尼采也认为哈姆莱特的悲剧表现为认识扼杀行动，只不过尼采不是对德意志祖国患有相思病的犹太人伯尔讷，所以他没有把目光锁定在德国，而是放眼世界，用犀利的目光审视每一个和书本打交道的人。而他最仇恨、最蔑视的，就是苏格拉底的精神后裔，就是“理论者”，就是“学者”。在他这里，学者就等于书斋学者，就等于书呆子。这个蛰居书房，从未被美酒、美女和美妙的歌声缠绕的标准学者，却对学者进行了前所未有的挖苦和抨击，他甚至把学者跟天才、跟一切有创造力的人物对立起来——尼采的所作所为再次证明，自我仇恨是最最可怕的仇恨。颇有讽刺意味的是，这位生前不遗余力攻击学者文化的哲学家，死后却促成了德国军队的学者化！据说，奔赴“一战”前线的德国士兵每个人的背包中都放着一本《查拉图斯特拉如是说》，每到西线无战事的时候，士兵们就打开背包，坐在战壕里静悄悄地阅读尼采。同样耐人寻味的是，第二次世界大战结束前后，尼采的精神弟子托马斯·曼对其思想和命运进行了总结。托马斯·曼一面斩断尼采与纳粹思想和纳粹政权的关系，一面又让尼采的命运跟德意志民族的命运交相辉映，同时把尼采的思想悲剧归咎于书呆子气，归咎于书斋学者不谙世事、不懂人之常情，以致“把恶浪漫化”。形象地说，尼采思考问题的时候没有脚踏实地，而是踩着祥云或者跟书虫先生一样踩着云梯……

在我看来，施皮茨韦格的《书虫》是一则向所有读书人发出的温和而严肃的警告：读书要适可而止，读书人要双脚触地。书虫先生是所有的读书人，包括所有喜欢淘书、买书、藏书的人的前车之鉴。

近看语言大师*

我自视为幸运译者。作为马丁·瓦尔泽的译者我尤感幸运。在我看来，做幸运译者至少需要满足如下条件：第一，翻译的作品是自己看得懂、看着乐，还能看出门道的作品；第二，能够在翻译过程中长见识、学思考、练写作；第三，翻译的作家会生活，会做人，也懂得善待和平等对待译者；第四点最为重要，作家本人让你一见如故、相见恨晚。

我几年前就翻译了瓦尔泽的《批评家之死》，而且翻得高兴，翻得顺手，翻完之后似乎还感觉到一点儿健脑益智、或者说精神保健效果。目前正在译他今年（2008年）3月刚刚出版的《恋爱中的男人》。这本小说把老年歌德追求豆蔻少女的真实故事加工成为一曲爱情绝唱。2月底，瓦尔泽在魏玛首次朗诵小说选段，迷倒包括德国总统在内的高雅听众。我也为之倾倒。我在屋里一边读一边拍案叫绝，有时干脆站起身，在来回踱步中体会这审美愉悦。见到瓦尔泽本人以后，我发现他不仅厚待"影子制造者"——他的歌德小说中的一位女诗人把译文比作原文的"影子"，而且属于那种走出作品也不乏智慧和诗意的作家。这点也有必要加以强调。因为有些作家在作品中光辉而温暖，诗意而智慧，回到生活就面

---

* 本文原刊于《文景》2008年第10期。

无血色，干瘪乏味，他们的作品犹如吸血蝙蝠一般，把他们的血气和灵气全部消耗、吸干。这类作家一般适于远看。但是瓦尔泽既可远看，也可近看。

我在2002年开始翻译《批评家之死》，有幸见到他本人已是2008年夏天。掐指一算，迟到了好几年，所以有些懊悔。但是我没有让懊悔成为负担，因为我相信冥冥之中自有天意，相信老天安排我现在跟大师见面自然有其道理。别的不说，进入2007年、2008年之交，我和大师的邮件来往也渐入佳境，而且是因为我的名字渐入佳境。开通我和瓦尔泽的通讯联络热线的迪特·博希迈耶——他是海德堡大学德文系教授兼慕尼黑巴伐利亚艺术科学院主席——告诉我，瓦尔泽喜欢Liaoyu这个名字，理由是“没有讨厌的辅音”（kein böser Konsonant）。见到大师如此正话反说，我恨不得五体投地。其实瓦尔泽和许多德国人一样，习惯了他们辅音较多的母语，念着Liaoyu实在有些费劲。但瓦尔泽却如此高雅、如此巧妙地表达了自己的发音器官感到的不适。我按捺不住兴奋，赶紧致信大师，感谢他对我“辅音成分偏低的名字所表现的宽容”。我同时告诉他，我这个元音过于密集的名字充满了革命豪情，Liaoyu在中文里的意思是Weltbrandstifter：“宇宙纵火犯”。随后，大师用电邮的P.S.（附言）做了应答：您也许听说布比斯先生在1998年秋称我为“精神纵火犯”——我还没有达到宇宙纵火犯的水平。

这个我当然听说过。[1] 我在一篇文章中谈论瓦尔泽如何做“政

1 1998年10月11日，在法兰克福保罗教堂举行的德国书业和平奖授奖仪式上，获奖者马丁·瓦尔泽在答谢致辞中对“奥斯维辛年年讲月月讲天天讲”、对奥斯维辛“大棒化”表示了不满。该讲话掀起轩然大波，德国犹太人协会主席伊格纳茨·布比斯指责他“精神纵火”。

治浪尖人物”和“政治风云人物”的时候还引述过布比斯的话。有意思的是，最近我这篇文章译成了德文，“政治浪尖人物”和“政治风云人物”则按照德文习惯分别译为 ein Reiter auf politischen Wellen 和 ein Erzeuger politischer Gewitter。如果译回中文，又成了“政治浪尖骑士”和“政治雷阵雨制造者”。换句话说，“政治浪尖骑士”和“政治雷阵雨制造者”是“政治浪尖人物”和“政治风云人物”的出口转内销形式。上述的宇宙纵火犯也是“星星之火可以燎宇”的出口转内销形式。作为译者和语言爱好者，我从这番语言交换中间得到一个很大的启发，想到一个可以上升到语言战略层面的问题：出口转内销是否是丰富我们民族语言词汇的一条快捷而稳妥的渠道？

7 月初，我到德国法尔茨州的埃登科本，参加博世基金会举办的翻译研讨班。当时恰逢瓦尔泽和博希迈耶教授在海德堡大学联袂发表演讲，我应邀前往海德堡，见到了一见如故的大师。由于瓦尔泽在演讲会和随后的宴会上不断被崇拜者所包围，而且我和他都只在海德堡待一个晚上，所以我们约好二次见面。我可以到柏林来看您（他知道我随后要去柏林待一段时间），您也可以来我家，我那里可以随时下博登湖游泳，随您便……大师如是说。8 月初，我在柏林事情太多，想节约点儿时间，就写邮件问大师能否到柏林走一走。大师却回答说不行，因为他正陶醉于去年秋天开始写作的一本小说。接着大师又悄悄告诉我：如果我现在出远门，我感觉我的小说会非常生气。你千万别走，它对我说。但如果燎宇教授来，它会很高兴。既然我们这位众人仰慕的大师依然保持其艺术赤子之心，依然义无反顾地做艺术的忠实奴仆，我还有什么好选择的？我只能做奴仆的奴仆。于是我马上向大师宣布，我将做博登湖朝圣之旅，同时恭请大师问问他的小说什么时候欢迎我去。大师回答说：随时欢迎。我告诉大师，8月8日我要跟爱国同胞一起在中国大使馆看奥运开幕式，9号才可以过去。

2008年8月9日早晨，我带着忐忑不安的心情，前往位于柏林城南的滕佩尔霍夫机场，我将从那里飞往博登湖边的小城腓特烈港。我忐忑不安，是因为对这朝圣之旅能否成行没有绝对把握。我怕又遇到名字写错的事情。若干年前我在国内登机遭遇过麻烦，原因是给我订票的人黄王不分，机票上赫然写着“王燎宇”……这一回我的担心来自Liaoyu：大师给予我高规格礼遇，他通过旅行社给我订购了机票。可是，大师近来一直称我“燎宇先生”，我不知道他是故意为之还是没闹清楚（我在姓名书写方面一向坚持民族立场，从不写Liaoyu Huang，所以老有德国人叫我“燎宇先生”）。我没有见到旅行社声称已经寄来的行程单，又不好意思去问大师搞没搞清楚我姓什么名什么，所以只好听天由命，去机场柜台见分晓。我竟然顺利过关！是大师书写正确，还是办登机手续的德籍古巴人糊涂，或者是古巴人太友好（他看见我的中华人民共和国护照和我佩戴的奥运徽章，就跟我亲切攀谈起来）？我很想知道事情的真相，但是我也不想没事找事。

我登上从未坐过的涡轮螺旋桨飞机，不到一个钟头就到达腓特烈港机场。下了飞机之后，我带着好奇疾步走出机场大厅，我想看看老先生站在什么地方等我——他在电邮中只是说：我在腓特烈港恭候。一出大厅我就左顾右盼，看人、看车、看驶来和驶去的汽车。没见人影。我只好换着方向翘首盼望。眼看一个钟头过去了，我不得不坐到候机厅外的冷饮桌前，打开笔记本电脑找博希迈耶的电话，跟他要瓦尔泽的电话号码（为了维护大师的神秘性，我一直没跟他要号码）。博希迈耶给了我号码，同时告诉我瓦尔泽办事很稳妥，估计今天遇到什么麻烦。我赶紧拨电话，同时仿佛听见大厅里的广播好像在喊 Liaoyu。我本能地一回头，望见稳步走来的大师。他是准时到达机场的，但有若干事情不凑巧。一是我的飞机提前几分钟到达；二是小小的腓特烈港机场候机大厅，有两道相距不到三十米的门，老先生兴冲冲地进一道门，我则兴冲冲地出另外一道门。但最要命的是，我和老先生都很执著，都很单一。我站在门口不断左顾右盼，但是没回头往大厅里看，老先生则两眼聚焦到达出口，没想到扭头往外看…… 一个钟头过去之后，我们才同时幡然醒悟，然后才带着欣喜和一脸的无辜迎向对方。瓦尔泽说，在小小的腓特烈港机场也能出这样的事情，只能说今天日子反常……

我们坐上了老先生驾驶的蓝色大奔。这是一辆奔驰 300 DT Elegance（国内汽车界称之为尊贵型），柴油发动机，但是带涡轮增压。汽车缓缓驶出停车场，刚一拐上笔直的乡间公路，老先生便果断给油，汽车随之产生强烈的推背感。这一脚油既证明了奔驰的高贵血统，又显示出八旬老翁瓦尔泽的男人本色。驾驶者瓦尔泽看重马力、速度、操控感，所以他在告别大众、菲亚特、雷诺、雪铁龙这几款普及车型之后便选择了奔驰，但是他也曾因此蒙受不白之冤。想当初，他那几个少不更事的女儿受左倾社会思潮的影响，认为奔驰车是为脑满肠肥、俗不可耐的资产者准备的，爸爸的奔驰让她们难堪，她们也拒绝坐爸爸的奔驰去上学。如今他的四个女儿全都成了作家和演员，她们也习惯了奔驰，理解了爸爸。女儿对其奔驰尚有如此反应，更何况外人。好在批评家们很难撞见瓦尔泽驾驶奔驰，因为他开上奔驰之后就不再驾车上外地出席活动，否则他的大奔有可能被阐释为他思想上右倾、生活上日益资产阶级化的又一铁证。但如果批评家们坐到瓦尔泽的奔驰车里看一看，意见也许就会减半。别的不说，瓦尔泽的奔驰绝不像资本家的奔驰那么光光鲜鲜，一尘不染。在他的车内，树叶、泥土、花草随处可见—— 这是他的四足朋友布鲁诺的功劳。

我们沿着博登湖北岸开了半个多钟头，终于到达努斯多夫或者叫“胡桃树村”（Nussdorf），到了瓦尔泽的家。这真是一片人间仙境。大师的三层楼别墅坐北朝南。北靠一条僻静的小马路，私家车库与马路之间还有近十米的隔离带或者叫缓冲带。因为有竹林和各类灌木的隔断和包围，两侧的邻居不用说见其人、就是闻其声也比较困难。南面正对着博登湖。坐在房前的花园露台，近可欣赏花园及连接花园和博登湖的草坪斜坡，远可瞭望阿尔卑斯山。瓦尔泽家的一花一草一木都用博登湖水浇灌，博登湖也成为他们的天然私家游泳池。天热的时候瓦尔泽天天下水。他不想做超人，从未产生横渡博登湖的念头。进入深水区之后他总是顺着岸边游，岸上的景物和建筑物是他的天然运动坐标。瓦尔泽在一楼和三楼都有工作室，无论从一楼还是三楼瞭望，都是青山绿水，都是远景观和大视野，都是国际视野：朝前看是瑞士，向左看是奥地利，向右眺望再加一丁点儿想象就是法国。博登湖风景秀丽，风和日丽，不像是被冬天、雾天、阴天困扰的德国领土，也不是特别适合构想和倾听“冬天的童话”。博登湖是标准的秀美型山水，被誉为“小地中海”。也正因如此，瓦尔泽的作家朋友、时任柏林艺术科学院副主席的乌维·约翰逊曾奉劝他搬迁柏林。约翰逊和许多艺术苦行僧一样，认为舒适安逸的环境不利于作家的写作，认为对感官和生命不愉快、不友好的崇高型或曰壮美型自然环境才是灵感的源泉。但是瓦尔泽习惯了南国风光和情调，很难欣赏柏林或者说普鲁士地区的粗犷景观和粗暴的大陆性气候，所以他没有采纳朋友的意见。另一方面，他又不像许多德国人尤其是知识分子那样，对永远阳光灿烂、永远映照着文艺复兴和启蒙光芒的意大利一往情深。他去瑞士山区比去意大利海滩的次数要多，他在格劳宾登也搭建了一个舒舒服服的乡间小屋。他在他生于斯长于斯的阿雷曼—施瓦本地区如鱼得水，这个地区也出产了他最欣赏的两位作家：一个是施瓦本诗人荷尔德林，另一个是瑞士作家罗伯特·瓦尔泽（他自述把罗伯特·瓦尔泽的《雅各布·封·贡腾》读过不下 20 遍）。他自己的作品似乎也牢牢植根于德意志大地，透出德意志森林的深邃和神秘。

瓦尔泽也离不开森林。仙居在博登湖岸边的瓦尔泽，并不满足房前屋后的花草树木，也不满足于眺望绿水青山，他还需要森林体验。对于他，森林意味着健康、娱乐、灵感，所以每天中午都要驱车五六公里，去一片被称为“貌似榉树林”的丛林里跑步、散步、遛狗。一同前往的还有他夫人或者女儿以及狗儿布鲁诺，一条来自博登湖对岸的阿彭策尔纯种狗。布鲁诺也小有名气，因为它跟主人一道上过杂志，在刚刚出版的一本题为《长着四条腿的缪斯：作家和他们的狗》的书中，它和它的主人还率先登场。它的主人开篇第一句话就是：根据我和狗打交道的经验，我认为，我们从动物身上学到的东西，可能跟动物从我们这里学到的东西一样多。对于瓦尔泽，中午跑步可谓雷打不动。这一铁律不会因为客人出现而改变。所以我在瓦尔泽家做客三天，也自然充当了三天瓦尔泽的跑步随行人员。每天 12 点半左右，大师就带领我们往车库里走。从车库往外倒车的时候由女儿约翰娜负责扭头瞭望指挥，路边的灌木有点儿妨碍老先生的视线。车跑起来之后，大师就给我讲解风土人情，有时也会扯得比较远。譬如，说到著名的比尔瑙修道院教堂时，我问大师是不是教徒。他说自己是天主教徒，但马上又补充道：我和伯尔都是天主教徒，但是我们之间有一个根本的区别：他退出了教会，但仍然天天上教堂；我没有退出教会，但是我从来不去教堂……到达寂静的森林以后，我们自动停止交谈，不约而同地开始在沉默中疾行、慢跑。布鲁诺领路，一边跑一边用它的狗鼻子探寻五彩缤纷的嗅觉世界。我和大师并列前行，他小跑，我竞走。我本非竞走爱好者，我是一个已陷入运动依赖的业余长跑运动员，草场和森林则被我视为最高运动境界。但我现在是瓦尔泽的随从人员，我就必须跟大师步调一致。瓦尔泽跑得大汗淋漓，满脸通红，但是他跑得很专业，呼吸和动作都很专业（德国的森林偶尔有鸟鸣声，但是没有铺天盖地的知了大合唱，所以跑步者的呼吸声和脚步声都清晰可闻）。他也非常专注，一看就是那种全身心地投入跑步的人。但是物极必反。专心致志之时往往也是神游八极之时。去年秋天，专心跑步的瓦尔泽，就对横在路中的一根粗大的树枝视而不见，结果他扑通摔倒在地，摔得额头和鼻子鲜血直流。但是他没有让自己的血白白流淌。回家之后，他马上把这一经历写进了正在创作中的歌德小说。他怎么摔，歌德就怎么摔，他怎么受伤，歌德就怎么受伤。

对于我，三天林中跑步下来，最神奇的体验莫过于跟一只狍子打了照面。事情发生在第一天。蓝色奔驰刚在林边空地停下，瓦尔泽就发现前方有情况，吩咐约翰娜控制好布鲁诺。仔细一看，是一只狍子站在百米开外的林中大道中央朝我们这边眺望。狍子和我们对视片刻，然后消失在林中。这一带的森林里有不少狍子活动，但是跟它们打照面的机会却极为罕见。联想到几个小时前在腓特烈港机场遭遇的不寻常，瓦尔泽再次感叹“今天日子反常”。我对神秘主义天生具有免疫力。现在我的免疫系统却因为狍子的出现而崩溃。我不仅真心实意地附和老先生的日子反常论，而且自信看出冥冥之中的天意，认定狍子的出现与我的到来密切相关。我甚至觉得狍子就是我。我产生这一幻觉，是因为读《恋爱中的男人》读得有些走火入魔。小说里面有一个文学小青年，在朝拜大文豪歌德之后欣喜若狂，把自己比作狍子，把歌德喻为恭候狍子的巨蟒。在我的脑子里面，狍子对巨蟒便成为经典的、挥之不去的名人朝拜画面……好在我的免疫系统没有陷入永久瘫痪。第三天，也就是我走的那天，当我跟瓦尔泽一家人在餐馆共进午餐时，我特地点了狍子肉，同时大声说出自己的点菜理由：“巨蟒在我身边”——瓦尔泽坐在我的左手边。众人哈哈大笑。林中的狍子给我的博登湖之行带来了神秘和诗意，这神秘和诗意又随着这饭桌上的笑声烟消云散。

瓦尔泽不是苦行僧。尽管或者说恰恰因为他是艺术之奴，艺术创作在他生活中享有至高无上的地位，所以他不想亏待自己，所以他要坚持锻炼，所以他要保证自己生活好，保证自己有好房住，有好车开，而且吃好喝好。瓦尔泽的生活哲学其实很有代表性，有相当数量的作家、艺术家都是这种逻辑。最早明确阐述这种苦修与奢侈的辩证法的艺术家似乎是瓦格纳。瓦格纳遵循这样的逻辑：我“只是作为‘艺术家’活着”，我“整个的人都化作了‘艺术家’”，所以我“不能睡谷草，也不能去劣质烧酒中找享受；你既然要呕心沥血地创造一个虚构的艺术世界，你就必须养尊处优”。托马斯·曼也对这种生活哲学进行了发扬光大。三十年前，瓦尔泽对这种逻辑进行了猛烈批判。后来，随着他本人逐渐成为德意志联邦共和国的一大文学旗手，他的态度发生了转变。他现在有条件、有资本信奉这种补偿论或者叫平衡论。瓦尔泽家的客人当然也是这一转变的受益者。在他家做客，吃饭就是莫大的享受——足吃足喝，好吃好喝。最令人赏心悦目的是瓦尔泽古风犹存的主人风范。如果在家里吃饭，不下厨房也不摆桌子的瓦尔泽，必定在众人落座之后庄严起身，按照主菜配菜的顺序给众人分餐，而且坚持客人优先：客人得第一份，客人得双份，客人得独一份；喝咖啡吃蛋糕的时候他也总往客人盘子里多夹一块。原以为这种待客风格，只可能出现在民风淳朴的偏远乡村或者是新文化运动之前的孔夫子的国度，现在我真开了眼界。去餐馆就餐，他依然是好客的主人，依然是一家之长。满桌的人都是他招待和关怀的对象。他那几个业已跻身成功人士行列的女儿女婿，也心甘情愿地接受他的招待和关怀。对于我这个客人，他尊重我的口味和我的选择，但也忍不住按照“己所不欲勿施于人”这一颠扑不破的伦理法则，给客人推荐和解释风味菜。譬如在我确定主菜之后，他向我隆重推荐一种名为 Bubenspitz 的小面点。我没吃过，也没听说过，但既然大师推荐，我就试一试。端上来以后，瓦尔泽满脸微笑，问：像不像 12 岁男孩的翘翘？我这才恍然大悟：Buben 不就是男孩吗？ Spitz 不就是尖尖吗？搞文学的人对语言如此不敏感，真应该往地缝儿里钻。

我在瓦尔泽家做客这三天很愉快、很享受，也很有成就感。每天吃过早饭和午饭，我就跟在肩挎陈年真皮书包（里面装有在一楼工作室取的材料）的大师后头，穿回廊爬楼梯（他们家的建筑结构比较独特），去他那高瞻远瞩、高屋建瓴的三楼工作室举行

“工作会谈”。我们谈了许多“正事”，取得许多成果。但我最大的收获，是瓦尔泽接受了北大和歌德学院的联合邀请，答应在10月中下旬来华访问。他已经开始认认真真为他的首次中国之行做准备。他的中国之行是我们盼望已久的访问，因为德国当代文学大家就剩下他没有来过中国。伯尔来过，格拉斯来过，赖希-拉尼茨基也来过。这几位在70年代末就访问过中国。由于那是一个百废待兴的年代，当时研究德国文学的中国文学界，跟几位来访者的交流极其有限，其结果就是来也匆匆，去也匆匆，中国没给他们留下什么印象。

瓦尔泽的晚到也许是老天的安排。这个时间对他好，对我们也好。他是道地的艺术家，是性情中人。他不去没人知道其作品的国家，他也忍受不了满目的贫穷。他答应来中国，表明他知道或者预感到，我们有足够的经济和文学成就供他检阅，表明他对陌生的中国已经产生好感。得知我即将回国，大师在邮件中添了一句：Guten Flug ins Immer-noch-Reich-der Mitte.（平安飞抵依然位于世界中央的帝国。）读到这话，我真想匍匐在地，叩谢大师。对于我，还有什么比这更珍贵、更简练、更有情感乃至政治分量的临别吉言？“一路平安”（Guten Flug）谁都会说，把中国（China）变为“中央之国”（Das Reich-der Mitte）的拆字游戏，许多人都会玩，但谁能像瓦尔泽这样画龙点睛地添上一个“依然”（Immer-noch）？只要心里装着大师这句话，我们就可以笑对充斥德国媒体那些不过脑子的反华言论。评判一句话的分量，不仅要看说什么和怎么说，还要看谁来说。瓦尔泽是谁？这个问题的答案最好去德国的政治—文化权威杂志《西塞罗》里面找：在2007年《西塞罗》德国年度知识分子影响力排行榜上面，瓦尔泽位居第二，仅仅排在教皇本笃十六世之后。

结束博登湖朝圣之旅以后，我致信瓦尔泽，对他和他的家人给予我的高规格、高热情接待表示感谢。他的回答言简意赅。当时正值北京奥运进行得如火如荼之际，深谙人性的瓦尔泽知道中国人最渴望什么，所以他写了一句我下意识里最想听的话：“您在我们这里赢得了客人表现金牌！”（Sie haben die Gast-Goldmedaille gewonnen bei uns!）邮件的第二句也是最后一句话则是：“我期待着我的北京之行。”这话令人振奋，同时又让人感到不轻松，因为我们面对着接待大师的艰巨任务。为了便于准备，我问大师有何特殊愿望和要求，大师回答说：不管您安排什么，我都当礼物接受。我接着又问：夫人呢？他的回答更简单，“她希望与我同步”（wunschsynchron）。大师的话不仅让人一身轻松，而且使人产生提前颁发“客人表现金牌”的冲动。

似曾相识说启蒙*

女士们，先生们!

今天我们齐聚图宾根，齐聚在这座盛产神学家和哲学家的城市，而今晚活动的起因就是中德哲学大会。让一个研究德国文学的人走上图宾根大学的讲坛，他心里难免忐忑不安。他很清楚，在我们这个世俗化的时代，哲学犹如前启蒙时代的神学，享有科学之王的地位。想到这点，他只好明智地降低身段，以斡旋者或者普及者的身份出场。他的职业特性也使之然：搞文学的本来就应该在精神领域和实践领域之间斡旋——依照托马斯·曼的观点，文学如同政治，都是位于精神和现实之间的第三帝国；作为研究德国文学的海外学者，我们自然是文化使者，肩负着架桥使命，想为架设沟通德国文化和本国文化的理解桥梁作出贡献。面对科学王国中现实存在的森然等级，对一个闯入哲学家圈子的文学研究者而言，最明智的选择就是做传令官，就是把蛰居奥林匹斯山巅的哲学家的旨意，送达缺乏哲学思想的平原，如果哲学家们真的需要一个赫尔墨斯……我的开场白迂腐而且未必具有启蒙精神，所以请大家多多包涵。

---

* 本文译自2009年11月19日在德国图宾根大学的德文演讲稿，原刊于《文景》2011年1月、2月合刊。

我们的演讲会主题是启蒙。在当今世界，除了启蒙，也许没有什么话题能如此频繁地引起讨论，能如此持久地刺激人们的思想和情感。但是这没有什么不好。今天人们研究和讨论启蒙，不仅是为了探寻我们这个世界何去何从，而且是因为距离启蒙世界的远近决定了国际社会中谁有权力教育谁。在当今世界，十有八九是欧洲人教训东方人。个中原因，首先在于欧洲人经历过启蒙时代。亲爱的赫费先生[1]，您说过，欧洲可以为悠长的光明世纪自豪[2]。欧洲顺理成章地被人们视为启蒙的故乡，被视为沐浴着启蒙光芒的大陆，虽然您同时还指出，启蒙不是发生在近代的特殊现象。因此，如果欧洲人最喜欢拿启蒙准则去其他地方造福人类，那也不足为怪。

从当前西方对中国的批评可以看出，在许多欧洲人眼里，中国也是一个应该受到启蒙思想启迪和祝福的国度。我不是一个两耳不闻窗外事的象牙塔居民，所以我非常关注这些批评。我看到的一些事情的确耐人寻味。首先是西方对华批评的频率和力度不仅与中国的经济进步而且与中国的政治和文明发展成正比。如此频繁而猛烈的批评，的确让脸皮偏薄的中国人难以承受。其次，中国越融入资本主义世界体系，越接近西方，西方就越是明显、就越是高调地跟中国保持政治和道德距离。这的确让人难堪，让人茫然不知所措。第三，西方的多数批评家习惯站在欧洲启蒙运动给他们提供的制高点，对中国进行观察和评判，他们议论中国的时候，常常给人一种印象，仿佛中央帝国从未见过启蒙的光芒。我觉得这一点最成问题。因为有迹象表明，启蒙的太阳照样从东方升起。德国有些哲学家和汉学家很清楚这个道理。譬如，施寒

1 赫费（Otfried Höffe），图宾根大学教授，海德堡科学院院士，德国《哲学研究》杂志主编。
2 参见黄燎宇，赫费编：《以启蒙的名义》，北京，北京大学出版社，2010 年，第 7 页。

微[1]教授和米塔格[2]教授就在他们共同撰写的一篇文章中开篇明义："谈论启蒙就是谈论中国，没有中国就没法想象欧洲的启蒙运动。"这一思想要是能够摆脱曲高和寡的命运该多好！

女士们、先生们，在中欧文化—政治对话中，有一种现象屡见不鲜：主动出击的欧洲人，喜欢强调欧洲标准和欧洲价值观的普遍有效和普遍适用，中国人则还以文化相对主义或者文化本体论。在我看来，不是每次中欧对话都非出现这种人们习以为常的格局不可，谈论启蒙的时候尤其如此。我今晚要阐述的观点跟赫费先生不尽相同，但是我既不怀疑包括平等、宽容、实践理性和此岸精神在内的启蒙理想的普遍有效性，也不会强调中国传统与欧洲价值如何不兼容。我只是想提醒大家留意几个中国文化的特征或者说现象。这样便于大家帮着回答一个问题：如果向中国派遣欧洲启蒙的传教士，这是否相当于拎着猫头鹰上雅典[3]，是否相当于——用一个带有本地特色的比喻——向图宾根派遣哲学家和神学家？

我们先说说中国人的平等观。我认为，人人平等可以被视为启蒙的第一法则，因为没有人人平等的观念，就谈不上人权和宽容。如果我们说中国自古就是一个讲究平等的国家，这也谈不上多少夸张。在中华帝国，人人平等的观念早已深入人心，而且没有任何来自宗教的思想铺垫。如果说欧洲人接受平等观是基督教

1 施寒微（Helwig Schmidt-Glintzer），德国汉学研究会主席，兼任德国沃尔芬比特尔奥古斯特公爵图书馆馆长。

2 米塔格（Achim Mittag），汉学家，图宾根大学教授。

3 "拎着猫头鹰上雅典"为德语成语。据说古希腊时代的雅典盛产智慧鸟猫头鹰。按照另一说法，富庶的雅典不乏刻有猫头鹰图案的银币。

奠定的思想基础——卡布里茨[1]先生去年在北京大学作启蒙演讲的时候，令人信服地阐述了二者的关系[2]，那么中国的儒家就仿佛凭直觉、凭本能，发现了平等观念，而且是在欧洲人皈依基督教之前。有了这个其实非常现代的思想，机会均等和择优思想便油然而生。中华大地之所以产生平等观，是因为儒家的创始人孔子、孟子、荀子都是唯成就论者，是因为他们都认为德才兼备才能做官。中国在汉朝、约公元前200年就已按照择优原则遴选官员。这一实践通常被视为科举制的发端。至于科举制，谁都知道它创立于公元7世纪，有一千多年的成功实践，最后废于中华帝国末期，即1905年。

科举制是一个了不起的发明。它对中国人的气质和中国历史产生的影响，超过了其他任何政治铨叙制度。首先它的制度性设计思想诞生于平等精神，同时又为平等原则提供了制度性保障。考试制度为下层民众的孩子开辟了通向社会上层的道路，聪明而勤奋的农家子弟可以在一夜之间变成帝国的官僚。唯一被剥夺考试资格的，是戏子和妓女的孩子，这得归咎于儒家的道德严格主义。考试制度使中国社会得以高度民主化，所以中国无法产生欧洲人所理解的贵族阶层，古代中国社会也不是欧洲式的等级社会和阶级社会，而是一个人人都能通过科举分享攀升机遇的开放社会。幸好如此。众所周知，直到启蒙时代，欧洲的贵族阶级不仅垄断肥缺和重要职位，而且总是拒人于千里之外。这一现实在歌德的《少年维特的烦恼》里面也得到反映。这的确出人预料：维特在很器重他的C伯爵家碰上贵族们聚会，不一会儿伯爵就对他

1 卡布里茨（Andreas Kablitz），科隆大学文学教授，德国彼得拉克研究会会长。

2 参见《以启蒙的名义》，第24—31页。

说："您知道我们的情况很特别；我发现人们因为看见您在这里而感到不满。"就这样，一个聪明的、有抱负的、生性敏感的年轻人被撵出了贵族社交圈。人们撵维特，只因为他是市民阶级出身。总之，少年维特的烦恼也包括贵族的傲慢给他造成的伤害。目睹维特的命运，我们不禁为我们的古人创立了科举传统而得意，我们很高兴这一传统以高考的形式在当今的中国被发扬光大。在中国，每年都有八九百万中学毕业生带着一颗火热的心在酷暑中参加高考。尽管人们从教育学的角度对高考进行了诸多猛烈的批评，但是我们绝对没法想象有一天会废除高考。尽管今天的中国不再有帝国皇帝出来充当考官，并且以死罪惩处弊案，但是今天的高考给腐败留下的空间也极其有限。高考对当今中国人的意义可见一斑：它是保证社会公正和机会均等的最后堡垒。

科举制的另一功劳，是让学问和教养在中华帝国享有至高无上的地位，使之成为人们顶礼膜拜的对象。中华帝国的皇帝及其大臣的平均文化教养水平应该高于其欧洲同行。他们中间不少人都是令人侧目的文人和书法家，有的甚至在文学史上占有一席之地。但是对学问和教养的崇拜也有不好的地方。它一方面稳固和强化了儒家的精神贵族立场。这一立场淋漓尽致地体现在孟子的名言中："劳心者治人，劳力者治于人，治于人者食人，治人者食于人。"孟子通常被视为提倡恻隐之心的伦理学家，但是，透过这言简意赅的名言，我们却能看出他的铁石心肠，看出他的不留情面——连尼采也赶不上。况且这是家喻户晓的儒家格言。有文化的中国人都会拿这话去教育自己的儿子，不会读书写字的中国人多半也知道把这个道理讲给自己的儿子听。另一方面，这种无疑能激发竞争意识和功名心的唯成就论，有时会让人变得既不健康也不审美。正因如此，帝国时代几乎每一个功成名就的官员都有不堪回首的青少年，他们的生活都可以用如下字句来概括：“幼怀大志，寡言笑，囊萤刺股……”

对文化和学问的单一性崇拜还带来另外一个副作用，那就是民族气质的文弱化。这在许多皇帝和高官身上可见一斑：较之剑和弩，他们对于文房四宝更感兴趣。有时人们甚至得到这样的印象，仿佛柏拉图理想中的哲学王在中国成为现实——假如中国的皇帝们更喜欢运动，假如他们更有奥林匹克精神。轻视膂力，缺乏奥林匹克精神，是中华帝国的教养和学问崇拜造成的弊端。在这里，对教养和学问的崇拜非常奇怪地与对蛮力和武夫的蔑视结伴而行，文官的地位始终高于武将。这也造成了中欧之间的一个显著差异：在欧洲，打仗是贵族的事情，农民既无扛枪打仗的权利，也无扛枪打仗的荣耀；在中国，“好儿不当兵，好铁不打钉”的观念早已深入人心。可以设想，假如当初有人在中华帝国提倡武士道或者条顿骑士精神，他会成为众人鄙视的对象。中国人一面崇拜学问和教养，一面又轻视体育锻炼和运用武力，这自然柔化了中国人的气质，同时也削弱了军队的战斗力。我们自食其果，我们不断被我们非常蔑视的蛮夷和游牧民族战胜和征服——虽然我们修建了万里长城。我们的长城更像是建筑装饰而非坚固的国防堡垒。不过，五大三粗、骁勇善战的蛮夷，最终又几乎无一例外地被颓废而文弱的汉人同化。这一事实也许证明柔可以克刚。所以说，我们中国人至多算温柔型沙文主义者。

中国人的平等观不仅仅体现在科举制的创立和大行其道，而且体现在中华帝国风起云涌的农民起义。农民起义堪称中国一绝。中国的农民起义发生频率之高、范围之广、破坏力之大可谓绝无仅有。农民起义同时表明平等理念在中国是何等早熟，又是何等地深入人心。因为早在中国第一场史料记载的农民起义，即公元前209年的陈胜、吴广起义爆发时，起义者就喊出了“王侯将相宁有种乎？”的响亮口号。这一反问修辞使人斗志昂扬，备受鼓舞。陈胜、吴广起义彻底撼动了秦王朝的统治根基（该王朝的缔造者曾下令修建长城，他至今仍躺在位于西安的陵墓当中，估计有声势浩大的兵马俑守护陪伴）。不仅陈胜、吴广，后来历朝历代的农民领袖也都深信人人都能做王侯将相。其实他们谁都希望自己能够入主皇宫，君临天下。他们中的一部分人最终也梦想成真，一跃称帝问鼎。气势恢弘的北京故宫就归功于大明王朝，而明朝的开国皇帝就是农民起义领导人朱元璋。可以说，我们所知道的引起改朝换代的历次中国农民起义，都把平等、平均作为号召人们推翻旧王朝的口号。这点的确耐人寻味，特别是德国乃至欧洲的农民运动中没有类似现象发生。德国的农民运动领袖要求不高，他们发挥的影响和取得的成果也无法和他们在中国的阶级弟兄相比。无论托马斯·闵采尔还是米夏埃尔·科哈斯，他们做梦都没想过有朝一日要成为教皇或是德意志民族神圣罗马帝国的皇帝。中国农民起义者在精神和政治上都显得不知天高地厚，这显然是因为他们的自我意识过度膨胀，是因为他们内心怀有人人皆可做王侯将相的信念。说到这里，必须提醒大家注意一个事实：中华帝国的农民革命通常是由科举落榜者发起并领导的。譬如，在公元9世纪推翻大唐王朝的“黄巾起义”的领袖黄巢，就曾是一个雄心勃勃的考生。他在考试中过五关斩六将，但他终归没有考中进士。当时这是人们梦寐以求的学位，大致相当于今天的博士。19世纪中叶太平天国起义的发起者和领导者洪秀全——他曾在南京建立了自己的王朝——也同样曾在科举考试中名落孙山。科举失利者在农民革命运动中所扮演的突出角色，迫使我们重新思考科举考试在意识塑造方面的是与非。

女士们、先生们，我不是唯心论者，我不会把平等观念解释成农民起义的主要原因或唯一原因。革命不是玩笑，也不是思想游戏。即便是粗浅地接受过历史唯物主义的人，都会明白这个道理。毋庸置疑，农民揭竿而起，首先是因为他们遭受了不幸和不公，因为他们走投无路。我无意美化中国的农民起义，更无意拿农民起义来吹嘘。何况这么做也太过冒失，并且有损礼节。因为我知道，德国是一个缺少革命的国家。从既往的经验看，德国人喜欢在头脑里或者在书本上闹革命。众所周知，对于法国大革命，无论是德国的启蒙主义者还是德国的浪漫主义者，多半避之唯恐不及，而且是一脸的厌恶和恐惧。再说，要让我们中国人众口一词、毫无保留地赞扬或说肯定大规模的农民革命，那也很不容易，因为中国农民革命造成的后果太过触目惊心，因为中国的农民战争太野蛮、太血腥，夺走了太多的生命——仅仅一次太平天国起义就让两千万人丧生，农民起义也摧毁了无数的房屋、宫殿和城市，引起了剧烈的社会动荡。面对这种毁灭性的后果，有时我们不得不问，假设中国的农民能够向他们在德国的阶级弟兄看齐，基本做到听天由命，情况是否会好一点?

女士们、先生们，如果说我在此强调中国人更具有革命资质和革命意愿，我也只是为了提醒各位，启蒙运动也可成为革命之母，而不仅仅是理性之母。历史的经验告诉我们，平等观念本身就蕴含了革命的种子，它能点燃革命激情，引发社会革命。正如对平等的追求成为法国大革命的一大前提，称帝称王无疑也是中国农民革命的一大动力。这并非巧合。因为启蒙的活力来自批判，启蒙就是批判。但并非人人都明白从批判的武器到武器的批判仅有一步之遥的道理。有一位德国人，一位通晓批判辩证法的大师，便因为德国人始终没有跨出这一步而极度失望。结果，一说起德国启蒙运动的载体，即市民阶级或者叫资产阶级，他就难免鄙夷不屑。在座的很多人都知道，这位对市民阶级或者资产阶级极度失望的德国人不是一般的人，他是卡尔·马克思。

女士们、先生们，最后我想说说中国文化的另一显著特性。这一特性首先是把欧洲人、然后把我们自己的内心也搞得很矛盾。我想说的是中国人与超验世界、与宗教的关系或者说糟糕关系。我不得不承认，在图宾根谈论这样的话题，着实令人惶恐，因为在我看来，这座有着浓郁的神学和哲学氛围的城市，根本就是一个与中国文化形成对偶的世界。

请允许我首先引用戈特弗里德·威廉·莱布尼茨的话。莱布尼茨对中国的推崇与狂热人所共知，他的《中国近事》其实就是一曲高亢的中国颂。但令我吃惊的，是该书作者证明自己是一位眼光极为锐利的崇拜者和歌颂者——尽管他只是通过道听途说理解中国，也没有谁像他这样迅速而又准确地把握了中国社会和文化的基本特征。他不仅看到中国人在伦理学与政治学等实用领域的绝对优势，他不仅充满敬佩地发现中国人致力于追求人间的和谐、繁荣、秩序，他还总结说："倘若让一位智者充当挑选最优秀的民族而非最美丽的女神的裁判，他就有可能把金苹果送到中国人的手中——假如我们没有在一个并非人力所能及的领域胜过他们。我们的优势来自上帝赠送给我们的礼物，这就是基督教。"女士们、先生们，我不知道当你们读到或听到这句话时作何感想，但我却分明感到困惑和沮丧。我们中国人不信教，不信基督教，所以我们得不到金苹果。这就是莱布尼茨这句用第二虚拟式表述的句子传达的直白信息。他的话使人感到不安。因为我们担心西方人从我们对宗教的漠不关心，推断我们在精神方面存在问题，而且这并非杞人忧天。原因在于，对中国充满善意的莱布尼茨所表达的遗憾，在后世的德国哲学家的笔下就变成了对中国精神的鄙视和宣判。在蔑视中国的思想家中间，黑格尔是最有影响力的一个。他以他粗暴的方式宣告中国人与哲学无缘，那些不及他粗暴的哲学家们也在小声地、默默地质问中国人是否有意愿、是否有能力从事精神远足和精神翱翔。时至今日，研究中国哲学的德国汉学家们仍需时时抗拒仿佛与生俱来的诱惑，以免给中国哲学打上引号。身为中国人，目睹自己的哲学能力受到如此严重的质疑，谁能做到无动于衷、若无其事？所以，让中国人昂首挺胸在哲学林苑漫步，这绝非一件轻轻松松的事情。

然而，如果平心静气地想一想，我们恐怕也有充足的理由自我反省，有充足的理由自惭形秽。如果你不讲理念论和意志的形而上学，如果你不谈世界精神和物自体，你凭什么反对别人给你的哲学打引号？不脱离经验世界的人能搞哲学吗？最糟糕的是，我们一不谈上帝，二不谈魔鬼，三不谈死神。这三种存在一开始就被我们忽略或者故意回避。“子入则孝，出则悌。”孔子这一训导是儒家理想人格的完美写照。我们从不谈论如何成为上帝的子民，更不会把成为上帝的子民描绘成梦寐以求的事情。叔本华把死亡称为赐予哲学灵感的守护神或者说恩主，但死神却在中国思维殿堂的大门之外徘徊了几千年也未获准入。个中原因，首先在于孔夫子教导说：未知生，焉知死。在中华帝国，魔鬼的遭遇也不比死神好到哪里去。在这里，他不再是专事制造冲动和悲剧的故而令人敬畏的心魔，而是摇身变为形形色色的妖魔鬼怪，等着人们在除夕之夜用鞭炮驱赶。所以他再也引不起思考者的兴趣。同样遗憾的是，上帝在中央帝国也跟他的对手一样很不走运，因为他不再是单独的存在，他必须和各路神仙共掌天庭——中国人的祈祷对象数目繁多、五花八门。究其根源，在于中国人没有区分信仰和迷信的能力，也无意把各路神明和各种宗教分出三六九等。而且我们太讲实惠，总是按照“临时抱佛脚”的信条与神明打交道。所以我们在粗糙而轻浮的多神论中裹足不前，所以我们功亏一篑，未能迈入精致而严肃的一神论境界。这实在令人遗憾。上帝、死神与魔鬼的缺席，不仅导致我们患上哲学贫血，而且使我们的精神世界变得狭隘、肤浅、贫瘠。我们生活在单调的一维世界，我们只有眼前的世界，我们顺理成章地成为赤裸裸的经验主义者、实用主义者、伦理学家、功利主义者、唯物主义者和无神论者。欧洲人则拥有一个三维世界，欧洲人不仅有眼前的世界，而且有天上的世界和心中的世界，所以欧洲精神可以在看得见和看不见的世界之间自由穿梭，所以欧洲人发明了起源论和本体论，发明了哲学和神学。

女士们、先生们！你们可以看出，中国人的世界是一个内在而非超验的世界，这里的思想土壤很难让哲学和神学绽放花朵；我们中国人尽管或者恰恰因为膜拜众多的神而成为无教徒，因此我们无缘分享上帝的恩宠。我们的神学和哲学处境既不有利，也不喜人。对此我们却是无能为力。孔子和他的弟子们一开始就为我们指引了一条不通向上帝也无神启的道路。这条或许错误的道路我们已经走了几千年，我们已经积重难返。在过去三四百年里，基督教在中国的传教活动引人注目地遭受失败。这本身就是我们积重难返的一个明证。对我们来说，调转方向为时已晚。但最重要的是，我们现在学会了如何结合新的世界体验看待我们的传统文化。我们越来越看到我们文化中的积极因素，越来越觉得没理由用虚无主义的态度对待自己的文化和传统。孔夫子给我们指点的漫漫历史之路，或许并不像我们之前想象的那样离谱。如果想想中国和欧洲的信徒和非信徒的历史命运，我们就无需因为曾经在宗教方面采取无谓态度，无需因为有过多神教的实践而过于自责。虽然多神教徒和宗教淡漠者在神学家眼里比无神论者还要糟糕，但谁也无法否认淡漠者总归要宽容许多。黑格尔在描述中国是“绝对平等之国”的时候，肯定没想到这个国家的平等思想已经渗透到神界。在欧洲，上帝面前人人平等——前提是人人都信奉基督教上帝；在中国，人类面前众神平等——管你是哪路神仙。像《智者纳旦》这样一部对德国乃至欧洲思想史具有划时代意义的文学作品，中国作家写不出来。写出来了也是多此一举。因为中华帝国没必要宣传宗教宽容。我们不会出于纯粹的宗教原因迫害佛教徒、道教徒或是其他教徒；我们没有、我们也不可能发动十字军东征或者十字军西征北征南征。如果欧洲的启蒙思想家将其宽容思想贯彻到底，他们在这方面就应该对我们非常满意。而如果我们回顾欧洲启蒙以来的历史发展，如果我们再展望未来，我们就毫无必要因为自己远离上帝、或是在超验世界缺乏经验而忧心忡忡。因为自启蒙以降，欧洲人的世界越来越世俗化和尘世化，越来越失去神秘和魅力。相应地，欧洲精神日趋散文化和“中国化”。这是为什么？答案很简单：启蒙的一大功用，就是把人的精神从彼岸带回此岸，以便——这层关系人们不爱提及也很少提及——为天生就庸俗乏味的、散文而无聊的、既不审美也不浪漫的资本主义的发展铺平道路。而中国在转向全球化资本主义市场经济之后，时而给人如鱼得水、放虎归山的感觉，这并非偶然。言归正传，进入资本主义时代之后，欧洲人的世界面临一维化的危险。人们由此感到不适，批判为资本主义鸣锣开道的启蒙运动也就有了充足的理由。其实最晚从浪漫派开始，欧洲对于启蒙的批判之声就不绝于耳。我们不妨想想呼吁“世界必须浪漫化”的诺瓦利斯，想想《魔山》中的反启蒙者纳夫塔对启蒙运动的责难和批判：狭隘，伦理说教，缺乏宗教思想，扎根生活的市民性或者叫资产阶级精神。非常明显，这类启蒙批判很容易用来对付扎根此岸的中国人。

女士们，先生们！所谓的现代世界是为资本主义创造的世界，然而，这个为资本主义创造的世界又是启蒙的杰作。亲爱的启蒙主义者，怎么办？

学习德语，文学何为*

各位同行：

我很高兴自己作为第三个发言人走上讲台，因为前面两位的发言对我很有启发。魏育青教授迫使我重新认识自己。本来我认为我的报告是自由思想的产物。可是他的报告使我突然意识到自己的不自由：你北大是清一色的文学，你不谈这个题目你还能谈什么？卫茂平教授的讲话让我发现，我的话题其实是他研究的子课题。他谈的是“对当下德语人才培养的几点思考”，我要谈的其实就是“对文学在当下德语人才培养中的作用的几点思考”。我这篇讲话就是一点点体会，加上一点点想法，再加上一点点理念。

首先我要承认我的发言题目有些以偏赅全。其实这题目也可以是“让文学留在德语课堂”，“让文学返回德语课堂”。我选这个题目，是因为它形象，拟人化，而且显得最轻松。当然，我说“显得轻松”，就表明我在掩饰沉重。但这类话题有时候的确可以变得很沉重，因为它可能会上升为原则和是非问题。在北大就是这样。最近我们北大一位德高望重的老同志还因为这个问题伤了身，住了院。

事情是这样的：今年是“北京大学外国语学院”成立十周年。

---

* 本文是2009年4月21日在上海外语教育出版社举行的全国系主任论坛上的讲话，原刊于《文景》2009年第5期。

对于这块挂在北大外文楼（外文楼是外国语学院的行政中心，就是北大西门进去左手那栋古色古香、雕梁画栋的红楼，位于北大最美的角落）的牌子，北大有许多人不认可。这名称是在一场没有赢家的战斗中诞生的。十年前，当北大决定组建囊括所有外语专业的学院时，有关的单位和个人立刻就出现了“语言文化派”和“语言文学派”的对垒。前者主张给新组建的学院取名“北京大学外国语言文化学院”，后者主张取名“北京大学外国语言文学学院”。两派互不相让，势不两立，结果就是两败俱伤，牌子上面既没有“文学”，也没有“文化”。这是谁都不愿意看到的局面。上述这位老同志更不愿意看到，对于他来说，德语课堂不仅要讲歌德、席勒，不仅要讲德意志的“诗人和哲人”及巴赫、贝多芬等德意志音乐家，而且要旗帜鲜明地讲，要让文学或者说文化的旗帜在我们的教学楼上高高飘扬，所以他一定要找校长，希望借十年大庆之机更换牌子。于是，他在不久前的一个下午，参加一个时间很长的会议之后还找校长理论，把积压了十年的意见吐露出来。结果，由于他的情绪太激动，在身体不适的情况下待的时间太长，所以他第二天就进了医院……

表面看来，北大的“文化派”与“文学派”之争很无聊，很没意思，有无事生非之嫌。“文学”和“文化”有什么好争论的？“文化”是大概念，“文学”是小概念，“文化”囊括“文学”，“文学”是“文化”的组成部分。北大教授连这点儿常识都没有吗？非也。事实并不如此简单。“文化派”与“文学派”的确势不两立，他们之间的确存在路线对立，只不过大家没把这尖锐的对立说穿，没有把问题摆到桌面、摆到字面上来，大家都是项庄舞剑意在沛公。问题的根本在于，“文学派”和“文化派”对“文化”

的理解不同。前者脑子里装的是传统文化概念，想的是高雅文化，精英文化，由文学、艺术、哲学组成的文化。这种文化德文叫Hochkultur。后者是“泛文化”，其中可能包括政治文化、企业文化、服装文化、体育文化、饮食文化、酒文化、茶文化、性文化，等等。就是说，这样的文化研究离Laku，也就是Landeskunde，也就是国情研究只有一步之遥。“文学派”和“文化派”之间明显存在人文科学和社会科学、历史取向和现实取向的分野。

“文化派”与“文学派”的对立不是北大独有，也不局限在外国文学界。这是一种全国性乃至全球性现象，可以说是一种时代潮流、一种时代症候，而且似乎还有前者渐强、后者渐弱的趋势，文学——确切讲是文学研究——似乎不断地遭遇边缘化。我们的中文系、我们的文学研究界出现了明显的文化学转向，甚至是“去文学化”倾向。搞文学的纷纷走出文学，去作社会学、政治学、人类学、文化学研究。德国的情况也很类似。许多大学的Germanistik，也就是德文系——我说德文系是因为它和我们的中文系形成对偶——出现了“文化学转向”，许多文学教授作起了媒体研究和跨文化研究，把interkulturelle Germanistik，也就是所谓的跨文化日耳曼学搞得如火如荼。顺便说一下，如果我们现在讨论Germanistik是翻译成“德语语言文学研究”还是“日耳曼学”更好，我们中间恐怕也会出现上述的对立。此外，遍布世界各地的“德国研究中心”（德文叫Zentrum für Deutschlandstudien，英文叫Center for German Studies）接二连三地变成当代德国研究或者当代德国社会—政治研究中心，德国文学研究几乎没有地位，偏重历史的人文科学研究不断受到挤压。本人是北大德国研究中心的成员，对此可谓有切身感受。我们中心的衣食父母是北大和

DAAD（德意志学术交流中心的简称），二者按照一比一的原则对我们中心拨款资助。我们中心汇集了北大的德国研究学者，覆盖了北大十来个专业，如哲学、社会学、政治学、法学、经济学、教育学、心理学、史学、文学，人文和社科可谓平分秋色。但是DAAD不仅明确表示不希望看到中心成为德国文学研究中心，而且对于我们人文学者人才济济的局面似乎还感到忧虑，成天说要加强社会科学在科研和教学中所占的比重。有一点我们非常明白：DAAD巴不得我们全部作当代研究，巴不得我们中心成为给中德政治和经济界支招的智囊团。同样的，德国汉学界也存在从传统的文学研究和人文研究，即Sinologie向侧重当代的“中国研究”（China-Studien）过渡的大趋势。在我们德语圈，也不断有人发出文学式微、文学教学边缘化的感叹。

我属于文学信徒，但是对于上述的形势我并不感到悲观，相反，我处之泰然，而且非常乐观。我一如既往地坚信文学可谓“广阔天地，大有作为”，坚信看似不功利、不实用、不能经世致用的文学其实很实用、很有用，坚信文学在喧嚣而“浮躁”的后现代和全球化时代，在学术政治化、学术实用化的后现代和全球化时代更是如鱼得水。

今天在座的都是教育工作者，都是德语教学的骨干。我们有着相同的终极目标或者说最高目标——培养好学生。可是，什么叫“好”？我们德语专业的学生应该达到何种语言水准、应该拥有何种知识才能算好学生？我们又如何实现自己的目标？如果让我来回答这些问题，我就两个字：文学。

文学为何如此神奇？要回答这个问题，我们必须说说什么是文学语言。这个问题说难也难，说简单也简单。说简单，是因为大家都对文学语言有感觉，都知道文学语言就是有文采的语言。一般说来，文采就体现在生动、形象、打比方。文学语言跟大白话的区别谁都听得出来，也看得出来。说“译介到中国的欧洲文学，比译介到欧洲的中国文学多”是大白话，如果说“中欧之间存在文学贸易逆差”，那就有了文采；说“上海外国语大学的德语教学在全国搞得最好，值得大家学习”，就不如说“上海外国语大学是中国德语教学的旗舰或者领头羊”更好听、更有力。我们当然还可以说，文学语言特别有“思想”和“感情”，但是这种说法太抽象、太空泛，因为跟文学语言相对的日常语言和科学语言也表达“思想”和“感情”。对于这个问题，传统的文学概论和文学理论都没有给出令人满意的回答，无数的文学研究者，都在为文学语言和非文学语言之间只有流动而非绝对的界限而烦恼。本人也对这个问题进行了苦苦思索。最近又带着学生读了一点儿德国的话语理论，从中得到不少启发，所以就来现学现卖，所以就来抛砖引玉。

非文学语言和文学语言最本质的区别，在于前者重直白，讲究清晰和准确，避免含糊和歧义；后者恰恰喜欢双关和多义，喜欢让人浮想联翩，同时还喜欢反观和玩弄语言。之所以出现这样的现象，是因为非文学语言如科学语言立足于外延，也就是Denotation。科学家谈“月亮”的时候，他指的是那颗位于太阳和地球之间、把太阳的光芒反射到地球的星球，浮现在听众脑海里的也是那颗星球。科学话语的最高理想就是要剔除附着在外延上面的内涵，即Konnotation。文学语言则不同。虽然文学语言也要立足于外延，但是文人常常把外延当敲开语言大门的敲门砖，他看重的是内涵，常常把内涵变成思想烟幕弹甚至是思想原子弹。当文人说“月亮”的时候，他关心的多半不是天体物理现象，他可能会引导读者或者听众去做各种联想。而不同的语境和不同的读者又会产生很不相同的联想，如“黑夜”，如“浪漫”，如“寒冷”，如“嫦娥与吴刚”。由于月亮介于太阳和地球之间，人们容易联想到斡旋者；由于月亮相对太阳是光线的接受者，是女性，相对地球是光线的施予者，是男性，人们还会联想到“不男不女”、“不阴不阳”，如果说谁是“月亮人”，我们会觉得他有乱搞之嫌。如此看来，把文学中的内涵游戏比喻为思想原子弹也不算太过分。大家都知道，原子弹的威力源于它呈几何级的核裂变，而内涵游戏也可能产生思想蘑菇云。

下面我举几个来自中国和德国文学的实例，以便大家一起体会什么叫文学语言：

例一：

鲁迅在《秋夜》中写道：“在我的后院，可以看见墙外有两株树，一株是枣树，还有一株也是枣树。”鲁迅为什么这样写？是他中文不好？还是他喜欢啰唆？还是想多赚稿费？显然不是。如果我们去思考鲁迅为什么要违背语言常规，我们在审美上就渐入佳境。

例二：

诗人臧克家的名诗《有的人——纪念鲁迅有感》开篇就说：“有的人活着，他已经死了；有的人死了，他还活着。”这里的“死”、“活”是什么意思，当然需要读者去慢慢琢磨。

例三：

德国作家沃尔夫·比尔曼有句名言：Es gibt ein Leben vor dem

Tod。这句看似简单的话还真不好翻译。我们暂且译为“生先于死”，或者“死之前要好好活着”，但这已经是阐释的结果。如果纯粹从外延理解，这是一句标准的废话。然而，这句话的互文背景使它具有陌生化效果，变得不俗不凡。因为这句话的锋芒指向另外一句在外延层面同样令人费解，或者说有悖生物学常识的话：Es gibt ein Leben nach dem Tod。这句话也很难翻译，我们可以译为“死后有生”，或者“死而复生”，或者“死后永生”，或者套用臧克家的话：“人死了还活着。”也正因为这话内涵过于丰富，翻译起来就非常困难。

例四：

德国文学批评家赖希－拉尼茨基是一个以“嘴损”著称的超级批评杀手，曾经让无数的作家尝到“人为刀俎我为鱼肉”是什么滋味。有一次，作家马丁·瓦尔泽在受其蹂躏之后对记者说：„Jeder Autor, den er so behandelt, könnte zu ihm sagen: Herr Reich Ranicki, in unserem Verhältnis bin ich der Jude.“这话译成中文就是：“其实每一个受他如此虐待的作家都可以对他说，赖希－拉尼茨基先生，就你我的关系而言，我才是犹太人。”这是一句著名的妙语。它妙就妙在赖希－拉尼茨基是犹太人，而且是差点儿葬身特雷布林卡毒气室的犹太人，瓦尔泽则是没有一点儿犹太血统的德国人。这句话能让人听懂，让人觉得妙，是因为它利用了“犹太人”这一概念的一层特殊内涵：“任人宰割”，而这一内涵又和纳粹德国屠杀犹太人的历史密切相关。很显然，这又是一个内涵游戏。

通过这几个例子，我们可以清楚地看到，通过内涵游戏产生的文学语言充满思想的魅力，文学语言其实就是思想者的语言。我们可以说，语言水平的高低是由思想决定的。中文如此，外文同样如此。这本来是一个简单得不能再简单的大道理，可是对于学外语的大学生而言，这个观念却很需要大力宣传和灌输。我们的德语学生也是十有八九认为，德语好就是说一口地道而流利的德语。现在我们要明确告诉他们：德语说得好不好，不仅要看你说话的速度或者说流利程度，不仅要看你的词汇是否丰富、华丽，还要看你的德语是否有思想深度，是否有思想弯度，是否曲里拐弯，是否耐人寻味；如果你的语言有了深度和弯度，即便你的德语说得慢慢悠悠，即便你的句子没有长度，即便你没有惊人的词汇量，你照样可以赢得听者的尊重。

我们提倡接触、学习乃至运用文学语言，不仅是因为看重其经济实惠，也不仅仅为了培养文学家或者文学研究专家。众所周知，我们的学生日后从事文学翻译和研究的可谓少之又少。北大也不例外。从本科毕业生的走向看，北大跟许多兄弟院校一样，早就形成了三分天下的局面：三分之一进入社会工作，三分之一出国留学，三分之一在国内读研。出国留学和在国内读研的，绝大多数也没有选择德语语言文学专业。事实上我们还有一部分学生毕业之后所做的工作和德语毫不相干。我们让学生学文学，也是为他们日后从事其他工作打基础、做准备。文学语言是思想者的语言，而任何领域、任何工作都需要思想者。思想者可以做优秀的专家、学者，但是思想者与领导者、思想者与领袖人才也只有一步之遥。如果大家嫌领袖之类的词汇太柏拉图，太《理想国》，我们就用“管理者”替换“领导者”和“领袖”。简言之，文学有助于培养管理者和领导者，有助于培养社会精英。

我在这里高调谈论德语界如何培养管理者和领导者，当然属于矫枉过正。长期以来，我们德语界和整个外语界都存在一种可以称之为集体无意识的观念。根据这种观念，外语专业的最高理想就是培养翻译，外语专业就是服务性人才的摇篮。这种想法很自然，很正常，没有什么不对，但是这明显缺乏鸿鹄之志。也许有人会问：如果你们学校培养出令人侧目的同传、高翻，如果你们培养出在中南海进进出出的 Hofübersetzer，即御用高翻，你们会不会感到骄傲、感到高兴？我的回答是：我们当然也会感到高兴和自豪。但是我们也可以反过来提一个问题：如果你的学生有朝一日能够让顶级高翻坐在自己身边替自己服务，你是不是更有理由高兴？

毫无疑问，培养出坐在顶级高翻旁边的人才，并不是一件容易的事情，这样的想法距离现实也许还有很长一段距离。但是我们应该有志向，学生要有大志向，教师更要有志向，教师还应该尽可能地为理想的实现创造条件。不管理想和现实之间的相距多远，我们都不能忘记古人的智慧："求其上，得其中；求其中，得其下。"

说到这里，也许大家会觉得我把文学说得有些神乎其神，没准儿会觉得我有"文学帝国主义"之嫌。人们可以提出两点质疑：其一，不管什么学校，也不管学校多大多小，学德语的学生都不是只学德语，每个学生都同时学着一堆别的专业。这个学生如何成才，他成为何种人才，这在很大程度上是由其他专业决定的。这可能用不着我们德语专业操心，更不用你德语文学来操心。其二，文学来，文学去，文学到底具有什么实际功能或者妙用还是讲得不够具体，还是没有说穿、说透。你会说前面列举的那种曲里拐弯的句子，并不意味着你就比别人在社会的阶梯上爬得更快，走得更远，也并不意味着你就更有领导素质。面对这种完全正当的质疑，我们有必要再围绕文学的实用性、普适性，以及文学在社会文化和知识部落中的核心地位说两句。

文学有几项非常实用的功能是人所共知的。譬如，文学语言是最有思想、最有内涵也最优美的语言，文学最显而易见的功能，就是有助于提高修辞水平和雄辩技巧，就是有助于培养口才，而口才是现代职场和现代官场不可或缺的一件法宝。又譬如，文学是人学，每一部伟大的文学作品都是一部深刻而精彩的心理学著作，文学可谓观察和学习人性和人心的最佳学堂。不懂人性和人心的人恐怕很难成为合格的管理者。

鲜为人知的是，文学在现代知识部落和现代学术大家庭中享有特殊地位，甚至还肩负着克服文化分裂这一重大而神圣的使命。

我们知道，现代社会、现代文化的一大难题，就是越来越细微的社会分工造成了越来越多的知识鸿沟或者叫话语鸿沟。两百年前，席勒就为此感叹不已，为此绞尽脑汁，他的《审美教育书简》就是他的思考结果。两百年后，这种分裂状况不仅没有好转，反倒愈演愈烈。和两百年前相比，今天人们的活动半径大了许多，人们的活动空间开阔了许多，现代化的交通工具可以使人快速地、大范围地周游世界。与此同时，人们在知识王国却越来越频繁地发现隔行如隔山，感觉自己越来越闭塞，越来越渺小。也许是物极必反吧。日益严重的知识分裂局面，最终引起了现代人的强烈反弹，让现代人产生了跨越鸿沟、弥合分裂的强烈意愿。人们前所未有地渴望跨文化、跨学科，前所未有地渴望在“专业话语”和“跨际话语”之间往复、循环，所以人们研究什么事情都讲究对话，讲究变换视角，讲究面面观。当代学术也由此变得活跃非凡，有时也给人浮躁之感。在这一背景下，文学在知识部落中的特殊地位才显现出来。这种特殊性源于文学特殊的两面性。文学一方面具有明显的行话特征，有一整套建立在意象、比喻、隐喻、象征基础之上的“专业话语”，常常让人一望而知其虚构性、创造性、想象性。另一方面，文学就是杂学。文学是天然的“跨际话语”，天生具有话语杂交优势。如果采用洋比喻，我们可以说一本小说就是一盘话语沙拉；如果打土比方，我们可以说一本小说就是一盘话语大杂烩。为了说明这点，我们不妨拿两部经典作品来看看：一个是卡夫卡的迷你型短篇《法的门前》，一个是托马斯·曼的鸿篇巨制《魔山》。

据我所知，卡夫卡最受我们老师和学生的青睐，他的作品在我们的德语课堂上用得最多，《法的门前》，似乎谁都读过，没有读过的也听说过。这篇小说几乎就是一篇关于跨际话语的寓言。小说中的乡下人所面对的“法”，至少可以让人产生四重联想：国法，家法，上帝之法，文本之法。相应地，我们在讨论中就需要搬出至少四种“专业话语”：神学，法学，深层心理学，尤其是弗洛伊德的俄狄浦斯情结理论以及文学阐释学。看门人也相应地成为教会、官僚机构、性道德或者阐释学的代表。马丁·瓦尔泽在《批评家之死》里面又给出了第五种解释。就是说，卡夫卡这篇迷你型小说，可以在读者脑子里掀起一波接一波具有头脑保健功能的“头脑风暴”。

至于《魔山》，谁都知道这是一部具有大百科气魄，同时具有朦胧性、多义性、无穷性、震撼力的小说。阅读这样一部作品，犹如体验一场话语狂欢。在这里，我们能够想象的各种话语——政治学、哲学、神学、法学、植物学、医学、生理学、音乐、文学、造型艺术、招魂术——全都粉墨登场。小说涉及的问题可谓天上地下，五花八门。小问题可以小到生活小百科，譬如“人的脸为什么发红或者发白”，譬如“人为什么会起鸡皮疙瘩”；大问题可以大到从文艺复兴到第一次世界大战前影响欧洲历史发展的各种矛盾和冲突，如宗教与启蒙，如启蒙与反启蒙，如资本主义与共产主义，如科学与蒙昧，如东方与西方、亚洲与欧洲，等等。同时，《魔山》是小说而非学术著作，所以它必然要游戏内涵，玩弄话语，所以小说里所说的“亚洲”和“欧洲”就不是简单的地理概念，它们分别带有各种各样的内涵。《魔山》中的“亚洲”代表着停滞、无为、放纵、艺术、浪漫、死亡；“欧洲”则代表进步、行动、节制、启蒙、生活。所以读者必须要有话语意识和话语概念。毫不夸张地讲，读一本《魔山》，相当于读几十本书，读一本《魔山》，读者常常会顺藤摸瓜地再读它几十本书。《魔山》举行的话语狂欢，不仅有活跃思维、开阔眼界之效，而且总能制造“外行看热闹，内行看门道”这种皆大欢喜的局面。所谓“看热闹”，就是关注和吸收小说中的各种知识和话语；所谓“看门道”，就是关注和研究，作者展示和玩弄这些种种知识和话语的动机和目的是什么，并从中吸取智慧。

最后我要说的是，我们的学生将来走上工作岗位之后，多半会扮演中德文化使者的角色。要胜任这一角色，就应当对德意志文化的基本特征、对困扰德意志民族的根本问题有所涉猎、有所了解。德语文学的大作家都或多或少对这些社会、历史及文化的问题进行过深入的思考，他们的宝贵思考结果就留在了文本当中。所以说，在文学的海洋打捞知识，可谓轻松又愉快，经济又便捷，文学就是一条通向知识王国的终南捷径。正因如此，我才呼吁“让文学进入德语课堂”，“让文学留在德语课堂”，“让文学返回德语课堂”。

谢谢大家！

《批评家之死》风波

2002年5月上旬，苏尔坎普出版社社长君特·贝格当着马丁·瓦尔泽的面，把瓦尔泽的长篇新作《批评家之死》的打印稿交给了《法兰克福汇报》文学部主任胡伯特·施皮格尔，希望按照老规矩办事。这家无论发行量还是影响力都首屈一指的德国报纸，与瓦尔泽有着长期而密切的合作关系，此前他有六部长篇小说在正式出版之前由该报连载。5月28日，报社通知出版社，他们不会刊载《批评家之死》。次日，《法兰克福汇报》文艺部主任弗兰克·席尔马赫发表了致马丁·瓦尔泽的公开信，对《批评家之死》进行重炮轰击。他列举瓦尔泽两条罪状：其一，用文学方式对批评家马塞尔·赖希-拉尼茨基实施报复或者说谋杀；其二，具有反犹倾向，因为他不仅“追杀”了一位纳粹大屠杀的幸存者，而且上演了一系列“反犹主义的保留节目”。

此言一出，舆论哗然。德国社会随即爆发了一场以瓦尔泽和他尚未出版的《批评家之死》为主题的舆论大战。参战者有名人也有普通人，有读过《批评家之死》（电子版）的，也有没见过文本就已忿忿然的，形形色色、大大小小的几十家传媒为这场舆论战推波助澜。打响第一枪的《法兰克福汇报》自然要冲锋陷阵，对瓦尔泽进行系列批判。其中既有义愤填膺的读者来信，也有冷静老道的分析文章。一位没有读过《批评家之死》的读者写道，

“瓦尔泽用如此险恶和残酷的方式表达对我们最优秀、最有趣的一位文学批评家的仇恨，真是难以置信。如果有朝一日德国的犹太人认为非离开德国不可，所有正派的公民都会跟他们一道走”。善于对文学作“外部”研究的批评家马利乌斯·梅勒告诉大家：在《门诊时间》中出现了犹太批评家（埃尔-柯尼希和玛撒·弗莱德）糟蹋德国作家（汉斯·拉赫），并褒扬犹太作家（菲利普·罗斯）的局面——他知道玛撒·弗莱德的原型是美国女作家苏珊·桑塔格，菲利普·罗斯是犹太作家。与《法兰克福汇报》势均力敌的《南德意志报》毫不犹豫地唱起了反调。评论家托马斯·施泰因菲尔特认为，对一部尚未问世的作品横加挞伐，可谓闻所未闻。在与瓦尔泽和赖希-拉尼茨基都有密切私交的文学评论家约阿希姆·凯泽看来，《批评家之死》“没有反犹倾向，写得很漂亮，但是很恶毒，很放肆”。奥地利犹太女作家伊尔瑟·艾辛格悲叹，瓦尔泽已成为“一种不受法律保护的人”。与此同时，诸多地方报纸和另外几家赫赫有名的报刊——如《新苏黎世报》和《法兰克福评论》，如《时代周报》和《焦点周刊》——也都做了相关的评论和报道，网上论坛也非常热闹。急剧升温的争论甚至让政界人士感到不安。德国联邦议会文化委员会主席、社民党人莫尼卡·格利法恩认为，《批评家之死》紧跟在“默勒曼事件”之后出现，自然“极具挑衅意味”，基民党秘书长劳伦茨·迈耶则呼吁文艺界人士在讨论反犹问题的时候，要“注意遣词造句，以免造成误解”。在这场舆论大战中，有针锋相对的观点，也有前后矛盾的报道。一会儿传说瓦尔泽学生时代的女友、具有犹太血统并且被视为反犹问题专家的露特·克吕格认为，《批评家之死》不是反犹小说，一会儿又有报道说，克吕格认为《批评家之死》的确具有反犹倾向。《法兰克福汇报》一度报道，瓦尔泽的小说使匈牙利犹太作家凯尔泰斯·伊姆莱深受伤害，几天之后又被迫进行更正，因为凯尔泰斯说的是“瓦尔泽深受伤害”。面对这等形势，苏尔坎普出版社也举棋不定，左右为难。一方面有人反对出版该书，其中包括赖希－拉尼茨基和哈贝马斯这类重量级人物：前者说瓦尔泽“还没有写过这么次的小说”，后者声称，如果这样一本触犯了道德底线的小说得以出版，他将退出苏尔坎普出版社基金会（哈贝马斯后来的确退出了基金会，但不是因为瓦尔泽，而是其他原因）。另一方面，社会上要求出版《批评家之死》的呼声日益高涨，网上盗版日益猖獗（出版社为此发出起诉侵权的威胁）。6月5日，出版社终于拍板，决定将原定8月出版的《批评家之死》提前出版。6月26日，《批评家之死》终于在书市亮相。不到三周便高居畅销书排行榜，两个半月的销量就已接近二十万册。相关的讨论更加热烈。因资助“德国国防军暴行”展览而成为新闻人物的文学教授扬·菲利普·里姆茨玛（他也是《批评家之死》第三部第一章提及的烟草大亨的儿子），在《法兰克福汇报》历数《批评家之死》的反犹罪状，其中包括给批评家安上一根有点儿犹太特征的鼻子。《新苏黎世报》随即嘲笑里姆茨玛的阅读方式过于粗枝大叶，因为那根鼻子并没有长在埃尔－柯尼希而是长在汉斯·拉赫的脸上。不久，经常与瓦尔泽发生歧见的君特·格拉斯也出来为瓦尔泽鸣不平。格拉斯不想对《批评家之死》的艺术水准发表评论，对于“反犹说”却是嗤之以鼻。他在《奥斯纳布吕克报》写道：“那些据说有反犹倾向的地方根本就没有反犹倾向。我认为那些批评家们言而无据。”格拉斯的观点具有一定的代表性。《批评家之死》的读者十有八九难逃由席尔马赫的指控所决定的“期待视阈”，不得不把这部作品当作“影射小说”和“反犹小说”来读。说《批评家之死》是“影射小说”，不会引起太大的争议，因为埃尔－柯尼希一望而知是赖希－拉尼茨基的漫画像，不管人们对这幅漫画有何道德或者艺术评判；说到“反犹小说”，读者多半要皱起眉头，因为席尔马赫所控诉的“反犹主义的保留节目”唯有透过席尔马赫的有色眼镜才能看到：用希特勒的语言——“反击从今夜零点开始”这句话让无数犹太人失去了生命——来恐吓具有犹太血统的批评家，用心何其歹毒；嘲笑批评家发音不标准，实际是在讽刺意第绪语[1]；“遇害可不符合安德烈·埃尔－柯尼希的形象”，埃尔－柯尼希夫人这句耐人寻味的话，是在影射因为辱骂耶稣而被罚“永世流浪的犹太人”——里姆茨玛则认为瓦尔泽在戏仿托马斯·曼针对犹太学者特奥多·莱辛被纳粹特务刺杀一事所作的恶毒评论——“这么死符合他的形象”；把批评家描写成一个好女色、好贬低和否定他人的形象，这是文学中的常见反犹笔法，等等。许多反驳席尔马赫的学者都提醒他，别忘了一个基本事实：反犹思想的本质特征便是认定犹太人身上都有洗刷不掉的“犹太本性”，《批评家之死》从未将埃尔－柯尼希的审美缺陷和道德污点归咎于“犹太本性”——据统计，埃尔－柯尼希的“突出”特征有六十九个，其中能够与他悬而未决的犹太人身份勉强挂钩，或者说能够解释为反犹滥调的仅占10%到15%——反犹滥调反倒有可能从席尔马赫的牵强附会中诞生。由于席尔马赫的观点没有得到起码的文本支持，他的动机也受到质疑。偏激者干脆斥之为恶意炒作或者说苦肉计。批评家乌尔利希·格莱纳便指责当事各方“不

1 意第绪语是历史上生活在中东欧的犹太人所使用的内部交流语言。

讲道德卫生”，指责他们通过一场“肮脏的游戏”来扩大自身在媒体的影响力。

但是种种迹象表明，《批评家之死》风波不是什么游戏，因为当事各方都当了真、都动了情、都挂了彩。瓦尔泽遭到前所未有的猛烈批判和攻讦，史学家布里吉特·哈曼甚至公开表示，有必要采用法律手段来对付瓦尔泽，瓦尔泽本人一方面也声称要用法律手段来对付恶意损害其名誉的做法，另一方面承认自己“万万没想到有人会把这本书跟大屠杀扯到一起，想到了就不会写了”。一向威风凛凛的批评霸主赖希－拉尼茨基，第一次在德国文坛尝到被侮辱与被损害的滋味，所以他给瓦尔泽定了最为严重的罪名：《批评家之死》的中心思想是“打死他，这个狗东西！他是犹太人！”（席尔马赫抨击瓦尔泽仅仅从字面上去理解歌德的名言：“打死他，这个狗东西！他是评论家！”）掀起《批评家之死》风波的《法兰克福汇报》，不仅留下“派性”、“狭隘”等恶名（与之合作近二十五年的著名学者迪特·博希迈耶只因在别处发表了一篇观点相左的文章，便遭到无情封杀），而且遭遇了一阵解除订报合同的风潮。赚钱的苏尔坎普出版社也算不上赢家：德高望重的出版社老板西格弗里德·翁塞尔德（他是路德维希·皮尔格里姆的原型）在这场风波中去世，出版社随后出现众叛亲离的局面。与之分道扬镳的有社长和编辑，还有瓦尔泽这样的名作家。

有人说，《批评家之死》风波是一场“小题大做的闹剧”，也有人称之为“联邦德国文学史上的头号丑闻”。这种说法不无道理，但不能就此把事情简单地归咎于《法兰克福汇报》的狭隘或者派性（赖希－拉尼茨基在《法兰克福汇报》担任了近30年的文学部主任，他也栽培过席尔马赫）。《批评家之死》之所以引发如此一场文学—政治风波，是因为它牵涉敏感的人物和敏感的话题，而且碰上比较敏感的时间。

《批评家之死》的作者是瓦尔泽，它所讽刺的对象是赖希－拉尼茨基。这已形成强强对峙的局面。赖希－拉尼茨基何许人也？他 1920 年出生在波兰，父亲是波兰人，母亲是德国犹太人。他在德国念中学，随后作为犹太人被遣送到华沙的犹太隔离区，1943 年得以逃脱，随后加入波兰共产党。1958 年利用出国之机移居联邦德国，并在短时间内成为叱咤风云的文学批评家。如今他已是家喻户晓的“文学教皇”，是一个堪称超级巨星的批评家，一个让文学通俗化、大众化、娱乐化的奇才。公众喜欢他的文字，更欣赏他的现场或者电视形象。作家们畏惧他的批评，因为他把“颁发死亡证书”视为己任，喜欢将人一棍子打死，但是他们更怕他沉默，因为他的沉默会更加严重损害他们的新作。与他对垒的瓦尔泽也绝非等闲之辈。瓦尔泽于 1927 年出生于博登湖畔瓦瑟堡，“二战”后期服过一年兵役，1946 年至 1951 年在图宾根和雷根斯堡攻读文学、哲学、历史，获博士学位，随后在南德意志电台做过几年记者和导演。1953 年，加入对联邦德国文学发展产生过重要影响的“47 社”。他和同岁的格拉斯以及比他年长 10 岁的海因里希·伯尔同属战后德国文学的代表人物。他没有像他们两位那样获得诺贝尔文学奖，但这并非因为他缺少艺术成就和艺术才华。他著述甚丰，涉猎广泛。他有创作有理论，既写长篇（多达十几部）也写中短篇，早年还写过剧本。他还撰写了诸多反响甚大，甚至具有轰动效果的政论、随笔、演说辞。从某种意义上讲，马丁·瓦尔泽就等于忙于五彩斑斓的写作生活的汉斯·拉赫，加上醉心于高深学术研究的米夏埃尔·兰多尔夫。瓦尔泽也得到了社会的充分认可，他获得的各种奖项有十几个，其中包括联邦德国顶尖级文学奖——格奥尔格·毕希纳奖和德国政府颁发的大十字功勋奖章。此外，他还享受着德国迄今为止没有一个作者在有生之年享受过的待遇：雕塑家彼特·林克为瓦尔泽塑造了一尊具有怪诞风格的悬崖勒马的塑像（取材于他的中篇小说《一匹在逃的马》），塑像自1999年6月起便矗立在瓦尔泽的居住地——博登湖畔的于伯林根。然而，这周身的荣誉勋章并不妨碍瓦尔泽成为争议人物：70年代他是倾向于社会主义的左派，80年代他因为主张两德统一而被怀疑具有民族主义思想，90年代人们议论他是否有逃避历史的倾向。瓦尔泽的名气也未能阻止赖希－拉尼茨基在将近40年的批评实践中对他残酷斗争、无情打击。赖希－拉尼茨基对他的长篇小说《爱的彼岸》（1976年）的评论在文学圈内无人不晓：“这是一本无足轻重、糟糕透顶、惨不忍睹的小说。这本书不值得读，哪怕就一章、就一页……为己为他，我们希望这本书尽快被人忘掉。”当然，赖希－拉尼茨基也不否认瓦尔泽是个天才。他在评论长篇小说《时间过半》（1960年）时便感叹说：“也许还从来没有一本写得如此糟糕的作品表现出如此巨大的才华。”他甚至把瓦尔泽看作“他那一代作家中最有特色的一个”。对于瓦尔泽，“文学教皇”既是挥之不去的梦魇，也是长期研究的对象。他自述，在1976年9月的一个夜晚梦见赖希－拉尼茨基追着找他谈话，他在1977年写过一篇题为《论教皇们》的文章，1993年又把“教皇”写进了长篇小说《互不相干》。让瓦尔泽感受最深的，是批评家的话语霸权，特别是电视带来的绝对话语霸权。他用了一个德国式比喻来表达那种人为刀俎、我为鱼肉的感觉：“就我俩的关系而言，他是施暴者，我是受害者……其实任何一位受他虐待的作家都可以对他说：赖希－拉尼茨基先生，就我俩关系而言，我是犹太人。”如果没有对赖希－拉尼茨基在德国电视二台主持13年之久的《文学四重奏》进行深入细致的观察，瓦尔泽不可能把埃尔－柯尼希及其《门诊时间》写得如此活灵活现。

批评家得罪作家是一件很自然的事情，作家恨批评家同样自然（赖希－拉尼茨基更把作家对他的深仇大恨视为荣耀，他在自传《我的一生》中便不无快意地讲述了有多少德语作家想要他的命），所以让批评家死去的小说屡见不鲜，公众一般也都处之坦然。譬如，法国作家皮埃尔·西尼亚克虚构过以法兰西的批评大家——包括大名鼎鼎的贝尔纳·皮沃——为对象的连环杀人案（《费迪南·塞利纳》，1997年），美国作家约翰·厄普代克让一个作家把一个批评家推下了地铁站台（《脸在何方》，2002年），德国作家博多·基尔希霍夫也让一个酷似赖希－拉尼茨基的批评家命丧黄泉（《黄色小说》，2002年）。并未让批评家死去的《批评家之死》，之所以掀起如此道德狂澜，主要因为触及犹太人的问题。众所周知，德国是一个对犹太人犯下滔天大罪的民族，德国人也知罪认罪，所以才有联邦德国总理威利·勃兰特1970年10月在华沙犹太人大屠杀纪念碑前庄严下跪。忏悔历史，杜绝一切反犹倾向，这是联邦德国所确立的一项基本的社会道德和政治原则。反犹行动、反犹言论以及各种勾销或者淡化灭犹罪行的企图，全都受到舆论、法律乃至国家机器的约束（一些地方的犹太教堂门口常见荷枪实弹的宪兵把守）。一方面是根深蒂固、改头换面的反犹思想，另一方面是深刻的忏悔意识和高度的政治觉悟，这一形势决定了，德国社会有关反犹问题和历史问题的讨论具有长期性和复杂性。譬如，许多德国人对“Der Jude”（犹太人）这个词存有心理障碍。他们知道“Der Jude”过去是贬义词，他们也知道这个词现在不应该带有贬义，但是他们却因为担心对犹太人不敬而常常避免使用这个词（不说“某某某是犹太人”，只说“某某某出生在犹太家庭”）。赖希－拉尼茨基就和《法兰克福汇报》的某个负责人讨论过能不能说“Der Jude Kafka”（犹太人卡夫卡）。由于那段史无前例的灭犹历史，德国人也闹不清楚，作为一个民族他们何时才能抬起悔罪的头。萨克森州司法部部长、一度被提名为联邦总统候选人的斯特凡·海特曼便因为说了一句“我们必须成为普通民族中的普通一员”，而让人怀疑他想扔掉德国人的历史包袱。出于同样的原因，德国人也在能否以及如何批评以色列这个问题上感到困惑。德国自由民主党副主席、曾经担任过科学教育部和经济部部长的尤尔根·默勒曼，就因为在和德国犹太人协会副主席弗利德曼的辩论中说了下面两句话引起舆论哗然：“可惜在德国有反犹分子，我们必须与他们进行斗争，但是我担心，恐怕没有谁比沙龙先生和德国的一位弗利德曼先生——此人尖刻傲慢而且不宽容——招来了更多的反犹分子。这样可不行，我们德国人必须能够做到可以批评沙龙的政策而不必被扣上反犹的帽子。”人们纷纷谴责默勒曼带有“犹太人必有可恶之处”的弦外之音。值得注意的是，德国人已经把足球术语嫁接到频繁而严肃的反犹问题讨论中，他们越来越喜欢谈论A牌：A等于Antisemitismus（反犹），A牌等于给反犹分子准备的黄牌或者红牌。

默勒曼事件出现在2002年5月中旬，距离席尔马赫发难只有两周时间，所以瓦尔泽很快就被比作“文学界的默勒曼”。对此，有人替他喊冤，有人说他活该。说他冤枉，是因为他写过两篇带有振聋发聩标题的文章：《我们的奥斯维辛》（1965年）和

《说不尽的奥斯维辛》（1979年），是因为他对犹太人，特别是德国犹太人的文化成就有着浓厚的兴趣；早在半个多世纪以前他就研究起一个还不太惹人瞩目的犹太作家：卡夫卡，他也是德语国家撰写卡夫卡博士论文的第一人；他发现（1989年）并且促成了（1995年）犹太学者维克多·克莱姆佩勒日记的出版，这些日记在读书界引起巨大反响；《批评家之死》又证明他对犹太神秘主义颇有研究。认为应该对瓦尔泽亮A牌的人，多半对他1998年10月11日在法兰克福保罗教堂发表的演讲耿耿于怀。当时，因为“让德国人理解了自己的国家，让世界理解了德国”而获德国书业和平奖的瓦尔泽，在答谢致辞中再次谈到如何对待奥斯维辛的问题。他对“奥斯维辛年年讲、月月讲、天天讲”表示了不满。他不仅承认自己至少有20次遇到恐怖的集中营画面时“扭头不看”（wegschauen）——此举违背了“正视”（hinschauen）历史的道德律令，他还质问“无休止地呈现我们的耻辱”是否已经公式化和工具化，是否变成了一根“道德大棒”。瓦尔泽还明确反对在柏林市中心修建犹太大屠杀纪念碑的计划，因为这无异于“在首都的心脏用混凝土构筑一个足球场大小的噩梦”，无异于“把耻辱化为巨型艺术”。瓦尔泽的讲话结束后，包括联邦总统在内的现场听众起立鼓掌，唯有德国犹太人协会主席伊格纳茨·布比斯夫妇纹丝不动地坐在那里。两天后，德国媒体纷纷报道布比斯说瓦尔泽搞“精神纵火”，同时，就瓦尔泽是否想给德国人的悔罪历史画上句号这一问题展开了如火如荼的讨论（相关争论已汇编成集）[1]。12月12日，瓦尔泽和布比斯在《法兰克福汇报》编辑部进行对话，

1 弗兰克·席尔马赫编：《瓦尔泽—布比斯大论战文献资料汇编》。

两人都认为还需要用更为恰当的词汇来谈论大屠杀历史，布比斯也收回了“精神纵火”的说法。12 月 31 日，德国联邦议会决定实施修建大屠杀纪念碑的计划。犹太裔美国建筑大师、大屠杀纪念碑的设计者彼特·艾森曼一针见血地指出，是瓦尔泽促使联邦议会作出了这一决定。当时的瓦尔泽对他的祖国和同胞感到非常失望，所以他有过移居奥地利的念头。

《批评家之死》的读者如果经历了《批评家之死》风波，多半会获得一个重大发现：第二部第二章开头所描写的反犹问题大讨论与 2002 年夏天德国舆论界围绕《批评家之死》展开的讨论有着惊人的相似，现实的风波成为虚构的风波的延续。瑞士作家阿道夫·穆什格感叹说，“现实在模仿瓦尔泽的模仿作品”，博希迈耶则联想到王尔德的名言：文学乃生活之母。（Literature always anticipates life.）可是，人们在佩服瓦尔泽的先见之明的同时不禁要问：瓦尔泽既然深知同胞们谈“犹”色变，他为什么偏偏要在这部旨在表达自己“对电视时代文化界的权力运作的体验”的作品里，附带一笔敏感的犹太人问题？这一笔给他惹出不少的麻烦，席尔马赫便指责他用“闲来之笔给全书点题”，他本人也感叹早知如此、何必当初。瓦尔泽是有意还是无意？是考虑不周，还是打算摸摸“政治准则”（political correctness）的老虎屁股？问题的答案恐怕需要读者自己去寻找。

一个“精神纵火犯”的诞生 *

——马丁·瓦尔泽的“九八演讲”与德国正常化问题

“奥斯维辛一天也没有过去。”[1]这是瓦尔泽在“说不尽的奥斯维辛”一文中写的第一句话，时间是20世纪70年代末。20年后，面对其保罗教堂演讲所引发的激烈论战，他还可以重复这句话。1998年10月11日，德国书业和平奖的颁奖仪式在法兰克福保罗教堂举行。获奖者瓦尔泽以“起草一篇星期日演说时的感受”为题发表演讲（以下简称“九八演讲”）。

然而，这绝非一篇温和而枯燥的星期日演说。他的演讲给人们的思想和情绪带来严重刺激。无论对于德国社会还是对于瓦尔泽个人，九八演讲都是一个重要事件。它在德国媒体引起一场激烈的论战，史称瓦尔泽—布比斯大论战（以下简称“瓦布论战”）。事后，时任《法兰克福汇报》文艺部主任的弗兰克·席尔马赫（Frank Schirrmacher）将报刊文章和读者来信进行了一番筛选，编纂了厚达700多页的《瓦尔泽—布比斯大论战文献资料汇编》。卷入瓦布论战的有大人物有小人物，有德国人也有外国人。论战使他们绞尽了脑汁，也大动了肝火。对瓦尔泽

---

* 本文为韩国日耳曼协会主办的第18届雪岳山研讨会上的论文。德文版发表于2011年12月出版的韩国日耳曼协会会刊《德国文学》第120辑第52卷，第4期。德文标题为：*Was macht den Brandstifter? Über die Genese von Martin Walsers Paulskirchenrede und die Offenbarung ihrer Folgen*。

1 Martin Walser: *Deutsche Sorgen*, Frankfurt am Main, Suhrkamp Verlag, 1997, S.228.

本人而言，九八演讲一方面使他有了“精神纵火”的罪名[1]，在国内外都招来抗议和抵制，英美等国还悄然对其作品进行封杀；另一方面，他在德国国内的名气和人气却直线上升：根据著名政治刊物《西塞罗》(*Cicero*) 在 2007 年的统计，在近 500 个最具影响力的德国知识分子中间瓦尔泽排名第二；排他前面的是一位不再属于德国的德国人——教皇本笃十六世。

对于瓦尔泽的九八演讲，人们已经作了详尽的分析和评论。除了不计其数的报刊文章和读者来信，许多学术和学位论文以及大学研讨课也把它当作研究对象。亨德里克·M. 布罗德说过：“对这篇演说的分析和阐释已经穷尽每一个曲里拐弯的修辞技巧。”[2](213) 本人既没有集大成的折中主义野心，也没有作标新立异的文本分析和文本阐释的打算——海外的日耳曼学者本来就不太适宜拿纯粹的语言或者词汇分析的本事炫耀。况且，逐字逐句对瓦尔泽的演讲进行分析，将是一件费力不讨好的事情。原因很简单，瓦尔泽的基本思想一清二楚，他本人也强调没有遭受误解。笔者斗胆对这篇演讲发表评论，既是坚信旁观者清这一道理，也是因为发现两个问题还有阐释空间：第一，瓦尔泽为何把他的和平奖演说变为一篇制造不和的演说？第二，瓦尔泽的九八演讲和瓦布论战有什么启示？

1 由于这个缘故，2008 年 10 月初次来华访问的瓦尔泽在北京大学民主楼二楼会议厅手指笔者，对采访他的记者说：“1998 年演说的后果很严重，让我和他成为双胞胎。”他说这话，是因为笔者的名字译成德文后是 Weltbrandstifter，即宇宙纵火犯，他本人则是 geistiger Brandstifter，即精神纵火犯。

2 Frank Schirrmacher: *Die Walser-Bubis-Debatte, Eine Dokumentation*, Frankfurt a.Main, Suhrkamp, 1999. 括弧内为该书页码，下同。

一

作为一个屡经分析和阐释的文本，瓦尔泽的九八演讲无疑已从不同的角度得到研究。现在它几乎毫无秘密可言。这篇演说的思想源头也成为公开的秘密。人们一开始就知道，瓦尔泽在法兰克福保罗教堂发表的充满挑衅的演说，与其夙敌马塞尔·赖希－拉尼茨基主持的电视节目《文学四重奏》有直接关系。他可谓怒气未消地走上了保罗教堂的讲台。换言之，事情的导火索就是他的自传体小说《迸涌的流泉》在《文学四重奏》的遭遇。这几乎是尽人皆知的事情。但鲜为人知的，是瓦尔泽的九八演讲的复杂背景及其“三位一体”特征：这是三颗灵魂，即艺术魂、英雄魂和民族魂共同打造的演说。

何谓艺术魂？拥有艺术魂的艺术家，无论是否有亲生骨肉，都会把自己的作品当自家孩子对待。众所周知，没有妻儿的米开朗琪罗曾经用下面这句话来解释自己为何没有妻儿：“艺术就是我老婆，她从早到晚都在折磨我，我留下的作品就是我的孩子。”[1] 拥有艺术魂的艺术家，谁夸他的作品他就对谁好，谁要是批评乃至咒骂艺术家的作品，谁就得做好遭到报复的心理准备。夸张点儿讲，一心复仇的艺术家就像庇护幼崽的母兽，而母兽一旦看见或者相信或者担心其幼崽遭到攻击时，就会变得异常凶猛，异常危险。

身为作家的瓦尔泽也有一颗艺术魂。他曾坦言他的作品对他意味着什么。他笔下的歌德就曾说：“作诗的人都把自己的诗歌奉

---

1 Giorgio Vasari, *Lebensläufe der berühmtesten Maler, Bildhauer und Architekten*, Zürich, Manesse Verlag, S.566.

为神圣，别的全都无所谓。”[1] 令他痛心疾首的是，他神圣的作品却屡受糟蹋。最频繁也是最无情地否定并且糟蹋其作品的，不是别人，正是最令人畏惧的文学批评家，人称“文学教皇”的赖希－拉尼茨基。这位明星级文学批评家之所以如此令人生畏，是因为他善于毁灭性地批评。他把瓦尔特·本雅明的话奉为座右铭，把摧毁作家的能力宣布为从事文学批评的入门条件；给那些被他视为低能的作家颁发死亡证书，是他莫大的荣耀、快乐和职责[2]。没有谁像他这样，可以让施虐冲动、艺术乐趣以及文学守护者的神圣热情水乳交融。他对瓦尔泽小说《爱的彼岸》(1976年)的抨击，其冷酷无情可谓无以复加。深受打击的瓦尔泽，不仅燃起了“塔索的愤怒”[3]，他还差点儿遭遇塔索的命运——他已不得不求助于心理医生。赖希－拉尼茨基这篇批瓦檄文也成为批评的批评所津津乐道的范例[4]。

不出所料，瓦尔泽进行了还击。他用杂文和讽刺作品对心狠手辣的批评家实施报复。瓦尔泽至少打了三次举世瞩目的反击战，引起人们的不同反应。有的对其犀利的思想和高超的语言技巧感到由衷的敬佩，有的则感觉他政治不正确，甚至应该受到谴责。这三场反击战分别是：第一，九八演讲；第二，1998年9月19日他跟《南德意志报》的记者谈到赖希－拉尼茨基时，来了这

---

1 马丁·瓦尔泽：《恋爱中的男人》，黄燎宇译，北京，人民文学出版社，2010年，第145页。

2 Marcel Reich-Ranicki: *Lauter Verrisse, Mit einem einleitenden Essay*, München, Deutscher Taschenbuch Verlag 2000, 5. Auflage, S.31.

3 Hartmut Reinhardt: *Tassos Zorn,. Walser und sein Kritiker*, 引自 *Der Ernstfall, Vierzehn Versuche*, herausgegeben von Dieter Borchmeyer und Helmuth Kiesel, Hamburg, Hoffmann und Campe, 2003, 第125页及以下页。

4 参见 Stefan Neuhaus: *Literaturkritik*. Eine Einführung. Mit 8 Abbildungen. Göttingen, 2004, S.72 f, 又 *Text und Kritik*, Heft 100, Über Literaturkritik, herausgegeben von Heinz Ludwig Arnold, S.10。

么一句“其实每一个受他虐待的作家都可以对他说，赖希－拉尼茨基先生，就你我的关系而言，我才是犹太人”[1]；第三，他2002年发表的长篇小说《批评家之死》的主人公埃尔－柯尼希就以赖希－拉尼茨基为原型，而埃尔－柯尼希（Ehrl-König）意为“魔王”（Erlkönig），也就是歌德那首家喻户晓的同名叙事谣曲所塑造的婴儿杀手。

瓦尔泽1998年9月18日的访谈和保罗教堂的演讲都对来自《文学四重奏》的责备作出了回应。由此可见，有关其小说对奥斯维辛避而不谈的批评，是如何地让他刻骨铭心。乍一看，他的反应有些过度，因为来自《文学四重奏》的质疑，不是谁都会理解为对瓦尔泽其人其作的尖锐批判，屏蔽说的始作俑者也不是赖希－拉尼茨基，而是来自苏黎世的文化栏目记者安德烈亚斯·伊森施密特。此人先唱赞歌，把《迸涌的流泉》的作者称为“无可比拟的记忆艺术家”，随后却话锋一转，说这部作品“最棘手、也最能引起争议的，肯定是这样一个事实：这是一本叙述在德国法西斯统治时代的童年生活的小说，‘奥斯维辛’这个词居然一次也没有在书中出现……我们熟知的法西斯恐怖几乎被屏蔽了”[2]。《文学四重奏》中的其他三人对此说法表示赞同。这种奇谈怪论使瓦尔泽大为愤怒。不管他是否反应过度，他的怒火总是情有可原。原因是：

第一，《迸涌的流泉》是瓦尔泽写得最好的小说之一。它不仅在普通读者中引起强烈共鸣，在评论界也是好评如潮。这本书深受读者青睐，几个月之内售出17万册的销售业绩就是最好的证

---

1 Jörg Magenau: *Martin Walser. Eine Biographie*, Hamburg, Rowohlt, 2008, S.480.

2 *Der Ernstfall*: a.a.O., S.127.

明。该书的成功，首先是因为它呈现出比较真实可信的历史画面。这种真实性因其沉稳的叙述而得以加强。来自《文学四重奏》的指责之声的确与小说引起的积极反响形成强烈反差。其次，《文学四重奏》对小说的批评的确不够客观，甚至不能称之为在行。批评者们要么如瓦尔泽在保罗教堂演讲时所讽刺的那样，“从未听说过叙述的基本法则即透视原则”（12），因为《迸涌的流泉》明显采用了儿童视角；他们要么如瓦尔泽所猜测的那样，刻意迎合时代精神。再者，无论是瓦尔泽的批评者还是其捍卫者，都错看了这本小说的道德面貌。前者攻击作家对奥斯维辛只字未提，尽管离博登湖不远的达豪集中营已经在小说中投下阴影；后者以美学原则对抗政治正确性，认为作家有权在小说中不提奥斯维辛，因为小说的主人公在当时的社会历史条件下，根本不可能知道有什么奥斯维辛，作者也有权捍卫他那因为不知道有奥斯维辛所以才阳光灿烂的童年。要不是瓦尔泽写过一部同名小说，有人还希望他将其自传体小说取名为《保卫童年》[1]。值得注意的是，上述二者谈论瓦尔泽，似乎都把他视为一个只认诗学法则的文学鹰派，似乎都认为《迸涌的流泉》偏离了政治正确的轨道。事实上，他们看走了眼。如果仔细阅读，我们不难发现，《迸涌的流泉》完全符合政治正确原则。如果我们了解瓦尔泽是如何思考困扰他那整整一代人的回忆难题的，我们甚至可以把这部小说视为瓦尔泽向现实妥协，或者说是他自我超越的产物。1966 年，在法兰克福旁听了奥斯维辛大审判之后，瓦尔泽撰写了“作为作者的哈姆雷特”一文。文中对于回忆难题作了如下描述：

1　Jörg Magenau: *Martin Walser*, a.a.O., S.476.

青少年时代是一生中最美好的时光。我们无法改变自己的记忆，即使我们的青少年时代发生在 1933 年至 1945 年的德国。后来我们才得知这个国家当时还发生了什么事情：当我第一次拿着普鲁斯特在《追忆似水年华》中描写的小玛德莱娜蘸巧克力吃的时候，奥斯维辛的焚尸炉冒着滚滚黑烟。随着时间的流逝，我的第一辆自行车在我的记忆中变得越来越光鲜铮亮，越来越完美；但后来才知道，当我第一次骑车欣赏五月春色的时候，有的人只能站在达豪集中营的铁丝网后面体验春暖花开，而且这也许是他们人生中的最后一个五月。即便如此，我还是无法给我那多半是五彩缤纷的童年画册增添人们后来给我提供的颜色。当我第一次欣赏《仲夏夜之梦》的时候，许多人开始体会镣铐和铁窗的滋味。现在这两个事件泾渭分明地并存于我的记忆之中。不相融的东西依然不相融，但是它们现在老是一同出现在眼前。就这样，我的青少年时代变成一幅怪诞画面。[1]

倘若瓦尔泽按照“作为作者的哈姆雷特”的精神来创作其自传体小说，他一定会写一部怪诞小说。但《迸涌的流泉》并非怪诞小说。瓦尔泽显然没有坚持他在 60 年代中期构想的记忆策略。很明显，瓦尔泽后来认识到，倘若并行不悖地描写第三帝国的幸福生活和白色恐怖，可能会招惹政治麻烦，哪怕作品描写的幸福

---

1 Hans Mayer (Hrsg.): *Deutsche Literaturkritik. Band 4: Vom Dritten Reich bis zur Gegenwart*, Frankfurt am Main, Suhrkamp, 1983, S.721 f.

只是一个小孩子所体会的天真烂漫的幸福日子。在奥斯维辛的阴影之下，讲述阳光灿烂的日子似乎欠妥。瓦尔泽这段思想变化，至迟见于他 1998 年 10 月在慕尼黑室内乐剧院的演讲：

> 有关独裁政权如何杀戮无辜的书本知识是一回事，自己的记忆又是一回事。但只有当我把自己的记忆藏在心里的时候，这种区分才有意义。一旦让他人来分享我的记忆，我就发现自己无法传递这种天真烂漫的记忆。我既无勇气也无能力来描述 1940 年到 1943 年间我从运煤的车皮中卸煤的劳动场景，因为人们会情不自禁地想起这些车皮也曾经把人运往集中营。要想讲述这类故事，我必须把自己变成一个充满反法西斯精神的孩子。就是说，我必须按照今天人们谈论那段过去的方式来谈论我的过去。最后我就会变成一个站在今天的立场讲述过去的人。[1]

这几句话带有沮丧意味，像是创作自传体小说的巨大困难让瓦尔泽打起了退堂鼓。瓦尔泽给人一种印象，仿佛他只好放弃了原来的打算，不再书写对儿时的回忆。但在十年之后，他还是创作了一部立足于儿时回忆的小说。现在可以看出，小说家瓦尔泽最终选择中间道路：他既没有固守让明暗色调尖锐并存的原则，也没有把自己的青少年时代彻底妖魔化。他适量运用了有关滥杀无辜的极权统治的书本知识；他被迫给自己那绚丽的青少年生活

---

1 Martin Walser: *Deutsche Sorgen*, a.a.O., S.407.

画册增添了人们后来才提供给他的昏暗色调，最终导致其青少年时代的化身，即小说的主人公约翰没法声称青少年是自己一生中最美好的时光。因为，他耳闻目睹了太多令人不悦乃至悲伤的事情；使他感到压抑的，不仅是聪明、能干而又务实的母亲时不时地对他竖起食指发出“嘘……”声，还有虽然沉溺于诗意的幻想、在政治上却保持清醒的父亲的唉声叹气。博登湖边的诗情画意，不仅让各种家务烦恼，而且让褐衫队员的暴力、喧嚣和张牙舞爪所破坏。这些大模大样、气焰嚣张的家伙影响并控制了湖边的村镇世界：沃尔夫冈·兰茨曼因为母亲是犹太人而被赶出“希特勒青年团”；马戏团小丑奥古斯特白天讲了几个有关希特勒和他的选民的政治笑话，晚上就让人揍得鼻青脸肿；纳粹党员马克斯·米恩因为抗议上司放肆的无神论言论而招致同党对其拳脚相加。生活在博登湖边，即便是一个小男孩，也能隐隐约约地感觉到什么人不受欢迎也不受保护；人们在博登湖边也能遇到特别显眼的“达豪人”。这部叙述青少年生活的小说，不仅提及或描写了第三帝国的几大迫害对象：吉卜赛人，同性恋者，犹太人和共产党人（只有智障人没提到）。更重要的是，纳粹党人和纳粹意识形态，在小说中成为讽刺和揭露的对象。校长、阿道夫·布鲁格斯和他的父亲都是漫画形象。最后需要指出的是，主人公小约翰并非像小瓦尔泽一样两耳不闻窗外事。2004年，获得席勒奖的瓦尔泽在答谢词中，讲述了自己小时候专心致志读席勒作品的情形，说自己因为沉湎于席勒的作品之中而“毫不理会”楼下传来的有关战争已经打响的消息[1]。总之，《迸涌的流泉》无论在政治还是道德方面

---

1 Martin Walser: *Mein Schiller. Lesung und Gespräch mit Dieter Borchmeyer*. München, LangenMüller Hörbuch, 2006.

都无可挑剔。在这本小说中，瓦尔泽并未奋不顾身地去捍卫自己的童年，尽管有些批评家根据他的一些只言片语认定他会这么做。如果说在这种情况下依然有人指责他“屏蔽法西斯恐怖”，我们就可以指责批评者纯属为批评而批评，或者如瓦尔泽所说，他们带有“恶意中伤的目的”[1]。

因此，如果《文学四重奏》的指责让瓦尔泽义愤填膺，那也是再正常不过的事情。瓦尔泽的怒火自然也造成连串后果。愤怒出诗人。怒火不仅刺激人的神经，而且给人以灵感。怒发冲冠的瓦尔泽如醍醐灌顶：他个人在文学上的遭遇，与他的民族即德意志民族在国际政治中的遭遇如出一辙；拿奥斯维辛来说事的人只是为了贬低他、伤害他，同样的，其他国家把奥斯维辛指给德国人看，其主要目的也是让他们闭嘴，让他们抬不起头；就是说，奥斯维辛被工具化了，奥斯维辛可以为当下利益服务……这，就是个人的命运与民族的命运交汇点，瓦尔泽保罗教堂演讲的中心思想便油然而生。随后，为了个人也是为了民族的利益，瓦尔泽在保罗教堂把这一思想告诉了世人。他说：“奥斯维辛不宜动不动就拿来吓唬人，不宜做随时可动用的恐吓手段或者道德大棒，哪怕是例行公事。”（13）

瓦尔泽批判奥斯维辛工具化，承认自己遇到媒体没完没了地展示“德国的耻辱”时会扭头不看，同时还抗议“在首都的心脏用混凝土构筑一个足球场大小的噩梦”（13），由此，他在保罗教堂的演讲便成为激辩的对象，同时给他招来许多令他烦恼不已的反对者和抗议者。另一方面，他不无欢欣也不无惊讶地发现，他

1 *Der Ernstfall*, S.127.

说出了许多人甚至是整个民族的心里话。他的演讲代表了民族的心声。这不仅反映在他的演讲现场——包括时任德国总统罗曼·赫尔佐格在内的超过一千两百位听众用长达五分钟的起立鼓掌来表达对他的感激和敬意，唯有伊格纳茨·布比斯夫妇原地不动。同样让他感到欣慰的还有千余封信，写信人多半是心潮澎湃的陌生观众或者读者。这些信件使瓦尔泽坚信，他的讲话“公开表达了众人的思想和感受”（259—260）。由于九八演讲之后瓦尔泽的人气越来越旺，人们不禁要问，瓦尔泽究竟是“尽管”发表了九八演讲却依然人气越来越旺，还是“因为”发表了九八演讲所以人气越来越旺？

很明显，瓦尔泽了解他的同胞们的心思和渴望。他知道他们在想什么。在此，我们可以赞同一个批评者的说法，即德国人的“本我”通过瓦尔泽发出了声音，因为瓦尔泽就蹲守在联邦德国的思想泉眼旁边（318）；我们也理解为何有外国观察家说瓦尔泽帮助“在德国民众心中普遍存在的”渴望进入了公共话语（591）。就是说，瓦尔泽与他的民族心连心，他就是民族魂。当然，知道什么事情是一回事，把知道的事情大声说出来又是另外一回事。民族魂不等于民族的喉舌。无论是瓦尔泽的支持者还是反对者都注意到，对于保罗教堂演讲的诞生，勇气所起的建构作用不亚于真知灼见。所以，有人否认瓦尔泽的演讲有何新意，有人则对演讲者的勇气大加赞赏。譬如，政论家君特·高斯断言“瓦尔泽在法兰克福大声说出的那些东西，本质上了无新意……其特别之处仅仅在于演讲人和演讲地点的特殊地位”（419）；一位卡尔·朗格先生则写信告诉瓦尔泽，其保罗教堂演说表现出来的“直截了当、坦率和勇气令人汗毛倒竖”（29）。谁要是在公共场合说出千百万人敢想不敢说的事情，我们自然可以称他为英雄——虽然这是一个有些过时的词汇。总之，九八演讲表明，瓦尔泽不仅有艺术魂和民族魂，他还有一颗英雄魂。

二

瓦尔泽无疑是英雄，是挑衅者。瓦尔泽已经多次作为挑衅者出现。他不怕得罪人，也不怕与时代精神唱反调。譬如 60 年代中，当他的多数同胞都还认为“灭犹只是刽子手所为”[1] 的时候，他就喊出了“我们的奥斯维辛”这一振聋发聩、影响深远的响亮口号[2]；1975 年，在托马斯·曼诞辰一百周年，世界各地都在欢庆文学圣诞之际，瓦尔泽抛出了一篇似匕首、似投枪的文字：《作为高档食品的反讽，或者说作为高贵者的食品的反讽》[3]，他以才华横溢、酣畅淋漓的文字狠批文学圣人托马斯·曼；70 年代末，当 90% 的西德知识分子都认为两德统一既不可能也不值得期待的时候，他就公开宣称：“现在莱比锡可能不是我们的，莱比锡却是我的……我拒绝参加给历史画句号的行动”[4]；德国出现“政治正确专政”之后，他不时地心血来潮，故意去——用一个在中国流行、在韩国也许同样流行的说法——摸老虎屁股。九八演讲无疑是瓦尔泽后果最严重的、也许还是最迫不得已的一次挑衅行为。但从某种意义上讲，它是德意志民族内心的一次火山喷发，或者说是德意志火山喷发的诱因。本次火山爆发所喷涌的岩浆，正是德国

1 Martin Walser: *Deutsche Sorgen*, S.199.

2 同上，第 187 页。

3 Heinz Ludwig Arnold (hrsg): *Thomas Mann-Sonderband Text und Kritik*, München, 1982, S.5 ff.

4 Martin Walser: *Kinderspielplatz. Zwei öffentliche Reden über Kritik, Zustimmung, Zeitgeist*, Berlin University Press. Erste Auflage im Oktober，2008, S.51.

人对“正常化”的诉求。当然，瓦尔泽很清楚这个问题如何棘手，所以，他在演讲中只是用修辞反问的形式，将这个问题一笔带过：“如果我们说德国人是一个正常的民族，德国是一个平常的社会，人们将产生何种猜疑？”（13）

瓦尔泽的九八演讲的确触动了其时代的中枢神经。德国的正常化问题是瓦布论战的一个核心话题。对于外国观察者而言，这一争论最扣人心弦，也最有启发意义。

在局外人看来，这场争论或多或少令人不解。德国属于世界上最富有的国家，又是欧洲的头号经济强国；德国的纳粹历史已过去近半个世纪，两德统一也有十年的历史。从一个远东国家的视角看，德国在20世纪90年代中期就已完成从历史的客体到历史的主体的转变，因为从那以后德国越来越以捍卫人道主义和启蒙价值、以批评被它视为启蒙欠缺的国家为己任。有时人们仿佛觉得德国不仅想成为欧盟的经济火车头，而且想成为欧盟的政治和道德代言人。种种迹象表明，德国在世界政治中不断崛起。外国人——至少我们中国人—— 一般不会突发奇想，去问德国是否是一个正常国家。

然而，一场瓦布论战再次把德国的历史创伤暴露在世人眼前。现在可以清楚地看到，这个国家的精神和情绪状态很不正常，德国正常化的路途还很遥远。这个国家的反常体现在如下几个方面：

首先，一旦讨论纳粹历史，德国社会便分化为三类人：一类是集体罪人即普通德国人，一类是受害人即犹太人，一类是出身好的即本人或者父辈参加过抵抗运动的德国人。这三种人享受着大小不一的言论自由。言论是否恰当、不恰当的言论是否给说话人带来严重后果，都是主要看说话人的身份。如果是犹太人、外国人或者“根红苗正”的德国人，说起话来就自由得多，也随便得多；但如果只是普通的德国人，说话就得十分小心。有些话前者可以无顾忌、无风险地脱口而出，但如果从后者嘴里说出来，后果就很严重。前者甚至可以对犹太人发表不敬言论。广受爱戴的汉堡市市长多南依就在瓦布论战中问布比斯：倘若1933年以后“仅仅”是智障人、同性恋者或吉卜赛人被送进灭绝营的话，犹太人是否真的会比大多数德国人表现得更为勇敢？（148）虽然这个虚拟问句引起极大的争议，但多南依本人并未因此被斥为反犹主义者，他的形象也未遭受严重损害。个中原因，在于他是烈士的后代：他的父亲和舅舅都因参加抵抗运动而惨遭杀害。匈牙利犹太人格奥尔格·康拉德，不仅承认“过频地提起奥斯维辛”令他难堪（531），他还断言：“做犹太人并不意味着享有道德特权。集中营并未把凡人改造成圣人。”（527）但这些言论并未招致舆论的不满或指责。作为曾经被关押在布痕瓦尔德集中营的犹太人，大名鼎鼎的凯尔泰斯·伊姆雷一方面敢对大屠杀的媒体呈现方式作出令非犹太裔德国人望尘莫及的尖锐批评，因为他创造的相关词汇就令人瞠目结舌：“大屠杀产品”、“大屠杀消费者”、“大屠杀清教徒”、“大屠杀教条主义者”和“大屠杀篡位者”等（286）。另一方面，他又非常轻松潇洒地谈及自己在集中营的经历，以致在场的德国人忍不住请他态度严肃些。他对此调侃说：“现在事情已经发展到幸存者让人来教导自己如何正确地思考自己的过去的地步了。”（534）如果可以把语言等同于行动，我们就可以引用托马斯·曼笔下的菲利克斯·克鲁尔对价值判断的相对性所说的一句名言：“评判一个行为，关键不在做什么和怎么做（虽然后者更重要），而是谁做。”[1]

---

1 Thomas Mann: *Gesammelte Werke in dreizehn Bänden*, Band VII, Frankfurt am Main, S. Fischer Verlag, 1974, S.309.

第二，德国的言论禁忌之多，完全超出人们的想象。有些禁忌外国人很难理解。把纳粹时期的流行话语和辱骂性词汇划入语言禁区，是情理之中的事情，但谁能料到，就连“犹太人”或“故乡”这类词汇居然也像受过核辐射一般。德国前总统理查德·封·魏茨泽克在瓦布论战中就不好意思说“犹太人”，他说的是“有犹太信仰的德国公民”（188）。这话听着倒是高度政治正确，事实上却不仅迂腐透顶，而且词不达意。因为封·魏茨泽克所指的德国犹太人，多半已被同化，犹太信仰并非其身份标志。像赖希－拉尼茨基这样一个被同化的犹太人，不仅和犹太文化没有任何关系，而且公开承认这一点。封·魏茨泽克选择这个迂腐而且很不恰当的词汇，也许跟赖希－拉尼茨基提到的一位《法兰克福汇报》的社长如出一辙。这位社长曾因赖希－拉尼茨基写下“犹太人卡夫卡”几个字而深感不安[1]。在他看来，“犹太人”这个词带有侮辱人的意味。瓦尔泽在与布比斯的电视辩论中还指出，在很长一段时间里，许多德国人连“故乡”这个词都说不出口（456）[2]。直到今天，“故乡”依然不属于德国人钟爱的词汇。关键在于，一切涉及犹太人苦难的词汇都被划入语言禁区，所以，怜悯“囚禁在集中营里的鸡”（507）的动物保护主义者受到谴责；高喊“堕胎就是大屠杀”（243）的自由派人士受到质疑；而瓦尔泽对习惯蹂躏作家的酷评家赖希－拉尼茨基的绝妙评论——“赖希－拉尼茨基先生，在你我的关系中，我才是犹太人”——也有了反犹嫌疑。这原本是一个成功玩弄词语内涵的文字

1 Marcel Reich-Ranicki: *Die Ruhestörer. Juden in der deutschen Literatur*, München, Deutscher Taschenbuch Verlag, 2000, S.215.

2 瓦尔泽的一位出版商听说他准备给新书取名为《故乡颂》时，马上告诫说：“瓦尔泽先生，请您别开玩笑了。”见 Martin Walser: *Kinderspielplatz*, 第 58 页及以下。

游戏，谈犹色变的德国人却无法欣赏。

第三，通过瓦布论战，德国人灵活多变的深层心理得以呈现。瓦尔泽在法兰克福保罗教堂内外受到的截然不同的待遇，很好地说明了这一点。在保罗教堂里面，名流荟萃的听众入神地聆听这位书业和平奖获奖者的演讲，在他演讲结束之后还以五分钟的起立鼓掌，表示由衷的感谢。他们起立鼓掌，并非单纯的礼节，而是由衷地表达赞同、欣赏和谢意。涉及政治问题的时候，德国人并不顾忌礼节。“耶宁格事件”就是很好的证明。[1] 如果坐在保罗教堂里的衮衮诸公认为，瓦尔泽的言论不恰当甚至不可接受，他至少可以像布比斯夫妇一样，既不鼓掌也不起立。就是说，保罗教堂里面的瓦尔泽仿佛被人们当作民族英雄来对待。但是在布比斯公开指责瓦尔泽搞“精神纵火”之后，保罗教堂的起立鼓掌者几乎全部噤若寒蝉，尽管他们也是布比斯的批评对象，瓦尔泽随之成为见义勇为的试金石。尽管在保罗教堂中带头起立鼓掌的德国总统赫尔佐格，后来在纪念“帝国水晶之夜”六十周年的讲话中毫不含糊地表达了对已有“精神纵火”恶名的瓦尔泽的支持，尽管他重复了瓦尔泽的主要思想，即有关过量呈现奥斯维辛的画面会使德国人变得麻木不仁（115），但是明眼人都看得出来，他在表达对瓦尔泽的支持时可谓如履薄冰如临深渊。这种前后不一应该如何解释？照理说，人们对瓦尔泽演讲的态度不可能在短时间内发生重大变化。缺乏勇气是一个原因，但也有可能是其“本我”受到“自我”甚至是“超我”的排斥，可能是“自我”和“超我”

1 菲利普·耶宁格（Philipp Jenninger），曾任德国联邦议会议长。1988年11月10日在联邦议会发表纪念“帝国水晶之夜”的演讲。诸多议员提前离场，以表示对其讲话不满和抗议。迫于压力，耶宁格次日宣布辞职。

让"本我"噤若寒蝉。换句话说，在保罗教堂里面，人们受"本我"支配，走出教堂之后，布比斯的声音又唤醒了他们沉睡的"自我"和"超我"。对此，哲学家斯洛德岱克作了一个非常机智的评论："鼓掌的人们那几分钟内在思想上超越了自己 十年。对于刚刚听到的有关德国未来可能走向正常化的演讲表示了赞同。"[1]

最后需要指出的是，当我们从清算历史的角度观察德国的时候，我们就会发现，意识与潜意识、实在与表象之间存在一种剪不断理还乱的关系。一方面，德国人在清算纳粹历史方面无疑做了许多不管如何赞美也不为过的事情，为此整个世界都向他们表达崇高的敬意。为此，我们不妨想想威利·勃兰特的华沙之跪，想想修建在柏林市中心的大屠杀纪念碑林，想想德国舆论界的诸多涉犹禁忌，想想联邦德国政府对犹太人和以色列人的关心、帮助和慷慨。种种迹象表明，德国人做了百般努力，要把在不久前制造过骇人听闻的反人类罪行的民族社会主义和反犹主义的幽灵永远驱逐出境。与此同时，我们又听到一些不和谐的声音。譬如，有人批评德国有一种"暗含的民族主义"（negativer Nationalismus），同时提醒人们警惕"派生性反犹主义"（sekundärer Antisemitismus）或者说"奥斯维辛之后由奥斯维辛引发的反犹主义"（Antisemitismus nach Auschwitz wegen Auschwitz）。90 年代末期，德国犹太人中央委员会主席声称有三分之一的德国人反犹[2]，与这种言论相映成趣的是，柏林的犹太会堂依然需要全副武装的宪兵把守。

---

1 Martin Walser: *Kinderspielplatz*, a.a.O., S.70.

2 时至今日，仍然有 20% 的德国人具有潜在的反犹主义。参见 *Antisemitismus in Deutschland – Erscheinungsformen, Bedingungen, Präventionsansätze*, Drucksache, 17/7700。PDF 版本可参见 http://dipbt.bundestag.de/dip21/btd/17/077/1707700.pdf，2012 年 2 月 4 日读取。

众所周知，德国之所以无法实现正常化，就是因为奥斯维辛还是一个未解的谜团。“思考德国，就是思考奥斯维辛。”（249）这句在瓦布论战中产生的口号本可以成为第二次“史学家之争”的启奏或者导火索。思考奥斯维辛是极其重要而且必要的，然而，思考奥斯维辛也是一件极其困难的事情，或许一开始就注定要失败。“二战”以后，人们一直在思考和讨论奥斯维辛。但时至今日，即使在最基本的问题上人们也未能达成共识。人们不仅争论奥斯维辛是否是独一无二、是否与任何其他反人类的罪行都无法比较；人们还争论奥斯维辛的根源究竟是恶的极端性（Radikalität des Bösen），还是恶的平庸性（Banalität des Bösen），抑或是恶的微妙性（Subtilität des Bösen）。此外，希特勒德国的起源也有待澄清。一些人认为这是“国家机器运转失灵”[1]，另一些人则视之为偏离正确的西方人道主义的发展道路的必然结果。最后需要追问的是，制造这场名叫奥斯维辛的空前浩劫的，怎么恰恰是一个哺育了诸多精神巨匠、创造了无疑是登峰造极的人类文化成就的民族？人们还可以问：这个盛产诗人和哲人的民族，怎么会变成行刑者的民族？以下史实迫使人们提出这类问题：首先，希特勒并非通过政变而是通过全国大选登上了总理的宝座，并且至少有三分之一的选民投过希特勒的选票[2]，所以不能说希特勒政权没有广泛而坚实的群众基础；第二，1933 年首先投向纳粹的怀抱的是一批知识精英，其中包括大名鼎鼎的哲学家海德格尔和文学家戈特

1 Peter Reichel: *Der schöne Schein des Dritten Reiches. Faszination und Gewalt des Faschismus*, Frankfurt am Main, 1996, S.15.

2 Bracher / Funke / Jacobsen (Hrsg.): *Nationalsozialistische Diktatur 1933-1945, Eine Bilanz*, Schriftenreihe der Bundeszentrale für politische Bildung Band 192, S.709.

弗里德·本恩，所以不能说纳粹政权对于高级知识分子毫无吸引力（404）；第三，党卫军成员的文化程度远远超出当时德国的平均水平——每三个党卫军中间就有一个大学生，而大学生只占当时德国总人口的3%[1]；此外，党卫军成员的音乐嗜好可谓远近闻名，被送往灭绝营的犹太人都知道带着自己的乐器登上闷罐车，因为乐器也许可以延缓他们的生命[2]，所以不能说集中营的军官是无知无识的大老粗；最后还必须指出，希特勒德国对包括魏玛古典主义和德国浪漫派在内的德意志文化遗产非常重视，让世界各国景之仰之的德国古典文化，一直是活跃的第三帝国文化生活的组成部分。

对于德国人而言，具有思想诚实的美德，才能直面上述问题，才能直视德国历史的阴暗面。在这类诚实的知识分子中间，有两位彼此间存在多重对立和反差的作家尤其值得注意。这就是托马斯·曼和永远都要批判托马斯·曼的马丁·瓦尔泽。为了寻找德国法西斯主义的根源，他们对德国传统进行了批判性的研究，他们得出的结论却各不相同。托马斯·曼将德国历史发展的不幸上溯至宗教改革和马丁·路德其人，他由此发现德国历史具有善恶交织、善恶转换的诡异特点。他总结说："不存在一善一恶两个德国，德国只有一个，由于魔鬼作祟，德国的善变成了恶。恶的德国，正是误入歧途的善的德国，正是坠入不幸、罪责和毁灭的善的德国。"[3]换言之，德国的善恶都很微妙，全看魔鬼如何操控。瓦尔泽发现的法西斯谱系没有这么神秘和复杂。他的结论是："法西

1 Peter Reichel: *Der schöne Schein des Dritten Reiches*, S.225.

2 Marcel Reich-Ranicki: *Mein Leben*, München, 2003. S.259. 赖希-拉尼茨基在书中写道："德国人当然喜欢音乐。倘若有人为他们演奏，他们或许就不会把他送进毒气室去。"

3 Thomas Mann：*Gesammelte Werke in dreizehn Bänden*, Band XI., S.1146.

斯主义并非从天而降。某种德意志传统和20年代的历史条件成为法西斯的摇篮。"[1] 这里所说的德意志传统就是服从的传统。[2] 瓦尔泽把德国的历史悲剧归咎到恶的平庸性，托马斯·曼则归咎于恶的微妙性。这两位的想法都发人深省。但无论是托马斯·曼还是瓦尔泽还是二者相加，都无法给奥斯维辛盖棺定论。奥斯维辛依然不可理喻，依然需要阐释。

如果说解开奥斯维辛的谜团，是德国正常化的基本前提，而这一谜团在可预见的未来又无法解开，这是否就意味着德国的正常化就得无限期推迟？理论上如此，但事实上不会如此严重。因为时间无所不能，包括德国的正常化，但天知道经过几代人之后德国才能实现正常化。

1 Martin Walser：*Deutsche Sorgen*, S.445.

2 瓦尔泽在2011年9月22日给我的一封电邮中再次确认了这一点。

两面出击的斗士*

——海涅与犹太人问题

海涅生而为德国犹太人。他由此成为一个既令人钦佩、又令人同情的特殊群体中的一员。德国犹太人在18世纪晚期才开始融入德意志文化，在19世纪中叶才获得与基督徒平等的地位，获得人权和公民权。短短的几十年，他们在文化领域却作出惊人的创造，使人很难抵御诱惑要去谈论德意志文化的“犹太化”。对于德意志文化“犹太化”到何种程度的问题，包括反犹派、亲犹派、中立派在内的各色人物都进行过探讨。我们有必要引述三个权威人物的说法，因为他们对德国犹太人的文化贡献进行了很好的概括。一个是戈特弗里德·贝恩，他认为，犹太人不仅让德意志第二帝国的文化大放异彩，而且使魏玛共和国的文化生活充满活力[1]。第二个是斯蒂芬·茨威格，他相信，享誉世界的19世纪维也纳文化90%是“维也纳犹太人促进、哺育乃至亲手创造”的[2]。第三个权威是马塞尔·赖希－拉尼茨基，对于他，犹太人是现代性的同义词，他认为，弗兰茨·卡夫卡奠定了现代文学的基础；阿尔伯特·爱因斯坦奠定了现代物理学的基础；古斯塔夫·

---

* 本文译自德文，德文版原刊于张玉书，霍·托美主编：《文学之路：中德文学文化年鉴》，第五卷，北京，人民文学出版社，2004年。

1 赫尔穆特·基泽尔：《犹太人为何在现代初期取得非凡的文化成就？》，《海德堡年鉴》2001年第45期。

2 斯蒂芬·茨威格：《昨日的世界：一个欧洲人的回忆》，柏林和魏玛，1981年，第37页。

马勒和阿诺尔德·勋伯格奠定了现代音乐的基础；卡尔·马克思和西格蒙德·弗洛伊德，则分别奠定了现代社会学和现代心理学的基础。[1] 犹太人在大大小小的德意志各邦国所展现的巨大创造力，的确令人钦佩。如果联想到在德意志—犹太共同繁荣的黄金时代，即 1830 年到 1933 年的一百年间，德意志各邦国的犹太人口数量还不到总人口的 3%，这种钦佩之情还可能发展为顶礼膜拜，最终走向亲犹种族主义。现在不仅有人说 20 世纪的“世界精神”随着犹太人去了纽约 [2]——与其说犹太人依赖德国文化，不如说德国文化依赖犹太人 [3]；而且，鉴于德国犹太人取得的灿烂文化成就，鉴于犹太人在美国社会中占据的主导地位，以及犹太人在诺奖得主中所占比例之高（仅占世界人口总数的 0.3% 的犹太人口，在诺奖得主中的比例却高达 15%），有人已在关注“不同种族群体之间的智商和成就差异”，研究者得出的结论是，犹太人的文化优势是由其基因决定的。[4]

德国犹太人的文化成就是如此光彩夺目，他们的集体命运却是如此黯淡、悲惨、残酷。他们一方面受到德意志祖国的严厉惩罚，尽管他们为德意志祖国作出了巨大贡献，而且由衷地热爱德意志祖国。他们遭到驱逐，甚至葬身毒气室，他们做梦也不会想到，在离歌德之城魏玛咫尺之遥的地方，也会出现集中营。另一

1 马塞尔·赖希－拉尼茨基：《打破平静的人：德国文学中的犹太人》，慕尼黑，2000 年，第 202 页。

2 尤利乌斯·舍普斯主编：《作为德国市民文化代表的犹太人》，斯图加特和波恩，1989 年，第 38 页。

3 犹太人在德意志各邦国作出的文化贡献比在其他国家作出的文化贡献都要大，并不能证明德意志—犹太的结合方式会产生格外丰硕的成果。毕竟，绝大多数西欧犹太人都居住在德国。比如，在 18 世纪末，西欧有 40 万名犹太人，其中就有 30 万名生活在德国。

4 赫尔穆特·基泽尔：《犹太人为何会在现代初期取得非凡的文化成就？》，第 292 页。

方面，他们还因为昔日搞全盘德意志化，或者说去犹太化而被今天的以色列人所鄙视。[1]而且，在德意志第二帝国和第三帝国的日常生活中，无数的犹太人受到反犹主义者的敌视和攻击。对于德国犹太人的坎坷命运而言，海涅生前死后的遭遇都极具代表性。他对德国文化所作的贡献可谓有目共睹，有口皆碑。他在歌德与尼采或者——依据不同的视角——在歌德与托马斯·曼之间占据一个核心位置；他和路德维希·伯尔讷被视为从德意志—犹太精神联姻中诞生的次子和长子，一位隶属青年德意志派的作家就调侃说，海涅和伯尔讷犹如文化双雄歌德和席勒，世世代代都将被人相提并论[2]。需要指出的是，海涅并非那种死后才获得美誉的天才。他的《歌集》征服市民中产阶级读者的时候，他年仅二十四岁。在这方面他也可以跟《少年维特的烦恼》和《布登勃洛克一家》的作者媲美。这位极其成功的作家，出生在一个努力融入德国文化的犹太人家庭，又在善待犹太人的杜塞尔多夫长大，但是德国犹太人普遍遭遇的苦难他也未能幸免。他的犹太身份是他小时候初次挨打的原因[3]；在与奥古斯特·格拉夫·冯·普拉滕那场载入史册的论战中，他的犹太身份被后者死死咬住，并被称为“滑稽

1 例如，在阿巴·埃班（Abba Eban）所著的那本内容丰富、影响深远的《犹太史》中，批判德国犹太人几乎成了全书的主导动机。本文也从书中获得不少启发。参见阿巴·埃班：《这是我的民族：犹太史》，苏黎世，1970年，第223页、第295页以及第381页，书中还配有71幅插图。另需说明的是，埃班（1919—2002年）是首任以色列驻联合国大使，以色列前教育部部长、文化部部长、外交部部长，是一位颇具影响力的外交家、政治家。

2 克里斯蒂安·利特克：《海因里希·海涅》，汉堡郊区的莱茵贝克，1997年，第78页。

3 海涅在《回忆录》中讲道，他平生第一次挨打，是由于他向同班同学转述父亲对祖父的描述，从而引发了大家的哄闹：“我刚说完，事情便传遍全班，他们用各种怪腔怪调重复着我的话，还混杂着模仿出来的动物的叫声。孩子们在桌子上、椅子上蹦来跳去，从墙上扯下算术表，算术表掉下来把几个墨水瓶撞到了地上。他们边嚷边笑、咩咩咩、呼噜噜、汪汪汪、喔喔喔，真是群魔乱吼，不管怎么吼，后面接的一句话始终是：我的爷爷大胡子，小犹太。”参见奥托·拉赫曼主编：4卷本《海涅文集》，莱比锡，1887年，第3卷，第688页。

特征"[1]。对反犹者而言，犹太人海涅是眼中钉、肉中刺。这种情况在他死后也不见好转。有很长一段时期，研究海涅的学者经常把海涅的所谓人格和艺术缺陷归咎于他的犹太人身份。譬如，德意志第二帝国时期的一个具有德意志民族主义思想的文学研究者断言，海涅的作品源于天生具有愤世嫉俗特征的犹太式反讽[2]；德意志第三帝国的语言学家则发现，诗歌《罗蕾莱》第一句就犯了语法错误；一个纯种的德国人肯定不会把从句里的动词放在第二位[3]。

海涅非常清楚做犹太人是如何艰难。你是犹太人，所以你不是好人——这种想法在他的时代可谓司空见惯。敌视犹太人的全都这么说。遗憾的是，许多犹太人自己也这样想。海涅想改变这个敌视犹太人的世界，并为此进行斗争，他的斗争构成了德国犹太人心灵史上的独特篇章。海涅在两条战线上战斗，他既为犹太人而战，又与犹太人作战。下面我们就对这位在两条战线上作战的斗士的精神肖像进行勾勒。

智斗反犹主义

犹太人的历史是一部苦难史。它始于公元70年。在这一年，罗马占领军镇压了犹太人的起义，摧毁了耶路撒冷圣殿和圣城。在此后的一千八百年里，犹太人流离失所，生活在水深火热之中。他们受到孤立、歧视、鄙夷，其公民权利被剥夺；出自各种借口

1 沃尔夫冈·海戴克：《海因里希·海涅》，慕尼黑及维也纳，1985年，第224页。

2 马克斯·费舍尔：《海因里希·海涅：德国犹太人》，第35—37页。

3 马塞尔·赖希－拉尼茨基：《我的一生》，斯图加特，1999年，第97页。海涅为押韵而改变了句子的顺序。

的屠犹事件也屡屡发生。随着欧洲彻底基督教化，犹太人的形象也被彻底妖魔化。在基督徒眼里，犹太人丑陋而邪恶，他们天生是做高利贷债主或者街头小贩的料；犹太人还贪财好色，是必须予以提防的吸血鬼。凡此种种，不一而足。对犹太人在基督教世界饱受压迫的历史，海涅作过非常深入的研究。犹太人的不幸使他愤怒和震惊，促使他不断思考对策。他的对策切合实际，而且不乏新意。

海涅把“平反”工作视为犹太人解放的重要前提，所以他致力于消除反犹偏见。首先，他强调犹太人对思想的痴迷，以此抵消人们脑子里已有的丑陋和贪财好色的犹太人形象。1830年7月，海涅在赫尔果兰岛潜心研读《圣经》。他发现，犹太民族的伟大在于思想，犹太民族的苦难也源于思想。为此，海涅在“路德维希·伯尔讷”（1840年）一文中引用了穆罕默德、黑格尔和罗森克兰茨的话。这三位权威人物分别将犹太民族称作“充满思想的民族”、“爱读书的民族”和“头足倒立的巨人安泰”。[1]他同时指出，对犹太人的仇恨源于自然神论对思想的仇恨，因为早在基督教产生之前，犹太人就已招惹东方各国的无神论者和多神论者的仇恨，而后两者都属于自然神论者。在古代，犹太人是唯一一个为了捍卫思想与贞洁的堡垒，而不惜与其他民族为敌的民族。他对犹太人的坚忍不拔赞叹不已：“在古代，其他民族都在欢欢喜喜地膜拜自然，他们多半借助物质现象、图画和象征符号去领会思想，犹太人陷入了多么可怕的孤立！比之五彩斑斓、遍地象形文字的埃及，比之腓尼基这座信奉丰产女神阿斯塔尔特的欢乐大神庙，比之那

---

1 4卷本《海涅文集》，第3卷，第458页、第522页。

个美丽的淫妇或者说妩媚多姿、香气袭人的巴比伦，即便和希腊这个繁荣昌盛的艺术家园相比，犹太人是多么地我行我素！摩西仿佛为思想筑起一座有形的堡垒，以抵御周边的未开化民族；他在播下精神种子的田野四周，用生硬严苛的典章法则、用独善其身的民族特性，竖立起一道带刺的防护篱。”[1]犹太民族相信精神，在精神中寻求慰藉和力量：这个倒立的巨人安泰只要让头脑触碰精神即《圣经》，就能汲取新的力量。正是《圣经》这本小书，帮助犹太人历经几千年的敌视和迫害而存活下来。因此，海涅认为，犹太人虽然失去了耶路撒冷城和圣殿，失去了约柜、金制器皿与所罗门宝藏，他们仍然可以略感宽慰，因为“《圣经》的存在让这些损失显得微不足道。犹太人保住了《圣经》，这是他们坚不可摧的珍宝”[2]。

海涅把犹太人描绘成一个醉心于思想的民族。如果说他的观点已经让人觉得别出心裁，那么，在他谈论犹太人和日耳曼人的精神亲缘关系的时候，人们更觉得刺耳和别扭。人们还不习惯把一个盛产诗人与哲人，并且讲究道德的民族同一个堕落的、由高利贷债主和路边小贩组成的民族联系在一起。海涅的文章“莎士比亚笔下的少女和妇人”（1838年）和“路德维希·伯尔讷”一样，也用专章论述仇恨犹太人的问题。海涅写道：“犹太民族是一个贞洁的、节欲的民族，我想说他们是一个沉湎于抽象思维的民族。若论道德纯洁性，他们和日耳曼部族靠得最近。这两个民族原本就是如此地相似。所以，我们可以把当年的巴勒斯坦看作东方的德意志，也可以把今天的德意志视为《圣经》的故乡，视为

---

1 4卷本《海涅文集》，第3卷，第458页。“莎士比亚笔下的少女和妇人”也表达了同样的观点。
2 同上，第457页。

培育先知的沃土和保护纯粹的精神生活的堡垒。”[1]不管人们如何评判这一类比，海涅的做法都对后人具有榜样的意义。讴歌犹太人和德国人的亲和力，他是始作俑者。这类颂歌花样翻新，不绝于耳。瓦尔特·本雅明说，犹太人和德国人是各执一端的两个亲戚；卡夫卡说，这两个民族都很上进，很能干，很勤奋，都为其他民族所仇恨；赖希－拉尼茨基说，这两个民族都对自己不满意[2]。非犹太作家托马斯·曼也有兴致继续这一话题。他在长篇小说《浮士德博士》中安排一个犹太经纪人出场，此人提醒说，德国人其实跟犹太人一样地孤独，一样地不讨人喜爱。[3]

为了捍卫犹太人的荣誉，海涅毫不犹疑地操起一向用来对付犹太人的思想长矛。这就是耶稣基督。基督被钉上十字架，这是犹太人的罪过，他们必须为此受到谴责和惩罚，基督徒如是说。但是，基督徒只字不提被钉上十字架的，是一位犹太人。出于宗教原因，或者假装出于宗教原因而憎恨犹太人的，最怕有人指出耶稣的犹太血统，因为这是他们永远的伤口。海涅最喜欢戳这道伤口。他在《莎士比亚笔下的少女和妇人》的开篇，就用幸灾乐祸而又慢条斯理的口气说到这一话题：“我认识一个生活在汉堡的善良基督徒，有一件事情让他耿耿于怀。这就是，我们的主，我们的救世主生来是个犹太人。耶稣基督，这个最完美、最值得敬仰的人性典范，却跟那些不擤鼻涕的长鼻子犹太人同属一族。每当他不得不暗中承认这一事实的时候，他都非常气恼。看着这些人东奔西走、沿街叫卖，他是一脸的不屑；如果他们跟他一样做

1 4卷本《海涅文集》，第2卷，第458—459页。

2 马塞尔·赖希－拉尼茨基：《打破平静的人：德国文学中的犹太人》，第56—57页。

3 托马斯·曼：《浮士德博士》，美因河畔的法兰克福，1981年，第407—408页。

起大宗贸易，如果他们也批发香料、染色布匹并由此损害他的利益，他更觉得他们糟糕透顶。”[1] 海涅这一招非常奏效。直到20世纪，耶稣的犹太血统依然是反犹分子的眼中钉、肉中刺。绝望之中，他们恨不得用鲁莽的外科手术拔掉这根钉、这道刺。至少，纳粹德国的神学家就试图证明，耶稣没有犹太血统。[2]

海涅用来对付反犹分子的第二招，就是扩大和延展犹太人这一概念。这一策略证明他很有现实感。海涅生活在“去隔都化”的时代。在西欧国家，犹太隔都的围墙相继倒塌，远近闻名的法兰克福犹太巷也于1796年被法国革命军摧毁。尽管遭遇阻力，有时还出现倒退，犹太人在争取平等的道路上还是越走越宽广。无法开历史倒车的反犹分子，只好在人们的心中修建隔都，把犹太人身份视为去不掉的烙印，视之为犹太人的根本特征，还不断提醒犹太人注意自己是犹太人。为了将犹太人排除在社会之外，并使之边缘化，他们无所不用其极。对后隔都时代而言，反讽家路德维希·伯尔讷的日常经历非常典型：“这真像一个奇迹！这种情况在我身上发生了上千次，但是我永远感觉很新鲜。有人因为我是犹太人而指责我；有人因为我是犹太人而原谅我；还有一些人因为我是犹太人而赞扬我；但所有人都想到我是犹太人。他们像是困在犹太怪圈里出不来。”[3]

为了与这种有意、无意的排犹尝试作斗争，海涅把当时明显带有贬义甚至沦为骂人词汇的“犹太人”，变为一个文化哲学和文化心理学概念。他在“路德维希·伯尔讷”中写道：“世上只有两

1 4卷本《海涅文集》，第2卷，第391页。

2 阿巴·埃班：《犹太史》，第313页。

3 赫尔穆特·伯克：《路德维希·伯尔讷：从隔都犹太人到民族作家》，柏林，1962年，第271页。

种人，你要么是犹太人，要么是希腊人。前者有禁欲倾向并且敌视图像，热衷于把一切都精神化；后者活泼开朗，乐于表现并且讲求实际。所以，在德意志传道士家庭中有希腊人，而犹太人中间也有雅典人，也许还是忒修斯的后代。大胡子不能保证你是犹太人，发辫不能保证你是基督徒。”[1] 海涅随后把歌德称为希腊人。如果说此举可能出于纯粹的文化哲学逻辑，那么，当他把沃尔夫冈·门策尔这个“脸上带有所有蒙古人种特征”[2] 的反犹分子和种族主义者称为犹太人的时候[3]，他的论战意图可谓一清二楚。

玄思不是海涅唯一的专长。他不仅善于发表文化哲学高论，而且善于作深刻的政治和社会学分析。譬如，在《莎士比亚笔下的少女和妇人》、特别是在论述“威尼斯商人”的段落中，他从社会学的角度对反犹主义[4] 进行了精彩分析。无论犹太人还是反犹分子，自然都对这部喜剧感兴趣，因为剧中主要人物夏洛克是一个犹太高利贷者，是吸血鬼的化身，他最终受到惩罚与嘲笑。几乎所有读过或者看过这部喜剧的人都会问，莎士比亚是不是一个反犹分子。海涅认为，潜藏在莎士比亚作品中的世界精神高于其个人意愿，也就是用反犹陈词滥调来取悦大众的意愿。他随后指出，这出戏的重点，不在于表现犹太人和基督徒的对立，而在于刻画压迫者与被压迫者的对立。海涅由此找出了仇恨犹太人的最终根源。他发现，根深蒂固而且广为流传的仇犹心态，其实有着非常庸俗、非常物质的原因，也很容易与时代的需要相呼应。他的论据如下：“下层人一

1 4卷本《海涅文集》，第3卷，第440页。

2 同上，第514页。

3 同上，第463页。

4 “反犹主义”的说法到了1879年秋才出现，由威廉·马尔提出。所以海涅本人自然没有使用过“反犹主义”、“反犹主义者”或是“反犹主义的”等概念。

向仇恨犹太人中间的有钱人，后者积累的金属货币将民众愤怒的闪电引向犹太人。不同的时代精神给这种心理提供不同的口号。中世纪的反犹口号带着天主教会的阴暗色彩。我们不再生活在中世纪，下层人民也更加开化，他们不再一棒子将犹太人打死，也不再拿宗教来美化他们的仇恨；我们的时代已不再有天真的宗教狂热，古老的怨恨披上了现代套话的外衣。无论是啤酒馆里的粗人还是议会里的绅士，他们发表反犹言论的时候全都搬出商业的、工业的、科学的，甚至是哲学的论据。”[1] 此外，他还指出仇犹心态何等荒谬：基督徒出于道德自私让犹太人做金钱生意，然后又嫉妒犹太人做赚钱的生意，对犹太人大肆诅咒。他总结说：“人们强迫犹太人致富，然后又因为财富而仇恨犹太人。”[2]

“不同的时代精神”提供不同的反犹口号。海涅的发现具有划时代的意义。反犹口号不仅形象地概括了西欧犹太人迄今为止的苦难史，而且有助于我们识别反犹心理的演变轨迹。既然19世纪以前的犹太人已经三次成为其时代的替罪羊，既然他们在早期基督徒眼里是出卖基督的罪人，在中世纪民众眼里是高利贷者，在曼彻斯特资本主义（早期资本主义）的牺牲品眼里是剥削者，那么，为了让他们走完其苦难之路，还有第四个标签等着他们。这个标签就是给世界带来革命或者——措辞取决于个人的立场——动乱的共产主义。这也是欧洲犹太人最后一次做替罪羊。在海涅的时代，人们还不知道在犹太人与共产主义之间画等号。这种做法始于工人运动风起云涌的19世纪后期。1917年和1918年间俄

1 4卷本《海涅文集》，第2卷，第460页。
2 同上，第461页。

国与德国相继爆发苏维埃革命之后比较常见[1]。在二三十年代给犹太人和俄国人均造成严重后果。个中原因在于，纳粹声称为了避免布尔什维克的危险，必须与犹太人作斗争；为了摧毁犹太国际主义者的堡垒，必须进攻苏联。纳粹的宣传不无成效。

犹太人从资本主义的推动者到资本主义的反对者的转变，似乎非常迅速，而且出人意料。其实，就连卡尔·李卜克内西这样的社会民主党人，都还希望从犹太人等于资本家的传说获得渔翁之利[2]。有关犹太人等于共产主义者的传说也有其历史现实依据。它源于左派犹太知识分子对犹太人解放运动的战略构想，这一构想与海涅不谋而合。海涅深信："只有基督徒彻底获得解放，只有当这一成果得以巩固之后，犹太人才能真正获得解放。"[3]他与当时最进步的犹太知识分子的想法一致，尽管他无意将（对19世纪的政治关系而言这个概念已经过时）基督徒——等同于工人和手工业者，尽管他的贵族思想和小资品位使他无法将工厂工人——更不用说流氓无产者——视为战友[4]。像摩西·赫斯和卡尔·马克思这样的左派人士认为，无产阶级摆脱资本主义剥削的斗争，应该与犹太人摆脱宗教—种族歧视的斗争齐头并进。基于这一认识，大量的犹太知识分子投身现代工人运动。不论在柏林、维也纳还是慕尼黑，他们都毫无惧色地投入街垒巷战。如果没有犹太人，如果没有马克思、拉萨尔、

1 小说《魔山》中的人物列奥·纳夫塔便是一例。

2 李卜克内西有句名言："是反犹主义者在耕作和播种，却由社会民主党人来收获。我们完全乐于享用他们的成果"见 *Juden als Träger bürgerlicher Kultur in Deutschland*（《犹太人作为德国市民文化的载体》），第367页。

3 克里斯蒂安·利特克：《海因里希·海涅》，第58页。

4 海涅在"路德维希·伯尔讷"一文中写道："伯尔讷说，假如一个国王同他握了手，他随后便会把这只手伸到火里高温消毒，以免手脏，这大概只是个比喻吧；但是，我和民众握过手后，我一定会好好洗手，这绝对不是什么形象的说法，而是句句属实。"见4卷本《海涅文集》，第3卷，第488页。

卢森堡、伯恩斯坦、考茨基以及领导巴伐利亚苏维埃共和国的犹太裔领袖，现代工人运动史和现代共产主义运动史都难以想象。从这个意义上讲，有关犹太人等于共产主义者的说法，不乏历史依据。

作为犹太民族斗士，海涅不乏政治天赋。他同罗斯柴尔德家族的关系就很说明问题。众所周知，海涅与罗斯柴尔德家族交往笃深。他和詹姆斯·罗斯柴尔德漫步巴黎的大街时，感觉“和百万富翁亲如一家”。他还高调赞美罗斯柴尔德家族，说他们是社会革命最强有力的支持者，说罗斯柴尔德跻身奠定现代民主制度的最伟大的革命者之列，还说黎塞留、罗伯斯庇尔和罗斯柴尔德是令人闻风丧胆的名字，是他们将昔日的贵族统治蚕食鲸吞[1]。海涅的言论让众多研究者大伤脑筋。这不仅因为罗斯柴尔德家族对艺术和艺术家一向不以为然，他们中间曾经有人声称：“我拿这些懒惰的作家和艺术家做什么？如果愿意，我可以一打一打地把他们买下来。”[2]人们也不明白，属于革命阵营而非反动阵营的海涅，怎么会盛赞支持复辟力量的罗斯柴尔德家族。他跟伯尔讷一样反感罗斯柴尔德家族才对。为了回答这一棘手的问题，人们一方面引证海涅在“路德维希·伯尔讷”中为罗斯柴尔德家族所作的辩护；另一方面，人们指出一些重要的细枝末节，譬如，海涅是从一个非常独特的视角来描绘罗斯柴尔德的肖像，而且他没有拿罗斯柴尔德跟哈布斯堡家族，而是跟拿破仑和尼禄进行类比。[3]但不管人们怎

1 见4卷本《海涅文集》，第3卷，第448—449页。

2 路德维希·马尔库塞编著：《海因里希·海涅：自述与纪实图片》，汉堡郊区的莱茵贝克，1960年，第98页。

3 西格贝尔特·S.普拉沃：“海因里希·海涅的犹太人肖像画廊”，载赫尔伯特·A.施特劳斯和克里斯特哈尔特·霍夫曼主编：《文学中的犹太人和犹太特征》，慕尼黑，1985年，第91—92页。

么辩解，有一个事实确凿无疑：罗斯柴尔德家族代表赤裸裸的金钱势力，他们还支持神圣同盟。罗斯柴尔德家族一面促使贵族统治逐步灭亡，一面扶持反动的神圣同盟。这只能说明，罗斯柴尔德家族在当时的欧洲政治舞台上扮演了暧昧的角色，他们多半是机会主义者。因此，海涅对罗斯柴尔德家族满腔热忱，一定另有原因。我们应该结合犹太人解放运动的背景和海涅敏锐的政治天性来思考问题。因为只有犹太人解放运动，才能提供罗斯柴尔德家族推动历史进步的明证。德语文学圈内很少有人关注一个事实，即犹太银行家是犹太解放进程中最坚定、最有力的支持者和推动者。如果说犹太复国主义的上层建筑，由摩西·赫斯、犹大·平斯克或者西奥多·赫茨尔支撑，罗斯柴尔德家族则构成其经济基础。罗斯柴尔德家族的所作所为已经彪炳史册，因为即使在复辟时期，他们也拒绝向压迫犹太人的邦国放贷。对于急需金钱支持的犹太复国主义运动来说，罗斯柴尔德家族无比重要。正因如此，犹太复国运动的领袖西奥多·赫茨尔将其划时代的犹太国建国纲领取名为《致罗斯柴尔德家族》[1]。罗斯柴尔德家族不仅对“阿利亚”（希伯来语“犹太人回归故土”）和巴勒斯坦的“伊舒夫”（希伯来语“犹太人定居点”）慷慨解囊，他们日后还动用大量金钱搭救纳粹集中营里的犹太人。“路德维希·伯尔讷”的作者尚未提到罗斯柴尔德家族对犹太解放运动所作的贡献。但他无疑属于少数几个意识到银行家能够影响世界历史进程的文人。海涅说过，可惜他没本事从事炙手可热的银行家职业。这是一句戏言，但我们不得不承认，海涅对银行家有朝一日会称霸世界的预言在某种程度上已

1 赫茨尔的遗体1949年被运送到以色列，葬于耶路撒冷城的一座山上，即今天的赫茨尔山。他在现代犹太解放史上无可比拟的重要地位，由此可见一斑。

经成为现实。[1] 为其预言提供佐证的，除了19世纪的金融波拿巴，还有在当今世界叱咤风云的犹太裔美国银行家。在此我们可以列举两个众人熟悉的人物：一个是跨国投机家乔治·索罗斯，他不仅令小股东、而且令许多小国政府胆寒；另一个是美联储主席艾伦·格林斯潘，他堪称美利坚合众国的二号人物。

相煎何太急

路德维希·马尔库塞在其海涅研究专著中谈到“举世闻名的海涅式音序”。该音序表现为：“雄壮的长号后面紧跟着孩子般的哭闹，用管风琴演奏的康塔塔逐渐变为从街头艺人的手摇风琴出来的街头小调。”[2] 由此，马尔库塞简明扼要而又绘声绘色地总结出海涅的一大思想—艺术特色。有人觉得这个海涅式音序天才而高雅，有人则感觉低俗和别扭；人们还可以称之为悲喜剧，或者称之为在“自我创造”和“自我毁灭”之间循环往复的浪漫反讽[3]。总之，这一创作手法让海涅成为德国文学史上的头号争议人物。这一音序可谓海涅本色，所以，当他谈论犹太人的时候，它也清晰可辨。尽管海涅已经证明自己是以色列民族的歌手，是构思犹太解放的战略家，但这绝非意味着他属于一边倒的亲犹派。对于犹太人而言，海涅说的话并非全都悦耳中听。他的许多言论，让犹太人和非犹太血统的亲犹人士难堪、恼火乃至愤怒。《巴哈拉赫的拉比》和“路德维希·伯尔讷”就是很好的例子。

---

1 路德维希·马尔库塞编著：《海因里希·海涅：自述与纪实图片》，第22页。

2 同上，第42页。

3 弗里德里希·施勒格尔：《论文学》，沃尔夫迪特里希·拉什主编，慕尼黑，1985年，第11页。

《巴哈拉赫的拉比》是海涅在柏林"犹太文化科学协会"工作期间，即1822年至1823年间构思而成的。他1824年在哥廷根开始创作这篇小说，1840年在巴黎完成。对研究者来说，这篇小说至今仍然是一个谜团。人们依然面对一些未解的问题。譬如，这部小说为何成为残篇？第一部分和第二部分之间为何会出现巨大的风格差异？为何让悲剧和编年体风格与讽刺和滑稽前后相继？对于第一个问题，常见的答案是，海涅的强项不在于写虚构性作品，而在于新闻体写作。[1]至于这篇小说的风格转变，人们的解释各不相同。有人认为这是"海涅内心世界变化的间接证明"[2]，有人说是构思"错误"，有的则认为海涅有意识地塑造一个福斯特式的"圆的人物"[3]。但是还没有人提到著名的海涅式音序和海涅对犹太人的态度。《巴哈拉赫的拉比》无疑是为犹太人创作的一部作品。这部开始构思为短篇、后来构思为长篇的小说，应该成为一座文学纪念碑，以纪念犹太受难史上极其悲惨的一章，以纪念无数因为基督徒散布的犹太人搞活人献祭的恐怖童话而丧命的犹太人。《巴哈拉赫的拉比》是对既往历史的艺术再现，同时也反映了19世纪的社会现实。1840年的人马士革和1882年的奥地利都发生过灭犹事件，起因就是有关犹太人搞活人献祭的谣言。《巴哈拉赫的拉比》是"第一篇用德语撰写的有关犹太隔都的小说"，由此在德国文学史上牢牢占有一席之地。然而，阅读

1 贡特·E.格林和弗兰克·莱纳·马克斯主编：《德语作家：中世纪到当代德语作家的生平和作品》，斯图加特，1995年，第418页。

2 曼弗里德·克鲁格和鲁道夫·拉特勒主编：《德语文学主要作品：简介与阐释》，慕尼黑，1975年，第362页。

3 盖尔特·凯泽，约阿希姆·里克斯："巴哈拉赫的拉比的神秘逃离——关于重新解读人物及残篇的思考"，载张玉书主编：《海涅也属于我们》，北京，1998年，第119—142页。

这本小说的时候，我们不仅感受不到叙述者的亲犹立场，而且很难相信这篇小说出自犹太作家之手。我们看到，巴哈拉赫的拉比是一个自私、懦弱而且非常滑稽的人物；法兰克福的犹太隔都是一个阶级社会，贫穷、胆小、弱势的看门人纳森斯特恩对富有的门德尔·赖斯充满怨恨，他明确宣布不会为了赖斯这样的富人去送死；犹太教堂里面的安息日礼拜搞得不太虔诚，甚至出现了这样的场面："有些人因为贪图舒服席地而坐，同时跟旁边的人交头接耳，讨论俗务，或者又起身去院子里呼吸新鲜空气。小男孩借机跑到妇女礼拜区去找自己的母亲。妇女礼拜区的情况更糟。她们有说有笑，年轻的笑话年老的，年老的则抱怨年轻的不稳重，抱怨世风日下。"[1] 更令读者感到诧异的是，小说使用了最常见的反犹笔法，因为它拿犹太人的鼻子开涮。小说中的犹太隔都开门人名叫纳森斯特恩[2]，他的长鼻子也屡屡被提及。叙事者还安排一个身为基督徒的敲鼓人，此人告诉纳森斯特恩，他应该发挥自己的专长，用鼻子把大门勾开。海涅很爱谈论犹太人的鼻子，而且总是充满讽刺和挖苦。譬如，他在《回忆录》中对舅父西蒙·德·格尔德恩的长相做了如下描述："他的鼻子虽然笔直如希腊人，长度却超出希腊人三分之一。"[3] 他又借伯尔讷之口讥笑皈依基督教的柏林犹太女人："她们胸前佩戴的十字架比她们的鼻子更长，几乎到了肚脐眼。"[4]

海涅的这类评论和描写，自然要归咎于犹太人的自我仇恨

1 4卷本《海涅文集》，第3卷，第569页。

2 有"鼻子之星"的意思。

3 4卷本《海涅文集》，第3卷，第679页。

4 同上，第450页。

心理。海涅是一个有自我仇恨倾向的犹太人。这点不足为奇。我们不仅知道有着明显犹太特征的爷爷在小哈利的眼里是多么稀奇古怪，尽管他对爷爷印象只是来自大人的描述；我们还知道，海涅人到中年之后曾坦承自己既无勇气蓄胡子也无勇气说犹太德语[1]。而且，海涅既恨没有被同化的犹太人，也恨已被同化的犹太人。他甚至觉得后者更为丑陋。他觉得这些人虽已同化，但仍旧无法摆脱其犹太人特性。要理解海涅的情感，必须对其时代有所了解。海涅所处的时代，是犹太启蒙运动和犹太解放运动日益深入的时代[2]。为犹太文化感到自豪的犹太人越来越少，大多数的德国犹太人都有些自惭形秽。他们要么过着双重生活，就像犹大·莱布·戈登给东欧犹太人的建议："在家犹太人，在外普通人"；要么皈依基督教，走同化之路。前者是权衡利弊的结果；后者源于对德国文化的狂热崇拜。在这种背景下，18世纪末至19世纪初，德国犹太人中间出现了皈依潮。仅在1800年至1810年间，便有超过10%的德国犹太人皈依基督教。但是，许多头上洒了洗礼圣水的犹太人很快就意识到，基督教的洗礼无助于克服内心的隔都。1825年受洗的海涅有同样的感受。他很快就发现接受洗礼是一件非常滑稽而且有失尊严的事情。他对此感到懊丧。他把受洗称为"进入欧洲文化的入场券"。从这句广为流传的名言我们还无法测量他所遭受的内心痛苦。他恨自己，同时把放大的自我仇恨投射到他人身上。皈依基督教的柏林犹太女人，包括对他像慈母一样的女友拉埃尔·瓦恩哈根，都受到他的嘲笑。他不仅拿她们胸前佩戴的十

1 路德维希·马尔库塞编著：《海因里希·海涅：自述与纪实图片》，第60页。
2 柏林甚至被称为"启蒙运动的耶路撒冷"，参见阿巴·埃班：《犹太史》，第213页。

字架和她们的鼻子开涮，而且毫不留情地扩大攻击面：“她们手捧新教的赞美诗集，嘴上谈论刚刚在圣三一教堂听到的精彩布道。一个问另一个，在哪里领的圣餐，她们的一问一答都带着满嘴的大蒜气味。”[1]最后这句评论简直令人目瞪口呆。在此，海涅显然忘记了一个尽人皆知的道理：身处玻璃屋，勿以石击人。70年之后，托马斯·曼拿这一道理来教训犹太反犹分子特奥多·莱辛——“犹太人的自我仇恨”便是此公的语言创造[2]。犹太人爱吃大蒜，反犹分子有理由感到高兴，因为这给他们的言语暴力增添了一个攻击对象。海涅应该比其他人更清楚这点，他在同普拉滕的争吵中就遭受过“大蒜攻击”。犹太人对于大蒜的饮食偏好使普拉滕受到启发，他为海涅虚构了一个名叫倪默曼[3]的朋友。此人对自己的朋友海涅作了如下评论：“我是他的朋友；我可不希望做他的情人，他的亲吻带着一股大蒜味……”[4]

为了丑化受过洗礼的犹太人，除了长鼻子和大蒜嗜好，海涅又拿大胡子和依地语说事。西欧犹太人已经不留胡子，也不说依地语，东欧犹太人则相反。海涅借伯尔讷之口攻讦改宗的东欧犹太人：“看着那些肮脏的、蓄着大胡子的犹太人，我更觉得恶心。他们从波兰的阴沟里爬出来，被柏林的传教组织征召为天堂的后备军。他们用含糊不清的方言赞美基督。他们浑身

1 4卷本《海涅文集》，第3卷，第450页。

2 托马斯·曼：《关于我：自传文集》，美因河畔的法兰克福，1994年，第200页。

3 德文为Nimmermann，可译为“不存在的人”或者“无人氏”。

4 普拉滕为他的“大蒜攻击”付出了高昂的代价。他是出了名的同性恋者，所以海涅建议他把俄狄浦斯的故事改写成俄狄浦斯杀母娶父。参见波恩特·威特：“住棚节上的彼特拉克：奥古斯特·格拉夫·冯·普拉滕与海涅的论战”，载《新苏黎世报》2002年6月6日。

上下臭气熏天。真希望人们用科隆香水而不是平常的白水给这个来自波兰的、长满虱子的民族实施洗礼。”[1] 读到这些辱骂犹太人的言论，今天的读者自然会联想到纳粹。对于犹太人，纳粹张嘴就是“你这个肮脏的犹太佬”或者“你这个臭烘烘的犹太佬”，他们的一大乐趣就是剃掉东欧犹太人的大胡子。恍惚之中人们还以为纳粹读过海涅。九泉之下的海涅倘若有灵，不知将作何反应。

海涅对犹太人的辛辣评论，来自他作为德国化犹太人的自身经历。他的所见所闻让他失望、沮丧、幻灭：许多歌德时代和后歌德时代的德国犹太人都像他一样，在洗礼盆里购买了“欧洲文化的入场券”。他们带着满腔的热忱，努力融入欧洲文化；他们的心不再为耶和华和锡安山跳动，他们心中只有歌德[2]、黑格尔[3]以及德意志祖国的伟大事业。他们比爱国的德国人还要爱国，他们对德国文化的爱超过了热衷文化的德国人。但是，他们对德意志祖国的忠诚和热爱却没有得到回报，这是一出悲喜剧。在海涅眼里，路德维希·伯尔讷就是这样一出经典的悲喜剧。伯尔讷来自法兰克福的犹太隔都，他生于斯长于斯。他原名犹大·勒夫·巴鲁赫，1818 年改名并且接受洗礼。他在汉姆巴赫节上曾被爱国学生称颂为爱国主义者，在德意志民族主义

1 4 卷本《海涅文集》，第 3 卷，第 450 页。

2 威尔弗里德·巴尔纳认为德国犹太人是歌德研究的先驱者和主力军。参见威尔弗里德·巴尔纳：“1933 年以前犹太人的歌德崇拜”，载斯台凡·摩西和阿尔布莱希特·许讷主编：《德语文学中的犹太人——德以双边学术研讨会》，美因河畔的法兰克福，1986 年，第 127—151 页。

3 海涅是黑格尔信徒，他经常提到“世界精神”或者“从特殊性中发现普遍性”，见《莎士比亚笔下的少女和妇人》）。有哲学家也认为他是黑格尔信徒。参见卡尔·洛维特编：《黑格尔左派：海因里希·海涅，阿诺德·卢格，摩西·赫斯，马克斯·施蒂纳，布鲁诺·鲍尔，路德维希·费尔巴哈，卡尔·马克思，索伦·克尔凯郭尔选读》，斯图加特，1962 年。

者眼中他依然是犹太人，而犹太人“生下来就仇恨德国人”[1]。读过“路德维希·伯尔讷”的人都知道，伯尔讷是一位伟大的爱国者。譬如文中有这么一段话：“有一个话题，只要提及，就会唤醒潜伏在伯尔讷心中那些最狂野和最痛楚的思想：这就是德国和德意志民族的政治状况。伯尔讷从头到脚都是一个爱国者，祖国就是他全部的爱。”[2] 如果我们了解伯尔讷对德意志土地和德语的感情，我们就明白为什么他的爱国主义已接近民族主义，为什么伯尔讷其人就是“德国、德国高于一切”这一原则的化身。对于伯尔讷，他深爱的德意志祖国不是一个抽象的概念，而是阳光普照下的一片土地；德意志祖国的疆域是神圣不可侵犯的。他让德国的利益凌驾于一切之上，包括进步与革命事业，尽管他热切盼望德意志祖国能够迎来进步与革命。譬如，有人在一次交谈中发表高论，说是应该让代表革命利益的法兰西重新占领莱茵兰地区，这样才能更有力地对抗欧洲的反动派。听到这话，伯尔讷立刻高喊：“即便是一个便壶我也不会让给法国！”[3] 对于心中燃烧着爱国烈焰的伯尔讷而言，流亡生活犹如火上浇油。他曾感叹说：“啊！我真羡慕法国的共和派！他们在受苦受难，然而他们是在自己的祖国受苦受难。他们至死都脚踩着祖国可爱的土地。”[4]

就像谈论德意志大地，伯尔讷谈起德语的时候同样激情澎湃。虽然每一个流亡者都有重新发现母语的体验，但只有伯尔讷才能以如下方式颂扬母语，尽管如赖希－拉尼茨基所说，他的母语并

1 赫尔穆特·伯克：《路德维希·伯尔讷：从隔都犹太人到民族作家》，第 271 页。
2 同上，第 446 页。
3 同上，第 518 页。
4 同上，第 498 页。

非他母亲使用的语言[1]："流亡生活真可怕。假如我有朝一日来到天堂，生活在歌声悠扬而又气息芬芳的天使中间，我也不会觉得幸福……因为他们不说德语，也不抽优质的烟草。"[2] 因为听不到德语，伯尔讷对天堂失去了兴致，反之，只要能讲德语，即便身陷牢狱他也会觉得幸福。流亡者伯尔讷确实对由此得以美化的牢狱生活心向往之："在家乡的牢狱里面寿终正寝是多么地幸福……这些牢狱是装着铁窗的家乡，里面飘浮着德意志的空气，只要狱卒开口说话，说的都是德语！"[3]

公正起见，我们必须指出，无论海涅还是伯尔讷，我们都不可能指责他们有伤感或者狂热的毛病，尽管他们谈到德意志祖国的时候可能心潮澎湃。一是他们太俏皮，太有讽刺细胞，所以不可能直抒胸臆。这样的爱国表白，不管其著作权属于海涅还是伯尔讷，全都经过了讽刺的折射。另一方面，日益增多的排犹事件使他们不得不清醒地面对现实，他们只好以自嘲口吻抒发对德意志祖国的热爱。

无论如何，伯尔讷的爱国情感不容置疑而且无人超越。也许海涅是例外。"路德维希·伯尔讷"实际上是海涅的自画像。当他以讽刺的口吻评论其精神胞兄伯尔讷的时候，其实他也是在带着忧伤自嘲。这是公开的秘密。19 世纪早期的德意志爱国者，无论在德国还是异国他乡，日日夜夜为德国忧愁的不计其数。但是，

---

1 赖希－拉尼茨基曾谈到海涅："海涅的母语是德语。但是德语不是他的母亲的语言。她的方言是用希伯来字母写成的、在犹太聚居区中形成的犹太德语，随着聚居区的解体，这门语言也迅速消亡了。"参见马塞尔·赖希－拉尼茨基：《文学的公诉人和辩护人》，慕尼黑，1999 年，第 104 页。

2 4 卷本《海涅文集》，第 3 卷，第 497 页。

3 同上，第 526 页。

能够写出如下诗行的只有一位：

夜里我想起德意志，
我就不能安眠，
我的热泪滚滚而出，
我再也不能闭眼。[1]

这种对德意志祖国的爱可谓前无古人、后无来者。我们也不应忘记，《夜思》的作者是客居巴黎的流亡者。这只名叫海因里希·海涅的德意志夜莺，歌唱双头鹰时歌喉最美。他不得不远离他的德意志祖国，他的祖国却依然让他魂牵梦绕。海涅对德国的爱没有停留在字面，而是发自内心。这点法国人也可以证实。大仲马说过："如果德国不欢迎海涅，我们很愿意接纳他。不幸的是，海涅对德国一往情深，德国根本不配有这样的爱。"[2] 伯尔讷和海涅是从德意志—犹太精神联姻中诞生的长子与次子。但他们都客死在法国首都，也安葬在法国首都。

假如他活到一百岁

天才诗人海涅英年早逝。这不免令人欷歔。但是谁也无法保证他活到耄耋之年就一定是件好事。因为在他死后不久，新型的反犹幽灵开始在欧洲徘徊。倘若再活四五十年，海涅就会领教约瑟夫·德·戈宾诺和张伯伦的种族理论，就将听到特赖奇克喊出

1 4卷本《海涅文集》，第1卷，第345页。

2 克里斯蒂安·利特克：《海因里希·海涅》，第91页。

“犹太人是我们的不幸”[1] 的响亮口号，就会经历德雷福斯案件[2]。如果那样，他会作何反应？天知道。但是我们可以驰骋得益于德语文学研究的想象力。我们可以想象海涅再创作一部未完成小说，讲述一个名叫 H 的男人的故事。此人手里握着或者兜里揣着一张在洗礼盆里购得的入场券，带着一脸的困惑和绝望，徒劳地寻找通往欧洲文化城堡的入口。我们还可以想象海涅重写《夜思》，其修改结果如下：

夜里我想起以色列，
我就不能安眠。
我的热泪滚滚而出，
我再也不能闭眼。

---

1 *Juden als Träger bürgerlicher Kultur in Deutschland*（《犹太人作为德国市民文化的承载者》），S.14.

2 德雷福斯案件将众多犹太人从他们的欧洲迷梦中惊醒，包括已经融入欧洲文化的奥地利犹太人西奥多·赫茨尔。

代后记

中国，启蒙何为？*

尊敬的莎婉部长，尊敬的施明贤大使，尊敬的许智宏校长，

女士们，先生们！

九十年前爆发的五四运动敲响了开启现代中国启蒙运动的钟声。如果我们假定中国人在这九十年的经历与欧洲人在他们的“启蒙世纪”所接受的精神洗礼类似，我们就必须马上补充一点：欧洲人在回眸自己的启蒙时代的时候，非常骄傲，而且有着明确认识，而我们中国人在回顾自身的思想解放运动时还面临许多悬而未决的东西，还面临许多的问题和矛盾，尽管我们对自己的启蒙历史总体上是一种肯定态度。讨论现代中国的启蒙运动的时候，我们常常提出譬如下面这些问题：现代中国的启蒙历史结束了吗？现代中国的启蒙运动如何分期？它对我们的利弊是什么？有必要来一轮新的启蒙运动吗？本人在思考中国启蒙历史的时候，特别关心这样一个问题：这场历时九十年、几乎完全靠欧洲进口

---

* 本文译自德文，原为2008年4月15日在北京大学英杰交流中心举行的“启蒙问题学术报告会”上的演讲稿。该报告会是由前来北大德国研究中心访问的德国科教部部长安娜特·莎婉女士倡议并发起的。讲稿的中德文版本皆刊于双语版文集《以启蒙的名义》，黄燎宇，赫费编，北京大学出版社，2010年。

的精神食粮哺育的启蒙运动对恪守儒道的中国人产生了何种影响，外国人——身为文化使者不得不随时注意到他者的眼光——又怎么看启蒙之后的中国人？回答这个问题之前，我要说明两点：第一，涉及如何给中国启蒙历史分期的时候，我完全采纳我非常敬佩的同事、刚刚发表了演讲的韩水法教授的三个阶段的理论[1]。韩教授把五四运动以来的中国启蒙历史分为三个阶段，一是五四运动掀起的启蒙运动，二是中华人民共和国成立之后进行的马列主义启蒙（我称之为体制化的马列主义启蒙），三是随着改革开放开始的后马列主义启蒙。第二，由于我们还置身第三个启蒙时期，由于我们缺乏使我们得以评估其后果和影响的时间距离，所以我集中谈前面两个阶段。

女士们，先生们，我是搞德国文学的，也是托马斯·曼的崇拜者。请允许我先谈谈《魔山》。在一个关于启蒙运动的讨论会上提到这本小说，其实一点不离谱。这本书细致入微地、引人入胜地描写了古典启蒙思想在即将结束的资产阶级时代的命运，描写了启蒙思想腹背受敌的遭遇——它一方面要对付老对手，另一方面要迎击新对手。最近我在重读《魔山》的时候特别关注这场斗争，所以我注意到一个很少有人关注的次要人物。我说的是丁富博士。在人数众多、人种多样的托马斯·曼艺术世界中，他是唯一的中国人。由于这个人物形象只具有边缘化的文本批评意义，所以德国本土的德语文学研究者很难对他产生兴趣，另一方面，由于塞腾布里尼从启蒙主义者的立场出发，对亚洲和无为哲学进行了连篇累牍的抨击，对他的欧洲同胞发出了一连串的警告，所以很容

1 韩水法教授在一篇尚未发表的文章里对此进行了阐述。

易让那些苦苦寻觅“中国关联”的中国德语文学研究者转移视线，最终轻视乃至漠视丁富博士。丁富博士之所以给我留下深刻印象，是因为在小说倒数第三章描写的招魂术实验中，这个喜欢窃笑的、滑稽的中国人证明自己是一个冷静的、哪怕不够虔敬的人，是因为他当时起到了煞风景的作用。他不仅猜测令人敬畏的幽灵霍尔格是小偷并且说出自己的猜测，他不仅嘲笑霍尔格爱慕虚荣（他的话不是没有道理）；而且，当参加招魂实验的众人因为灯光被一只神秘的手关掉而惊恐万状的时候，只有他保持着正常思维，只有他想到开灯，随后“让光辉洒满了整个房间”[1]，也撵走了鬼魂。这样，作为招魂实验的参与者，丁富博士就和帕拉范特检察官形成了鲜明的对比，因为帕拉范特检察官吃了“来自超验世界的一记重重的耳光”，却以快活的科学态度接受下来。但正如叙述者向读者保证的，假设这记耳光来自生命世界，这位性格暴躁的司法界人士肯定会做出完全不同的反应。[2]另一方面，丁富博士对光明的信任则使人联想到塞腾布里尼。而塞腾布里尼的启蒙主义者本色在夜访因病卧床的汉斯·卡斯托普那一幕表现得最清楚，因为他刚刚走到门槛的位置就伸手按亮了电灯……[3]

女士们，先生们！我做一趟《魔山》之旅，不是为了对一个德国作家表示我的钦佩之情。尽管这位作家对中国文化毫无兴趣——他的态度跟赫尔曼·黑塞和阿尔弗雷德·德布林这些同行相比的时候尤其扎眼，尽管他喜欢用颇有争议的浮光掠影式的主导动机来打发他笔下的次要人物，但是他却塑造了一个在我看来不无典型意

1 托马斯·曼：《魔山》，法兰克福版详注本，米夏埃尔·诺依曼编校，第 1003—1005 页。

2 同上，第 1013 页。

3 同上，第 293 页。

义的中国人形象。我一方面让丁富博士跟在超验世界飘飘欲仙的帕拉范特检察官形成对比，另一方面则拉近他和喜爱光明的塞腾布里尼的距离，我这么做，不是为了美化托马斯·曼给我们虚构出来的中国同胞。我这么做，是想提醒大家注意两点：第一，在19世纪，20世纪之交存在这样一种典型的中国人形象；第二，我们中国人跟欧洲启蒙思想世界的关系可能很微妙。为什么说微妙？

女士们，先生们！我相信，我下面想说的话不会遭遇众人的反对。我要说的是，我们中国人的世界是一个内在的世界，或者说是一个没有超验的世界，我们中国人跟超验世界的关系天生不太好，或者说天生没关系。这个公开的秘密是欧洲人发现的，他们发现这是中国思想乃至中国文化的本质特征。这一发现让他们感到的诧异和蔑视多于敬重和敬佩。在此，我必须提到黑格尔。因为黑格尔看不起中国人的脚踏实地，他对中国文化的蔑视性言论造成了广泛的影响。譬如他在《历史哲学》中对中国民族性格所下的严酷判决[1]给我们中国人造成了类似脑震荡的精神创伤，敏感的人根本无法从这场打击之中恢复过来。最令我们刻骨铭心的，是黑格尔对中国人的哲学无能所作的诊断。黑格尔不相信中国人有从事精神远足和精神升空的能力，也不相信中国人有这种意愿。对中国人持哲学怀疑态度的黑格尔，过去不孤单，现在也不孤单。目睹这一现象，我们感到忐忑不安。是否需要给中国哲学打引号？这个问题属于西方汉学界的首要问题，也是其终极问题，所以至今也没有失去其现实意义[2]。

---

1 黑格尔：《历史哲学》，王造时译，上海世纪出版集团，2001年，第117页。

2 参见沃尔夫冈·鲍尔：《中国哲学史》（汉斯·封·埃斯编）编者前言和第一章第一节（“术语”），慕尼黑，贝克出版社，2006年。

有一点是我们中国人在关起门来议论的时候也必须承认的：接触过西方哲学的人，多多少少会理解以儒学为主要特征的中国哲学乃至中国文化为何令西方人感到不适。的确，我们的哲学或者说打引号的哲学的本质特征，在于剥离经验世界、脱离经验世界的事物的稀罕或者说缺席。中国哲学让人若有所失，在中国哲学的土地上，前不见死亡和魔鬼，后不见理念论和意志的形而上学，也不存在一块指示牌提醒物自体在何方。许许多多的中国人都恨不得举手赞成西方人在哲学上对我们所持的严厉态度。事实上已经有中国哲学家未能抵挡这种诱惑。没错，人们怎么可能在一个没有内心性和超验性的世界里面，怎么可能在一个没有死亡和魔鬼的世界里面进行哲学思考？譬如，叔本华把死亡称为赐予哲学灵感的守护神或者说恩主[1]，可是这位死神在中国思维殿堂的大门之外徘徊了几千年也未获准入。在中国哲学的门前竖立起“死神不得入内”告示牌的那个人，可不是一般人，而是我们的孔夫子。孔夫子下死神禁令的理由是：“未知生，焉知死。”换句话说，孔夫子给中国的思想家们带了个头，从此以后，只有存在和发生在生活中、只有在大地之上的一切，才可能进入中国思想家们的思考范围。就是说，孔夫子开辟了一个传统，这一传统使我们中国人变成了有时让欧洲人摇头叹息的那种类型。在欧洲人看来，我们过分看重经验、实效和伦理，我们是过分的实用主义者，唯物主义者，无神论者……

女士们，先生们！不管欧洲人觉得中国人的气质或者说儒家气质多么生疏，多么奇怪，中国传统的一些基本特征，与包括平

1 叔本华：《作为意志和表象的世界》（罗尔夫·托曼编），第二卷，第二分卷，科隆，克内曼出版社，1997年，第614页。

等、宽容、实践理性、面向此岸在内的欧洲启蒙思想的基本价值，还是非常接近的。在此我给大家列举中国历史的几个“启蒙思想”特征：第一，中国自古以来就是一个开放而非等级森严的社会。在欧洲，一个聪明的、因为考试成绩突出而成为皇帝女婿的农家子弟，最多可能出现在一则童话里；在中华帝国，这是活生生的现实体验。“朝为田舍郎，暮登天子堂；将相本无种，男儿当自强”[1]——这脍炙人口、家喻户晓、洋溢着平等和乐观精神的诗句激励着一代又一代的中国贫苦少年发奋图强，勤奋读书。第二，对于中国人，宗教宽容是一件不言而喻的事情。我们是一个远离上帝或者说没有上帝的民族，我们对宗教的冷漠态度使我们包容各种各样的宗教信仰。在这个历史悠久的国家里，宗教迫害几乎没有过，无论道教徒还是佛教徒，无论信宗教的还是搞迷信的，都没有因为宗教原因而遭受迫害[2]。况且跟道教和佛教世界保持良好关系或者有点迷信的儒家人士也不在少数。三位一体的奇迹是儒家身上的一个令人着迷也令人困惑的现象。第三，中国思想家们的全部心思都用在一个目标上面，那就是建立一个幸福的、和谐的、秩序井然的社会。

女士们，先生们！我不知道你们此时此刻脑子里想的是什么。在勾勒这幅恪守儒道的中国人肖像的时候，我的眼前却浮现出古典的欧洲启蒙者形象。我甚至担心，《魔山》所戏仿的启蒙批判可以用来批判中国文化。因为夹在启蒙主义者塞腾布里尼和反启蒙主义者纳夫塔之间的汉斯·卡斯托普用下述说法表达了他对前者的

---

1 李宗为校注讲析：《千家诗·神童诗·续神童诗》，上海古籍出版社，1993年，第309页。

2 西方汉学界也认为发生在845年的“灭佛”应归咎于经济动机。见莱芒·道逊：《中华帝国的文明》，金星男译，朱宪伦校，上海古籍出版社，1994年，第六章。

不满：“狭隘，伦理说教，缺乏宗教思想。”[1] 纳弗塔对启蒙思想的概括更是言简意赅：“着眼于生活的资产阶级特性。”[2]

女士们，先生们！我引用着眼于生活的资产阶级特性这一概念，是想提醒大家注意一个事实：儒家世界和启蒙世界令人吃惊的相似性，其实根源于儒家文化的主体（士大夫阶层）和欧洲启蒙思想的主体（资产阶级）在精神上高度亲近。面向此岸的生活观不是联结中国士大夫阶层和欧洲特别是德国资产阶级的唯一精神纽带。二者在生活态度、生活方式以及行为规范方面都有相似之处。令人惊讶的是，尤尔根·科卡所总结的德国资产阶级的特征多半可以用到士大夫阶层身上。譬如，推崇文化和业绩，追求社会地位和政治影响力，做事持之以恒，倾向于理性的、有条不紊的生活方式，不喜形于色，守纪律，有家庭观念，崇尚高雅文化（前者时常进出于剧院、音乐厅、博物馆，后者都要写诗、画画、练书法），讲究待人接物。[3] 从这个意义上讲，我们完全可以说中国的士大夫阶层已经处在欧洲人所理解的启蒙精神状态下。

女士们，先生们！我推测你们中间有些人已经在暗地里问：恪守儒道的中国人——这种人还有吗？这也是一个我们常常拿来问自己的问题。因为现代中国的启蒙历史，就是一部去儒化的历史，我们有时恍惚觉得恪守儒道的中国人在大陆已经不复存在，觉得我们充其量能够在我们的宝岛台湾找到这种人。现在我们就说一说恪守儒道的中国人。我不想探寻恪守儒道的中国人现在身

1 托马斯·曼：《魔山》，第 747 页。

2 托马斯·曼：《魔山》，第 699 页。

3 尤尔根·科卡主编：《十九世纪的资产阶级，第 1 卷：欧洲的统一性和多样性》，哥廷根，范登勒克和鲁普雷希特出版社，1995 年，第 17—19 页。

处何方，我只想简单回顾一下他在现代中国的启蒙进程中受到哪些西方思想的影响。

在现代中国启蒙运动开始之前，恪守儒道的中国人是单纯的社会存在，纯粹生活在社会关系的网络之中。启蒙运动使他有了个性概念，有了独立运用理性的概念。不服从国家或者父母，在儒家传统中等于犯罪，所以这种现象在旧时代的中国属于例外。自“五四”运动以后，他鼓起勇气不服从父母和家庭，也鼓起勇气抗拒其他外在权威。恪守儒道的中国人第一次以个人主义者的形象，以叛逆和斗士的形象出现在人生舞台和历史舞台上。

随着自我意识的苏醒，恪守儒道的中国人有了批判态度和批判能力。这位新诞生的批评家做的第一件事情，就是极端的自我批判。这种自我批判近于自我仇视、自我否定和自我毁灭。18 世纪的欧洲人怎样看教会信条和专制主义，20 世纪头二十年的中国人就怎样看儒家教义。只不过后者在扔掉他恨之入骨的传统镣铐时带有更多的怒火，用了更大的力气。“打倒孔家店！”“全盘西化！”——这都是“五四”期间喊得最为响亮的口号。全盘西化的意志一度如此强烈，以致那些想把汉字拉丁化的人也喊出了自己的心愿。民族虚无主义使恪守儒道的中国人的启蒙面相中有了悲喜剧特征。

儒教遭遇了偶像的黄昏，随之而来的是新一轮的个人崇拜，这新的崇拜对象是两位来自西方的先生。一个叫德先生，德谟克拉西的德，一个叫赛先生，赛因斯的赛。他们是新的圣人，被视为中国的救星。这两个人谁帮忙帮得多的问题，谁接受了更多的敬意的问题，都可以存而不论。

崇拜起赛先生之后，恪守儒道的中国人就不再诗意地对待自然。他发现自己有必要去认识和服从自然的规律；与此同时，他感到一种前所未有的渴望，一种浮士德式的征服自然和控制自然的渴望。天人合一的儒家理想随之落入遗忘之境。面对令人不安的环境问题，人们对于这一观念转变越来越持否定态度。

恪守儒道的中国人的启蒙过程一方面始于民族屈辱和民族反抗这一历史背景，另一方面则受到民族复兴的意志的影响。他在西方人面前表现出谦虚和好学，是因为他牢记一条古老的中国智慧：强者有理。由于历史背景不同，接受的前提不同，中国启蒙思想家所使用的思想武器，比欧洲古典启蒙思想家所使用的思想武器更先进、更厉害。为现代中国启蒙运动服务的，不仅有法国大百科全书派和 18 世纪的其他欧洲思想家，而且有在 19 世纪的欧洲继续推进启蒙项目的思想家。引人注目的是，“五四”时期的中国启蒙思想家尤其钟爱 19 世纪欧洲伟大的批判家、揭露者、思想颠覆者，如达尔文、如马克思、如尼采。

中华人民共和国成立以后，在“五四”运动时期就与其他欧洲思潮一道进入中国的马克思主义被提升为国家哲学。体制化的马克思主义启蒙运动随之展开。这场运动旗帜鲜明地反对封建主义和资本主义，去儒化和资本主义批判便成为其教育重点。这场延续近三十年的思想政治解放运动不无成效。这一点人们在事情过后——在中国对外开放和实行社会主义市场经济之后——看得更清楚。譬如，越来越多的人为国学素养和儒雅风度的消失而惆怅。表现儒家传统家庭关系的韩国和台湾地区的电视剧在我们大陆走红，就是因为我们有这种怀旧心理，有这种寻根冲动。另一方面，如果仔细观察，我们就会发现恪守儒道的中国人没有灭绝，我们会发现他的唯物主义基本特征不仅没有被马克思主义的启蒙运动削弱或者扬弃，反而得到强化和细化。首先，历史唯物主义让他有了历史发展的概念。他从中明白许多道理，他现在知道历史是按照自身的、不以人的意志——更不用说个人的意志——为转移的规律发展的，知道历史的车轮是不可逆转的，他还知道观察历史进程的时候要排除感伤情绪和道德激愤。其次，马克思主义对社会存在和社会意识、经济基础和上层建筑之间的欺骗性关系的揭露擦亮了他的眼睛，使他看到无论个人还是社会组织还是国家的思想、言论和行动都受意志主宰。在这双擦亮的眼睛的注视之下，理智越来越频繁地现出了原形，让人看出它无非是意志的乖巧女仆。第三，马克思主义对宗教的批判，把宗教称为麻痹人民的鸦片的马克思主义理论，使他离上帝越来越远。“文革”期间出现了一种对于中国民族性格来说很不典型的宗教仇恨，这种仇恨导致了毁坏圣像和破坏寺庙的野蛮行径。对于这一现象，我们有必要找找它的来龙去脉，看它是否一方面源于对迷信的仇恨，因为“五四”以后我们那些具有启蒙思想的作家们都在他们的作品中描写迷信的可怕后果——鲁迅就是很好的例子；另 方面，我们也要想想这是否与我们惨痛的历史记忆有关——譬如说鸦片战争。不过在我看来，我们国家从马克思主义中得到的最大收获，是马克思主义经典作家对资本主义的批判。他们的批判使我们对一度以为被跨越被克服、但最终还是要来临的东西做好了思想准备：资本主义精神和资本主义实践。在毛泽东时代，人们生活在一个封闭的、没有剥削和压迫的社会主义国家中，人们当然不知道当时欧洲和美国的工厂是什么情形，所以人们在抽象的云雾中接受马克思主义对资本主义的批判。当时的中国人读到《资本论》的名言——“资本来到人间，从头到脚，每一个毛孔都滴着血和肮脏的东西”[1]的时候，更多的是佩服马克思的文学和修辞天赋而非他锐利的社会批判眼光；今天的中国人读到这个句子，其感受自然有所不同。今天人们总算看到了、总算明白了什么叫曼彻斯特资本主义或者说早期资本主义，什么叫阶级、阶级意识、阶级斗争；人们也更能理解马克思、恩格斯为什么义愤填膺地诅咒金钱的罪恶。

女士们，先生们！马克思主义对资本主义的批判没有让恪守儒道的中国人与资本主义产生隔阂，更没有导致他与资本主义格格不入。相反，他在社会主义市场经济的框架内，在二三十年的时间里创造出惊人的资本主义经济成就，有着几百年历史的资本主义旧世界也不得不对他刮目相看。这一现象需要解释，但是这也不难解释。我们今天生活在一个天涯若比邻的世界，这是一个已经祛魅和祛除神秘因素的世界，一个已经世俗化和散文化的世界，一言以蔽之，这是一个为资本主义创造的世界。对资本主义运作略知一二的人都会明白，为什么恪守儒道的中国人在这个世界里如鱼得水。原因很简单：他面向此岸，脚踏实地，而且有一种枯燥的散文思维方式。今天，恪守儒道的中国人对自己满意，对世界也很满意。对于他，心满意足是一种久违的感觉。这既是物质的满足，也是精神的满足。然而，世界却对他不太满意。这使他颇为烦恼。来自西方的批评和质问使他陷入迷茫和困惑。这些批评和质问一天多过一天，一天比一天尖锐，与此同时，他的不解和疑惑也日益增多。他一方面相信自己不管现在还是将来都不会损害自己的全球合作伙伴的利益，他相信自己通过社会主义

1《马克思恩格斯全集》，第44卷，北京，人民出版社，2001年，第829页。

市场经济的成功实践会营造出很多双赢的局面，他相信自己的国家已经高度融入资本主义世界体系。这些都已得到证明，而最好的证据就是中国对外资的吸引力，就是“中国制造”在西方越来越打眼这一事实。另一方面，恪守儒道的中国人知道当今的世界是欧洲启蒙运动的创世杰作——如果这个有宗教内涵的词用在这里不太恰当，我们就说这个世界是欧洲启蒙运动铸造而成的。恪守儒道的中国人还知道，只要他继续面向此岸，只要他保持枯燥的散文理智并且坚持平等互利的原则，他的生活和工作就会散发启蒙精神的光芒。如果说他对进步和未来的信仰有些超出古典启蒙思想家的平均水准，那是他接受辩证唯物主义和历史唯物主义启蒙的结果。他深信经济基础决定上层建筑，深信经济的高速发展可以或者说必然要带来文明的进步、政治的进步和道德的进步。

女士们，先生们！目前来自西方的批评如冰雹一般砸向恪守儒道的中国人。这些批评既来自理想主义和唯心主义者的阵营，也来自物质主义和唯物主义者的阵营。物质主义和唯物主义者试图通过质疑富裕社会是否可以全球化来劝说他放弃追求幸福的决定[1]。听到这样的劝说，恪守儒道的中国人完全摸不着门道，因为他过去没有问过、将来也不会问这样一个问题：有别人，还有你吗？别人过上了好日子，你还能过好日子吗？在中国，这样的问题最多可能来自一个很不典型的思想家——譬如荀子。而荀子就

---

1 德国的全球化问题专家哈拉尔德·舒曼在2008年4月6日的《每日镜报》中写道：“中国的崛起从根本上对迄今为止的世界秩序提出了质疑。全球90%的消费者都生活在老工业国，他们只占世界人口的五分之一，但消耗着四分之三的地球资源。现在有十三亿中国人，也就是又有五分之一的世界人口准备过我们这样的生活。而且还有十亿生活在门槛国的人把中国视为榜样。有一点人们看得越来越清楚：富裕社会的模式是不可以全球化的，因为我们这个星球的石油储备和生态能力都不足以让富裕模式全球化。”

是中国的托马斯·霍布斯，因为他跟霍布斯一样相信人性本恶，相信“人对人就像狼对狼”。可是荀子的声音在孔夫子的国度却很少有人倾听。另一方面，西方的理想主义和唯心主义者则继续控诉恪守儒道的中国人太缺乏宗教思想，太物质主义和唯物主义[1]。

女士们，先生们！恪守儒道的中国人好学，有接受能力，而且讲究和为贵。可是，当他读到来自西方世界的大量批评和抱怨的时候，他苦苦思索也想不明白人们究竟想让他做什么。他甚至不清楚自己为何讨人嫌。是因为自己欠缺启蒙还是因为自己过度启蒙？恪守儒道的中国人，怎么办？他怎样做才对自己好，才能对别人好？难道他从行动的世界，从充满生活乐趣的、热爱进步的启蒙世界撤到无为的道教世界或者断念的佛教世界就好了吗？这样人们就会对他满意了吗？

但愿中国的第三次启蒙运动能够帮助我们找到一个令人满意的答案。

谢谢大家！

1 德国中国研究协会会长、汉学家施寒微在一篇题为“反对分裂主义和质疑中国的主权”的文章中认为，当前西方媒体对中国的指责跟欧洲人对中国人的无神论态度有关。该文后来发表于德国《华商报》。